Harper
Collins

Zum Buch:

Lena führt ein glückliches, selbstbestimmtes Leben. Sie vermisst nichts und niemanden, auch keinen Mann. Bis sie auf der Hochzeit einer Freundin Jonas kennenlernt. Er ist um einiges jünger als sie, sehr attraktiv und unverschämt charmant. An seiner Seite erlebt Lena spontane Abenteuer voller Leichtigkeit. Ehe sie sich versieht, verdreht Jonas ihr gehörig den Kopf. Dann vernimmt sie eines Abends, als sie in ihrer Wohnung am offenen Fenster steht, eine schlichte Klaviermelodie und ist sofort fasziniert von den sehnsuchtsvollen Klängen. Sie lernt den Pianisten Georg kennen, ihren neuen, eher unzugänglichen Nachbarn. Und auf einmal steht Lena, die doch gar keinen Mann fürs Leben gesucht hat, zwischen zwei interessanten Verehrern. Und die Entscheidung fällt schwerer als gedacht.

»Wer einen Tag auf dem Sofa mit garantiertem Happy End verbringen möchte, ist hier an der richtigen Adresse.« *Annemarie Stoltenberg, NDR*, über die Autorin

»Tania Schlie schreibt sanft und verlockend.« *Christine Westermann, WDR*

Zur Autorin:

Tania Schlie lebt in der Nähe von Hamburg. Seit zwanzig Jahren ist sie freie Autorin und hat viele Romane und Sachbücher veröffentlicht. Für den Aufbau Verlag schreibt sie Bestseller unter dem Namen Caroline Bernard. Bei HarperCollins erscheinen ihre Wohlfühlbücher um starke Frauen, die ihren Weg gehen und nur in der Liebe mal schwach werden.

Tania Schlie

Der Duft von Sommerregen

Roman

HarperCollins

HarperCollins®

1. Auflage: April 2020
Lizenzausgabe im HarperCollins Taschenbuch

Umschlaggestaltung: bürosüd, München
Umschlagabbildung: mauritius images / Masterfile RM / F. Lukasseck, Shutterstock / optimarc, Mi Pan, Nagib, Sarycheva Olesia, szmuli, Alla Pogrebnaya, Alexandra Lande, Efetova Anna, Fourleaflover, Vector Tradition
Satz: GGP Media GmbH, Pößneck
Printed in Germany
Dieses Buch wurde auf FSC®-zertifiziertem Papier gedruckt.
ISBN 978-3-95967-380-8

www.harpercollins.de

KAPITEL 1

Zwischen den Prospekten und der Rechnung der Telekom leuchtete ein zartrosa Briefumschlag mit einem geprägten Herz auf der Vorderseite. Lena wog ihn in der Hand. Es war elegantes, dickes Papier mit Struktur. Bestimmt nicht billig, dachte sie. Mit Papierqualitäten kannte sie sich aus. Sie drehte den Umschlag um. Es war kein Absender vermerkt. Aber sie war sich trotzdem sicher zu wissen, was sie hier vor sich hatte.

Ann-Cathrin hatte ihre Ankündigung also wahr gemacht. Vor ein paar Wochen hatte Lena sich nach längerer Zeit wieder mit ihrer Freundin getroffen, die ihr selig davon erzählt hatte, dass es einen neuen Mann in ihrem Leben gab und dass sie demnächst zum zweiten Mal heiraten würde. Sie hatte Niklas auf einem Weihnachtsmarkt kennengelernt und war bis über beide Ohren verliebt. Natürlich freute sich Lena über das Glück ihrer Freundin: Sie und Ann-Cathrin kannten sich immerhin seit 20 Jahren, seit sie sich in ihrem letzten Studienjahr begegnet waren. Ann-Cathrin war damals gerade von der Berliner Uni nach Hamburg gewechselt – wegen Mark, in den sie sich verliebt hatte. Lena hatte das schon damals komisch gefunden: Ann-Cathrin hatte ihren Magister schon halb in der Tasche gehabt, durch den Uniwechsel jedoch mindestens ein Semester verloren. Warum hat sie nicht wenigstens in Berlin zu Ende studiert, hatte Lena sich damals gefragt. Hamburg war doch schließlich nur zwei Zugstunden entfernt. Aber das kam für Ann nicht infrage. So war sie schon immer gewesen. Sie stürzte sich mit Haut und Haaren in ein neues Projekt, nach dem Motto: alles oder nichts. Damals war es für sie unvorstellbar, länger von Mark getrennt zu sein, und so gab sie ihr gewohntes Leben für ihn auf.

Und jetzt, 20 Jahre später, war sie wieder selig gewesen, als sie Lena von Niklas erzählt hatte. Lena hatte Mühe, das zu verstehen. Woher wollte ihre Freundin wissen, dass diese zweite Heirat mit Niklas länger halten würde als die erste?

Nachdenklich stieg Lena die Treppe in den zweiten Stock hinauf. Ann-Cathrin hatte Mark gleich nach dem Studium geheiratet. Kurz darauf kamen die Zwillinge, Helena und Florian, die inzwischen fast erwachsen waren. Die ersten Jahre hatte Ann sich ausschließlich um die Familie gekümmert. Als die Kinder dann aus dem Gröbsten raus waren, fühlte Ann-Cathrin sich nutzlos. Das war wohl der Anfang vom Ende ihrer ohnehin schwierigen Ehe gewesen. Vor vier Jahren hatte sie Mark dann endlich verlassen.

Auch die Wege von Ann und Lena hatten sich irgendwann getrennt. So war es Lena mit vielen Freundinnen gegangen. Die anderen hatten wie Ann geheiratet und Familien gegründet, Marion und Susanne waren danach auch noch aufs Land gezogen. Lena hingegen war Single geblieben und hatte keine Kinder, da passten die Wochenendpläne oft nicht zusammen. Außerdem konnte Lena nichts zu den Gesprächen beitragen, in denen es um Kindererziehung, Stillen und PEKiP-Gruppen ging, später um die Mühen der Pubertät. Und nachdem sie mal ein Wochenende bei Susanne in einem Reihenhaus mit Garten in Pinneberg verbracht hatte, wo Susannes Mann Joachim sie ungeniert angebaggert und betont hatte, wie sexy er es fand, mal eine Frau zu treffen, die kein Kind auf dem Arm hatte und ihren Busen zu etwas anderem nutzte als zum Stillen, war sie nicht wieder eingeladen worden. Lena schnaubte bei dem Gedanken: So ähnlich mussten sich alleinstehende

Frauen nach dem Krieg gefühlt haben, die man nicht eingeladen hatte, aus Angst, sie würden einem die knappen Männer wegschnappen.

In ihrer Wohnung hängte sie den Trenchcoat an die Garderobe, schlüpfte aus den Schuhen und öffnete die Balkontür. Dann setzte sie sich mit der Einladung an ihren Schreibtisch, der in Sonnenschein getaucht war. Sie nahm den Brieföffner, dessen Griff die Silhouette einer Frau darstellte, und schlitzte den Umschlag aus feinstem Papier auf. Der Brieföffner war einst ein Geschenk von Ann-Cathrin gewesen. Es war schon verrückt, wie viel sie verband – auch jetzt noch. Trotzdem schafften sie es höchstens ein- oder zweimal im Jahr, sich zu sehen, und bei ihrem letzten Treffen hatte Ann-Cathrin dann von Niklas erzählt. Da war es noch eine ganz frische Liebe gewesen … und jetzt wollten sie schon heiraten.

Lena nahm die Karte heraus. Der Umriss des geprägten Herzens auf dem Umschlag wiederholte sich in einem herzförmigen Ausschnitt, in dem ein Foto von Ann-Cathrin und Niklas klebte, die sich verliebt ansahen. Die Karte ließ sich nach rechts und links aufklappen. Wie ein Altarbild, dachte sie und las den Text: *Wir trauen uns* stand dort.

»Trauen« sagte es wohl ganz richtig. Ann-Cathrin hatte wirklich Mut, zum zweiten Mal eine Ehe einzugehen. Noch dazu mit einem Mann, den sie erst ein paar Monate kannte. Lena betrachtete das Foto von Niklas. Er sah eher durchschnittlich aus, das Haar wurde an den Seiten schon schütter, in ein paar Jahren würde er eine Halbglatze haben. Das Gesicht war rund, er war scheinbar nicht schlank, sondern eher der gemütliche Typ. Irgendwie beruhigte Lena das. Mark hatte wie ein Model ausgesehen. Die Ehe mit einem Mann, dem die Frauen in Scharen nachliefen, war bestimmt nicht einfach für Ann-Cathrin gewesen. Lena hoffte, dass Niklas andere Qualitäten hatte, die beständiger waren als Schönheit.

Sie sah sich Ann-Cathrin genauer an. Das Leben hatte erste Spuren in ihrem Gesicht hinterlassen: Unter dem tadellosen Make-up schimmerte ein Netz feinster Linien rund um die Augen durch. Aber sie strahlte, und darauf kam es an. Immerhin hatte sie das riesige Glück, zum zweiten Mal in ihrem Leben die Liebe zu finden. Eine Liebe, die so groß war, dass sie glaubte, sie würde bis an ihr Lebensende halten.

Lena las den Text der Einladung. Es sollte eine standesamtliche Trauung geben, zu der nur die Trauzeugen und die Familie eingeladen waren, und abends eine Party für alle.

An Anns und Marks Hochzeit konnte Lena sich noch gut erinnern; es war die erste von vielen gewesen. Das Brautpaar hatte bei schönstem Wetter auf der Holzterrasse von Bobby Reich an der Alster gefeiert. Das Fest war fröhlich und unkonventionell gewesen. Wer von den Gästen Lust hatte, durfte sich in eines der Boote setzen und auf dem Wasser herumschippern. Auch die Hochzeitsfotos wurden in einem Boot gemacht. Lena war damals Trauzeugin gewesen und musste mit. Auf Anweisung der Fotografin sollten sich alle hinstellen – keine gute Idee, wie sich prompt herausstellte, als sie fast kenterten. Aber das hätte Ann-Cathrin noch nicht mal etwas ausgemacht, so glücklich war sie gewesen. Oder war dieses Glück schon damals aufgesetzt gewesen? Hatte Ann da schon geahnt, was kommen würde? So hatte zumindest Lena im Nachhinein die verunsicherten Blicke gedeutet, die Ann-Cathrin ihrem Mark zuwarf, der auf seiner eigenen Hochzeit hemmungslos mit allen Frauen flirtete und kaum Augen für seine Braut hatte. Ein Jahr später waren die Zwillinge gekommen und hatten Anns sorgloses Leben auf den Kopf gestellt. Es folgten der Kauf des Hauses, für das sie sich heillos verschuldeten, Marks Vorwürfe, Ann würde nichts zum Familieneinkommen beitragen, sowie seine Frauengeschichten, über die Ann-Cathrin irgendwann nicht länger hinwegsehen konnte. Lena konnte mit jedem Treffen mehr sehen, wie der Alltag die Ehe ihrer Freundin immer weiter auffraß, sodass am Ende nichts mehr von der anfänglichen Liebe übrig war.

Würde man den »glücklichsten Moment seines Lebens« wohl auch dann genießen, wenn man das alles schon vorher wüsste?, fragte sich Lena. Oder amüsierte man sich gerade deswegen auf Teufel komm raus, weil man ahnte, dass das Glück manchmal so vergänglich war wie die Blumengestecke auf den Festtagstischen?

Sie seufzte. Ihre Einstellung zu Hochzeiten war leider nicht die beste. Aber Ann-Cathrin würde sie von ihren Zweifeln natürlich nichts sagen.

Lena sah wieder in die Einladung, um zu sehen, wo denn diesmal gefeiert wurde. Ah, in einem Lokal am Hafen mit Blick auf die Elbe. *Bitte keine Reden und keine Spiele!* stand unten auf der Einladung. Gott sei Dank! Lena seufzte noch einmal tief, dieses Mal vor Erleichterung. Sie hasste die Ratespiele, Sketche und was es sonst noch so alles gab. Beim letzten Mal musste sie als Trauzeugin eine Rede auf Ann-Cathrin halten; jetzt wüsste sie gar nicht mehr, was sie sagen sollte. Ann-Cathrin und sie hatten sich auseinandergelebt, eine Lobrede auf die Ehe würde aus ihrem Mund irgendwie verlogen klingen, und Gedanken über die eine große wahre Liebe wären wohl auch mehr als unpassend gewesen. Noch dazu, wenn sie von ihr gekommen wären: Der passende Mann für Lena war einfach nie aufgetaucht, weder im Freundeskreis noch auf der Arbeit. Und wo traf man sonst schon »den einen«? Sie glaubte nicht an diese knisternden Begegnungen, wenn ein Mann und eine Frau zufällig dasselbe Taxi wollen oder auf der Straße zusammenstoßen, und er hilft ihr beim Aufsammeln des Inhalts ihrer Handtasche, und es funkt sofort zwischen ihnen. So etwas passierte doch nur in Filmen – oder zumindest nur anderen, aber niemals ihr. Lena wollte auch definitiv keine Bridget

Jones sein, die ständig in peinliche Fallen stolpert und dann darauf wartet, dass ein Mann das amüsant findet und sie rettet.

Es machte ihr nichts aus, unverheiratet und kinderlos zu sein.

Natürlich hatte es immer mal wieder Männer in ihrem Leben gegeben, mit denen sie ein paar Wochen oder Monate zusammen war. Es waren nette Männer gewesen, die bestimmt auch gute Ehemänner geworden wären – und es teilweise inzwischen auch waren –, aber nach einer gewissen Zeit war für Lena immer klar gewesen, dass sich aus der Sympathie und der gegenseitigen Anziehung maximal Langeweile entwickeln würde und nicht das große Glück.

Aber war das schlimm? Nein. Lena fühlte sich auch ohne Mann wohl. Sie lebte gern allein in ihrer gemütlichen Wohnung, wo sie auf niemanden Rücksicht nehmen musste. Sie hatte einen Beruf, der ihr Freude machte, und ein paar enge Bekannte – meistens Singles wie sie –, mit denen sie etwas unternahm, wenn ihr danach war. Davon abgesehen, verbrachte sie ihr Leben gern allein – allein, aber nicht einsam, sagte sie immer.

Lena war auch nie eine dieser Frauen gewesen, die von einem Hochzeitskleid in Weiß träumten. Sie hatte sich immer prächtig auf den Hochzeitsfeiern anderer amüsiert, das schon. Und sie würde auch Anns zweite Hochzeit genießen. Im Lauf der Jahre hatten diese Feste jedoch einen Teil ihres Reizes verloren. Zum einen lag das natürlich daran, dass Hochzeiten eigentlich nur richtig Spaß machten, wenn alle noch jung waren und mehr oder weniger am Anfang des Lebens standen. Wenn jemand zum zweiten oder sogar zum dritten Mal heiratete, verlor so eine Feier schnell etwas von ihrer Bedeutung. Zum anderen hatte sich auch Lenas Rolle auf den diversen Hochzeiten, die sie in den letzten 20 Jahren besucht hatte, verändert: Wenn man jung ist und ohne Partner auf eine Hochzeit geht, sind alle immer ganz aufgeregt und hoffen, dass sich ausgerechnet auf dieser Feier ein neues Paar findet. Vielleicht weil das so schön romantisch ist oder weil das Brautpaar sich dann einreden kann, nicht nur sich selbst, sondern auch ihren Gästen Glück gebracht zu haben. Wenn man aber wie Lena ein bisschen älter und als einzige Frau unverheiratet war – außer der übergewichtigen Großtante mit Damenbart, die jedem verkündete, sie könne sich vor Angeboten nicht retten, aber bisher sei kein Mann klug genug für sie gewesen –, kamen zunehmend blöde Sprüche oder, was noch schlimmer war, Mitleid. »Mach dir nichts draus. Irgendwann kommt der Richtige.« Oder: »Auf jeden Pott passt ein Deckel.« Sie hatte es immer als eine Frechheit angesehen, sich mit einem Küchenutensil gleichsetzen lassen zu müssen. Oder: »Ach, du Arme. Aber ich bin sicher, eine tolle Frau wie du wird nicht ewig warten müssen.« Dabei wartete Lena nun wirklich nicht. Oder: »Mach dir nichts draus, am Singletisch ist sowieso immer die beste Stimmung.« Das hatte eine Freundin mal allen Ernstes behauptet, und es war Lena schwergefallen, die Frage zu unterdrücken, ob man denn am Brauttisch stattdessen in Sack und Asche sitzen würde. Zumal meistens auch besagte Großtante mit am Singletisch saß … Wenn den ungebetenen Trostspendern auffiel, dass sie mit ihren Kalenderweisheiten bei Lena nicht landen konnten, gingen viele zum Angriff über: »Vielleicht bist du einfach zu anspruchsvoll?« Hallo? Ging's noch? Sollte sie denn bei dem Mann, mit dem sie den Rest ihres Lebens verbringen wollte, ein Auge zudrücken und fünfe gerade sein lassen?

Inzwischen war Lena 42. Inzwischen fragte keiner mehr, warum sie immer noch allein war. Die einen, weil sie das Interesse verloren hatten. Die anderen, weil sie befürchteten, Lena damit womöglich in eine unangenehme Situation zu bringen. Und insgeheim dachte der eine oder andere vermutlich, sie würde auf Frauen stehen und wolle dies nicht öffentlich zugeben. Oder sie sei eben schwierig. Lena war das egal. Sie fand sich ganz in Ordnung so, wie sie war.

Über ihren Überlegungen war die Sonne hinter dem Hausdach gegenüber verschwunden. Lena fröstelte. Die Sonne ließ sich inzwischen zwar immer länger blicken, die Luft war aber noch ganz schön kühl. Die Hochzeit sollte schon in vier Wochen stattfinden, Ann-Cathrin schien es wirklich eilig zu haben. Aber der Mai war eben der klassische Hochzeitsmonat, und es würde hoffentlich schön warm sein.

Lena schloss die Balkontür und stand auf, um sich einen Pulli zu holen. Auf dem Rückweg kam sie an der Küche vorbei und merkte, dass sie hungrig geworden war. Zum Glück hatte sie vorhin ein paar Leckereien von dem syrischen Restaurant um die Ecke mitgebracht, die verkauften auch außer Haus. Weil die verschiedenen Vorspeisen so lecker aussahen, konnte sie sich nie entscheiden und bat Hamid, den Kellner, mit dem sie eine jahrelange, für beide gewinnbringende Beziehung hatte, stets, ihr eine gemischte Vorspeisenplatte zusammenzustellen. Die Tüte stand neben dem Kühlschrank. Als sie sie aufmachte, stieg ihr der Geruch nach Knoblauch, Kichererbsen, Joghurt und Öl in die Nase. Hamid wusste, dass sie Plastikteller verabscheute, und hatte ihr die Köstlichkeiten auf einem Teller aus Porzellan angerichtet. Sie nahm das flache Brot mit der Anisnote, das obenauf lag, heraus und deckte den Teller auf. In der Mitte ein großer Klacks Hummus, das sie über alles liebte, rundherum verschiedene Pasten, Oliven, eingelegte Tomaten und Auberginen, die so scharf gebraten waren, dass sie am Rand fast schwarz waren, sowie zwei kleine Frikadellen. Sie steckte das Fladenbrot noch kurz in den Toaster, konnte dann aber doch nicht abwarten und probierte schon mal eine Gabelspitze Joghurt mit Minze. Hm, einfach köstlich! Als das Brot duftend aus dem Gerät sprang, setzte Lena sich an den

Küchentisch und probierte der Reihe nach die liebevoll zubereiteten Gerichte. Was war das denn? Ein Salat aus einem musähnlichen Getreide mit … Sie ließ sich den Geschmack auf der Zunge zergehen, dann wusste sie es: mit Datteln. In dem Restaurant ließ man sich immer wieder neue Rezepte einfallen. Das Essen dort wurde nie langweilig.

Lena wischte genießerisch den letzten Rest Hummus mit dem Brot vom Teller, dann war sie richtig satt. Zu satt, um noch ins Kino zu gehen, was ihr eigentlicher Plan für den heutigen Abend gewesen war. Aber das passte eigentlich ganz gut: Sie hatte mal wieder Lust auf einen Abend mit sich allein. Sie liebte diese Abende und war gern in ihrer Wohnung; sie schlenderte dann von einem Zimmer ins nächste, als wäre sie eine Besucherin in ihrem eigenen Reich.

Lena räumte das Geschirr in die Spülmaschine, goss sich ein Glas Rotwein ein und ging wieder hinüber ins Wohnzimmer. Dort stellte sie sich vors Bücherregal und fing an, mit schief gelegtem Kopf die Titel der Bücher zu lesen. Das tat sie oft und gern. Bei einzelnen Büchern fragte sie sich dann, wann sie sie gelesen hatte. Sie nahm das jeweilige Buch in die Hand und schlug die Seite auf, auf der sie ihren Namen und ein Datum notiert hatte. Sie hatte seit ihren Studententagen die Angewohnheit, kurze Anmerkungen zum Inhalt vorn auf die leeren Seiten zu schreiben. Ob das Buch ihr gefallen hatte oder nicht, für welches Seminar sie es lesen musste oder ob es ein privates Vergnügen gewesen war, solche Sachen. Sie schrieb manchmal auch einzelne Sätze ab, um sie sich besser zu merken, oder notierte den Hinweis auf bestimmte Seiten, die sie berührt oder geärgert hatten. Diese Seiten waren oft auch mit Eselsohren markiert. Oder mit Lesezeichen. Dafür nahm sie, was sie gerade zur Hand hatte: Fahrkarten, Quittungen, Postkarten, zusammengefaltete Zeitungsartikel zum selben Thema, Fotos … Diese Technik, die ihr während des Studiums geholfen hatte, die Fachlektüre zu bewältigen, hatte sie über die Jahre auch für ihre private Lektüre übernommen. Ihre Bücher waren immer noch sortiert wie während des Studiums: Literatur zu Kunstgeschichte (ihrem Hauptfach) und Künstlerbiografien standen auf Augenhöhe, darunter die Romane in Übersetzungen. Deutsche Literatur hatte ein Extraregal. Dann gab es noch kleine Inseln mit Spezialthemen wie Feminismus oder Geschichte des 20. Jahrhunderts – und natürlich die Liebesromane und andere Schmöker, die sie stapelweise verschlang. Wer sich nie über die eigensinnige Scarlett O'Hara gewundert oder mit Meggie Cleary gehofft hatte, dass Pater Ralph de Bricassart irgendwann die Frau in ihr sehen würde und nicht nur eine Freundin, der hatte das Herz möglicherweise doch nicht am rechten Fleck … Diese Momente mit ihren Büchern waren immer wie eine kleine Reise in die eigene Vergangenheit. Oft musste Lena über ihre Kommentare lächeln – wie unerbittlich streng oder euphorisch war sie damals gewesen! Manchmal las sie einen Buchtitel und konnte sich beim besten Willen nicht mehr an den Inhalt erinnern, obwohl sie jedes Buch in ihrem Regal gelesen hatte, einige sogar mehrfach. Zu anderen Zeiten suchte sie ein bestimmtes Buch, fand es aber nicht an dem Platz, wo es eigentlich stehen sollte. Über die Jahre waren es immer mehr Bücher geworden, und die letzten hatte sie einfach irgendwo auf, vor oder hinter den vollen Buchreihen verstaut, wenn sie sie ausgelesen hatte. Und wenn das Buch endlich an den richtigen Platz zurückgelegt wurde, wurden dafür andere Bücher aus dem Regal genommen, sie fand eine Theaterkarte als Lesezeichen, erinnerte sich … und so vergingen genussreiche Stunden. Dabei hörte sie ihre Lieblingsmusik und war mit sich selbst im Gespräch. Sie leistete sich sozusagen selbst Gesellschaft. Und das war oft die beste, die sie sich wünschen konnte.

KAPITEL 2

Lena liebte ihren Weg zur Arbeit, auch wenn es regnete, so wie heute. Als sie das Haus verließ, sprühte ihr leichter Frühlingsregen ins Gesicht. Eine halbe Stunde später, als sie am Baumwall aus der U-Bahn stieg, war die Sonne aber schon wieder hinter den Wolken zu erahnen und ließ die Kupferdächer über den Backsteinfassaden der Hamburger Speicherstadt feucht glänzen. Sie überquerte die Brücke in Richtung Kehrwiederspitze. Rechts hatte sie einen weiten Blick auf die Elbe mit ihren Schiffen, den Hausbooten, den riesigen Containerkränen und dem gelben Dach des Musicalgebäudes von *Der König der Löwen*. Vor ihr erhob sich die Elbphilharmonie, das neue Hamburger Wahrzeichen. In diesem Licht, wenn die Sonne nur diffus durch die Wolken schien, mochte Lena sie am liebsten. Die Fassade aus den geschwungenen Glaselementen zeigte dann ein mattsilbernes Leuchten. Als wäre ein riesengroßes Raumschiff auf einem der Kaispeicher gelandet. Der Anblick nahm ihr immer wieder den Atem. Lena mochte das Gebäude auch von innen; sie hatte schon zweimal Karten für ein Konzert ergattern können. Das war wirklich Glück gewesen: Die Elphi, wie die Hamburger sie nannten, war ein Publikumsmagnet und immer ausgebucht.

Als sie abbog, versperrte ihr die erste Reihe Speicher die Sicht auf das Dach des Konzerthauses. Im ersten Abschnitt lagen die neuen Gebäude, dann folgten die über 100-jährigen Speicherhäuser aus rotem Backstein mit den vielen Verzierungen. An den Fassaden jedes Stockwerks – die hier Boden hießen – waren zur Straßenseite hin große Luken zu sehen. Oberhalb waren Rollen angebracht, über die Seile liefen. Über diese Flaschenzüge konnten Waren aufwärtstransportiert und dann in die Luken hineingezogen werden. Früher war das gang und gäbe gewesen, heute wurde das System nur noch selten benutzt. Über den Geländern vor den Luken hingen jetzt Orientteppiche, um Kunden in die großen Lager zu locken.

Lena war fasziniert von diesem Ort, der Hamburger Geschichte geradezu atmete. Wo immer ein Treppenhaus nicht abgeschlossen war, betrat sie die alten Häuser und sah sich um. Dabei hatte sie schon viele schöne Entdeckungen gemacht: alte Fliesenornamente zum Beispiel oder Notausgänge, die in das Nachbarhaus und somit zu neuen kleinen Abenteuern führten. Ihr Bücherregal zur Geschichte der Stadt füllte sich immer mehr, insbesondere mit Bildbänden.

In die Fassaden der Speicher waren zum Teil noch die Namen der ehemaligen Besitzer oder Erbauer in Mosaiken eingelassen. Die meisten Mieter waren heute aber Teppichhändler und Modefirmen, daneben gab es, hauptsächlich in den Erdgeschossen, Kaffeestuben und Teehäuser, die an die Tradition der Speicherstadt erinnerten, als hier die Genussmittelimporteure saßen, sowie ein paar kleine Museen. In den Jahren waren viele Schilder ausgetauscht worden, aber Lena mochte das: Hier war immer etwas los und in Bewegung.

Zu ihrer Linken lag der Zollkanal, der das einst zollfreie Gebiet von der Stadt trennte. Auf der Stadtseite konnte sie die mächtigen Kontorhäuser sehen; auch sie waren in schöner Backsteinoptik der Hannoverschen Schule gehalten, einige von ihnen waren von berühmten Architekten erbaut worden und galten als Wahrzeichen der Stadt.

Lena ging an der Flutbrücke vorbei, einem Weg auf Stelzen für Fußgänger, über die sie bei Sturmfluten in Sicherheit gelangen konnten. Seit sie hier arbeitete, war auch Lena schon zweimal vom Hochwasser überrascht worden: In Kürze waren alle Straßen überflutet gewesen. Dann wurden die Schutztore vor den Erdgeschossen der Gebäude vorgeschoben, und die Menschen mussten sich auf diese erhöhten Wege zurückziehen.

Lena bog rechts ab und überquerte ein Fleet, dann waren es nur noch ein paar Schritte bis zur Adresse am Sandtorkai. Dieser Speicher gehörte zu den am reichsten verzierten der alten Speicherstadt. An der Fassade erhob sich ein dreieckiger Erker. Als sie angefangen hatte, hier zu arbeiten, hatte sie diesen Erker als ein gutes Omen gewertet – weil ihr Nachname Ercken war. Es hatte sich bewahrheitet.

Sie betrat die großzügige Vorhalle und atmete den Duft nach Wachs ein, der von dem alten Treppenhaus ausging, das ganz mit dunklem Holz vertäfelt war. Lena glaubte, dass es Mahagoni sein musste, ein Überbleibsel der Zeiten, als der Handel mit den Kolonien in vollem Schwung war.

Von den Wendepodesten der Treppe aus hatte sie einen wunderschönen Blick auf das Fleet unter ihr. Wie immer blieb sie stehen, um für einen Moment die Aussicht zu genießen. Dann stieg sie bis in den dritten Boden hinauf und suchte in ihrer Tasche den Schlüssel zu der massiven Bürotür.

Neben dem Geruch nach Bohnerwachs und Meer hatte sie nun auch andere Düfte in der Nase. Über die Jahrzehnte hatten sich in diesen Gemäuern die Gerüche all der Waren eingenistet, mit denen hier gehandelt worden war. Im ersten und zweiten Stock wehte stets der Geruch nach starkem Tee durch den Flur, obwohl dort inzwischen eine Modefirma ihren Sitz hatte. In ihrem Büro roch es manchmal ganz intensiv nach Pfeffer, dank der Pfefferkörner, die sich in die Ritzen und unter die alten Dielen verirrt hatten. Lena liebte die Aura dieser historischen Gebäude und schätzte sich glücklich, hier arbeiten zu dürfen. Wenn sie sich vorstellte, in einem Neubau-Großraumbüro sitzen zu müssen … einfach schrecklich!

Auf dem Schild neben der Tür stand nur ein Name: *Walter Cordes,* in schwarzen Marmor graviert. Als sie die Tür aufschließen wollte, merkte sie, dass ihr Chef ihr bereits zuvorgekommen war. Er war oft vor ihr im Büro, dafür ging er abends früher.

Lena hängte ihren leicht feuchten Mantel an den Haken neben dem Eingang und ging in den großen Raum, in dem sie und ihr Chef arbeiteten. Er war noch so eingerichtet wie zu den Zeiten, als hier mit Gewürzen gehandelt wurde: Die Wände waren schulterhoch mit weiß lackierten Holzpaneelen verkleidet, über dem riesigen Schreibtisch hingen kugelrunde Pendelleuchten aus weißem Glas. Sogar der Tresen, vor dem früher die Kunden gewartet hatten, war noch da. Nebenan gab es einen zweiten Raum, den sie als Archiv nutzten und wo einige Schaukästen standen, und zur Straße hin noch ein WC und eine kleine Teeküche.

»Guten Morgen«, sagte sie fröhlich.

»Guten Morgen, Frau Ercken.« Er sah auf und legte die Lupe zur Seite, mit der er etwas studiert hatte. »Gefällt mir, Ihr Kleid«, sagte er anerkennend.

Lena lächelte. Ihr Chef mochte es, wenn sie Kleider aus den Fünfziger- oder Sechzigerjahren trug, mit Punkten und Bubikragen, mit kleinen geometrischen Mustern und geschwungenen Röcken. Sie erinnerten ihn an die Zeit, als er noch ein junger Mann gewesen war. Lena hatte eine Schwäche für die Kleider entwickelt. Sie wusste, dass sie mit ihren dunklen, lockigen Haaren und den Sommersprossen gut in einen Film jener Jahre gepasst hätte, und betonte diese Tatsache gerne mit ihrer Garderobe. Sie hatte ein paar Vintage-Stücke im Schrank, die sie hegte und pflegte.

Walter Cordes stand schwerfällig auf und wedelte mit einem wattierten Briefumschlag.

»Der kam heute mit der Post aus Buenos Aires.«

»Das Autograf von Stefan Zweig? Das ging aber schnell. Normalerweise brauchen die doch viel länger. Darf ich gucken?«

Lena liebte ihre Arbeit. Walter Cordes war begeisterter Sammler, und seit der frühere Strafverteidiger nicht mehr bei Gericht arbeitete, hatte er endlich genügend Zeit für seine Passion: eigenhändige Niederschriften von berühmten Persönlichkeiten, Wissenschaftlern oder Künstlern, sogenannte Autografe. Daneben sammelte er Skizzen- und Notizbücher von Malern und Dichtern. Die beiden Räume waren vollgestopft mit diesen Sammlerstücken, von denen viele aufgrund ihrer Einzigartigkeit kostbar und unersetzlich waren.

Cordes stützte sich schwer auf seinen Handstock. Im Kopf war er noch topfit, aber mit seinen 83 Jahren wollten seine körperlichen Kräfte nicht mehr so recht. Auch seine Sehkraft ließ in letzter Zeit nach, deshalb trug er immer eine Lupe mit sich herum.

Die nahm er jetzt wieder zur Hand und beugte sich erneut über das Papier. Mit der Rechten winkte er sie zu sich hinüber. »Kommen Sie. Das Exemplar ist perfekt.«

Er hatte das signierte Exemplar von Zweigs Buch *Die Welt von gestern* vorsichtig auf den Tisch vor sich gelegt und studierte das Vorsatzblatt, auf das der Dichter seinen Namen geschrieben hatte. Lena zog sich ein Paar weiße Baumwollhandschuhe über. Das machte sie immer, bevor sie die wertvollen Stücke berührte.

»Sehen Sie, wie er die ersten beiden Buchstaben seines Vornamens miteinander verbindet, sodass sie beinahe wie ein A aussehen?«

»Und das Z des Nachnamens stammt noch aus der Kurrentschrift«, fügte Lena hinzu.

»Genau das macht ihn so interessant. Er war wirklich ein Mann, der in zwei Zeitaltern lebte, der junge Zweig noch in der K.-u.-k.-Monarchie, der ältere im Zeitalter der Kriege, der weltweiten Fluchtbewegungen und des Holocaust. Das kann man bis in seine Unterschrift verfolgen.« Während er redete, wurde Walter Cordes richtig lebhaft. Vorsichtig strich er über die Unterschrift des berühmten Dichters, dem das Leben so übel mitgespielt hatte. »Vor über 70 Jahren hat er genau dieses Stück Papier angefasst, so wie ich jetzt«, sagte er andächtig und formulierte damit wohl die Essenz einer Sammlerleidenschaft. Mit einem Autograf hielt man ein Stück Geschichte in der Hand, und all die Umstände seiner Entstehung, die Besonderheiten der Schrift, die Qualität des Papiers, das sich manchmal gut anfühlte, manchmal nicht einmal berührt werden durfte, weil es zu Staub zerfallen würde, schwangen da mit. Wenn man diese Zweig-Signatur betrachtete, stellte sich fast zwangsläufig die Frage, in welcher Situation der Dichter das Buch signiert hatte. War es ein sonniger Tag gewesen, als er es lächelnd zur Hand genommen und mit seiner Signatur versehen hatte? Oder stand der Gedanke an den Doppelselbstmord mit seiner viel jüngeren Frau Lotte schon im Raum, war er womöglich bereits fest geplant? War diese Unterschrift die letzte, die Zweig überhaupt getätigt hatte? Durch diese Gedanken bekam so eine Signatur eine Aura. Eine Verbindung zu dem Schreibenden stellte sich zwangsläufig her.

Lena dachte über all das nach, dann sagte sie: »Leider steht hier nicht, wem er das Exemplar gewidmet hat. Und ein Datum fehlt auch.«

»Dazu gibt es keinerlei Hinweise.«

»Wo haben Sie das Buch denn gekauft?«

»Bei Henschel in Buenos Aires.« Er sagte immer noch Henschel, obwohl der Eigentümer des Antiquariats für deutsche Bücher, Edgardo Henschel, der selbst als Emigrant nach Argentinien gekommen war, inzwischen verstorben war. Cordes arbeitete mit Henschels Nachfolger zusammen, dem er genauso vertraute wie Edgardo. Trotzdem wollte er sich nicht an seinen Namen gewöhnen, als könne er dadurch den Lauf der Zeit zumindest ein wenig aufhalten.

»Ich werde versuchen, einen möglichen Adressaten herauszufinden. Beziehungsweise wem das Buch gehört hat«, sagte Lena. »Wissen die bei Henschel denn, wer das Buch eingeliefert hat?«

»Nein. Sie haben es nach der Übernahme des Ladens zufällig in einem Regal gefunden.«

Lena dachte an die Unordnung in ihrem eigenen Bücherregal. Sie wusste, dass so etwas vorkommen konnte.

Ihr Chef sah sie mit einem Lächeln an. »Wissen Sie, Frau Ercken, eigentlich ist es mir gar nicht so wichtig, für wen dieses Buch bestimmt war. Hauptsache es hat seinen Weg zu mir gefunden. Womöglich war es für einen der anderen Emigranten, die damals auf der Flucht vor Hitlers Schergen in Brasilien Unterschlupf gefunden hatten? Es muss vor 1942 gewesen sein – wie Sie wissen, haben sich Zweig und seine Frau im Februar jenes Jahres das Leben genommen. Eigentlich reicht mir das als Hintergrund zu diesem Buch – auch wenn ich Ihren Spürsinn natürlich sehr zu schätzen weiß.«

Das war unter anderem Lenas Aufgabe: Einzelheiten zu den Sammlerstücken herauszufinden. Dazu recherchierte sie in Datenbanken und Archiven, las Zeitungen, die Fachpresse und Ausstellungsberichte und studierte die Kataloge und Verkaufsergebnisse diverser Kunstauktionen. Daneben erledigte sie alle anderen Arbeiten, die anfielen: Sie schrieb Briefe und Angebote und korrespondierte für ihren Chef mit anderen Sammlern. Ihre wichtigste Aufgabe war es, Cordes' umfassende Sammlung zu sichten und zu katalogisieren. Er sammelte seit fast 50 Jahren und hatte, wie er einmal lächelnd anmerkte, vor 42 den Überblick verloren, weil er damals bereits ahnte, dass sie sich eines Tages kennenlernen würden. Als sie bei Walter Cordes angefangen hatte, gab es nur unzählige Kisten mit Exponaten. Lena nahm die Autografe, Skizzen und sonstigen Stücke in einen Katalog auf, ordnete sie nach Autoren, Ländern und Zeiten und stellte thematische Querverweise her. So entstanden manchmal Verbindungen und Bezüge, die selbst Walter Cordes überraschten – oder wie er es ausdrückte: »Ich wusste es vielleicht noch nicht, aber gedacht habe ich es mir schon …«

Sie mochte den alten Mann und bewunderte ihn für die Hartnäckigkeit, mit der er jetzt schon ein halbes Leben seine Sammlung vorantrieb. Ganz am Anfang ihrer Zusammenarbeit hatte er ihr erzählt, wie es dazu gekommen war.

Damals war er 30 Jahre alt gewesen und hatte vor dem Schaufenster eines Antiquariats ein signiertes Exemplar seines Lieblingsbuches entdeckt: *Die Schachnovelle,* ebenfalls von Stefan Zweig. Er hatte es gekauft, obwohl er es sich eigentlich nicht leisten konnte. Zu Hause hatte er das Buch in sein Regal gestellt und es fast jeden Tag für einen Augenblick in die Hand genommen. Dabei hatte er irgendwann festgestellt, dass es eine Art Aura besaß; es war der Beginn einer lebenslangen Sammlerleidenschaft gewesen.

Leider hatte Walter Cordes in den ersten Jahrzehnten seiner Sammlertätigkeit neben seinem Beruf als Anwalt nicht genügend Zeit gehabt, die Sammlung zu pflegen und zu katalogisieren. Das war wohl die Krux: Entweder man verdiente Geld, um Stücke anzukaufen, oder man hatte Zeit, um sich mit ihnen zu beschäftigen. Als Walter Cordes dann in Rente gegangen war, hatte er sich vor einem ganzen Lager und Bergen von Kartons und Ordnern wiedergefunden, angefüllt mit Einzelblättern, Büchern, Heften und Skizzen. Ihm war klar geworden, dass er seine Sammlung allein nicht würde bewältigen können. Also schaltete er eine Anzeige: *Älterer Herr, gleichwohl offen wie eigensinnig, sucht zuverlässige Kraft mit Erfahrungen in der Literaturwissenschaft und der Kunstgeschichte. Leidenschaft für staubige Texte von Vorteil.* Lena kannte den Text immer noch auswendig, weil er so schön altmodisch und ein bisschen verschroben klang. Als sie die Anzeige im *Hamburger Abendblatt* gelesen hatte, hatte sie sofort gewusst, dass sie diesen Job haben wollte. Und mit ihrem Magister in Germanistik und Kunstgeschichte schien sie prädestiniert dafür. Sie hatte nach dem Studium zwei Jahre in Frankreich gelebt, wo sie für private Galerien – und für fast kein Geld – gearbeitet hatte. Danach war sie nie lange in einem Job geblieben. Sie ließ sich treiben, nahm Aufgaben an, die sie spannend fand, und verließ die Firmen wieder, wenn sie das Gefühl hatte, keine neuen Impulse mehr sammeln zu können. Diese Gefahr bestand nun nicht mehr: Sie mochte staubige Texte, besonders wenn sie in lange nicht eingesehenen Archivboxen darauf warteten, von ihr entdeckt zu werden. Als sie bei ihrem Vorstellungsgespräch hörte, dass Walter Cordes Autografe sammelte, war sie restlos begeistert gewesen. Und jetzt arbeitete sie schon seit sechs Jahren für den alten Mann. Die beste Entscheidung, die sie je getroffen hatte. Sie verdiente zwar kein Vermögen, aber es reichte. Wenn jemand Lena fragte, was sie beruflich machte, antwortete sie manchmal »Privatsekretärin« oder »Assistentin«, manchmal aber auch mit »Ich mache was mit Kunst« – je nachdem, ob ihr Gegenüber interessant war und sie das Gespräch weiterführen wollte oder nicht.

Über die Jahre hatte sie sich selbst ein fundiertes Wissen über Autografe angeeignet und einen Ordner mit faksimilierten Unterschriften angelegt, in dem sich auch verschiedene Signaturen von Stefan Zweig fanden; viele erkannte sie sofort, wenn sie sie sah, und konnte sie einer bestimmten Zeit im Leben eines Schriftstellers oder Künstlers zuordnen. Immer wieder wurde Lena darum von anderen Sammlern um ihre Expertise gebeten, was nicht nur ihr, sondern auch Walter Cordes jedes Mal schmeichelte. Noch dazu hatte sie ein untrügliches Gespür für die Echtheit eines Stückes. Das brauchte sie auch: Es war schon vorgekommen, dass Cordes von Privatpersonen, die sich als Experten ausgaben, Stücke angeboten wurden, die Lena schnell als Fälschungen entlarvt hatte.

Daran musste Lena nun auch denken, während sie den neuen Zweig begutachtete. Es war wohl Sentimentalität gewesen, die Walter Cordes veranlasst hatte, auch dieses Autograf zu erstehen – noch dazu zu einem erstaunlich hohen Preis. Bei diesem Autor gingen bei ihm die Gefühle durch. Und leisten konnte er es sich – anders als zu Beginn seiner Sammlerkarriere – auch. Trotzdem nahm Lena sich vor, in Zukunft noch besser aufzupassen, wenn ein Zweig-Exponat angeboten wurde. Es gab genügend Scharlatane auf dem Markt, die genau wussten, welcher Sammler bei wem schwach wurde.

Es war aber nicht nur Lenas Aufgabe, die Sammlung ihres Chefs zu betreuen. Leider war in den letzten Jahren eine weitere hinzugekommen: Angesichts seines fortgeschrittenen Alters sorgte sich Walter Cordes, was mit seinen geliebten Stücken in Zukunft geschehen sollte. Wie wohl jeder Sammler träumte auch er davon, seine Schätze in einem eigenen Museum der Öffentlichkeit zugänglich zu machen. Cordes wollte seinen Nachlass geordnet in gute Hände geben, aber das gestaltete sich unglaublich zäh und langsam. Sie standen in Kontakt mit der Hamburger Kulturbehörde, um nach Wegen zu suchen, aber die Mühlen der Behörde mahlten extrem langsam. In letzter Zeit bemerkte Lena immer wieder, dass ihr Chef zunehmend ungeduldig wurde. In den letzten Monaten gab er Lena immer häufiger Aufträge, die mit Anwälten und Testamenten zu tun hatten. Lena erledigte diese Arbeiten immer mit einem unguten Gefühl. Sie wollte nicht daran denken, wie es wäre, wenn er nicht mehr da wäre. Sie würde nicht nur ihren Arbeitgeber verlieren, sondern auch einen sehr netten Menschen.

»Ich fürchte, dass ich mich beeilen muss, um meine Dinge zu regeln«, sagte Walter Cordes oft.

Lena hatte es aufgegeben, ihn zu beschwichtigen. Walter Cordes war wirklich nicht mehr der Jüngste, er hatte einfach keine Zeit mehr, um jahrelang auf Entscheidungen zu warten. Und so machte Lena Druck, knüpfte immer neue Kontakte und fragte stetig nach. Alles was sie bis zu einer endgültigen Entscheidung tun konnte, war, die bestehende Sammlung zu pflegen und für eine neue Bestimmung vorzubereiten sowie neue Konzepte zu entwickeln, wie man sie präsentieren könnte. Die schönsten Stücke stellten sie bereits jetzt in den Vitrinen aus, die im zweiten Raum standen. Nur bekam die leider niemand außer ihnen beiden zu Gesicht.

Den Rest des Tages war sie damit beschäftigt, im Internet nach Informationen zu Joseph Roth zu suchen, einem Freund und Korrespondenzpartner von Stefan Zweig, der ebenfalls zu Cordes' Steckenpferden gehörte. Zum Mittagessen ging sie in ein kleines asiatisches Bistro um die Ecke, wo es eine köstliche Kokosmilchsuppe gab, die schön scharf und cremig war, so wie sie es mochte. Sie fragte ihren Chef immer, ob er sie begleiten wollte oder sie ihm etwas mitbringen könnte; meistens sagte er Nein, Walter Cordes aß mittags kaum etwas. Heute aber nickte er dankbar. Lena holte zwei Suppen, und sie aßen an ihren Schreibtischen. Sie betrachtete gerührt, wie er mit leicht zitternden Händen den Löffel zum Mund führte. Kurz nach dem Essen fuhr er nach Hause, und Lena arbeitete weiter.

Gegen vier klingelte ihr Telefon.

»Lena Ercken, Büro Cordes«, meldete sie sich.

»Hallo, Schwesterherz. Hast du heute Abend schon was vor? Wollen wir gemeinsam was trinken gehen? Ich würde gern was mit dir besprechen.«

Die Stimme ihrer jüngeren Schwester Monika klang ein bisschen belegt.

»Ist was mit Mama und Papa?«, fragte Lena beunruhigt. Ihre Eltern wohnten in Sasel, einem grünen Randbezirk von Hamburg. Da Monikas Mann Hans dort eine Zahnarztpraxis hatte, war Monika immer besser informiert, was zu Hause los war.

»Nein, nein, da ist alles in Ordnung«, sagte Monika ausweichend.

Und wo war etwas nicht in Ordnung?, fragte sich Lena. Aber was es auch war, es schien, als würde ihre Schwester es lieber von Angesicht zu Angesicht besprechen.

»Okay. Ich wollte sowieso gleich Feierabend machen. Wo treffen wir uns?«, fragte sie.

»In einer halben Stunde bei Paolo?« Paolo war Monikas Lieblingsitaliener in der Neustadt, knappe 15 Minuten zu Fuß von Lenas Büro entfernt.

»Alles klar. Bis gleich.« Lena legte auf und ließ die Hand nachdenklich auf dem Hörer liegen. Monika war die Tochter, die in den Augen ihrer Eltern alles richtig gemacht hatte: Sie war verheiratet und hatte zwei Kinder, Leon und Pia, die auf ein gutes Hamburger Gymnasium gingen. Hans kannte sie schon von der Schule. Er verdiente gut, sie wohnten in einem Haus im Alstertal, das fast abbezahlt war, und Monika arbeitete zwei Tage in der Woche in der Praxis ihres Mannes.

Lena seufzte, während sie aufstand, rasch das Büro aufräumte und dann im Hinausgehen hinter sich abschloss. Zum Glück teilte Monika nicht die Meinung ihrer Eltern – sie fand Lenas Leben völlig in Ordnung. Manchmal beneidete sie Lena sogar um ihre Unabhängigkeit, zumindest sagte sie das. Ihre Eltern meinten es nicht böse, wenn sie sich für ihre Älteste »etwas Sicheres« wünschten, womit sie in erster Linie einen Mann meinten. Mit Lenas Beruf hatten sie jedoch auch so ihre

Schwierigkeiten. Sie konnten sich nicht vorstellen, wie man mit alten Unterschriften Geld verdienen konnte. Lenas Leben blieb ihnen irgendwie fremd. Monika dagegen konnten sie viel besser verstehen, mit einem Zahnarzt als Mann, Kindern und einem Haus im Grünen.

Lena dachte immer noch über ihre Schwester nach, als sie schon auf Höhe des Michels war. Sie schenkte dem Turm nur einen kurzen Blick. Irgendetwas sagte ihr, dass es Monika gerade nicht gut ging. Beunruhigt beschleunigte sie ihre Schritte.

Als sie das Restaurant in der Neustadt betrat, sah sie Monika gleich vom Eingang aus. Sie saß an einem Tisch in der Ecke. Ihr Gesicht verschwand beinahe hinter einem Vorhang aus Haaren, als sie auf ihr Handy starrte.

Lena fühlte eine Welle der Zärtlichkeit in sich aufsteigen. »Hallo, kleine Schwester«, sagte sie und ließ sich auf die Bank neben sie gleiten.

»Lena, danke, dass es geklappt hat.«

Sie umarmten sich, wobei Monikas Haar auf unendlich vertraute Weise Lenas Wange kitzelte. Dieses dicke Haar hatten beide Schwestern vom Vater geerbt. Bei Lena lag es in weichen Locken um den Kopf, aber bei Monika hatten sich die väterlichen Gene zu einer wilden Lockenpracht ausgewachsen, die sich kaum bändigen ließ. Mit 16 hatte Moni ihre Haare gehasst und alles probiert, sie zu glätten, aber nichts hatte funktioniert. Dann hatte sie sie jahrelang zu einem strengen Pferdeschwanz gebunden. Hans' Geständnis, sich als Erstes in ihre Haarpracht verliebt zu haben, hatte sie dann einigermaßen mit ihrer Frisur versöhnt. Aber in der Genlotterie hatten die beiden Schwestern nicht nur Merkmale ihres Vaters gewonnen. Wie ihre Mutter hatten sie Sommersprossen auf der Nase und den Wangen. Ihre Ähnlichkeit war kaum zu übersehen, und sie standen sich sehr nahe, aber das war nicht immer so gewesen.

Als sie beide noch zu Hause gewohnt hatten, waren Lena und Monika wie Hund und Katze gewesen. Heute war Lena unendlich dankbar für die Nähe zu ihrer Schwester, die für sie einer der wichtigsten Menschen auf der Welt war, und sie wusste, dass Monika genauso fühlte. Obwohl sie in vielen Dingen grundverschieden waren, verstand Lena sich mit Monika oft ohne Worte. Sie teilten dieselbe Kindheit, dieselben Erinnerungen; sie konnten sich Dinge anvertrauen, die sie anderen Menschen nicht sagen würden. Die Beziehung zu ihrer Schwester war für Lena etwas ganz Besonderes.

»Schön, dass du da bist.« Monika schob ein paar Taschen von angesagten Boutiquen zur Seite, um neben sich auf der Bank Platz zu machen. Lena sah mit Schrecken, dass sie offensichtlich geweint hatte, denn die Mascara ihrer sonst immer perfekt geschminkten Schwester war verlaufen.

»Was ist los?«, fragte sie alarmiert.

Monika sagte etwas, aber so leise, dass Lena es nicht verstand.

»Was?«

Ihre Schwester holte Luft und wiederholte ihren Satz: »Ich glaube, Hans betrügt mich.« In ihren Augen glänzten frische Tränen, als sie Lena ansah.

Lenas erster Impuls war, laut aufzulachen. Hans und seine Monika betrügen? Das konnte sie sich beim besten Willen nicht vorstellen. Der Mann liebte seine Frau und hatte darüber hinaus gar keine Zeit für ein Verhältnis. Aber dann fiel ihr ein, wie oft die Beziehungen von Freunden in die Brüche gegangen waren, wo sie das auch nie für möglich gehalten hatte.

»Was sagst du da?«, fragte sie schließlich vorsichtig. »Das glaube ich nicht.«

Monika schniefte. »Erinnerst du dich noch an Martina?«

»Du meinst *die* Martina?«

Die Martina war früher der Star an ihrer Schule gewesen: blond, schön und intelligent. Alle Jungs der Oberstufe waren in sie verliebt gewesen. Zu ihnen hatte auch Hans gehört, bevor er sich in Monika verguckt hatte.

Monika nickte. »Nach dem Abi hat sie geheiratet und ist irgendwo nach Süddeutschland gezogen.« Während sie das sagte, fing sie an, an der Papierserviette herumzuzupfen, die vor ihr auf dem Tisch lag.

»Und?«

»Und … jetzt hat sie sich von ihrem Mann getrennt und lebt wieder in Hamburg.«

»Woher weißt du das?«

»Sie ist vor einiger Zeit in die Praxis gekommen.«

»Aber nicht als Patientin?«

Monika sah sie nachdenklich an. »Du meinst, sie brauchte gar keinen Zahnarzt und wollte einfach nur Hans wiedersehen? Das glaube ich nicht. Ich denke, es war eher Zufall. Sie hat jedenfalls ziemlich überrascht getan, als sie erst mich erkannt hat und dann Hans.«

»Und dann?«

Monikas Augen wurden schon wieder feucht. »Mir ist aufgefallen, dass sie dann sehr oft gekommen ist. Ich bin ja nicht jeden Tag in der Praxis, aber das hab sogar ich gemerkt. Und ein Blick in die Patientenakte hat auch bestätigt, dass ich mir das nicht nur eingebildet habe … Seitdem ist Hans immer häufiger abends weg. Und neulich sogar übers Wochenende. Ein Treffen unter alten Kommilitonen hat er gesagt. Das hat er noch nie gemacht. Er hat immer gesagt, dass er froh ist, die nicht mehr sehen zu müssen.« Sie schüttelte den Kopf. »Er gibt sich nicht mal Mühe, einen plausiblen Grund zu erfinden. Als wäre es ihm völlig egal, wie ich mich fühle.«

»Das passt überhaupt nicht zu ihm. Hans hat dich immer angebetet.«

Das hätte Lena nicht sagen sollen. Monika fing jetzt richtig an zu weinen. Der Kellner, der gerade an ihren Tisch getreten war, um die Bestellung aufzunehmen, ging betroffen wieder weg. Zum Glück waren außer ihnen keine anderen Gäste im Restaurant, weil es noch so früh war. Lena wusste nicht, was sie anderes tun konnte, als ihre Schwester in den Arm zu nehmen. Einen Moment lang saßen sie einfach so da. Lena ging durch den Kopf, dass Monika und Hans für sie immer das perfekte Paar gewesen waren. Sie hatten sich schon in der Schule kennengelernt, und es war früh klar gewesen, dass sie zusammenbleiben und eine Familie gründen würden. Es war vielleicht nicht der spannendste Lebensentwurf, aber ein sehr solider.

»Ihr dürft euch nicht trennen. Ihr seid doch mein großes Vorbild«, flüsterte sie.

Monika setzte sich auf und fischte nach einem Tempo in ihrer Handtasche, um sich die Tränen von den Wangen zu wischen.

»Ich habe nie einen anderen Mann geliebt als Hans«, sagte sie dann. »Und ich werde auch nie einen anderen lieben. Aber ich hätte ihm so etwas nie zugetraut. Wie kann er mir das nur antun? Ich fühle mich so … benutzt!«

»Was willst du denn jetzt machen?«

Monika sah sie an und zupfte weiter an ihrer Serviette. Sie hatte bereits einen ganzen Haufen Fetzen vor sich auf dem Tisch liegen. »Ganz ehrlich? Ich habe keine Ahnung. Ich komme mir vor wie ein Zombie. Am liebsten würde ich einfach abhauen.«

Lena wollte protestieren, doch Monika brachte sie mit einer Handbewegung zum Schweigen. Vielleicht ist es ganz gut, wenn sie sich erst mal einfach alles von der Seele redet, dachte Lena.

»Hans und ich sind jetzt 20 Jahre zusammen. Wir kennen

nur einander. Vielleicht war es für ihn einfach mal an der Zeit, das zu hinterfragen. Vielleicht hat er auch so etwas wie Torschlusspanik …«

»Willst du ihn etwa in Schutz nehmen?«, fragte Lena dazwischen.

»Nein, will ich nicht. Aber ich will versuchen, ihn zu verstehen. Und ich will ihn zurück. Also werde ich ihm Zeit zum Nachdenken geben. Ich habe mir das gut überlegt. Vielleicht nehme ich mir auch eine Auszeit. Aber ich brauche dich dazu.«

»Wie meinst du das? Willst du zu mir ziehen?«

Monika schüttelte den Kopf. »Das ist lieb von dir. Aber wenn ich das wirklich durchziehe, dann will ich auch ganz für mich sein.« Sie legte ihre Hand auf Lenas und sagte: »Ich finde es aber wichtig, dass du Bescheid weißt. Ich habe bisher mit niemandem darüber gesprochen. Ich weiß noch nicht genau, ob und wann und wohin ich gehe, aber kann ich dann auf dich zählen?«

»Natürlich. Aber …« Lena wusste immer noch nicht, worauf Moni hinauswollte. »Wie soll das denn aussehen?«

»Du kannst dir ja vorstellen, dass Mama und Papa durchdrehen werden, wenn sie das erfahren. Wir müssen ihnen dann eine gute Geschichte erzählen.«

»Und Pia und Leon?«

»Ich weiß nicht, wie viel sie mitkriegen. Hans und ich streiten ja nicht zu Hause. Außerdem sind sie fast erwachsen. Vielleicht ist es auch für sie ganz heilsam zu sehen, wie es ohne mich ist.«

Lena wusste nicht, was sie davon halten sollte. »Du bist noch nie in deinem Leben nur für dich gewesen.« Das stimmte: Moni hatte kurz nach dem Abi geheiratet. Sie hatte nie allein gelebt so wie Lena. Besser spät als nie? »Vielleicht ist es mal an der Zeit dafür«, sagte sie zögernd.

Monika sah sie hoffnungsvoll an. »Findest du? Ich weiß nicht, ob es der richtige Weg für meine Ehe ist. Aber in jedem Fall fühlt es sich gut für mich an.«

Lena nickte. »Mach dir keine Sorgen. Ich halte dir bei Mama und Papa den Rücken frei. Und wenn was mit Pia oder Leon ist, bin ich für sie da.« Sie zögerte. »Bist du dir ganz sicher?«

Monika griff nach Lenas Hand und nickte. »Bin ich.« Sie schob die völlig zerfetzte Serviette auf die Seite und winkte den Kellner an ihren Tisch. »Und jetzt kein Wort mehr über Hans. Lass uns bestellen.«

KAPITEL 3

Am nächsten Tag war Lena unkonzentriert im Büro. Sie wollte eigentlich ihre Liste mit ausstehenden Anfragen bei Kulturämtern und Behörden durchgehen, musste aber immer wieder an Monika denken. Dass sie und Hans ernste Probleme hatten, beunruhigte sie. Aber gleichzeitig fand sie Monikas Idee, sich für eine Zeit lang von ihm zu trennen, sehr mutig. Manchmal brauchte man einfach Abstand, um klar sehen zu können. Monika hatte am Ende des Abends, nach dem Essen, als sie noch mal über alles gesprochen hatten, entschlossen und fast ein bisschen unternehmungslustig gewirkt. Früher hätte Lena ihrer kleinen Schwester so etwas nie zugetraut – und Monika sich selbst wahrscheinlich auch nicht –, aber nun schien sie sich alles genau überlegt zu haben und durch das Gespräch nur noch entschlossener.

»Tschüss, Frau Ercken.« Lena zuckte zusammen, als Walter Cordes sie am frühen Nachmittag ansprach. »Machen Sie doch auch Feierabend. Sie sind heute ohnehin nicht so recht bei der Sache.«

»Tut mir leid«, sagte sie. »Mir geht da was durch den Kopf.«

»Na, dann lassen Sie es mal vorübergehen. Morgen ist auch noch ein Tag.« Er zog sich umständlich seinen Mantel an, schloss mit zittrigen Fingern die Knöpfe und richtete den Kragen, wobei er mit schmerzverzerrtem Gesicht die Arme hob. Dann steckte er die Lupe in die Tasche.

Lena widerstand dem Reflex, aufzuspringen und ihm behilflich zu sein; das mochte Cordes nicht. Er fand, es gehörte sich, dass Männer einer Frau in den Mantel halfen, nicht umgekehrt. »Danke, das ist nett von Ihnen«, sagte sie daher stattdessen. »Ich schließ nur noch schnell die Sachen ein.«

Im Büro stand ein mannshoher Tresor, in dem sie die wertvollsten Stücke in grauen Pappmappen aufbewahrten. Es gab zwar einen Sicherheitsdienst, dessen Leute nachts in den Speichern Patrouille gingen, aber auf den wollte sich keiner der beiden verlassen.

»Haben Sie sich ein Taxi bestellt?«, fragte Lena. Bis zum letzten Sommer war er noch selbst gefahren, ein altes burgunderrotes Mercedes-Cabriolet mit cremefarbenem Dach und ebensolchen Felgen sowie einem H im Kennzeichen, das den Wagen als historisch kennzeichnete. Das schönste Auto, das Lena jemals gesehen hatte. Aber zum Fahren fühlte er sich nicht mehr sicher genug, und jetzt stand der Wagen in der Garage.

»Müsste schon unten stehen. Bis Montag.« Er war schon halb zur Tür hinaus, als er sich noch einmal umdrehte: »Machen Sie was Schönes. Tragen Sie Ihr Kleid spazieren.« Er lächelte verschmitzt.

»Mach ich«, gab Lena zurück und strich über die feine Crêpe-de-Chine-Seide ihres braun gemusterten Kleides mit den orangefarbenen Polkadots. Ein Schnäppchen vom Flohmarkt, das ihr ganz hervorragend stand und dessen Schalkragen im Stil der Vierzigerjahre ihr Dekolleté hervorhob.

Als ihr Chef gegangen war, legte sie das Zweig-Buch in den Tresor. Dann ging sie zu der Vitrine hinüber, in der sie tagsüber wechselnde Exponate präsentierten, meistens nur zu ihrem eigenen Vergnügen. »Was soll ich mit einer Sammlung, wenn ich sie nicht täglich um mich haben kann?«, war Walter Cordes' Meinung zu diesem Thema.

Hier lag seit einigen Tagen eine kleine Zeichnung von Matisse, ein Herzstück der Sammlung, die normalerweise bei

Cordes zu Hause hing. So wie sie ihn kannte, hatte ihr Chef sich sicher gerade von dem Matisse verabschiedet, als sei er ein guter Freund. Sie nahm das gerahmte Blatt vorsichtig aus der Vitrine und legte es zu den anderen Sachen in den Tresor. Auch dieses Stück hatte seine eigene, ganz besondere Geschichte.

Ende der Siebzigerjahre waren Walter Cordes und seine Frau in Paris gewesen – es war ihre Hochzeitsreise. Er wollte damals ein einzelnes Buch auf dem Flohmarkt an der Porte de Clignancourt erstehen, weil ihm der Einband aus marmoriertem Papier so gut gefiel; um den Inhalt ging es ihm in diesem Fall gar nicht. Der Händler war schon beim Abbauen seines Standes. »Nehmen Sie doch den ganzen Stapel, dann muss ich ihn nicht wieder einpacken«, schlug er vor und verlangte einen Preis, der lächerlich gering war. Walter Cordes trug den Stapel Bücher in sein Hotelzimmer. Als er seinen Fund näher betrachtete, fiel die winzige Zeichnung aus einem der Bücher. Vor Glück tat sein Herz ein paar Extraschläge. Er erkannte sofort, was er da vor sich hatte, und sein Sachverstand reichte aus, um zu sehen, dass es sich nicht um eine Kopie handelte. Nachdem er sich gefasst hatte, fuhr er so schnell wie möglich zurück zur Porte de Clignancourt, um den Händler nach der Herkunft der Bücher zu fragen und ihn auf sein teures Versäumnis aufmerksam zu machen. Aber er war nicht mehr da, der Stand war abgebaut, und Walter Cordes und seine Frau fuhren am nächsten Tag zurück nach Hamburg. Es war für seine damalige Sekretärin eine harte Nuss gewesen, aber sie hatte es tatsächlich geschafft, den Händler ausfindig zu machen. Doch der wollte von einem höheren Preis nichts wissen. »Ich habe selbst nicht gewusst, was da zwischen den Seiten schlummerte, und es wäre gegen meine Ehre, Ihre Ehrlichkeit nun mit einer Forderung zu beleidigen«, hatte er geschrieben. So war die kleine Zeichnung in Cordes' Besitz gelangt, und die beiden Männer hatten bis zu Jean-Philippes frühem Tod den Kontakt aufrechterhalten.

Eine Geschichte wie diese war genau der Stoff, von dem jeder Sammler träumte: ein Brief oder eine Zeichnung in einem alten Buch, ein Rembrandt auf der Rückseite eines billigen Gemäldes … Und Walter Cordes war so etwas tatsächlich passiert. Und für ihn war der Matisse gleich doppelt wertvoll. Neben ihrem offensichtlichen Marktwert erinnerte die Zeichnung von Matisse, die in wenigen Strichen eine sitzende Frau darstellte, Walter Cordes an seine Frau Edith. Fast täglich sah er sie sich an.

Auch Lena warf einen letzten Blick auf den kleinen Frauenkopf, dann stemmte sie sich gegen die zentnerschweren Doppeltüren, bis sie einrasteten, und verdrehte das Zahlenschloss. Dieses Trumm hatte Walter Cordes vom Vormieter des Büros übernommen, einem Gewürzhändler, der darin seine Tageseinnahmen verwahrte. Es war wahrlich ein Glücksgriff: Das Ding war bestimmt schon 100 Jahre alt, aber unknackbar. Zumindest hatte ihnen das ein Mann von der Versicherung bestätigt. Lena sah sich noch einmal im Büro um, ob alles in Ordnung war, dann schloss sie ab und ging die Treppe hinunter.

Es war ein wunderschöner Frühlingsabend, eine erste Ahnung von Sommer lag spürbar in der Luft. Die Speicherstadt war voller Touristen, aber auch Hamburger, die hier über das Kopfsteinpflaster flanierten. Auf Bänken saßen Paare und Familien, die die Abendsonne und den Ausblick auf die Türme der Hamburger Kirchen genossen. Vor dem Eingang zum Miniatur-Wunderland, der größten Modelleisenbahnanlage der Welt, standen Besucher Schlange. Ein Schiff auf Hafenrundfahrt glitt vorüber, in den engen Häuserschluchten klangen die Worte des Kapitäns ein bisschen blechern, waren aber deutlich zu vernehmen. »He lücht«, er lügt, so nannten sich diese Männer und Frauen, die den Passagieren so manchen Bären über die Geschichte der Speicherstadt aufbanden. Als Lena die Stimme des Barkassenführers hörte, stahl sich ein breites Grinsen auf ihr Gesicht. Da unten fuhr gerade Kapitän Sogenannt vorbei; diesen Spitznamen hatte er von den Angestellten und Bewohnern der Speicherstadt bekommen, weil bei ihm gefühlt jedes dritte Wort »sogenannt« war.

»Hier fahren wir jetzt durch die sogenannte Speicherstadt der sogenannten Hansestadt Hamburg«, sagte er gerade. »Auf der sogenannten Steuerbordseite kommt uns ein sogenanntes Zollschiff entgegen.« Seit Lena mit ihrer Familie eine Hafenrundfahrt mit ihm als Kapitän gemacht hatte, war das ein geflügeltes Wort bei den Erckens geworden: Kapitän Sogenannt hatte das Wort so oft gebraucht, dass sie den Rest seiner Sätze vor Lachen nicht mehr mitbekommen hatten.

Ihn jetzt zu hören gab ihr ein gutes Gefühl und brachte sie zum Schmunzeln. Lena schickte ein stummes Dankeschön an den Kapitän und machte im Kopf ein Kreuz hinter dem Kästchen »kleine Momente des Glücks«. Das tat sie schon seit Jahren: Sie sammelte Glücksmomente und hatte sich darauf geschult, diese Augenblicke zu erkennen und sich bewusst an ihnen zu erfreuen. Mehr noch: Sie hielt es geradezu für ihre Pflicht, nach ihnen Ausschau zu halten. Sie hatte einen Sinn für die Schönheit im Banalen. Das, was für die meisten Menschen alltäglich und nichtig sein mochte, machte sie zu etwas Besonderem, egal ob es ein Eis in der Sonne war, der Anblick eines Marienkäfers oder das Lächeln, das ihr ein Unbekannter schenkte. Und so ein allererster Frühlingsspaziergang am Freitagnachmittag mit Kapitän Sogenannt gehörte definitiv dazu.

Beschwingt ging sie in Richtung Landungsbrücken und genoss den Blick auf den Hafen. Mit der Bahn ging es bis zur Station Kellinghusenstraße. Von hier aus war es nur noch ein kurzer Fußweg bis zu ihrer Wohnung.

Inzwischen war die Dämmerung hereingebrochen. Als sie die Treppe hinaufstieg, fiel ihr Blick durch das Flurfenster in die Erdgeschosswohnung im Hinterhaus. Wie jeden Abend lag die Frau, die dort lebte – sie war etwa in Lenas Alter –, in ihrem Wohnzimmer auf dem verschossenen Sofa. Das Zimmer war dunkel und ungemütlich, das Flimmern des Fernsehers die einzige Lichtquelle. Egal welche Jahreszeit herrschte: Die Fenster waren immer geschlossen. Nicht zum ersten Mal fragte sich Lena, was das für eine Frau war, die in dieser dunklen Wohnung wohnte, scheinbar nie ausging und sich nie Licht machte. Was mochte in ihrem Leben passiert sein, dass sie es allein vor dem Fernseher verbrachte?

Sie schüttelte unwillig den Kopf. Da hielt sie es lieber mit ihren Glücksmomenten.

***

In ihrer Wohnung öffnete Lena als Erstes die Balkontür im Wohnzimmer, um die Abendluft hereinzulassen. In der Küche schenkte sie sich ein Glas Weißwein ein und nahm ein Stück Käse und ein Gläschen Pflaumenchutney aus dem Kühlschrank. Sie stellte alles auf ein Tablett und trug es ins Wohnzimmer hinüber. Sie entzündete die Kerzen, die überall im Raum verteilt standen, und machte es sich dann auf dem Sofa gemütlich. Sie legte die Füße hoch und las die Zeitung, während sie Käse aß und an ihrem Wein nippte.

Unter Vermischtes fand sie einen Artikel über die bevorstehende Auktion von Mobiliar des legendären Hotels Ritz in Paris. Rund 1000 Exponate sollten unter den Hammer kommen, darunter die Barhocker, auf denen Ernest Hemingway gesessen hatte, Kerzenleuchter aus der Suite von Coco Chanel, Prousts Badewanne, Bilder, Nippes und Geschirr, alles Dinge, die Sammler zum Träumen brachten. Sie hatte mit

Walter Cordes besprochen, ob sie hinfahren sollten, sich dann aber dagegen entschieden, nachdem sie die Kataloge ausgewertet hatten: Manuskripte und Autografe waren auf dieser Auktion eher nicht zu erwarten. In dem Artikel wurde auch erwähnt, dass die Direktion vor vielen Jahren Hemingway seine zwei Koffer voller Papiere aus den Kriegsjahren nachgeschickt hatte, die er im Ritz untergestellt hatte. Aus dem Material hatte der Dichter dann sein berühmtes Parisbuch gemacht. Lena seufzte. Es wäre schon toll, dabei zu sein, wenn all diese Dinge unter den Hammer kämen. Aber was nicht ging, ging eben nicht.

Sie blätterte um und studierte den Hamburger Veranstaltungsteil auf der Suche nach etwas, das sie interessierte und das sie am Wochenende unternehmen könnte. Der Sonntagnachmittag war schon verplant: Ihr Vater feierte Geburtstag, ihre Mutter hatte zu Kaffee und Kuchen eingeladen. Sie musste morgen noch ein Geschenk kaufen. Monika, Hans und die Kinder würden auch da sein.

Lena ließ die Zeitung sinken. Davon war sie jetzt einfach ausgegangen. Aber würde Hans tatsächlich dort sein? Und wenn ja, wie würde die Stimmung zwischen ihrer Schwester und ihrem Schwager sein? Ihre Mutter durfte auf keinen Fall etwas mitbekommen, das würde sie zu sehr aufregen. Hertha Ercken war noch ganz alte Schule: Eine Ehe war für die Ewigkeit, und eine Frau ließ sich nicht scheiden, basta.

***

Lena musste eingenickt sein. Als sie auf die Uhr sah, war es gegen neun. Sie versuchte, sich zu strecken, und merkte, dass ihr rechter Arm eingeschlafen war. Mit einem Stöhnen richtete sie sich auf und schüttelte ihn aus. Was hatte sie geweckt? Sie horchte und vernahm einen Streit unten auf der

Straße. Ein Mann und eine Frau beschimpften sich lautstark, entfernten sich aber zum Glück bereits. Unterhalb dieses Lärms drang aber noch etwas anderes in ihr Bewusstsein, was sie schon länger nur halb wahrgenommen hatte. Jemand spielte Klavier. Die Musik musste aus einer der Nachbarwohnungen kommen. Und anscheinend war es tatsächlich jemand an einem Instrument, keine Musikanlage. Sie lauschte eine Weile und wunderte sich darüber, dass sie instinktiv wusste, welche Töne folgen würden, obwohl das Stück an sich ihr unbekannt war. Die Melodie musste sich, als sie schlief, in ihr Unterbewusstsein geschlichen haben, während das Stück immer und immer wieder gespielt wurde. Jemand übte anscheinend hartnäckig. Entweder das, oder er spielte sein Lieblingsstück. Letzteres konnte sie vollends nachvollziehen, die Musik gefiel ihr, sie war ein bisschen traurig: leise Töne mit perlenden Läufen und gebrochenen Akkorden, die ins Klassische gingen. Es wurde still, dann fing das Stück wieder von vorne an.

Neugierig stand Lena auf und ging auf den Balkon hinaus, um herauszufinden, woher die Musik kam. Aber draußen war gar nichts zu hören. Seltsam … Sie ging wieder hinein und schloss fröstelnd die Balkontür, inzwischen war es richtig kühl geworden. Sie blieb stehen, um der Musik zu lauschen, die sie jetzt wieder richtig gut vernehmen konnte, zwar leise, aber dennoch unüberhörbar. Die leicht melancholische Stimmung der Melodie verursachte ihr eine Gänsehaut, mehr noch als die frische Frühlingsluft. Jetzt fing sie wieder von vorne an, brach ab und begann wieder. Und dann endete sie mittendrin mit einem heftigen Misston, als würde jemand mit beiden Fäusten auf die Tastatur hauen. Lena zuckte erschrocken zusammen. Dann blieb es still.

Sie musste an ihre Studentenzeit denken, als unter ihr jemand gewohnt hatte, der immer wieder *Stairway to Heaven* in voller Lautstärke abgespielt hatte. In einer Altbauwohnung, wo man sogar hören konnte, wenn nebenan ein Streichholz angerissen wurde! Der Mann hatte sie fast in den Wahnsinn getrieben, und sie konnte das Lied immer noch nicht hören, ohne an durchwachte Nächte zu denken. Wie viel angenehmer war dieses Klavierstück gewesen, das ihr nun fast ein wenig fehlte und die Stille in ihrer Wohnung ein bisschen schmerzhaft wirken ließ.

Um sich von dem ungewohnten Gefühl abzulenken, goss sie sich noch ein Glas Wein ein und fuhr ihren Computer hoch. Es war ihr bisher nicht gelungen, Einzelheiten über den Adressaten herauszufinden, dem Stefan Zweig sein Buch geschickt hatte, auch wenn Walter Cordes vorgab, sich nicht dafür zu interessieren. Aber ihr war auf dem Spaziergang vorhin die Idee gekommen, es in Büchern über das Exil in Argentinien zu versuchen. Sie wollte damit nicht bis Montag warten. Der Zweig ließ ihr keine Ruhe.

Es war schon nach Mitternacht, als sie den Computer ausstellte.

***

Am nächsten Tag hielt das schöne Wetter an. Lena stand ziemlich früh auf und frühstückte ausgiebig. Dann machte sie sich auf den Weg, um das Geschenk für ihren Vater zu besorgen. Dabei fiel ihr ein, dass sie auch ein Geschenk für Ann-Cathrins Hochzeit brauchte. Sie kam an dem kleinen Laden vorbei, in dem sie schon öfter fündig geworden war und wo Wohnaccessoires aus Frankreich und Portugal verkauft wurden. Ann-Cathrin und ihr Niklas waren vor Kurzem in eine neue Wohnung gezogen, da brauchte man doch immer noch das eine oder andere. Sie betrat das Geschäft, und die Ladenglocke über der Tür bimmelte die Anfangstöne der *Marseillaise*. Der

Laden war in einer ehemaligen Wohnung untergebracht, wie viele hier rund um den Eppendorfer Weg. In den vier oder fünf kleinen Räumen gab es Geschirr, Kleinmöbel, Leuchten und Tischwäsche. Sogar die Tür zum Badezimmer stand offen und gewährte einen Blick auf Nippes und Handtücher. Alles sah handgemacht und besonders aus – der reinste Gegenentwurf zu Ikea ... Die blonde Frau hinter dem Tresen, die Jeans und ein helles Sweatshirt mit dem Aufdruck »Holiday« trug, begrüßte Lena beim Reinkommen freundlich. Lena wusste, dass die Besitzerin sehr nett war und gern plauderte. Da gab es in Eppendorf ganz andere Verkäuferinnen, die einen schon beim Reinkommen taxierten und, wenn man ihnen nicht passte, ganz schön schnippisch sein konnten.

»Kann ich Ihnen helfen?«

»Ich suche etwas für meinen Vater. Und ein Hochzeitsgeschenk für eine Freundin. Aber wahrscheinlich endet es wieder damit, dass ich nur etwas für mich finde.«

Die Besitzerin lachte. »Sehen Sie sich einfach um. Wir haben ein paar tolle neue Sachen von einer Designerin aus Frankreich. Wenn Sie Fragen haben, ich bin ja hier.«

Lena schlenderte durch den Laden, sah hier und da etwas, das ihr gefiel, aber doch nicht das Passende. Im letzten Raum stand auf einem Tisch eine hohe, gerade Vase. Sie war aus heller Keramik, die untere Hälfte dunkel lasiert; die dunkle Farbe verlief in feinen Linien durch die helle Hälfte. Der Boden der einen sah aus, als hätte jemand dickflüssigen Cassissirup darauf verteilt, ein anderer war sonnengelb wie Eidotter. Daneben waren Sofakissen in ähnlichen Farben ausgestellt. Lena fuhr mit den Fingerspitzen über die feinen Linien in der Keramik. Sie stellte sich vor, wie dunkle Tulpen oder gelbe Narzissen in dieser Vase wirken würden. Oder ein einzelner Ast eines Obstbaumes, Kirsche oder noch lieber Quitte mit den zarten hellrosa Blüten. Das müsste wunderschön aussehen. Sie nahm die Vase vom Tisch und drehte sie herum, um nach dem Preis zu sehen. 90 Euro, ein stolzer Preis. Aber sie hatte ihr Herz schon an dieses schöne Ding verloren und trug es darum kurz entschlossen nach vorn zur Kasse.

»Soll ich das als Geschenk einpacken?«, fragte die Inhaberin.

»Nicht nötig. Die schenke ich mir selber.«

Sie mussten beide lachen.

»Das sind manchmal die besten Geschenke«, sagte die Inhaberin und reichte ihr die Papiertüte mit der dick eingepackten Vase. »Viel Vergnügen damit, und kommen Sie bald wieder!«

Vor dem Geschäft sah Lena sich unschlüssig um. Wo könnte sie etwas für ihren Vater finden? Sie wandte sich auf gut Glück nach links.

Gleich darauf blieb sie wie angewurzelt stehen. Im Schaufenster einer Boutique hing ein Pullover in orangerotem Samt. Genauso einen hatte sie vor … vor 20 Jahren besessen! Sofort waren die Erinnerungen wieder da: Diesen Pullover hatte sie ständig getragen, als sie mit Vincent zusammen gewesen war. Vincent, ihre große Liebe.

Sie waren beide Studenten gewesen. Lena war gerade bei ihren Eltern ausgezogen und lebte in einer Wohngemeinschaft mit Violette. Damals hatte ihr die Welt zu Füßen gelegen, sie hatte sich unbesiegbar gefühlt. Und dann war Vincent aufgetaucht. Sie hatte mit ihrem Fahrradschloss gekämpft, das klemmte, und er hatte ihr geholfen, seine Tasche zu ihrer hinten in den Korb gelegt und war mit ihr gegangen. Er hatte sie mit seiner Liebe einfach überrumpelt, und sie waren unzertrennlich geworden. Lena hatte nie wieder einen Mann so begehrt. Sie hatten die Nächte durchgeredet, durchgetanzt, durchgeliebt … und nach zwei Jahren war es vorbei gewesen. Lena war am Boden zerstört, aber auch irgendwie erleichtert gewesen. Trotzdem hatte sie sich damals geschworen, dass sie niemals eine längere Beziehung haben wollte, die weniger intensiv war als die zu Vincent.

Diese Gedanken durchzuckten sie, als sie jetzt vor dem Schaufenster stand. Ohne lange nachzudenken, ging sie in das Geschäft und nahm den orangefarbenen Pullover aus dem Regal. Er fühlte sich genauso an wie der andere. Der war einfach »ihr« Pulli gewesen. Jeder, der sie zu jener Zeit gekannt hatte, würde sich auch heute noch an dieses Kleidungsstück erinnern. Violette hatte ihn sich sogar ab und zu ausgeliehen …

Versunken in ihre Erinnerungen, stand Lena immer noch mit dem Pulli in der Hand da und fuhr über den flauschig weichen Stoff. Was war eigentlich aus ihm geworden? Hatte sie ihn weggeworfen? War er verschlissen gewesen? Oder zu eng? Oder hatte sie ihn entsorgt, weil er sie so an Vincent erinnerte? Sie wusste es einfach nicht mehr.

»Wollen Sie ihn anprobieren? Welche Größe brauchen Sie denn?« Eine Verkäuferin mit einem riesigen, mit Bändern durchzogenen Dutt auf dem Hinterkopf war unbemerkt neben sie getreten.

Sollte sie? Was würde passieren, wenn sie in den Spiegel sah und den Pullover von vor 20 Jahren trug, an dem so viele Erinnerungen hingen? Wie würde sich das anfühlen?

Die Verkäuferin stand wartend vor ihr.

»Nein«, sagte Lena brüsk – und setzte dann entschuldigend hinterher: »Ich glaube, die Farbe steht mir nicht.« Damit verließ sie das Geschäft. Aber die Erinnerung an Vincent hatte sich in ihrem Kopf festgesetzt.

Lena stand einen Augenblick auf dem belebten Fußweg und war in ihre Gedanken versunken. Was er jetzt wohl so machte? Sie hatten damals jeden Kontakt abgebrochen, weil ein Wiedersehen für beide zu viele Wunden aufgerissen hätte. Jahre nach der Trennung hatte ein gemeinsamer Bekannter ihr erzählt, Vincent hätte geheiratet, seine Frau habe eine Firma für

Sanitäranlagen, und er würde dort arbeiten. Sie wusste nicht, ob das stimmte. Zu ihrer Zeit hatte er Philosophie und Politikwissenschaften studiert, und sie waren überzeugt gewesen, dass die Welt sich ohne sie nicht weiterdrehen würde. Sie waren oft auf Demos gewesen, hatten Unmengen von Zeitungen gelesen und sich mit Freunden zerstritten, die weniger politisch waren als sie. Was war das für eine schöne, intensive Zeit gewesen – und jetzt verkaufte er Toiletten? Lena wollte das nicht so gern glauben, denn ein Stück weit hing ihr Herz immer noch an ihrer ersten großen Liebe, deren Romantik sie sich auch im Nachhinein nicht zerstören lassen wollte. Deshalb widerstand sie auch der Versuchung, Vincent zu googeln oder bei Facebook zu suchen. Sie behielt ihn lieber als Traummann in Erinnerung.

»Sorry«, sagte jemand neben ihr. Ein junger Vater mit Hipstervollbart und Wollmütze auf dem Kopf, der mit einem Zwillingskinderwagen nicht an ihr vorbeikonnte.

»Oh, tut mir leid«, gab Lena zurück und trat einen Schritt zur Seite. Damit war der Moment des Abtauchens in ihre Vergangenheit vorüber; hier auf dem belebten Bürgersteig war wirklich nicht der richtige Ort, um sentimentalen Erinnerungen nachzuhängen. Lena griff ihre Tasche mit der Vase fester und machte sich auf den Weg zu dem Blumenladen bei ihr um die Ecke. Sie wollte einen Obstzweig kaufen. Unterwegs holte sie für ihren Vater im traditionsreichen Café Lindtner einen Gutschein für eine Tortenschlacht – über geschenkte Zeit freute er sich am meisten. Und Ann-Cathrin? Die Hochzeit war erst in drei Wochen. Bis dahin fällt mir hoffentlich noch etwas ein, dachte sie. Zur Not könnte ich ihr auch einen Gutschein besorgen … für den nächsten Scheidungsanwalt.

Sie schüttelte sich bei dem Gedanken. Himmel, auf was für Ideen sie manchmal kam!

KAPITEL 4

»Da bist du ja«, begrüßte ihre Mutter sie, als sie am nächsten Tag die Tür des Einfamilienhauses im Hamburger Stadtteil Sasel öffnete, und drückte sie an sich. Das kleine Haus ihrer Eltern stand zwischen hohen Kiefern, eine absolute Idylle in Hamburgs Osten und doch nur eine halbe Stunde mit Bahn und Bus von Eppendorf entfernt. Auf dem Weg von der Bushaltestelle zu ihrem Elternhaus hatte Lena tief die würzige Luft eingeatmet. Das Haus war zwar alt und brauchte dringend eine Renovierung, aber das Grundstück, auf dem es stand, war unschlagbar. Sogar Eichhörnchen gab es hier – genau wie damals, als sie klein war. Wie immer, wenn sie hier war, fragte sich Lena, ob sie nicht auch wieder rausziehen sollte, ins Grüne, wo sie bei offenem Fenster schlafen könnte und wo nicht jeder Zentimeter zugeparkt war. Ihre Mutter unterbrach sie in ihren Gedanken. »Jetzt komm doch rein. Stell dir vor, Hans ist nicht mitgekommen. Obwohl er doch Vaters einziger Schwiegersohn ist.«

Bei den Worten ihrer Mutter schrillten Lenas Alarmglocken. Wenn Monika allein gekommen war, dann hatte sich die Situation bei ihr zu Hause bestimmt verschärft.

»Ach, du weißt doch, wie viel er immer zu tun hat«, sagte sie vage.

»Aber doch nicht an Papas Geburtstag!«

»Vielleicht kommt er nach«, beeilte sie sich zu sagen und hatte gleich ein schlechtes Gewissen, als ihre Mutter sichtlich beruhigt voraus ins Wohnzimmer ging. Ihr Vater saß in seinem Lieblingssessel, Monika seitlich von ihm auf dem Sofa.

»Hallo Papa. Alles Gute zum Geburtstag.« Lena beugte sich zu ihrem Vater hinunter und küsste ihn auf die Wange. Er zog sie an sich und drückte sie. Lena spürte seine kratzigen Wangen und den Duft des Rasierwassers, das er schon seit Jahrzehnten benutzte.

Dann wandte sie sich ihrer Schwester zu, die aufgestanden war. Sie umarmten sich herzlich.

»Bist du neulich gut nach Hause gekommen?«, fragte Lena leise. Aber ihre Mutter hatte es trotzdem gehört.

»Ihr habt euch getroffen? Wann denn?«, rief sie vom Flur her.

»Ach, Mama, das war reiner Zufall. Wir haben nur einen schnellen Kaffee zusammen getrunken«, sagte Monika und warf Lena einen warnenden Blick zu. Wenn Hertha Ercken erst mal anfing zu fragen, hörte sie so schnell nicht wieder auf.

»Wo sind die Kinder?«, versuchte Lena abzulenken.

»Leon und Pia kommen später. Die haben noch ein Spiel.« Lenas Patenkinder waren beide gute Volleyballer, die in ihrer Schulmannschaft spielten.

Ihre Mutter trat mit dem selbst gebackenen Apfelkuchen ins Zimmer. »Wir müssen ja nicht mehr warten, also kommt: Lasst uns Kaffee trinken.«

Sie setzten sich zu viert an den Tisch. Monika sah schlecht aus, sie war blass, ihre Bewegungen hatten etwas Fahriges. Ihr Vater schaute immer wieder sorgenvoll zu ihr hinüber. Und auch Lena beobachtete ihre Schwester. Von der relativen Gelassenheit, die sie am Abend beim Italiener gehabt hatte, war nichts mehr geblieben. War etwa noch etwas passiert?

Lena tat alles, um ein Gespräch in Gang zu bringen. »Hier, Papa, dein Geschenk. Es ist ein gemeinsames Kaffeetrinken bei Lindtner. Mit Mamas Kuchen können die zwar nicht mithalten, aber …«

»… aber Hauptsache, ich krieg dich zu sehen«, vollendete ihr Vater den Satz.

Lena warf ihm einen liebevollen Blick zu. Hinrich Ercken war 79 geworden, man sah ihm an, dass seine Kräfte weniger wurden. Früher hatte er durchaus Züge eines Patriarchen gehabt, hatte immer alles bestimmt und im Griff gehabt. Und er war ein strenger Vater gewesen, mit dem Monika und sie nicht diskutieren durften. In den letzten Jahren war er sehr viel milder geworden. Wenn sie manchmal mitbekam, was Leon und Pia sich ihm gegenüber herausnahmen! Das wäre unmöglich gewesen, als sie noch ein Kind gewesen war.

Jetzt hielt er seiner Frau den Teller hin, damit sie ein großes Stück Apfelkuchen darauflegen konnte – und einen Klecks Sahne!

»Ich hab ja jetzt viel zu viel gebacken, wo die anderen alle nicht kommen«, sagte Hertha bekümmert.

»Ach, Mama, der wird schon gegessen. Die Kinder kommen doch noch. Und die Reste nehmen wir gern mit nach Hause.«

»Aber nachher gibt es schon Abendbrot.«

»Wie ich Leon kenne, isst er bestimmt trotzdem noch ein Stück von deinem wunderbaren Kuchen.« Lena sah zu Monika hinüber. Konnte sie nicht auch mal was sagen? Aber ihre Schwester blieb verschlossen. Also musste Lena das Gespräch aufrechterhalten.

»Erinnerst du dich noch an diesen Pullover, den ich mal hatte, der war so orange, aus Samt …«

»Oh, den hast du doch damals getragen, als du mit Vincent zusammen warst«, rief ihre Mutter, obwohl Lena eigentlich Monika gefragt hatte. »Dein Vater und ich haben es bis heute nicht verstanden, warum das mit euch auseinandergegangen ist. Ihr wart so ein schönes Paar. Noch ein Stück Kuchen, Hinrich?«

Lena seufzte. Irgendwie schaffte ihre Mutter es immer wieder, auf dieses Thema zu kommen – warum Lena keinen Mann hatte, wie sehr sie und Hinrich sich freuen würden, wenn sie ihnen Enkel schenken würde, und so weiter. Aber heute war sie fast dankbar dafür, dass Hertha ihr Gesprächsthema gefunden hatte. Dann fiel ihr vielleicht nicht auf, wie bedrückt Monika dasaß: Sie stocherte in ihrem Kuchen herum und hatte die Apfelstücke säuberlich vom Teig getrennt, aber noch keinen Bissen genommen.

Plötzlich sprang sie auf und rannte aus dem Zimmer.

»Was hat sie denn?«, fragte ihr Vater.

»Ist was mit Hans?«, setzte Hertha hinzu. »Irgendwas ist doch!« Dabei setzte sie ein Gesicht auf, das besagte, dass man vor einer Mutter sowieso nichts verheimlichen konnte. »Lena?«

»Ich seh mal nach ihr«, sagte Lena schnell und ging ihrer Schwester nach.

Sie fand sie oben in ihrem ehemaligen Zimmer, das ihr mit den niedrigen Decken und der Dachschräge viel kleiner vorkam als damals, als sie hier mit Monika zusammen gewohnt hatte. Die alten Poster und Bravo-Starschnitte waren natürlich längst abgenommen worden und in den Mülleimer gewandert, die Wände waren frisch gestrichen, aber ein paar Überbleibsel ihrer Kindheit waren noch da: das kleine Regal aus hellem Schleiflack, auf dem ihre Bücher gestanden hatten. Und die Aufkleber, die darunter klebten und die einfach nicht abgingen: die Stones-Zunge, *Atomkraft? Nein danke!* und die lila Milka-Kuh. Auf dem Bett saß immer noch ihr alter Teddy, der kein Fell mehr auf dem Bauch hatte.

Monika hielt ihn sich gerade mit beiden Händen vor die Brust und kämpfte mit den Tränen.

»Na?«, fragte Lena vorsichtig und schloss die Tür hinter sich.

»Na?«, gab Monika zögernd zurück.

»Was ist denn passiert?«

Monika sah zu ihr hoch und schniefte. »Ich habe die beiden gestern zusammen gesehen. Sie saßen in einem Café in den Alsterarkaden …« Monikas Stimme brach, ein Schluchzen schüttelte sie, bevor sie weitersprechen konnte. »Sie haben sich an den Händen gehalten, und dann … dann hat er sie geküsst. Ach, Lena, es hat so wehgetan. Er hat sie auf eine Weise angesehen, so zärtlich und voller Begehren, so hat er mich früher auch angesehen. Ich krieg diesen Blick nicht mehr aus meinem Kopf.«

Lena erschrak. Einen Verdacht zu haben barg immer noch die Hoffnung in sich, dass er sich als falsch herausstellte. Aber den geliebten Mann mit einer anderen Frau zu erwischen … Was für eine schreckliche Vorstellung. Was für eine Demütigung! Tiefes Mitleid mit ihrer Schwester überschwemmte sie. »Und du?«, fragte sie dann. »Was hast du gemacht?«

»Nichts. Ich hab einfach nur dagestanden, die Leute haben mich angerempelt, ich war wie erstarrt. Ich konnte den Blick nicht von dieser Szene am Tisch abwenden. Und dann bin ich gelaufen. Ich wollte auf keinen Fall, dass er mich sieht. Ach, Lena, es war schrecklich. Weil es mir so endgültig gezeigt hat, was los ist.«

»Was willst du jetzt machen? Hast du mit ihm gesprochen?«

Monika nickte. »Gleich als er nach Hause gekommen ist. Er hatte bisher ja keine Ahnung, dass ich Bescheid wusste. Er war schockiert. Er hat sofort alles zugegeben und mir geschworen, dass er mit ihr Schluss macht, dass es nur ein Ausrutscher war und so weiter.«

»Und? Glaubst du ihm?«

»Ja.« Monika nickte. »Aber ich kann trotzdem nicht einfach so weitermachen. Ich kann das nicht vergessen. Ich bin zu verletzt. So verunsichert.« Sie sah Lena an, in ihrem Gesicht zeigte sich Entschlossenheit. »Er wohnt seit gestern bei einem Freund. Der ist vor einem Jahr bei seiner Frau ausgezogen – ist auch fremdgegangen.«

»Das hätte ich Hans nicht zugetraut.«

»Warum soll es uns anders ergehen als anderen?«, fragte Monika. »Als du eben mit Vincent angefangen hast, da ist mir klar geworden, was für ein glückliches Paar ihr damals wart. Ich habe euch glühend beneidet. Und dann habt ihr euch trotzdem getrennt. Und ich hab Hans geheiratet und gedacht, bei mir würde es anders laufen, und jetzt … Ach, es tut einfach so weh!« Sie fing wieder an zu weinen.

Lena setzte sich neben sie auf das Bett, nahm sie in die Arme und streichelte ihr über den Rücken. Sie wusste nicht, was sie anderes tun sollte.

»Kein Wort zu Mama. Wenn sie das erfährt, dreht sie durch. Die eine Tochter hat erst gar keinen Mann, und die andere lässt sich scheiden …«

Lena überhörte die Spitze. »So weit sind wir noch nicht. Du brauchst Zeit, um nachzudenken. Erinnerst du dich, was du mir im Restaurant erzählt hast? Dass du ihn zurückwillst? Stoß ihn also nicht von dir weg. Gib ihm die Möglichkeit, wieder zu dir zurückzukommen. Deine Idee mit einer Trennung auf Zeit finde ich immer noch gut.« Lena meinte das aus tiefstem Herzen. Eine Scheidung war für alle Beteiligten eine bittere Erfahrung, die tiefe Wunden riss. Außerdem war Hans wirklich kein schlechter Mensch, auch wenn sie ihn als Mann nicht besonders attraktiv fand.

Die Zimmertür wurde geöffnet. Ihre Mutter stand vor ihnen. »Was habt ihr denn hier für Geheimnisse? Was ist los?«, fragte sie misstrauisch. »Moni, hast du etwa geweint?« Lena musste an TV-Szenen denken, in denen psychologisch geschulte FBI-Agenten sich einen Verdächtigen vornahmen.

»Nichts, Mama. Wir reden nur«, sagte Monika rasch und warf Lena einen Hilfe suchenden Blick zu. »Ich hab Heuschnupfen. Lena, machst du mal das Fenster wieder zu?«

Ihre Mutter ging zum Fenster und schloss es. »Na, dann

könnt ihr ja auch wieder runterkommen. Schließlich ist heute Papas Geburtstag.«

»Wir kommen gleich«, sagte Lena und nahm ihre Mutter kurz in die Arme. »Geh schon mal vor.«

Obwohl Monika sich noch schnell frisch gemacht und seitdem tapfer gute Miene zum bösen Spiel gemacht hatte, war die Stimmung am Kaffeetisch alles andere als entspannt. Ihre Mutter sah misstrauisch von einem zum anderen, und ihr Vater lehnte resigniert in seinem Sessel. Alle atmeten erleichtert auf, als Leon und Pia kamen und mit ihrer Quirligkeit, ihren ewigen Kabbeleien und ihren Geschichten Leben ins Haus brachten.

Lena hatte keine Gelegenheit mehr zu einem Gespräch unter vier Augen mit Monika. Aber was konnte sie ihrer Schwester auch raten? Vielleicht mussten sich die Dinge einfach erst mal wieder beruhigen. Zum Abschied drückte sie ihre Schwester lange und fest.

***

Gegen acht Uhr abends schloss Lena nachdenklich die Tür zu ihrer Wohnung auf. Als sie sie hinter sich schloss, vernahm sie die Klaviermusik. Wieder das Stück von gestern. Sofort traten ihre Sorgen in den Hintergrund. Diese Musik war wie ein Willkommensgruß. Sie blieb mit ihrem Mantel reglos stehen, um sie besser hören zu können. Leise summte sie die Melodie mit. Wieder berührte die Musik sie und nahm sie gefangen, während sie gleichzeitig nicht aufhören konnte, an Monika zu denken. Auch zu Liebeskummer schien sie zu passen. Wie machte man so etwas? Wie komponierte man ein Stück, das so viele Facetten einer Gefühlswelt wiedergab? Dieses Mal wurde das Stück nur einmal gespielt. Lena wartete darauf, ob es wieder einsetzen würde, aber nebenan blieb es ruhig. Auch sonst herrschte Stille im Haus, was eher ungewöhnlich war; in einem Mietshaus mit zwölf Parteien wurde immer irgendwo gepoltert, gerufen oder gelacht. Aber heute war alles still.

Lena hängte ihren Mantel an die Garderobe und setzte sich ins Wohnzimmer. Sie fühlte sich plötzlich müde, und sie sorgte sich um Monika. Sie war heute wirklich am Boden zerstört und verletzt gewesen. Gab es etwas, das sie, Lena, tun konnte, um ihr zu helfen? Ihr fiel nichts ein.

Lena stellte den Fernseher an, um auf andere Gedanken zu kommen, aber dafür war der Film nicht spannend genug. Sie grübelte weiter vor sich hin. Als auf der Mattscheibe geheiratet wurde, wanderten ihre Gedanken zu der Hochzeit, auf der sie selbst bald tanzen würde. Na, wenn das nicht wunderbar zu ihrer momentanen Stimmung passte! Die Leute hörten einfach nicht auf, an die Liebe fürs Leben zu glauben.

KAPITEL 5

Es regnete leicht, als Lenas Taxi vor dem Lokal an der Elbe hielt, wo Ann-Cathrins Hochzeit gefeiert wurde. Auf Regen musste man in Hamburg jederzeit gefasst sein, deshalb spannte sich wohl auch ein Baldachin von der Straße bis zum Eingang.

Lena bezahlte, stieg aus und rannte die paar Schritte, bis sie im Trockenen stand. Mit anderen Wartenden rückte sie nach und nach unter dem Baldachin bis zum Eingang vor.

Natürlich waren alle anderen zu zweit, und sie kannte hier draußen niemanden. Sie nickte zur Begrüßung und erntete neugierige Blicke. Als sie sich dem Eingang näherte, konnte sie sehen, dass er mit einer Buchsbaumgirlande geschmückt war, in die weiße Luftballons in Herzform gebunden waren. Drinnen stand das Brautpaar, um die Gäste zu begrüßen und die Glückwünsche entgegenzunehmen.

»Lena!« Ann-Cathrin öffnete die Arme, als Lena an der Reihe war. Sie sah wunderschön aus in einem hellen, kurzen Kleid, über dem sie eine Stola trug. Das Kleid war eher für einen warmen Sommertag gedacht, aber Ann-Cathrin war scheinbar viel zu glücklich, um zu frieren. Lena nahm sie in die Arme und gratulierte ihr. Dann drückte sie Niklas die Hand. Ihr Eindruck vom Foto hatte nicht getrogen: Er war kein Model, sondern hatte ein paar Kilo zu viel auf den Hüften. Aber er machte einen freundlichen, offenen Eindruck. Lena hätte gern noch ein paar persönliche Worte von alter Freundin zu alter Freundin gesagt, aber ein Mann im eleganten Smoking, der sich neben dem Brautpaar postiert hatte, scheuchte sie mit einer Handbewegung weiter, weil sie nachkommenden Gästen im Weg stand und den reibungslosen Ablauf störte. »Das ist der Conférencier«, raunte ihr eine Dame zu. »Der versteht keinen Spaß, wenn es um seinen Zeitplan geht …«

Lena ging schnell weiter in Richtung des Festsaals und stellte ihr Geschenk auf den dafür vorgesehenen Tisch, auf dem sich schon allerlei Gaben stapelten. Lena bemerkte Geldgeschenke, die zum Teil mit viel Fantasie und Geschick verpackt worden waren: Da gab es Scheine, die als Fische, als Herzen und sogar als dreidimensionale Elefanten gefaltet waren …

Sie nahm ein Glas Champagner von einem Tablett und sah sich suchend um. Um sie herum wurde laut geredet und gelacht, Gläser wurden aneinandergestoßen, um sich zuzuprosten. Sie sah niemanden, den sie kannte. Aber irgendwo mussten doch die Freundinnen von früher sein, die zu ihrer Clique gehört hatten? Zu ihrer Erleichterung vernahm sie schließlich die nicht zu überhörende Stimme von Alexandra, einer großen, schönen Frau, die damals die Mutigste und Frechste von ihnen gewesen war. Neben ihr stand ihr Mann Robert. Lena ging auf sie zu, und sie umarmten sich.

»Mensch, Lena, das muss Jahre her sein!«, rief Alexa aus, ließ Lena los und umarmte sie gleich noch einmal.

»Lena, bist du das? Oh, wie schön!«, rief eine rothaarige Frau, die neben ihr stand.

An den Haaren erkannte Lena Cora, die gleich nach dem Studium nach Berlin gegangen war. Aber die Freundin war sichtbar älter geworden.

»Cora? Was machst du denn hier?«

»Ich bin seit zwei Jahren wieder in Hamburg, wusstest du das nicht?«

Lena schüttelte den Kopf.

»Guck mal, Marion und Susanne sind auch hier. Mit Dirk und Joachim.«

»Damit sind wir alle mal wieder zusammen. Ann-Cathrin und den Hormonen sei Dank«, kommentierte Alexandra trocken.

Die fünf Freundinnen redeten alle durcheinander.

»Wow, das ist mal ein Kleid. Guck mal, Susanne«, sagte Joachim, als Lena ihn begrüßte. »Das kann wirklich nicht jede tragen ...«

Lena rollte wegen Joachims anzüglicher Bemerkung mit den Augen, was Susanne nicht entging. Die Begrüßung zwischen den beiden war eher frostig. Aber es war ja nicht Lenas Problem, wenn Susannes Mann meinte, jede Frau anbaggern zu müssen.

Cora hatte sich, wie sie nun erfuhr, von ihrem Mann getrennt und Berlin verlassen und lebte mit einem neuen Mann in Hamburg. Er hieß Oliver und sagte so gut wie kein Wort, stand aber wie ein Fels an ihrer Seite.

»Bevor du fragst«, flüsterte Marion Lena ins Ohr, »sie hat Brustkrebs.«

Lena erschrak zutiefst. Jetzt wusste sie auch, warum ihre Freundin so gealtert war. Eine Krebserkrankung ging nicht unbemerkt vorüber. Sie warf Cora einen vorsichtigen Blick zu, aber die drehte sich gerade zu ihrem Oliver herum und streichelte ihm liebevoll die Wange.

Bevor Lena richtig traurig werden konnte, ging das Gespräch schon weiter. Susanne ließ sich lang und breit über ihre Kinder aus, die alle toll und unheimlich begabt und kreativ waren. Sie und Joachim wohnten immer noch in Pinneberg und hatten vier Kinder, von denen zwei noch zu Hause lebten.

»Kinder sind doch das Schönste«, sagte sie gerade.

»Aber es ist auch schön, wenn man sie mal nicht an der Backe hat, oder?«, ergänzte Alexa. Alle lachten.

Marion und Dirk lebten schon seit Jahren in England und kamen einmal im Jahr nach Deutschland, um ihre Eltern zu besuchen. Dirk humpelte leicht; er hatte sich ein neues Kniegelenk einsetzen lassen, wie Marion nun lang und breit erklärte, als handele es sich um einen unerhörten medizinischen Durchbruch.

»Sind wir jetzt schon in dem Alter, in dem wir über unsere Krankheiten reden anstatt über das Wetter?«, zischelte Alexa in Lenas Ohr. »Wenn wir uns hier gegenseitig unsere Wehwehchen aufzählen, reicht der Abend nicht aus.«

Lena kicherte. Das war Alexa, wie sie leibte und lebte. Immer einen scharfen Spruch auf den Lippen und gnadenlos gegenüber menschlichen Schwächen. Alexandra war Lena immer die Liebste aus dem Kreis gewesen, gerade weil sie so unsentimental war. Trotzdem konnte man sich als Freundin auf sie verlassen. Sie würde einen nie hängen lassen, und mit ihr konnte man sich früher – und heute bestimmt auch noch – prächtig amüsieren.

»Was machst du denn so? Bist du immer noch Lehrerin?«, fragte Lena.

Alexandra winkte ab und machte gleichzeitig dem Kellner ein Zeichen, dass sie noch ein Glas Champagner wollte.

»Robert und ich haben selber aus gutem Grund keine Kinder. Und dann soll ich die missratene Brut anderer Leute erziehen? Nein danke.«

Susanne warf ihnen einen bösen Blick zu.

»Und was machst du jetzt?«, fragte Lena, ohne darauf zu reagieren.

»Ich mache die Orga für einen großen Caterer. Ein super Job, der mir richtig Spaß macht. Und in Krisenzeiten gibt's immer was zu futtern. Apropos futtern: Lasst uns mal anstoßen. Auf Ann-Cathrin!«

Alle hoben die Gläser.

Lena freute sich auf einmal, hier zu sein. Allein wegen des Gesprächs mit Alexandra. Vielleicht saßen die ehemaligen Studienfreundinnen ja sogar gemeinsam mit den Männern an einem Tisch? Lena zählte unauffällig die Stühle, die rund um einen Tisch standen. Sechs bis acht. Enttäuscht verzog sie den Mund. Das wurde wohl nichts. Dazu waren sie zu viele.

»Suchst du jemanden?«, fragte Cora.

»Nein, nein. Ich gucke nur so.«

»Wollen wir wetten, dass Lena immer noch solo ist und hofft, heute Abend ihren Traummann zu erobern?«, sagte Alexa grinsend und musterte dann betont auffällig Lenas Kleid: »Den passenden Kampfanzug trägt sie ja bereits.«

Jeder anderen hätte Lena diesen Spruch übel genommen, aber bei ihr war das in Ordnung. Sie boxte Alexandra in die Seite.

»Ich kann mir wenigstens aus dem frischen Angebot was aussuchen. Ihr seid ja alle schon vergeben …«

Sie lachten, am lautesten Alexa.

Der Mann im Smoking, der Lena vorhin weitergewinkt hatte, klatschte mit weit ausholenden Bewegungen in die Hände und forderte alle auf, in den benachbarten Raum zu gehen und sich zum Essen zu setzen.

»Hast du den Zeremonienmeister schon kennengelernt? Ein Albtraum mit Clipboard und Zeitplan. Da müssen wir wohl durch«, sagte Alexandra mit einem süffisanten Unterton. »Die haben nichts dem Zufall überlassen. Wollen wir hoffen, dass sie wenigstens ihre Ehe allein hinkriegen.«

Schon wieder musste Lena lachen. »Du bist echt unmöglich, Alexandra!«

»Einer muss doch die Wahrheit sagen. Hoffentlich sitzen wir zusammen, ich will wissen, was du so machst. Aber du bist solo, da hatte ich eben recht?«

Lena nickte.

»Dann sehe ich leider schwarz. Der Singletisch ist bestimmt ganz hinten in der letzten Ecke. Oder neben dem Klo.« Sie grinste hinterlistig. »Vielleicht bezirzen wir den Kellner und schicken uns kleine Zettel?«

Sie gingen gemeinsam in den Raum, wo das Essen und der offizielle Teil des Abends stattfinden sollten.

»Oh, wir sitzen gleich hier. An der Tür, wie passend. Dann kann ich gehen, wenn ich es nicht mehr aushalte.« Alexa zwinkerte Lena zu. Sie lasen gemeinsam die anderen Namen auf den Tischkärtchen, aber Lenas war nicht dabei.

»Na, dann such ich mal weiter«, sagte Lena mit leisem Bedauern. »Viel Spaß. Bis später.«

Sie ging an den anderen Tischen vorüber und las die Namen auf den Platzkarten. Wo man sie wohl platziert hatte? Das war ja immer ein Problem mit alleinstehenden Frauen: Sie störten die Symmetrie am Tisch und wurden deshalb gern mit anderen Singles zusammengesetzt – was manchmal ein Vergnügen war, manchmal aber auch den Charme von Rudis Resterampe hatte, weil man sich plötzlich neben lauter verwitweten Tanten wiederfand. Konnte sich da nicht mal jemand was anderes ausdenken?

Langsam ging Lena an den Tischen vorüber und suchte nach ihrem Namen auf einem der Kärtchen, die an kleine hölzerne Garnrollen mit Nähseide in diversen Grüntönen gelehnt waren. Vielleicht eine Anspielung auf Ann-Cathrin, die Modedesign studiert und sie früher mit den coolsten Klamotten versorgt hatte? Noch eine originelle Idee, dachte sie. Alexandra hatte vorhin gesagt, die Hochzeit stünde unter dem Motto Grün – als Symbol für einen Neuanfang, für neue Hoffnung. (»Vermutlich die Hoffnung, dass es diesmal langer hält«, hatte Alexandra gesäuselt). Grün war auch die vorherrschende Farbe für den Tischschmuck und die Kerzen. Von der Decke hingen überall winzige Gläschen mit kleinen grünen Bartnelken. Lena fand es hübsch, weil es mal etwas anderes war als die klassisch eingedeckten Tische, die sonst typisch waren für

Hochzeitsessen. Allein aus diesem Grund werde ich nie heiraten, dachte sie. Ich würde es niemals hinbekommen, eine so perfekt durchgestylte Feier zu planen.

Sie war an fast allen Tischen vorbeigekommen, bevor sie ihren Namen auf einem der Tischkärtchen entdeckte. Sie würde an einem der hinteren Tische sitzen, aber immerhin mit einer guten Sichtschneise auf den Brauttisch. Und auch Alexandra hatte sie im Blick, wenn sie sich ein bisschen nach rechts lehnte. Ein guter Platz, fand sie und stellte sich hinter ihren Stuhl, weil außer ihr noch niemand da war. An den anderen Tischen nahmen die Gäste nach und nach Platz. Lena fragte sich bereits, ob der Begriff »Singletisch« an diesem Abend eine ganz spezielle Bedeutung haben sollte, als eine Frau, die sie auf um die 80 schätzte, sich näherte. Lena staunte: Die Frau trug ein echtes Chanelkostüm in zartrosa Bouclé, dazu einen pinkfarbenen Hut mit breiter Krempe. Auf dem Hut, den auch die englische Königin hätte tragen können, prangten zartgrüne Maiglöckchen. Die alte Dame – und dieser Ausdruck passte wirklich: Sie *war* alt und eine Dame – näherte sich mit vorsichtigen, aber dennoch raschen Schritten.

»Oh, hier bin ich richtig.« Sie schenkte Lena ein bezauberndes Lächeln, bei dem sie perfekte weiße Zähne zeigte. »Ich bin Helga Hansen, eine Tante von Niklas. Ich glaube, wir werden den Abend miteinander verbringen. Und Sie sind …?« Dabei hielt sie Lena die Hand hin, an der ein Ring mit einem großen Rosenquarz prangte.

»Lena Ercken. Eine Freundin von Ann-Cathrin.« Lena hätte es nicht gewundert, wenn Helga Hansen auch Handschuhe getragen hätte. Sie war von tadelloser Eleganz. »Wenn ich mir erlauben darf: Sie sehen fantastisch aus.«

»Sie auch«, gab die alte Dame mit einem schelmischen Lächeln zurück. »Diane von Fürstenberg?«, fragte sie mit Kennerblick auf Lenas Wickelkleid. »Und zwar ein Original aus den Siebzigern? So eines hatte ich auch mal.«

Lena war beeindruckt. Das Kleid hatte sie bei Secondella in der Innenstadt gefunden. Es war immer noch recht teuer gewesen, aber Lena hatte sich in die raffinierte Wickeltechnik, für die die Designerin berühmt war, und in das zarte geometrische Muster verliebt. Außerdem stand ihr die Farbe, ein sehr dunkles Violett mit gelben Rauten, hervorragend. Das Kleid war ziemlich weit ausgeschnitten, und sie trug eine mehrlagige Kette aus großen Perlen dazu. Die Perlen hätten auch zum Chanel-Schick der alten Dame gepasst, aber zu Lenas Outfit wirkten sie nicht so gediegen. Und Frau Hansen hätte sicherlich nur echte Perlen getragen, keine künstlichen wie Lena – aber sie liebte es, teuren Originalen mit witzigen Accessoires ihre Ernsthaftigkeit zu nehmen.

»Wollen wir uns schon mal setzen?«, fragte Helga Hansen.

»Gern.« Lena rückte ihr den Stuhl zurecht und setzte sich neben sie. Sie hatte nicht nur mit ihrem Platz, sondern auch mit dieser sympathischen Dame als Tischnachbarin Glück gehabt. Sie warf einen Blick auf die anderen Platzkarten. Insgesamt würden sie zu fünft am Tisch sitzen. Aber Lena hatte das Gefühl, dass mit dieser Frau Hansen eigentlich nichts mehr schiefgehen konnte.

Ein Mann und eine Frau näherten sich. Sie waren beide gut genährt, um die 60 und stellten sich als Herr und Frau Wiedebusch vor. »Wir sind Nachbarn der Braut«, sagte Herr Wiedebusch mit lauter Stimme und zog ein gebügeltes blütenweißes Taschentuch aus der Hosentasche, um sich den Schweiß von der Stirn zu wischen.

»Ehemalige Nachbarn«, korrigierte Frau Wiedebusch ihren Mann.

»Die beiden sind ja leider weggezogen«, räumte er ein. »Aber wir haben uns immer so gut verstanden.«

»Und auf ihre Katze aufgepasst, wenn sie im Urlaub war.«

»So ein liebes Tier. Wir werden beide vermissen.«

»Aber die Haare nicht. Schrecklich, diese kurzen Haare, die sich überall festsetzen … Also, die Haare von Napoleon, nicht von Ann-Cathrin«, verhedderte Frau Wiedebusch sich in ihren eigenen Erklärungen und lief rot an. »Sie hat so wunderbare Haare. Also … Ann-Cathrin, meine ich natürlich …«

»Wer fehlt denn noch an unserem Tisch?«, fragte Frau Hansen, um auf charmante Art das Thema zu wechseln.

Inzwischen hatten sich alle Gäste gesetzt. Lena zählte kurz durch: Es gab acht Tische, an denen zwischen sechs und acht Personen saßen. Gut 60 Gäste waren zusammengekommen. Aber der Platz neben ihr war immer noch leer. Sie schielte auf die Platzkarte. *Jonas Hegemann,* stand dort.

Der Zeremonienmeister stand neben dem Brauttisch und machte einen Sprachtest am Mikrofon: »Eins – zwei, eins – zwei, Test, Test.«

Lena fing ein dramatisches Augenrollen von Alexandra vom anderen Ende des Raumes auf und musste grinsen.

Der Mann fing dann ziemlich umständlich an zu erklären, wie der Abend ablaufen würde: Gleich würde das Essen beginnen, dann folgte die Rede des Brautvaters, dann der Eröffnungstanz des Brautpaars und der allgemeine Tanz, am späteren Abend würde es dann als Überraschung ein Feuerwerk geben.

»Na, die *Überraschung* ist ja schon mal geglückt«, prustete Alexandra los und erntete allgemeines Lachen, was ihr einen tadelnden Blick des Zeremonienmeisters einbrachte, der ungerührt fortfuhr: Um Mitternacht würde es die Hochzeitstorte geben und ein Nachspeisenbüfett. Auf seine Ankündigungen folgte ein pflichtbewusstes »Oh« und »Ah« der Gäste. Dann wies der Zeremonienmeister noch auf die Fotobox hin, wo die Gäste sich per Selbstauslöser fotografieren konnten, um eine

Erinnerung an diesen schönen Abend zu haben. Und für die Kinder gebe es eine Candybar.

Am Schluss stellte er noch DJ Mike vor, der sich hektisch an seiner Anlage zu schaffen machte. Alle klatschten, als der Mann im Smoking sich verbeugte, wobei Lena nicht sicher war, ob man ihm damit Respekt zollen oder ihn vielmehr davon abhalten wollte, aus dem schönen Abend noch stärker eine durchgetimte Präsentation zu machen, als er sowieso schon vorhatte.

Leise Hintergrundmusik erklang. *Strangers in the Night.* Lena musste nicht hinsehen, um zu wissen, dass Alexa einen bösen Spruch auf den Lippen hatte. Strangers, Fremde, bei einer Hochzeit?

»Was ist denn eine Candybar?«, erkundigte sich Frau Wiedebusch bei Lena.

»Und eine Fotobox?«, fragte Frau Hansen. »Ich dachte, wir feiern hier eine Hochzeit. Zu meiner Zeit reichten dazu ein Brautpaar und Musik.«

Bevor Lena antworten konnte, kam der fehlende Gast an ihren Tisch. Er zog dabei alle Blicke auf sich, weil er nicht nur der Letzte war, der seinen Platz suchte, sondern auch verdammt gut aussah und tänzelnde Schritte zum Takt der Musik machte, wobei er sich nach rechts und links entschuldigte. »Tut mir leid. Ich bin einfach immer zu spät.« Aber sein fröhliches Grinsen strafte seine Zerknirschtheit Lügen.

Der sieht so verdammt gut aus, dem würde man nicht mal übel nehmen, wenn er als Trauzeuge zu spät käme, dachte Lena. Sie grinste zu Alexandra hinüber, die mit den Händen wedelte, als hätte sie sich gerade verbrannt. Dann richtete Lena ihre Aufmerksamkeit auf den Mann, der jetzt bei ihnen angekommen war. Er hatte entfernte Ähnlichkeit mit jemandem, den sie kannte … Aber bevor sie darauf kam, wer das sein könnte, hielt er ihr schon die Hand hin.

»Jonas Hegemann«, stellte er sich mit einem Lächeln vor, das Lena unwiderstehlich fand. »Tut mir leid, ich habe keinen Parkplatz gefunden.« Er gab allen die Hand und setzte sich. »Wow, Ladys, da habe ich aber das große Los gezogen.« Dabei schickte er ein Lächeln aus blitzenden Augen in die Runde.

»Nun, dann wollen wir mal hoffen, dass das auf Gegenseitigkeit beruht«, meinte Frau Hansen ungerührt.

Lena gluckste, aber Jonas Hegemann war kein bisschen beleidigt, er lachte anerkennend.

Lena sah ihn verstohlen von der Seite her an. Er war ein paar Jahre jünger als sie, vielleicht ließ ihn aber auch nur sein jugendliches Auftreten jünger erscheinen. Als sie genau hinsah, entdeckte sie nämlich einen grauen Schatten in seinem gepflegten Dreitagebart. Das stand ihm. Obwohl sie Bärte eigentlich störten. Er hatte breite Schultern und war offensichtlich Sportler. Sein leuchtend blauer Anzug war eng geschnitten und saß perfekt. Um die Augen hatte er Lachfältchen. Als er sich jetzt zu ihr herüberbeugte, sah sie die gerade Nase und den sinnlichen Mund.

»Bist du allein hier?«, raunte er vertraulich.

Lena hob die Augenbrauen und sah sich betont auffällig um. »Nein. Hier sind noch ganz viele andere Leute.«

Er warf den Kopf zurück und lachte auf. »Touché!«

Bevor er aber eine ähnlich herausfordernde Bemerkung zurückschießen konnte, hob das Brautpaar die Gläser, und Niklas brachte einen kurzen Toast aus.

»Liebe Gäste, liebe Freunde, liebe Familie. ›Wir trauen uns‹, so stand es in den Einladungen zu diesem ganz besonderen Fest. Immerhin ist es für uns beide das zweite Mal, dass wir das Wagnis der Ehe eingehen. Aber seit ich Ann-Cathrin kenne, weiß ich, dass ich keine bessere Frau finden konnte als sie. Sie ist warmherzig, hat Humor und sieht toll aus. Sie ist die Richtige! Viele zweite Eheschließungen werden eher im kleinen

Kreis begangen, weil man sich nicht mehr richtig traut. Wir zwei trauen uns aber, und zwar aus vollem Herzen! Wir sind dankbar, dass ihr alle da seid, um mit uns zu feiern.« Er drehte sich zu Ann um und nahm sie in die Arme, um sie lange und leidenschaftlich zu küssen. Einige Gäste fingen an, begeistert mit den Händen auf die Tische zu trommeln. Die beiden lösten sich wieder voneinander, und Lena meinte, Freudentränen in den Augen ihrer Freundin glänzen zu sehen. »Prost!«, rief der Bräutigam, und alle hoben ihre Gläser.

DJ-Mike spielte einen Tusch.

Auch an Lenas Tisch prostete man sich zu. Jonas nahm sein Glas und wandte sich an Lena. Dabei berührte er ihre Hand mit seiner, und obwohl das so beiläufig geschah, als wäre es Zufall, machte sein anschließender Blick klar, dass er es mit Absicht getan hatte.

Damit verwirrte und amüsierte er Lena gleichermaßen. Der ging aber ran! Sie war es nicht gewohnt, dass ein Mann – noch dazu ein jüngerer – so direkt ihre Nähe suchte und mit ihr flirtete. Aber sie nahm es gelassen, denn dieser Jonas hatte absolut nichts Unangenehmes an sich: Er war der Typ Sonnyboy, dem man nichts übel nehmen konnte.

»Jetzt sag schon, wie kann es sein, dass eine so tolle Frau hier bei mir am Restetisch sitzt?«, fragte er in verschwörerischem Ton. »Hast du der Braut mal den Freund ausgespannt, und das ist deine Strafe?«

»Das liegt an den Platzkarten.« Lena räusperte sich und schenkte ihm den Blick einer Lehrerin, die einem besonders begriffsstutzigen Schüler das Leben erklären muss. »Das sind diese Dinger, die vor jedem Teller stehen und auf denen die Namen stehen. Siehst du, das hier ist meine, und das da – Überraschung! – ist deine!« Dabei musste sie lachen.

Er stöhnte auf. »Humor hat sie auch noch, ich fasse es nicht.«

»Kennen Sie sich schon lange?«, fragte Frau Hansen dazwischen.

»Ach, Sie wissen ja, wie das ist – manchmal können 15 Minuten eine qualvoll lange Ewigkeit sein«, sagte Lena mit gespielter Schicksalsergebenheit.

»Oh, ich hoffe doch, dass ich irgendwann voller Stolz sagen kann, dass ich Lena schon sehr lange kenne«, setzte er hinterher und lächelte dabei so selbstbewusst, dass Lena ein unerwartet warmes Kribbeln verspürte, das sie nicht ganz zuordnen konnte. Ihr machte dieses Geplänkel mehr und mehr Spaß. Dann aber sah sie an Frau Hansens Blick, dass diese nicht ganz folgen konnte. Und sie wollte sich nicht auf Kosten der alten Dame amüsieren.

»Nein, wir sehen uns tatsächlich hier zum ersten Mal.«

»Sie würden aber ein schönes Paar abgeben«, sagte Frau Hansen.

Lena ertappte Herrn Wiedebusch dabei, wie er auf ihr Dekolleté starrte. Ein Blick nach unten sagte ihr, dass ihr Wickelkleid, das ohnehin ganz schön tief ausgeschnitten war, sich inzwischen noch ein bisschen weiter geöffnet hatte. Ein Blick zur Seite sagte ihr, dass auch Jonas, der noch einen viel besseren Einblick hatte als Herr Wiedebusch von der anderen Seite des Tisches, das auf dezente Weise registrierte. Ach, was soll's, dachte sie dann. Sie fühlte sich gut.

Die Kellner kamen und servierten Salat von Langustenschwänzen.

»Ich wünsche allen einen guten Appetit«, sagte Herr Wiedebusch und fing nach einem abschätzigen Blick auf die sehr übersichtliche Portion an zu essen. »Meeresfrüchte, ganz was Feines … Ich hoffe doch, es gibt nachher noch was Richtiges.« Er zwinkerte ihnen zu, während seine Frau laut, aber mit einem deutlich hörbaren Lächeln »Fritz!« sagte.

Während des Essens wurde schnell deutlich, dass sie eine

lustige kleine Runde am Tisch waren. Frau Hansen erzählte, dass sie früher Schauspielerin gewesen war. Sie hatte jahrelang zum Ensemble des Schauspielhauses gehört und unter anderen mit Gustaf Gründgens und mit Hans Albers – bei der Erwähnung des Namens wurde sie ganz leicht rot – gespielt.

»Ist ja nicht wahr!«, rief Frau Wiedebusch. »Dann habe ich Sie bestimmt mal auf der Bühne gesehen. Sie kamen mir gleich so bekannt vor.«

»Ach, das alles ist doch schon so lange her«, gab Frau Hansen zurück und zeigte, dass sie die Kunst beherrschte, gleichzeitig bescheiden zu klingen und doch zu unterstreichen, dass ihr Ruhm eigentlich nie verblasst war.

»Haben Sie früher auch Autogrammkarten geschrieben?«, fragte Lena, die hellhörig geworden war. Zu Walter Cordes' Sammlung gehörte tatsächlich eine kleine, aber feine Auswahl von Autogrammen bekannter Filmstars der Dreißiger- bis Fünfzigerjahre.

»Aber gewiss. Damals hatten wir alle diese Karten, schöne Aufnahmen in Schwarz-Weiß.«

Lena wollte sie gerade fragen, ob sie die noch hätte und eventuell auch Karten ihrer Kollegen, aber Jonas kam ihr zuvor.

»Und was machst du so?« Dabei führte er seine Gabel mit einer Crevette zum Mund, und Lena starrte auf seine vollen Lippen.

»Ich arbeite für einen Kunstsammler.«

»Oh, darunter kann man sich aber eine Menge vorstellen.«

»Ich kümmere mich um seine Sammlung – also kaufen, manchmal auch verkaufen, katalogisieren, ordnen, so was. Und du?«

»Ich bin Gebrauchtwagenhändler.«

Lena war ein bisschen enttäuscht. Gebrauchtwagenhändler. Na ja, die musste es auch geben. Aber irgendwie sah er nicht so aus wie jemand, der einem auf einer zugigen Tankstelle alte Autos andrehte.

Die Kellner räumten die Salatteller ab und brachten den Hauptgang: ein duftendes Rinderfilet mit Rosmarinkartoffeln und winzigen grünen Bohnen.

»Schade, wir haben hier keine Vegetarier am Tisch – davon könnte ich direkt zwei Portionen vertragen«, sagte Fritz Wiedebusch, wofür er sich wieder einen vorwurfsvollen Blick seiner Frau einfing.

Lena stimmte ihm zu. Sie merkte plötzlich, dass sie Hunger hatte; der kleine Salat mit den Langustenschwänzen war nur ein Appetithappen gewesen. Sie schloss genießerisch die Augen. Das Essen war perfekt, besonders die Estragonsoße. Als sie die Augen wieder öffnete, bemerkte sie den bewundernden Blick von Jonas.

»Eine Frau, die nicht nur gut aussieht und einen geheimnisumwehten Beruf hat, sondern auch noch gern isst. Und ich hatte anfangs gar keine Lust zu kommen.«

»Wie kommen Sie denn eigentlich hierher? Die Seite der Braut oder des Bräutigams?«, fragte Frau Hansen und beugte sich vor, um ihn besser zu sehen.

»Niklas ist mein Geschäftspartner«, sagte Jonas.

Lena machte große Augen. Jetzt verstand sie. Nichts mit Herumstehen an zugigen Tankstellen: Ann-Cathrins Mann war Leiter der Mercedes-Niederlassung in Bahrenfeld, ein Riesenschuppen mit Glasfassade. Und Jonas war sein Partner? Dann waren die Gebrauchtwagen, die er gerade so herunterspielend erwähnt hatte, vermutlich Jahreswagen, die immer noch ein Vermögen kosteten. Wenn sie ihn sich so ansah, dann hatte er auch mehr von einem erfolgreichen Unternehmer als von einem angestellten Autoverkäufer.

Sie bemerkte, dass Frau Hansen mit der Hand nach hinten griff und sich mit ihrer Handtasche abmühte, die sie über die

Rückenlehne ihres Stuhls gehängt hatte. Lena löste den Bügel und reichte sie ihr.

»Oh, vielen Dank«, sagte die alte Dame und suchte etwas in ihrer Tasche. »Meine Tabletten«, sagte sie entschuldigend. »Die muss ich pünktlich nehmen.« Lena bemerkte fasziniert, dass auch die Tasche in Zartrosa gehalten war.

»Ich mag Rosa«, sagte Frau Hansen, als hätte sie Lenas Frage geahnt. Sie schloss das zierliche Täschchen, das die beiden verschlungenen Cs am Verschluss zeigte, und hängte es wieder über die Stuhllehne. Dann wandte sie sich mit einem entzückenden Lächeln erneut Lena zu. »Wissen Sie, das Leben ist doch manchmal trist genug. Da tut ein Farbklecks gut ... Stellen Sie sich vor, hinter meinem Rücken nennt man mich manchmal Madame Rosa. Ich kaufe immer bei Feinkost Radke in Eppendorf ein, das ist ein alteingesessenes Geschäft, das es schon zu meiner Jugend gab. Vielleicht kennen Sie es? Ich weiß, dass die jungen Angestellten dort mich heimlich so nennen. Ich finde es irgendwie nett. Ich glaube, die haben für einige ihrer Stammkunden Spitznamen ... und ich bin noch ganz gut dabei weggekommen.« Sie lachte ein hohes Lachen, das auch zu einem jungen Mädchen gepasst hätte, dann wandte sie sich wieder ihrem Essen zu.

»Feinkost Radke?«, sagte Lena, während sie zwei zierliche Bohnen auf ihre Gabel nahm. »Da bin ich doch schon ab und zu dran vorbeigekommen. Beim nächsten Mal gehe ich rein.«

»Bei uns um die Ecke ist auch so ein Geschäft. Es ist mir meistens zu teuer, aber wenn ich mir was Besonderes leisten will, gehe ich dahin«, mischte sich Frau Wiedebusch ins Gespräch ein. Sie fühlte sich womöglich ein bisschen ausgeschlossen, denn ihr Mann hatte Jonas in ein Gespräch über Autos verwickelt. »Ich fahre ja nur Mercedes. Was anderes kommt mir nicht in meine Garage«, sagte er gerade mit Bestimmtheit.

»Wenn Sie einen neuen brauchen, kommen Sie vorbei. Jetzt kennen wir uns ja persönlich«, sagte Jonas.

»Wo wohnen Sie denn?«, fragte Frau Hansen liebenswürdig, und Frau Wiedebusch fing an, in allen Einzelheiten die Vorzüge ihrer Straße in Barmbek-Süd zu beschreiben.

»Jederzeit bereit für Geschäfte?« Lena konnte sich die Bemerkung an ihren Tischnachbarn nicht verkneifen.

»Hast du nicht eben noch nach Autogrammkarten gefragt?« Er sah sie mit hochgezogenen Augenbrauen an.

Sie musste lachen. Er hatte ja recht.

»Ach, weißt du, für Autos interessiere ich mich nicht so sehr.«

»Wir können gern über was anderes reden. Obwohl wir unsere Autos in jeder gewünschten Farbe spritzen. Auch in Rosa, wenn es gewünscht wird.« Er grinste über seine kleine Frechheit und sah Frau Hansen dabei entwaffnend an.

Ein echter Womanizer, dachte Lena. Der flirtet doch nur mit mir, weil er keine Alternative hat. Schließlich bin ich die einzige Frau unter 60 hier am Tisch. Ihr ging durch den Kopf, dass ihr der Gedanke, sie sei womöglich nur eine Notlösung, einen kleinen Stich versetzte. Ihr gefiel dieser smarte Mann neben ihr.

»Ich finde übrigens, dass Ihnen diese Farbe außerordentlich gut steht«, sagte er gerade zu Frau Hansen und beugte sich dabei ein Stück zu ihr herüber, wobei er Lenas Oberschenkel berührte – und ihr gleichzeitig tief in die Augen sah, nicht Frau Hansen.

»Sie haben da einen wirklich charmanten Tischherrn«, kommentierte Frau Hansen, der das nicht entgangen war.

Lena wollte protestieren. »Aber wir sind gar nicht …« Dann hielt sie das amüsierte Glitzern in Jonas' Augen davon ab. Es war ja schließlich auch egal, was eine unbekannte alte Dame dachte.

»So, jetzt trinken wir aber mal einen Schnaps. Zur Verdauung«, rief Herr Wiedebusch. Ehe die anderen reagieren konnten, hatte er schon einen Kellner herbeigewinkt und bestellte fünf Jubis. Ganz eindeutig nicht Lenas Geschmack. Aber wenn sogar Frau Hansen den trinkt, dann werde ich hier nicht die Spielverderberin geben, dachte sie. Als die alte Dame, ohne mit der Wimper zu zucken, den scharfen Aquavit auf ex hinunterkippte, tat sie es ihr gleich. Der Alkohol brannte in ihrer Kehle und breitete sich dann wohlig in ihrem Magen aus. Sie beobachtete Frau Hansen, die sich nicht ein kleines bisschen schüttelte. In dieser Generation gehörte ein Schnaps nach dem Essen offensichtlich dazu.

Jonas verzog das Gesicht und biss die Zähne zusammen. Lena musste lachen.

»Na, Junge, das Trinken überlassen wir dann aber doch besser den Erwachsenen, was?«, rügte Herr Wiedebusch ihn breit grinsend und zwinkerte dabei Frau Hansen zu, die ihn mit einem »Junger Mann, kommen Sie erst mal in mein Alter!« in seine Schranken verwies.

Seine Frau quittierte dies mit einem zwitschernden Lachen: »Der junge Mann hat's aber schon ordentlich im Kreuz.«

Daraufhin prusteten alle los, und Herr Wiedebusch drohte damit, den Zeremonienmeister zu rufen, wenn nicht sofort ein bisschen mehr Respekt vor dem Alter gezeigt würde.

Ich bin hier am richtigen Tisch gelandet, dachte Lena noch einmal.

Nach dem Dessert – weißes Mandelparfait mit grünen Minzesplittern, ganz in der Farbe der Hochzeit gehalten – wurden die Tische enger zusammengerückt, um Platz für die Tanzfläche zu machen. Dann spielte der DJ einen Tusch. Niklas verbeugte sich vor Ann-Cathrin, und die beiden gingen Hand in Hand auf die Tanzfläche.

»Und hier das Wunschlied des Brautpaars«, rief der DJ.

Alles, nur bitte nicht Helene Fischer, dachte Lena. Und dann erklang …

»Um Gottes willen!«, sagten Frau Hansen und Herr Wiedebusch im Chor.

… Roland Kaiser mit *Lieb mich ein letztes Mal*. Lena konnte Alexandras Stöhnen bis zu ihrem Tisch hören. Aber Ann-Cathrin war immer schon hoffnungslos romantisch gewesen, darüber hatten sie sich früher stets lustig gemacht: Unter Marianne Rosenberg ging bei ihr musikalisch gar nichts. Aber wie sie jetzt selig in den Armen ihres Mannes lag, das hatte schon was.

Nach den ersten Takten wurden die Eltern der Braut und des Bräutigams sowie die Trauzeugen auf die Tanzfläche gebeten, und nachdem die fünf Paare ein paar Runden gedreht hatten, eröffnete der Zeremonienmeister den Tanz für alle.

Darauf schien Jonas Hegemann nur gewartet zu haben.

»Komm. Wir tanzen«, sagte er und hielt Lena die Hand hin.

»Ich ertrage Roland Kaiser nur im Sitzen.«

»Man wächst mit seinen Aufgaben.« Er ließ nicht locker und funkelte sie dabei herausfordernd an.

»Also gut«, gab Lena sich geschlagen.

Sie folgte ihm auf die Tanzfläche, inzwischen wurde zum Glück ein schnelleres Stück gespielt: *Himbeereis zum Frühstück*.

Jonas sang mit: »›Du, ich seh dich noch wie heut, du trugst ein Hochzeitskleid, und bald schon solltest du seine Frau seihein …‹« Dabei legte er die Hand aufs Herz und sah sie treuherzig an.

Lena kriegte sich vor Lachen kaum wieder ein. »Woher kannst du den Text?«

»Was meinst du, was Niklas den ganzen Tag im Büro hört?«

Jonas sang weiter laut und falsch, aber inbrünstig mit und brachte Lena mit seiner Leidenschaft und der theatralischen

Darbietung zum Lachen. Seiner guten Laune konnte man sich nicht entziehen. Das Eis zwischen ihnen war gebrochen.

»Sorry, ich bin kein besonders guter Tänzer«, entschuldigte er sich, nachdem er ihr im Eifer des Gefechts fast auf die Füße getreten war. Lena fand das gar nicht so schlimm. Er machte seine tänzerischen Schwächen durch die Performance dreimal wett. Das fanden offensichtlich auch andere: Lena bemerkte die Blicke der anderen Frauen, die um sie beide herumtanzten. Jonas war definitiv einer der am besten aussehenden Männer im Saal.

»Wollen wir tauschen?«, zischte Alexandra ihr zu, als sie sich mit ihrem Gatten etwas hüftschwach an Lena und Jonas vorbeischob.

»Ich tanz ihn für dich ein, dann kannst du ihn gerne übernehmen«, schmunzelte Lena – und merkte, dass sie das nicht einmal ein kleines bisschen in Erwägung ziehen würde.

Sie tanzten drei Stücke und kamen ziemlich außer Atem zurück an den Tisch, wo schon fünf Schnäpse warteten, die Herr Wiedebusch bestellt hatte.

Na, das kann ja was werden, dachte Lena und kippte ihr Glas hinunter.

An den anderen Tischen wurde geplaudert, auf der Tanzfläche herrschte ein reges Kommen und Gehen, aber Lena kam es so vor, als wäre ihre Runde wirklich die ausgelassenste. Sie bestellten immer wieder neuen Wein, dazu kamen noch Schnäpse. Nach dem dritten hörte Lena aber auf, weil sich ihr schon der Kopf drehte. Dennoch: Wie schön, sich einfach mal gehen zu lassen und sich zu amüsieren, dachte sie und lachte über Helga Hansen, die eine gelungene Parodie der näselnden Butler-Stimme Theo Lingens gab. Sie lagen fast unter dem Tisch vor Lachen.

»Darf ich bitten?«

Lena sah überrascht hoch: Ein Mann vom Nebentisch forderte sie zum Tanzen auf.

»Sie dürfen …«, hob Jonas an, und da man ihm ansah, dass nun ein entschlossenes *Nicht* folgen würde, lachte Herr Wiedebusch laut auf, während seine Frau Jonas spielerisch mit dem Finger tadelte.

»… jederzeit«, vervollständigte Lena den Satz lächelnd und bemerkte mit einiger Genugtuung, dass Jonas eine enttäuschte Grimasse zog.

Der Mann, der sich als Stefan vorstellte, war ein wirklich begnadeter Tänzer und verführte Lena zu immer neuen gewagten Schritten, die sie aber unter seiner Führung wunderbar hinbekam. Einzelne Paare hörten auf zu tanzen und sahen ihnen zu. Lenas Kleid wirbelte um ihre Beine, während sie in den Armen des Mannes lag. Als die Musik aufhörte, klatschten einige Umstehende. Sie sah zu ihrem Tisch hinüber. Auch Frau Hansen und die Wiedebuschs applaudierten; Jonas zog mit einer komischen Grimasse die Schultern hoch.

Als Lena erhitzt und etwas außer Atem, aber glücklich an den Tisch zurückkam, unterhielt Jonas die anderen gerade mit einer aberwitzigen Geschichte, die nicht unbedingt Sinn zu haben schien, aber alle zum Lachen brachte. Das Brautpaar kam auf seiner Runde von Tisch zu Tisch auch bei ihnen vorbei.

»Na, Jonas, du mischst mal wieder den Laden auf«, sagte Niklas zu seinem Kompagnon und schlug ihm auf die Schulter.

»Du irrst, das sind die tollen Frauen hier am Tisch. Und natürlich die irre Musik!«

Ann-Cathrin beugte sich derweil zu Lena herunter und raunte ihr ins Ohr: »Ich hoffe, du amüsierst dich. Hab ich mir doch gedacht, dass du und Jonas euch was zu sagen habt.«

Lena sah zu ihr hoch. Etwas an dem verschwörerischen Ton ärgerte sie und schlug eine kleine, wütende Kerbe in ihre gerade noch so gute Laune. Sollte sie jetzt dankbar sein? Oder ihr sagen, dass sie langsam die Nase voll davon hatte, dass alle sie an den Mann bringen wollten? Sie entschied sich, einfach zu lächeln.

Und ganz unrecht hatte Ann-Cathrin ja nicht: Jonas Hegemann war wirklich nett und höchst attraktiv. Sie flirtete nach allen Regeln der Kunst mit ihm, er machte ihr Komplimente und warf ihr anzügliche Blicke zu. Er forderte sie noch ein paar Mal zum Tanz, und als es später auf der Tanzfläche richtig wild zuging, legten sie einen Rock 'n' Roll hin, der sich gewaschen hatte. Als sie zum Tisch zurückgehen wollten, fing Lena den hektischen Blick von Alexandra auf, die auf ihr Dekolleté zeigte. Als sie an sich heruntersah, bemerkte sie, dass die raffinierte Wicklung des Oberteils verrutscht war und ziemlich tiefe Einblicke auf ihren BH sehen ließ. Hektisch verschränkte sie die Arme vor der Brust.

Auch Jonas sah jetzt das Malheur. Als sei nichts, drehte er sich zu ihr und legte die Arme halb um sie, um sie so vor weiteren Blicken zu schützen. Lena zog die beiden Stoffteile halbwegs wieder übereinander, aber um das Kleid wieder zu richten, müsste sie den Bindegürtel öffnen und wieder neu schließen. Das ging hier, vor allen Leuten, auf keinen Fall.

»Komm, wir gehen jetzt mal für kleine Mädchen«, sagte Jonas.

»Meinst du nicht, dass ich das schon allein können sollte?«, fragte Lena, die ihm einerseits dankbar war, aber solche Verniedlichungsaussagen noch nie gemocht hatte.

»Wer spricht denn von dir? Ich meine natürlich mich«, grinste er und bugsierte sie einigermaßen heil aus dem Saal.

Vor den Waschbecken traf sie mit Alexandra zusammen.

»Tolles Kleid, leihst du mir das mal?«, sagte die trocken und fügte dann mit einem Grinsen hinzu: »Du gehst aber ran! So kennen wir dich ja gar nicht.« Sie nickte in Richtung von Lenas Oberkörper. »Und wer ist der tolle Typ? Das nächste Mal will ich auch an den Singletisch!«

Lena brach in Lachen aus und verhedderte sich in dem komplizierten System aus Ösen und Bändern ihres Kleides. »Jetzt muss ich noch mal anfangen«, stöhnte sie und versuchte, die langen Bänder zu sortieren. Die Schnäpse, die sie getrunken hatte, machten die Sache nicht leichter.

»Lass mich mal«, sagte Alexa und stellte sich vor sie hin.

»Das Band muss da durch und dann das andere über Kreuz …«

»Jetzt sag schon: Wer ist der Typ?«, fing Alexandra wieder an. »Der himmelt dich an. Und übrigens noch ein paar andere Kerle da draußen. Du hast heute offensichtlich die Nacht der Nächte.«

»Das ist bei denen doch reiner Herdentrieb. Was einer haben will, wollen die anderen auch«, sagte Lena. Aber insgeheim war ihr auch schon aufgefallen, dass sie die Blicke auf sich zog. Ein berauschendes Gefühl. »Das ist mir schon seit Jahren nicht mehr passiert«, räumte sie ein und merkte, wie ihre Wangen rot wurden. Jonas hatte den ganzen Abend nur mit ihr getanzt und geflirtet, wenn man von den Höflichkeitstänzen absah, zu denen er Frau Hansen und Frau Wiedebusch aufgefordert hatte. Lena fand es süß, wie er sich an die Regeln der Galanterie hielt.

Endlich hatten sie alle Teile des Kleides wieder an Ort und Stelle.

Als sie mit Alexa am Arm wieder in den Saal kam, wartete Jonas am Eingang auf sie.

»Mach was draus«, raunte Alexa ihr zu, schenkte Jonas ihr schönstes Lächeln und ging an ihren Tisch zurück.

»Alles wieder in Ordnung?«, fragte er und tat dabei schelmisch so, als wäre er ein wenig zerknirscht. »Tut mir echt leid, wenn ich mit meinem Tanzstil an deinem drohenden Busenblitzer schuld sein sollte. Aber es sah einfach klasse aus!«, fügte er hinzu. Er hielt ihr die Hand hin. »Noch ein Tanz?«

Lena wollte Ja sagen, als die Musik verstummte.

Der Zeremonienmeister nahm das Mikro, Lena sah die Enttäuschung in Jonas' Gesicht, dann ging sie vor ihm her an ihren Tisch zurück.

»Bevor ich Sie gleich alle hinaus in den Garten bitte, weil das Feuerwerk steigt, habe ich noch eine besondere Überraschung für Sie. Bitte, meine Herren ...« Er machte eine ausladende Geste zu sechs Männern hinüber, die im Halbkreis standen.

Was dann kam, ließ nicht nur Lena die Tränen in die Augen steigen: Die Männer sangen a cappella *Amazing Grace*. Obwohl sie einfach nur Jeans, weiße Hemden und Turnschuhe trugen, hatte ihr Gesang etwas Sakrales – und ihr Stimmvolumen reichte über mindestens drei Oktaven. Alle lauschten gebannt. Nach der Ausgelassenheit der vergangenen Stunden war dies ein feierlicher Moment. Als die Männer verstummten, brach Applaus los, und Ann-Cathrin ging auf sie zu und nahm sie in die Arme.

»Und jetzt das Feuerwerk«, jubilierte der Zeremonienmeister ins Mikrofon. »Dafür bitte ich alle auf die Terrasse!«

»Ich glaube, dann mache ich mich auf den Heimweg. Es ist spät geworden«, sagte Frau Hansen.

»Oh, wie schade«, entfuhr es Lena.

»Ich hole Ihnen Ihre Jacke. Ich nehme an, sie ist rosa?«, ließ sich Jonas vernehmen.

»Ganz genau, junger Mann. Ich warte am Ausgang auf Sie.«

Als die alte Dame aufstand, konnte Lena ihr ansehen, dass sie ganz schön erschöpft war. Wie alt mochte sie wohl sein? Bestimmt über 80. Dafür hatte sie wirklich gut durchgehalten – und den einen oder anderen Schnaps getrunken.

Am Eingang trafen sie auf Susanne, die auch schon einen Mantel anhatte.

»Gehst du schon?«, fragte Lena.

Susanne nickte. »Ich hab den Babysitter nur bis ein Uhr gebucht.«

»Und Joachim?«

»Der bleibt noch.«

An ihrer Stimme hörte Lena, dass Susanne das nicht recht war. Lena hatte mitbekommen, dass Joachim ganz schön geladen hatte und an den Frauen rumbaggerte. »Dann mach's gut«, sagte sie zum Abschied.

»Du auch. Man sieht sich.«

Beide wussten, dass das wohl nicht so schnell passieren würde.

Jonas kam mit dem Mantel von Frau Hansen. Gemeinsam mit Lena begleitete er die alte Dame nach draußen.

»Ich würde Sie ja fahren, aber ich darf nicht mehr. Daher habe ich Ihnen ein Taxi bestellt.«

Er ist wirklich verdammt höflich, dachte Lena erneut. Und gute Manieren hat er auch.

Sie brachten die alte Dame zum bereits wartenden Wagen. Bevor sie einstieg, wandte sie sich zu ihnen herum.

»Bevor ich es vergesse: An jedem Mittwoch gebe ich eine Einladung. So eine Art Salon. Ich möchte, dass Sie beide kommen, Lena und Jonas.« Mit diesen Worten überreichte sie jedem von ihnen eine zartrosa Visitenkarte. »Da kommen sehr interessante Leute, die sich viel zu sagen haben.«

Lena fragte sich noch, was sie damit wohl meinen könnte, als Jonas antwortete: »Wir kommen sehr gern.«

»Sie sind so ein schönes Paar, Sie werden gut bei uns hineinpassen.«

Wieder konnte Lena nicht richtigstellen, dass sie und Jonas doch gar kein Paar waren, denn Frau Hansen stieg bereits in das Taxi, und der Wagen fuhr davon.

»Was meint sie wohl mit Salon?«, fragte Jonas. »Ich dachte, so was sei seit Jahrhunderten ausgestorben.«

»Keine Ahnung. Aber es könnte spannend sein.«

»Und was macht das hübsche Paar nun mit dem angebrochenen, aber doch vielleicht auch noch spannenden Abend?«

»Feuerwerk gucken, was sonst? Außerdem sind wir kein Paar.«

»Findest du?«, fragte Jonas.

Und dann beugte er sich einfach zu ihr herüber und küsste sie.

Lena verharrte einen Moment regungslos. Was passierte hier gerade? Dann erlaubte sie sich, Jonas' Lippen zu spüren. Sein Kuss fühlte sich gut an, und je länger er dauerte, umso himmlischer. Seine Lippen strichen weich über ihre, und sie spürte, dass er dabei lächelte.

KAPITEL 6

Als Lena am nächsten Morgen aufwachte, war ihr erster Impuls, neben sich auf das Kopfkissen zu gucken. Aber da war niemand. Sie seufzte, wusste aber nicht, ob das, was sie spürte, Enttäuschung oder Erleichterung war.

Nur langsam kam die Erinnerung an die letzten Stunden des vergangenen Abends zurück: Sie hatte wild mit Jonas geknutscht. Als er gespürt hatte, dass sie seinen Kuss erwiderte, war er fordernder geworden. Er hatte sie an sich gezogen, während über ihnen die Raketen am Himmel explodierten. Lena hatte sich in seine Zärtlichkeiten fallen lassen, sein Bart hatte sie auf den Wangen gekitzelt. Nach einer gefühlten Ewigkeit, das Feuerwerk war längst vorüber gewesen, waren sie den anderen zurück in den Saal gefolgt und hatten noch einige Male getanzt. Als sie zu ihrem Tisch zurückkamen, waren die Wiedebuschs bereits gegangen; Lena und Jonas gehörten zu den letzten Gästen.

»Wir sollten uns mal wieder treffen«, hatte Alexandra beim Abschied zu ihr gesagt. »Dann erzählst du mir, was du an diesem Abend noch so alles angestellt hast.« Dabei hatte sie ihr ziemlich dreckiges Grinsen im Gesicht gehabt.

Dann war Lena zu Jonas in das Taxi gestiegen, das er bestellt hatte, und auf dem Rücksitz hatten sie wieder leidenschaftliche Küsse getauscht. Lena hatte noch im Ohr, wie Jonas ihren Namen gestöhnt hatte. Seine Hand verirrte sich in den Ausschnitt ihres Kleides. Sie musste kichern und überlegte, ob der Taxifahrer im Rückspiegel zu ihnen herüberschaute. So was sah man doch sonst nur in Filmen! Ihr war es egal. Sie hatte zu viel getrunken, und Jonas' Zärtlichkeiten waren einfach zu gut. Sie wollte nicht, dass er aufhörte. Es tat so gut, sich wieder begehrt zu fühlen, die Berührungen eines Mannes zu spüren.

Sie mussten an einer roten Ampel halten, und Jonas räusperte sich, setzte sich für einen Moment aufrecht hin und nahm die Hände von ihr. In Lena blitzte der Gedanke auf, wie dieser Abend enden sollte. Sollte sie ihn mit in ihre Wohnung nehmen? Sie war sich ziemlich sicher, dass er ein guter Liebhaber sein würde. Wer so gut küssen konnte … Aber ging das jetzt nicht doch alles ein bisschen zu schnell? Wollte sie sich gleich ganz auf Jonas einlassen?

Als das Taxi vor ihrem Haus hielt, war sie immer noch unschlüssig.

»Darf ich mit hochkommen?«, fragte er.

Lena zögerte, und der Taxifahrer sah entnervt zu ihr nach hinten.

»Na, Lady? Wird das noch was heute? Ich sitz hier schließlich nicht zum Spaß.«

Jonas drehte sich zu ihr. Und er hatte plötzlich einen Blick, den sie von früher her kannte, von einer anderen Situation, einem anderen Mann.

Irgendwie gab das den Ausschlag.

»Ich gehe dann mal«, sagte Lena.

Die Erinnerung an Jonas' Küsse und sein enttäuschter Blick, als sie aus dem Taxi gestiegen war, entlockten ihr ein Lächeln. Etwas schwerfällig stieg sie aus dem Bett. Ihr Kopf brummte leicht. Im Bad sah sie ihr Gesicht im Spiegel. Die Haut rund um ihren Mund war leicht gerötet, ein Abschiedsgeschenk von Jonas' Bart. Sie grinste ihr Spiegelbild an. Dann ging sie in die Küche. Sie brauchte jetzt einen Kaffee. Und Hunger hatte sie auch. Kein Wunder, sie hatte ja auch die letzte Nacht getanzt wie eine Wilde …

Während sie den heißen Kaffee schlürfte und in ihr Marmeladenbrot biss, dachte sie verträumt an den vergangenen Abend. Sie hatte sich schon lange nicht mehr so gut amüsiert. Wieder zog sich ein breites Grinsen über ihr Gesicht.

»Lena, du hast es ganz schön krachen lassen«, sagte sie zu sich selbst. »Das wurde auch mal wieder Zeit. Anscheinend bist du noch nicht zu alt dafür, um das Interesse gut aussehender junger Männer zu erregen.«

Aber der Abend hatte noch mehr zu bieten gehabt: Endlich hatte sie ihre alten Freundinnen wiedergesehen. Sie dachte an Cora, die so krank war. Und an Susanne, die so anders lebte als sie selbst und ihr mit ihrem Joachim und den Kindern auf die Nerven gegangen war. Am meisten hatte sie sich gefreut, Alexandra zu treffen. Es hatte so gutgetan, mal wieder ihren sarkastischen Blick auf die Welt zu teilen. Die Verabredung mit ihr würde sie wahr machen.

Diese Frau Hansen war ebenfalls eine liebenswerte und interessante Person. Die würde sie auch gern wiedersehen. Moment mal, hatte sie ihr nicht ihre Visitenkarte gegeben und sie eingeladen, zu einer Art Salon zu ihr nach Hause zu kommen?

Sie stand auf und suchte ihre Tasche, die sie am Abend dabeigehabt hatte. Sie fand sie unter ihrem Kleid auf dem Fußboden vor dem Bett und nahm die Karte in zartem Rosa heraus. *Helga Hansen. Schauspielerin. Eppendorfer Weg 142, Hamburg,* stand da, und eine Telefonnummer. Aber die alte Dame hatte sie gemeinsam mit Jonas eingeladen, weil sie davon ausgegangen war, dass Jonas und sie ein Paar waren … Und damit war sie schon wieder in ihren Gedanken bei ihm gelandet.

Sie und Jonas ein Paar? Er war ein toller Mann, ohne Frage. Seit langer Zeit war er der Erste, der ihr Interesse geweckt hatte. Der Gedanke an seine Berührungen jagte ihr ein Kribbeln über den Rücken. Er machte wunderbare Komplimente, und es machte Spaß, mit ihm zu tanzen. Sie sah ihn vor sich, wie er sich das Haar aus der Stirn strich, das durch die wilde Tanzerei durcheinandergeraten war. Hätte sie ihn gestern doch mit in ihre Wohnung und in ihr Bett nehmen sollen? Er hatte das gewollt, eindeutig. Aber er war auch nicht eingeschnappt oder böse geworden, als sie sich mit einem langen Kuss von ihm verabschiedet hatte. Das sprach eindeutig für ihn. Da hatte sie schon ganz andere Männer erlebt, die nach einem gemeinsamen Abend ganz selbstverständlich davon ausgingen, dass sie in ihrem Bett landen würden, und ziemlich aggressiv oder beleidigend wurden, wenn dem nicht so war.

Was hatte sie abgehalten? Im Grunde wusste sie es: Jonas war ihr gefährlich nahegekommen. Und er hatte ihr den ganzen Abend über gezeigt, dass er ernsthaftes Interesse an ihr hatte. Aber Lena wollte keine Beziehung. Sie versuchte, sich vorzustellen, wie es wäre, wenn Jonas jetzt hier bei ihr gewesen wäre. Er hätte neben ihr im Bett gelegen und jetzt mit ihr am Tisch gesessen … Dafür war sie einfach nicht bereit. Sie liebte ihre stillen Morgen, und er hätte diese Idylle gestört. Böse Zungen wie Violette behaupteten, sie sei zu bequem, um sich auf einen Mann einzulassen. Oder zu egoistisch. Lena musste ihr recht geben. Sie hatte es ein paar Mal versucht, aber Männer *störten* sie einfach. Sie lagen auf ihrem Sofa herum, wollten Fußball im Fernsehen gucken, aßen den letzten Riegel Schokolade aus dem Kühlschrank, ließen ihre Socken liegen und fragten, was es zum Essen gab.

Okay, jetzt übertreibst du, dachte Lena. Aber nur ein bisschen, sagte eine andere Stimme in ihrem Kopf.

Sie nahm noch einen Schluck Kaffee und verzog angewidert den Mund. Er war inzwischen nur noch lauwarm, und ihr Toast war schon lange nicht mehr knusprig.

Sie seufzte. Ich gehe wieder ins Bett, dachte sie resigniert.

Auf dem Fußboden davor lag immer noch ihr Kleid. Sie hob es auf und hängte es auf einen Bügel. Sie lächelte versonnen, als sie an das Missgeschick mit dem Dekolleté denken musste. Auch da hatte Jonas sich vorbildlich verhalten, um die Situation für sie nicht peinlich werden zu lassen. Stattdessen war sie im Grunde sogar eher erotisch gewesen. Ihr kam wieder der Blick in den Sinn, mit dem er sie im Taxi angesehen hatte.

Fast hätte sie sich mit der Hand vor die Stirn geschlagen. Na klar! Jetzt wusste sie wieder, woher sie ihn kannte – beziehungsweise an wen er sie gleich am Anfang erinnert hatte.

Sie zögerte, bevor sie die Schublade unten am Kleiderschrank öffnete. Dann tat sie es doch. Das Foto von Vincent und ihr lag nicht obenauf; sie gehörte nicht zu den Frauen, die das Bild eines Mannes immer griffbereit haben musste. Aber sie wusste, dass es da war, zwischen anderen Erinnerungsstücken.

Lena nahm es heraus und betrachtete es. Sie sah sofort, dass sie sich gestern Abend im Taxi nicht geirrt hatte: Vincents Blick, ein bisschen schräg von unten, ein bisschen treuherzig, aber auch fordernd. Es war genau der Blick, mit dem Jonas sie gestern Abend angesehen hatte.

Das waren doch seltsame Zufälle: Erst sah sie diesen orangefarbenen Pulli, der so viele Erinnerungen in ihr aufgerührt hatte, und dann traf sie einen Mann, der Vincent in vielem so ähnlich war. Sie sah noch einmal auf das Foto. Es war auf ihrem 25. Geburtstag aufgenommen worden. Sie hatte in den beiden Zimmern ihrer und Violettes Wohnung gefeiert und wie verrückt getanzt. Lena sah sich selbst auf dem Bild, fast 20 Jahre jünger, unglaublich schön und strahlend. Sie tanzte eng umschlungen mit Vincent, ihr Kopf selig an seiner Schulter. Die Jahre mit ihm waren die schönsten ihres Lebens gewesen, davon war sie fest überzeugt. Das hatte sie damals gewusst, und das glaubte sie auch heute noch. Sie waren so jung gewesen, so voller Pläne für eine berauschende Zukunft, ohne Ängste vor was auch immer. Lena wühlte in den alten Fotos herum, die sie in dieser Schublade aufbewahrte. Bilder aus einem anderen Leben. Da musste doch auch noch das Foto von Violette sein. Da war es ja! Ihre Mitbewohnerin tanzte mit Antonin, der damals aus Paris für einen Austausch nach Hamburg gekommen war. Inzwischen waren die beiden verheiratet, hatten zwei Kinder und lebten in Paris. Im vergangenen Jahr hatten sie sich zuletzt gesehen, als Lena für einige Tage zu ihr zu Besuch gefahren war. Die Wohnung im 18. Bezirk war viel zu klein für vier Personen; die Mädchen teilten sich ein Zimmer, das winzige Elternschlafzimmer diente Violette gleichzeitig als Büro. Sie arbeitete als Übersetzerin; zu ihrem Leidwesen übertrug sie keine literarischen Texte, sondern Gebrauchsanweisungen und Dokumente. Immerhin wurde das besser bezahlt.

Wieder sah sie auf die Fotos. Vincent … Die Ähnlichkeit mit Jonas war wirklich verblüffend. Sie brachte das Foto dichter vor ihre Augen. Das gab's doch nicht! Beide hatten dasselbe schmale Gesicht mit den ausdrucksstarken grauen Augen und den vollen Lippen. Bei Jonas waren sie durch den Bart sogar noch ein wenig ausgeprägter. Beide waren blond und trugen die Haare genau den richtigen Tick zu lässig. Beide wussten, wie man eine Frau für sich gewann. Natürlich war Vincent damals viel jugendlicher gewesen als Jonas heute, aber dennoch: Die Ähnlichkeit war da. Im Grunde hatte sie das gestern Abend schon gedacht, den Gedanken dann aber von sich geschoben.

Dann war es vielleicht reine Sentimentalität und das Schwelgen in alten Zeiten gewesen, was sie zu Jonas hingezogen hatte? Sie starrte immer noch auf das Foto. Und dann wusste sie, was es ihr sagen wollte: Die Liebe zu Vincent war zwangsläufig, unausweichlich, wie eine Naturkatastrophe gewesen. Da konnte Jonas nicht mithalten, mochte er sie noch so sehr an Vincent erinnern. Und außerdem wäre es doch ziemlich naiv, sich in einen Mann zu verlieben, nur weil er der großen Liebe ähnlich sah, oder?

In einem Aufwallen der Gefühle legte sie die beiden Fotos zurück. Die Zeiten, in denen Männer ihre Gedanken beherrschten, waren zum Glück vorbei. Und es würde nicht noch einmal einen Mann in ihrem Leben geben, der ihr Herz so berührte, wie Vincent es getan hatte.

Sie holte sich ein großes Glas Wasser aus der Küche und legte sich anschließend wieder ins Bett. Ich überschlaf die ganze Sache einfach, dachte sie.

Sie hatte sich gerade bequem hingelegt, als nebenan das Klavierspiel ertönte. Dasselbe Stück wie vor ein paar Tagen. Sie ließ sich von der leisen Melodie in den Schlaf wiegen.

***

Ein paar Stunden später wachte Lena ausgeruht wieder auf. Die Kopfschmerzen waren weg. Sie horchte in die Stille hinein: Nebenan war alles ruhig, keine Klaviermusik, leider. Sie sah auf ihr Handy. Es war drei Uhr nachmittags, die Frühlingssonne schien in ihr Schlafzimmer.

Das Telefon klingelte. Ein bisschen unwillig stand Lena auf und ging an den Apparat.

»Hallo?«

Niemand antwortete.

»Hallo?«, wiederholte Lena ihre Frage, nun schon ungeduldig. Als wieder keine Antwort kam, brüllte sie in den Hörer: »Belästigen Sie die Leute jetzt auch schon am Sonntag? Ich bin versichert und will auch kein Zeitungsabo abschließen. Rufen

Sie mich nie wieder an!« Damit knallte sie den Hörer auf. Sie hasste diese Umfragen und Werbeanrufe! Im Büro liefen sie ständig auf und trieben sie an manchen Tagen in den Wahnsinn.

Eine Minute später klingelte es erneut.

»Ich hab Ihnen doch gesagt …«, brüllte sie los.

»Nicht wieder auflegen. Hier ist Jonas! Ich hatte gerade schlechten Empfang.«

»Jonas? Woher hast du meine Nummer?«

»Äh, da lag eine Gästeliste. Das ist so etwas wie eine Tischkarte. Da stehen Namen drauf. Es war ganz einfach. Außerdem weiß ich ja, wo du wohnst. Du erinnerst dich vielleicht: Ich habe gestern ganz allein vor deiner Wohnung in einem Taxi gesessen.«

Sein Witz ließ in ihr die Stimmung des vergangenen Abends wieder aufleben. Sie lachte.

»Hast du gut geschlafen?« Seine Stimme klang weich und zärtlich.

»Hm. Und du?«

»Ach, ich hab mich schrecklich einsam gefühlt und die halbe Nacht wach gelegen.«

»Echt? Wieso das denn?«

»Die Frau meines Lebens hat mich abblitzen lassen.«

»Oh, das tut mir leid.« Die Frau seines Lebens? Woher wusste er, dass er sie mit solchen Sprüchen sofort wieder am Haken hatte? »Kenne ich sie?«, machte sie den halbherzigen Versuch, über den Moment hinwegzuspielen.

»Gehst du mit mir spazieren?« Jonas hatte offensichtlich kein Interesse, auf ihre Ablenkung einzugehen. »Das Wetter ist herrlich. Und ich möchte dich wiedersehen.« Er verstummte, und Lena spürte seine Verunsicherung. »Lena, das gestern Abend zwischen uns … da war doch was. Ich würde gern herausfinden, was.«

»Ich weiß nicht …«, begann sie.

»Nur spazieren gehen und reden«, sagte er rasch, als er Lenas Zögern spürte.

Er hatte recht, da war etwas zwischen ihnen beiden. Wieso hätte sie sonst den ganzen Morgen an ihn denken und ihn sogar mit Vincent vergleichen sollen? Vielleicht war es klüger, das herauszufinden, anstatt weiterzugrübeln. »Elbe oder Alster?«, fragte sie.

»Puhh!« Er stöhnte erleichtert auf. »Wo immer du willst.«

»Treffen wir uns in einer halben Stunde bei Bobby Reich? Ich beeil mich.«

»Bis gleich. Ich freu mich auf dich.«

Lena raste unter die Dusche. Das war ein unbestreitbarer Vorteil, wenn man Locken hatte: Man musste sie nicht so oft waschen und war schneller fertig. Kürzlich war sie beim Surfen im Netz auf einen Artikel gestoßen, in dem es hieß, Menschen mit Locken hätten ein sorgenfreieres Leben und seien umgänglicher. Außerdem seien sie die besseren Dates. Lena gab nicht viel auf diese pseudowissenschaftlichen Nachrichten, außer wenn sie zu ihren Gunsten ausfielen.

Nach der Dusche stand sie in Unterwäsche vor ihrem Kleiderschrank. Was sollte sie anziehen? Zum Glück hatte sie keine Zeit, um sich lange Gedanken zu machen. Sie griff nach der Jeans, die über der Stuhllehne hing, und zog einen Pulli über. Make-up? Ein Hauch. Das musste reichen.

20 Minuten später kam sie die Krugkoppelbrücke hoch. Jonas lehnte an der gemauerten Brüstung. Er sah sich immer wieder unruhig um. Seine Ungeduld rührte Lena.

Als er sie entdeckte, leuchteten seine Augen auf. Er löste sich von der Mauer und kam auf sie zu.

»Ich hatte tatsächlich für einen Augenblick Angst, du würdest nicht kommen.« Er blieb vor ihr stehen, dann nahm er sie in die Arme und küsste sie auf beide Wangen.

Sie gingen in die Richtung, aus der Lena gekommen war, und bogen dann auf die Alsterwiesen ab. Das schöne Wetter hatte viele Spaziergänger ins Grüne gelockt. Hunde rannten herum, und am Ufer saßen die Alsterschwäne auf ihren Nestern. Lena und Jonas gingen nebeneinanderher und redeten. Alles, was er sagte, hörte Lena zum ersten Mal, und doch fühlte es sich vertraut an, seine Stimme zu hören. Einmal berührten sich ihre Hände, ganz sanft und zufällig, und er nahm ihre und hielt sie fest. Er sah sie von der Seite her an, und weil sie lächelte, behielt er ihre Hand in seiner. Jonas erzählte von sich, von seiner Arbeit. Er war in Hamburg aufgewachsen und hatte hier BWL studiert. Die Anteile an dem großen Autohaus hatte er von seinem Vater übernommen. Er war nie verheiratet gewesen. Wie gradlinig sein Lebenslauf doch ist, dachte Lena.

»Bist du nie weg gewesen? Im Ausland?«, fragte sie.

»Doch. Ich war für ein Erasmusjahr in London.«

»Ich meine, hast du nicht einfach mal was ganz anderes gemacht? Was nichts mit Wirtschaft oder Autos zu tun hat?«

Er sah sie überrascht an. »Warum? Das hätte mir doch nichts gebracht, oder?«

»Machst du immer nur die Sachen, von denen du sicher sein kannst, dass sie dir etwas bringen?«

»Nein. Also: doch, ja. Aber nicht … nicht immer.«

Es war seltsam, Hand in Hand neben diesem Mann herzugehen, den sie kaum kannte, den sie aber sehr anziehend fand. Wenn sie sich unbeobachtet glaubte, sah sie ihn verstohlen von der Seite her an und suchte nach Ähnlichkeiten mit Vincent. Als sie nach ungefähr einer Stunde Marsch am anderen Ende der Außenalster angekommen waren, war sie durcheinander. Es war eine Sache, mit einem Mann auf einer Hochzeit zu flirten, wo alle zu viel getrunken hatten und viele andere Menschen waren. Eine ganz andere Sache war es, jetzt hier allein neben ihm herzugehen und ernsthaft mit ihm zu reden. »Wollen wir noch einen Kaffee trinken? Ich habe bisher nur von mir erzählt, ich will aber wissen, was du machst.« Jonas war stehen geblieben.

»Gut. Wohin?«, fragte Lena.

»Ins Vierjahreszeiten? Wir kommen noch rechtzeitig zur Teatime.«

Lena pfiff durch die Zähne. Teatime im Vierjahreszeiten. Unter dem ging's wohl nicht. Walter Cordes hatte ihr mal erzählt, dass er zu ganz besonderen Gelegenheiten mit seiner Frau dorthin gegangen war, und schwärmte von den Scones mit Orangenmarmelade und den in winzige Quadrate geschnittenen Sandwiches mit Roastbeef und Remoulade.

Sie betraten das noble Hotel an der Binnenalster, und Jonas schien sich auszukennen: Ohne zu zögern, ging er nach links in den großen Raum und steuerte einen Tisch am Fenster an.

Lena war noch nie hier gewesen. Der Raum war im Stil der Gründerzeit eingerichtet, überall Holzvertäfelungen und Gemälde an den Wänden. Darüber ein gefälliges Gemurmel der Gäste, ab und zu unterbrochen von einem Lachen. Sie fühlte sich sofort wohl. Hier durfte man offensichtlich so sein, wie man gerade wollte; das hatte sie sich angesichts der Preise anders vorgestellt. Steif ging es jedenfalls nicht zu.

Jonas ließ sie einen Platz wählen und setzte sich in den Sessel ihr gegenüber. »Du magst doch Tee? Oder lieber Kaffee?«

»Tee ist in Ordnung. Ich habe noch nie so eine Teezeremonie mitgemacht.«

»Ich komme ab und zu her, um mich zu entspannen.«

Lena sah sich demonstrativ um. »Und das kann man sich als Gebrauchtwagenhändler leisten?«, zog sie ihn auf.

»Man kann sich alles leisten, wenn man es wirklich will.«

Der Kellner brachte eine Etagere mit winzigen Scones und Sandwiches und den Tee. Die Gebäckstücke sahen noch raffinierter aus, als Lena sie sich nach den Erzählungen von Walter Cordes vorgestellt hatte.

Sie lehnte sich zurück und genoss die behagliche Atmosphäre, die hier herrschte. Für eine Sekunde schloss sie die Augen und gab sich dem Gemurmel um sie herum hin. Als sie die Augen wieder öffnete, sah Jonas sie lächelnd an. Der Kellner servierte gerade formvollendet zwei Gläser Champagner.

»Lena«, begann Jonas, doch dann schien er nicht weiterzuwissen und beendete seinen Satz mit: »Auf dein Wohl. Danke, dass du mitgekommen bist.« Er hob sein Glas und prostete ihr zu.

Lena nahm den ersten prickelnden Schluck und stellte fest, dass Champagner auch nach einer langen Nacht einfach das Beste war.

»Ich würde sogar einen Tanzkurs machen«, sagte Jonas, und Lena verstand nicht gleich, warum er das jetzt sagte.

Sie lachte. »So schlimm war es nun auch nicht. Du bist mir nur einmal ganz leicht auf die Füße getreten.«

»Ich meine damit, dass ich ziemlich viel tun würde, um dir zu gefallen.« Er beugte sich zu ihr herüber und legte seine Hand auf ihre. »Ich glaube nicht an das, was man in kitschigen Filmen sieht, und eigentlich bin ich ein ziemlich rationaler Mensch, aber … aber ich habe mich gestern Abend in dich verliebt.«

Lena verschluckte sich fast an ihrem Gurkensandwich. Das ging ihr jetzt aber definitiv zu schnell! Gegen einen Flirt und sogar gegen eine Nacht war ja nichts einzuwenden, aber Jonas schien es richtig ernst zu meinen.

»Ich weiß nicht … Wir kennen uns doch gar nicht …« Lena fühlte sich ein wenig überfahren, aber auf der anderen Seite schmeichelte ihr, wie sicher er sich war.

»Deshalb sitzen wir ja hier«, entgegnete er.

»Jonas, ich …«

Er lehnte sich zurück und lächelte. Auf einmal strahlte er Selbstbewusstsein aus, so als wüsste er jetzt wieder genau, was er zu tun und zu sagen hatte, um an sein Ziel zu kommen. »Keine Sorge, ich lasse dir Zeit.«

***

Gegen acht war Lena wieder zu Hause. Nachdenklich sah sie aus dem Fenster. Sie hatte Jonas wieder nicht hereingebeten; er hatte dieses Mal auch nicht gefragt, aber an seinem Blick hatte sie gesehen, dass er es sich gewünscht hätte. Sie stand vor ihrer Garderobe, um den Mantel aufzuhängen, und sehnte sich plötzlich nach seiner Umarmung.

Unschlüssig streifte sie durch ihre Wohnung, aber die beruhigende Wirkung, die das sonst auf sie hatte, wollte sich nicht einstellen. Sie stellte sich vor ihr Bücherregal – und hatte keine Lust, einen ihrer Schätze hervorzuholen. Sie ging in die Küche und goss sich ein Glas Wein ein – er schmeckte, aber schien ihren Durst genauso wenig löschen zu können wie das Glas Wasser, das sie in großen Schlucken leerte.

Sie rief Violette an; das würde sie mit Sicherheit ablenken. Und richtig: In einem langen Gespräch brachten sie sich auf den neuesten Stand, wie es jeder von ihnen ging und was das Leben so machte. Jonas ließ Lena bewusst außen vor; sie kannte ihn gerade einmal 24 Stunden, da musste sie ihrer ältesten Freundin noch nicht von ihm erzählen.

»Ich muss dich mal etwas ganz Blödes fragen«, sagte sie stattdessen. »Ist eigentlich mein Nickipullover bei dir gelandet?«

»Du meinst den orangefarbenen?« Violette wusste natürlich sofort, welcher Pulli gemeint war. »Lass mich überlegen …

Den hast du ja eigentlich ständig getragen. Und wenn ich mich richtig erinnere, hast du ihn weggeworfen, nachdem du dich von Vincent getrennt hast. Er war aber auch schon ziemlich durch.«

Lena seufzte.

»Wieso fragst du eigentlich danach? Was ist los?«

Eigentlich wollte Lena nicht über den Mann reden, der gerade wie wild in ihrem Kopf herumspukte. Aber warum eigentlich nicht?

»Ich hab da jemanden getroffen.«

»Wie schön!«

»So einfach ist es nicht.«

»Es ist nie einfach. Ist er verheiratet?«, fragte Violette.

»Nein … Wie oft würdest du mit jemandem ausgehen, bis du ihn mit in deine Wohnung nimmst?«

»Ich glaube, für derartige Zählmanöver sind wir inzwischen zu alt.«

»Jetzt sag schon.«

»Hm. So drei-, viermal. Und wie viele Male hast du dann noch übrig?«

Lena musste lachen. »Wir haben uns bisher zweimal gesehen. Gestern und heute. Und jetzt sagt er, dass er sich in mich verliebt hat.«

»Ihr geht aber ran.«

Stimmt, das fand auch Lena. »Er scheint sich ziemlich sicher zu sein.«

»Und du nicht.«

Lena schüttelte den Kopf, obwohl Violette das nicht sehen konnte. Aber sie schien es zu ahnen.

»Wann siehst du ihn wieder?«

»Ich weiß nicht genau. Vielleicht nächsten Mittwoch. Da gehen wir zusammen in einen Salon.«

»So einer ist das? Dann würde ich nicht länger warten.«

»Nee, die Idee stammt nicht von ihm. Er verkauft Autos. Gebrauchte noch dazu.«

Violette lachte. »Solche muss es auch geben. Was magst du denn an ihm?«

»Er sieht einfach klasse aus, ist fünf Jahre jünger als ich, hat Humor, kann nicht tanzen oder singen, macht aber beides mit Begeisterung und Leidenschaft. Er gibt mir das Gefühl, vielleicht wirklich die Frau seines Lebens zu sein. Und … Und er erinnert mich an Vincent.«

»Ach du Schande! Zweimal in denselben Mann verliebt?«

»Das ist irgendwie krank, oder? Und außerdem ist er natürlich nicht Vincent.« Lena dachte an das, was Jonas ihr auf dem Spaziergang erzählt hatte. »Er ist so … gerade, so glatt. Er hat, glaube ich, in seinem ganzen Leben noch nichts Unüberlegtes oder Falsches gemacht.«

Violette prustete los. »Na, dann ist er aber das genaue Gegenteil von Vincent. Der hat euch doch ständig in Schwierigkeiten gebracht. Und dieser Jonas will ausgerechnet jetzt damit anfangen?«

»Weil er sich in mich verliebt?«, protestierte Lena.

Violette kicherte. »Wer weiß?«

Durchs Telefon hörte Lena Stimmen und Gelächter.

»Oh, die Mädchen sind zurück. Sie waren mit Antonin im Kino, weil ich arbeiten musste. Und ich hatte versprochen, dass die Pizza fertig ist. Tut mir leid, ich muss mich um meine Familie kümmern. Melde dich, wenn es was Neues gibt, ja? Ich will jede Einzelheit wissen!«

»Such dir doch selbst einen Verehrer!«, sagte Lena.

»Dazu fehlt mir die Zeit. Ich steh eher auf Ersatzbefriedigung. Also melde dich.« Damit legte sie auf.

KAPITEL 7

In der folgenden Woche gab es für Lena im Büro sehr viel zu tun. Am Montagmorgen kam Walter Cordes mit einer neuen Liste von Museen, privaten Mäzenen und Stiftungen ins Büro.

»Ich möchte, dass wir uns jeden Einzelnen dieser potenziellen Förderer genau ansehen. Gehen Sie auf die Webseiten, und holen Sie Informationen über sie ein, hören Sie sich um. Und dann entscheiden wir, wen wir anfragen und mit welchem der Konzepte, die Sie ja bereits erarbeitet haben.«

»Sie meinen, dass einer von denen«, Lena tippte auf die zweiseitige Liste, die er erstellt hatte, »Ihre Sammlung eher übernehmen würde als diejenigen, mit denen wir schon in Kontakt stehen?«

»Wir werden es zumindest versuchen.«

Lena fragte sich beunruhigt, warum er es auf einmal so eilig hatte. Aber im Grunde wusste sie es: Ihr Chef war in den letzten Wochen oft sehr kurzatmig, wenn er ins Büro kam. Er musste sich dann erst mal setzen und starrte dumpf vor sich hin, bis er wieder zu Atem kam. Er gab sich zwar Mühe, seine zunehmende Gebrechlichkeit zu verbergen, aber Lena konnte er nicht täuschen. Sie machte sich Sorgen. Es war ja nicht nur, dass sie den alten Mann mochte und nicht wollte, dass es ihm schlecht ging. Immerhin hing auch ihr Job davon ab, wie gesund Walter Cordes war. Sie mochte gar nicht daran denken, was passieren würde, wenn er mal nicht mehr da wäre … Und dabei ging es nicht nur darum, dass sie wohl nie wieder einen Traumjob wie diesen finden würde. Wenn sie überhaupt einen finden würde. Geisteswissenschaftler über 40 ohne Beziehungen gab es wie Sand am Meer.

»Okay, dann mache ich mich mal an die Arbeit.«

Am Mittwochmittag kam ein Immobilienmakler ins Büro, der ihnen auf Hochglanz getrimmte Exposés mit möglichen Gebäuden für Ausstellungsräume vorlegte. Er blätterte durch seine Mappen und zeigte ihnen Objekte, die entweder viel zu groß und zu teuer oder in desolatem Zustand waren. Eines, das vielleicht geeignet gewesen wäre, lag in Bergedorf, und da wollte Walter Cordes mit seiner Sammlung nicht hin.

»Man sollte immer bereit sein, Zugeständnisse zu machen und so neue Perspektiven zu finden«, wandte der gelackte Besucher ein.

»Man darf sich aber auch immer erlauben, das sein zu lassen«, entgegnete Cordes nüchtern.

Als der Makler wieder weg war, saßen sich Lena und der alte Mann einen Moment lang resigniert gegenüber.

»Na, das ist aber in die Hose gegangen. Offensichtlich habe ich dem Mann nicht ganz deutlich machen können, was mir vorschwebt«, sagte Walter Cordes mit einem hilflosen Lächeln. Er strich sich über die buschigen Augenbrauen, die über die Jahre fast weiß geworden waren.

In diesem Augenblick empfand Lena eine große Zärtlichkeit für ihren Chef. Ihr wurde bewusst, dass er so etwas wie der Opa war, den sie nie gehabt hatte; ihre Großeltern waren alle früh gestorben, die Eltern ihrer Mutter hatte sie nicht einmal kennengelernt, sie waren bei einem Autounfall vor ihrer Geburt ums Leben gekommen. »Sie wussten doch, dass es nicht leicht werden würde«, sagte sie und wiederstand dem Impuls, ihre Hand auf seine zu legen. Immerhin war er ihr Arbeitgeber. »Außerdem gibt es doch noch andere Makler.«

Walter Cordes nickte. »Ich hätte einfach früher anfangen sollen, eine Zukunft für meine Sammlung aufzubauen.«

»Das lässt sich ja nun nicht mehr ändern. Ich habe mir ein paar Gedanken gemacht. Darf ich Ihnen aufzeigen, was für Optionen wir haben?«

Er nickte und sah sie auffordernd an.

Lena konzentrierte sich. Sie hatte tatsächlich schon so manchen Abend darüber gegrübelt, was passieren würde, wenn Walter Cordes nicht mehr in der Lage sein würde, seine Sammlung zu verwalten. Beim Googeln war sie auf nicht wenige Sammlungen gestoßen, die nach dem Tod der Eigentümer zerfleddert worden waren. Manchmal hatten nicht einmal die Witwen mehr etwas zu sagen gehabt, weil findige Anwälte und Verwalter das Erbe schon zu Lebzeiten durch unvorteilhafte Verträge an sich gerissen hatten. Das durfte auf keinen Fall mit der Sammlung von Cordes passieren.

Seit er am Montag mit dieser Liste gekommen war, hatte Lena ihre Anstrengungen verdoppelt und ein gänzlich neues Konzept erstellt. Sie räusperte sich und versuchte, ihre Stimme möglichst entschlossen klingen zu lassen. »Also, ich habe mir Folgendes überlegt: Wir können weiter nach einem passenden Gebäude in Hamburg suchen. Wir könnten die Suche aber auch auf andere Städte ausweiten. Berlin zum Beispiel oder Bremen. Haben Sie mir nicht mal erzählt, dass Sie dort als junger Anwalt praktiziert haben? Dann hätten wir einen Bezug. Auch Wien käme infrage, wenn man bedenkt, dass Ihre Sammelleidenschaft mit Stefan Zweig begann, der dort geboren wurde. Und dann habe ich mir noch überlegt, wie viel Gutes Ihre Sammlung außerhalb der Metropolen tun könnte. Eine kleinere Stadt würde davon potenziell profitieren und hätte für Sie bestimmt viele Vorteile. Außerdem gibt es da noch einen anderen Ansatz, den wir verfolgen können: Warum geben Sie Ihre Sammlung nicht in ein bestehendes Museum? Als Schenkung oder als Dauerleihgabe. Dann wären Sie alle Sorgen bezüglich der Räume oder der Kuratierung los.«

Cordes sah sie aus seinen wasserblauen Augen nachdenklich an.

»Da ist noch etwas, ein Traum sozusagen«, spielte Lena ihren letzten Trumpf aus. »Wollen wir nicht eine kleine, wirklich eine ganz kleine Ausstellung hier bei uns machen? Wir stellen die schönsten Stücke aus oder suchen einen Themenschwerpunkt heraus. Dann laden wir gezielt Ausstellungsmacher und Kunstinteressierte ein. Das ist doch viel lebendiger, als wenn wir die Sammlung nur in einem Schreiben vorstellen. Dabei können wir die Resonanz testen, und wenn wir die Aufmerksamkeit haben, bieten wir die Sammlung an.« Gespannt wartete sie auf seine Reaktion.

»Dann hätte ich meine Sammlung noch um mich und könnte mich jeden Tag an ihr erfreuen, so wie jetzt«, sagte er und betrachtete seine Hände. Auf den Handrücken waren bläuliche Adern und Altersflecken zu sehen.

»Ja, so wie den Matisse. Den haben Sie doch auch hierhergebracht, um ihn um sich zu haben.« Lena wies in Richtung des Nebenraumes, wo die kleine Zeichnung in der Vitrine lag.

»An was für Themenschwerpunkte hatten Sie denn gedacht?« Er lächelte sie an. »Ich bin sicher, Sie haben da schon ein paar Ideen.«

»Hab ich auch. Ihr Fundus bietet eine ganze Menge Möglichkeiten.«

»Nun sagen Sie schon!«

Lena räusperte sich. »Wie wäre es mit einer Sammlung von Liebesbriefen? Oder Autografe nur aus Hamburg? Oder eine Sammlung von Briefen, die auf Reisen geschrieben wurden?« An seiner Miene sah sie, dass sie sein Interesse geweckt hatte. Zuversichtlich fuhr sie fort: »Das ist meine Lieblingsidee. Reisebriefe. Da könnten wir auch Ihre Autografe einbeziehen, die im Exil entstanden sind. Den Zweig zum Beispiel. Und Briefe, in denen es um Liebe geht, würden auch hineinpassen.

Wir hätten aber auch zu den anderen Themen genügend Exponate. Ich würde natürlich noch mal alles daraufhin durchgehen.«

»Reisebriefe«, sagte Cordes nachdenklich. Dann sah er auf und lächelte sie verschmitzt an, und in diesem Augenblick sah er um Jahre jünger aus. »Ich glaube, Sie müssen mal zu mir nach Hause kommen. Ich muss Ihnen etwas zeigen.«

Der Weg zu Walter Cordes führte Lena an der Alster entlang in Richtung Innenstadt. Hier standen einige der schönsten Villen Hamburgs, mit eigenem Zugang zum Wasser und großen Gärten mit altem Baumbestand. Lena genoss den Spazierweg und blieb ab und zu stehen, um den Schmuck an den Häusern – die Karyatiden, Erker und Wintergärten – zu bewundern.

Sie war noch nie bei ihrem Chef zu Hause gewesen. Sie hatte nur gewusst, dass er im Stadtteil Winterhude wohnte, gar nicht so weit weg von Bobby Reich, wo sie sich am Sonntag mit Jonas getroffen hatte. Seit ihrem Spaziergang hatten sie einmal miteinander telefoniert und sich locker verabredet … Sie schob den Gedanken an Jonas zur Seite.

Nach gut 20 Minuten erreichte sie die Adresse, die Walter Cordes ihr gegeben hatte; ihr war nicht bewusst gewesen, dass er nur einen längeren Spaziergang von ihrer Wohnung entfernt wohnte, auch wenn das Hamburg hier sich definitiv von ihrem unterschied.

Sie sah an der dreigeschossigen Sandsteinvilla hoch. Meine Güte, Walter Cordes hatte es wirklich zu etwas gebracht in seinem Leben. Ob er hier wohl zur Miete wohnte, oder gehörte ihm das große Haus? Sie war sich beinahe sicher, dass Letzteres der Fall war. Solche Villen besaß man. Die meisten waren seit Generationen in Familienbesitz.

Es standen nur zwei Namen am Eingang: Im Erdgeschoss wohnte eine Familie Klopstock, im ersten Stock und im Dachgeschoss stand »Cordes« auf der Klingel. Sie drückte und wartete, bis sie den Summer hörte. Dann stieß sie die schwere Eingangstür auf und betrat das prächtige Treppenhaus. An einen kleinen Vorraum schloss sich die breite Treppe aus hellem Marmor an. Als Lena den Handlauf ergriff, spürte sie, wie samtig weich das Holz von den vielen Berührungen der Menschen über die Jahrzehnte war; sie hatte ein Faible für so etwas. Die Treppe war großzügig angelegt, es wäre genug Platz da gewesen, um einen Aufzug einzubauen, wie es bei ihr zu Hause schon längst passiert war. Aber es schien, als wäre den Bewohnern die erhabene Wirkung des Treppenhauses wichtiger als die Bequemlichkeit. Während sie in den ersten Stock hinaufstieg, fragte Lena sich allerdings besorgt, wie Walter Cordes diese Treppe täglich meisterte.

»Da sind Sie ja!« Er stand in der offenen Tür, ein wenig gebeugt, aber wie immer tadellos in einen dreiteiligen Anzug gekleidet.

Wieder fragte sich Lena, wie er das allein hinbekam. Ob er eine Haushälterin hatte?

»Kommen Sie herein.«

Lena betrat einen großen Vorraum, von dem vier Türen abgingen. »Ich habe uns einen Kaffee gemacht. Und dann gehen wir rauf und sehen uns alles an.«

»Rauf?«, fragte Lena.

»In die andere Wohnung. Dort ist das Archiv.«

»Mir war nicht bewusst, dass Sie noch ein zweites Archiv haben bei …« Sie wusste nicht recht, wie sie es ausdrücken sollte.

»… bei den Massen, die ich bereits in unserem Büro angesammelt habe?« Cordes lachte vergnügt auf. »Ach, Frau Ercken, wie schön, dass ich Sie doch noch überraschen kann.«

Lena folgte ihm ins Wohnzimmer, das auf der Gartenseite lag und an den sich ein Wintergarten anschloss. Die eine Seite war mit farbigem Glas in Jugendstilornamentik verziert, durch die das Sonnenlicht fiel und bunte Muster auf das Stäbchenparkett zauberte. Durch das Fenster konnte man die Alster sehen. Am Ende des üppigen Gartens lag ein Bootssteg, an dessen Ende ein kleiner Teepavillon stand.

Lena hielt den Atem an. »Sie wohnen aber schön hier«, sagte sie.

Er nickte. »In dieser Wohnung ist meine Frau aufgewachsen. Früher haben hier ihre Eltern, sie und ein Bruder und noch ein Dienstmädchen gewohnt. Später haben wir dann die Dachgeschosswohnung dazugekauft. Als man es sich noch leisten konnte. Heute ist das alles viel zu groß für mich allein ohne Edith.«

»Ist sie das?«, wagte Lena zu fragen und wies auf ein paar gerahmte Fotografien, die in einem Regal standen.

Walter Cordes trat neben sie und nahm mit bebenden Händen eine Fotografie heraus. Sie zeigte eine schöne junge Frau mit einem bunten Kopftuch in einem offenen Wagen.

»Das ist Ihr Mercedes.«

Er nickte versonnen. »Wir sind damit bis nach Italien gefahren. Edith hat Italien geliebt. Und nun ist sie schon über zehn Jahre tot.« Er seufzte, und Lena bemerkte, dass seine Hände immer noch zitterten.

»Sie haben sie sehr geliebt, nicht wahr?«, fragte sie leise.

»Sie war eine wunderbare, warmherzige und kluge Frau. Mein Leben. Ohne sie wäre ich nicht der, der ich geworden bin.«

Lena sah ihn fragend an.

»Ich stamme aus ganz kleinen Verhältnissen«, erklärte Cordes und bedeutete Lena, sich zu setzen, bevor er sich schwer in einem Sessel niederließ. »Es war bestimmt nicht vorgesehen, dass ich Anwalt werde und irgendwann mal Kunst sammle. Aber dann habe ich Edith getroffen. Ausgerechnet in der

Oper! Sie hatte dort ein Abonnement mit ihren Eltern, für mich war es das erste Mal, dass ich dorthin ging. Ich war damals nur ein kleiner Angestellter in einer Kanzlei. In der ersten Pause habe ich sie gesehen – ich habe mich auf der Stelle in sie verliebt. Als die Vorstellung weiterging, bin ich ihr nachgegangen, um zu sehen, wo sie saß. Sie hatte einen Logenplatz, und ich konnte sie von meinem Platz im Parkett aus gut sehen. Ich habe vom Rest der Oper nicht mehr viel mitbekommen, weil ich nur Augen für sie hatte. Sie hat an einigen Stellen geweint. Ihre Tränen sind mir direkt ins Herz gegangen. Spätestens da wusste ich, dass ich sie heiraten würde.«

Lena stockte der Atem, als er das erzählte. »Und wie ging es weiter?«

»In der nächsten Pause bin ich einfach zu ihr gegangen, habe mich verbeugt und ihren Eltern vorgestellt und sie dann ganz direkt gefragt, ob ich sie zu einem Glas Sekt einladen dürfe.«

»Das haben Sie getan?«

Er nickte. »Mir fiel einfach nichts Besseres ein. Ich frage mich manchmal, woher ich den Mut genommen habe, sie anzusprechen. Aber ich wusste, dass ich sie nicht gehen lassen durfte, ohne ihr meine Gefühle zu offenbaren. Ich hatte nur diese eine Chance.«

»Wie hat sie reagiert?«

Walter Cordes bekam einen träumerischen Ausdruck. »Sie hat mir ein Lächeln geschenkt, das ich nie vergessen werde. Ihre Eltern waren nicht amüsiert und wollten mich verscheuchen – sie waren anfangs gegen unsere Verbindung. Aber Edith hat einfach nur gesagt: ›Ich würde nichts lieber tun.‹ Und so hat alles seinen Anfang genommen. Ediths Liebe hat mich stark gemacht.« Er sah auf seine Hände herab, die jetzt stärker zitterten. »Wir werden nicht mehr allzu lange getrennt sein.«

Lena senkte den Blick und sagte nichts.

»Ich habe die Opernkarte von damals noch. Edith hatte ihre Telefonnummer draufgeschrieben. Sie ist mein Glücksbringer. Ich trage sie immer bei mir, in der Brieftasche.«

Lena fand das rührend. »Welche Oper haben Sie gesehen?«

»Figaros Hochzeit.«

Tief bewegt von seiner Geschichte, sagte Lena erst mal gar nichts. Einen Moment hing Cordes noch seinen Gedanken nach, dann schüttelte er kurz den Kopf. »So, und jetzt trinken wir erst einmal unseren Kaffee aus, und dann machen wir uns an die Arbeit.«

Er stellte die leere Kaffeetasse zurück auf den Tisch. Dann erhob er sich, und Lena tat es ihm nach.

»Kommen Sie. Ich zeige Ihnen meine anderen Schätze.« Er ging voraus und stieg schwerfällig die Treppe hinauf, wobei er sich am Handlauf nach oben zog. Wieder fiel Lena auf, wie wenig Kraft er inzwischen hatte. Oben schloss er die Tür auf. Sofort stieg Lena der unvergleichliche Geruch nach altem Papier in die Nase. Sie schnupperte.

Diese Wohnung war wegen der Dachschrägen etwas kleiner als die darunter, die Decke war niedriger. Und sie war komplett mit Bücherschränken und Regalen zugestellt. Nicht nur an den Wänden, sondern auch in der Mitte der Räume standen Regale wie in einer öffentlichen Bibliothek. Lena registrierte, dass die Bücher oft sogar in zwei Reihen standen. Vor den Fenstern waren senkrechte Lamellen angebracht, um die empfindlichen Einbände vor Sonnenlicht zu schützen. Lena ging an den Buchreihen entlang, unter ihren Schritten knarzten die alten Holzdielen, die an den vielen Büchern schwer zu tragen hatten.

»Wie viele Zimmer gibt es hier?«, fragte sie.

»Drei. Und eine ehemalige Küche.«

»Jetzt sagen Sie nicht, Sie sammeln auch Kochbücher!«

Er musste lächeln. »Keine Sorge. In der Küche habe ich mal angefangen, weniger wertvolle Bücher und doppelte Exemplare auszusortieren. Aber ich fürchte, ich bin nicht sehr weit damit gekommen. Vielleicht beginnen wir dort?«

Lena folgte ihm in die Küche und stellte auf dem Weg dorthin fest, dass die Bücher beinahe jeden Winkel dieser Wohnung erobert hatten. Sie stapelten sich auf Fensterbänken und auf den wenigen Möbeln, sie wanden sich um eine Garderobe herum, und einen Stapel sah sie sogar durch die offene Badezimmertür neben dem Waschbecken. Noch nie hatte sie derart viele Bücher in einem Privathaushalt gesehen. Ein paar Bände erregten ihre besondere Aufmerksamkeit, wegen ihrer Größe oder ihrer prachtvollen Einbände, aber vorerst ging sie einfach hinter Walter Cordes her, um sich einen Überblick zu verschaffen.

»Das ist …«, fing sie an. »Das ist ein Traum. Gibt es eine Ordnung?« Dabei dachte sie an die Unmöglichkeit, ihre eigene Büchersammlung, die gegen dies hier völlig unbedeutend war, in Ordnung zu halten.

»Nur meine persönliche. Ich habe die Titel in der Reihenfolge eingestellt, in der ich sie gekauft oder gelesen habe. Keine Sorge, Sie werden das nicht alles katalogisieren müssen – vieles davon hat keinen besonderen Wert. Aber zwei Regale will ich Ihnen zeigen …« Er ging mit leicht schlurfenden Schritten in den zweiten Raum, der rechts von der Küche lag. »Das ist die Bibliothek meiner Frau. Sie mochte besonders französische und italienische Literatur. Und hier …«, er öffnete einen deckenhohen Schrank, der zwischen zwei Gauben stand, »… hier sehen Sie meine alten Reiseführer. Ihre Bemerkung gestern zu den Reisebriefen hat mich ja erst dazu gebracht, Ihnen meine Bibliothek zu zeigen.«

Lena staunte. Meter um Meter alte Baedeker-Bände in ihrem klassischen roten Leineneinband mit der Goldprägung.

»Sie wissen, dass der Begriff Erbsenzähler auf Karl Baedeker zurückgeht?«, fragte Walter Cordes. »Der Baedeker war ja wegen seiner Genauigkeit so beliebt. Und Karl hat, um die Zahl der Stufen des Mailänder Doms korrekt anzugeben, auf jede 20. Stufe eine Erbse gelegt. Beim Heruntergehen hat er sie dann wieder eingesammelt, um seine Zählung zu überprüfen.«

Lena gluckste vor Lachen. »Das wäre doch mal eine gute Frage für Günther Jauch.«

Sie richtete ihren Blick wieder auf die Regale. Neben Baedeker gab es eine Vielzahl anderer gedruckter Reiseführer. Unter anderem mindestens einen Meter *Murray's Handbook for Travellers,* die ab 1836 in London herausgegeben wurden. Auch diese Bände hatten einen roten Einband. Zeitweise war es zu einer Zusammenarbeit mit dem Baedeker gekommen, daher kannte Lena sie auch.

»Und Postkarten!«, rief sie, als sie die großen Kartons sah, in denen sich Ansichtskarten stapelten.

Cordes zuckte mit den Schultern. »Meine Frau und ich haben irgendwann angefangen, Reiseführer von unseren Urlaubsorten zu sammeln. Und vor Ort haben wir dann besonders schöne Postkarten gekauft. So ist es hierzu gekommen.« Er machte eine ausladende Bewegung mit der Hand. »Alles ist komplett ungeordnet. Und ich habe, ehrlich gesagt, keine Ahnung, was hier eventuell zu finden ist.«

Lena hatte schon ein Buch aus dem Regal gezogen und angefangen, darin zu blättern. Zufällig war es ein Baedeker über Berlin von 1900. Aber daneben stand ein Band aus den Fünfzigerjahren. Alles zu ordnen, würde eine Menge Zeit erfordern – und war trotzdem ein Schatz, durch den Städte in der Pracht wiederauferstanden, wie man sie sich heute, nach den Verwüstungen der Kriege und dem Bauwahn mancher Epochen, kaum noch vorstellen konnte.

»Und in den anderen Regalen stehen Romane und Sachbücher? Was soll damit geschehen?«

»Was meinen Sie, wollen wir die Bücher gemeinsam durchsehen und alles, was wir nicht mehr brauchen, an ein Antiquariat geben oder spenden? Ich fürchte, ich muss ein bisschen Ordnung in meinen Nachlass bringen, bevor es zu spät ist.«

Lena nickte beklommen. »Geht es Ihnen nicht gut? Ich meine, weil Sie wiederholt Bemerkungen darüber machen, dass Sie … nicht mehr viel Zeit haben.«

Er winkte ab. »Das ist der Lauf der Dinge. Es ist auch nicht besonders schlimm. Aber ich möchte diese Dinge alle noch einmal sehen und mich vielleicht erinnern. Wir fangen mit den allgemeinen Regalen an, wenn es Ihnen recht ist.«

»Natürlich ist mir das recht. Sie sind der Chef!«

»Nur nicht das Regal mit den Büchern meiner Frau. Davon kann ich mich noch nicht trennen.«

Lena nickte wieder.

Sie fingen sofort an. Lena nahm sich einfach eine Ecke des ersten Zimmers gleich links vom Eingang vor. Weil es keine Ordnung gab, war es ja auch egal. Sie würde sich einfach Zimmer für Zimmer durch die Wohnung vorarbeiten. Sie installierte ihren Laptop auf einem kleinen Tisch am Fenster, den sie vorher von Büchern freiräumen musste; dann machte sie drei Regalböden frei. Die Bücher stapelte sie einfach auf dem Fußboden. Mit diesen würde sie anfangen, sie wieder ins Regal stellen, wenn sie sie katalogisiert hatte, und sich dann die nächsten Regalböden vornehmen. Cordes ging ihr zur Hand. Er las die Namen von Autoren und Buchtiteln, bei wertvolleren Titeln auch Verlagsort und Erscheinungsjahr vor, und sie tippte alles in den Computer. Hin und wieder erzählte Cordes ihr eine kurze Anekdote, an die er sich durch dieses Buch oder jenes erinnert fühlte, und Lena vergaß alles andere um sich herum. Einzelne Bücher, billige Taschenbuchausgaben oder Bücher, die beschädigt waren, sortierten sie gleich für den Altpapiercontainer aus. Sie kamen gut voran, aber die Beschäftigung mit den alten Büchern nahm Walter Cordes sichtlich mit. Immer wieder wanderte er in den Nebenraum, wo die Bücher seiner Frau waren. Lena hörte ihn dort rumoren und leise vor sich hin murmeln. Lena gestattete sich ab und zu einen näheren Blick in eines der Bücher, die sie vor sich hatte; sie blätterte sie durch, las das Inhaltsverzeichnis oder den Klappentext. Manche Namen kamen ihr vage bekannt vor, andere sagten ihr nichts. Es ist merkwürdig, dachte sie, diese Autoren waren zu ihrer Zeit sicher berühmt und in aller Munde, und heute kann sich vermutlich kaum noch jemand an sie erinnern. Wird das auch mit den Büchern passieren, die mir wichtig sind?

Nach drei Stunden verabschiedete sich Herr Cordes. »Machen Sie allein weiter? Ich bin müde und brauche ein bisschen Ruhe. Aber vorher bestelle ich uns etwas zu essen. Was halten Sie von Pasta mit Spinat und Gorgonzola? Hier um die Ecke ist das Gallo Nero, die kochen gut und bringen das Essen vorbei. Ich denke, in einer halben Stunde sollte es hier sein. Kommen Sie dann einfach runter.«

»Gut. Bis dahin schaffe ich noch ein paar Titel.« Als er weg war, stellte sie den Laptop direkt in ein leeres Regal, denn es war zu mühsam, jedes Mal den Weg von den Büchern zum Computer zu machen. Als sie zum ersten Mal auf einen Autor stieß, den sie schon in der Liste hatte, stellte sie dieses Buch, ohne lange zu überlegen, zu dem anderen. Ordnung in Bücherregale zu bringen, war ihr inzwischen in Fleisch und Blut übergegangen.

Sie hatte ein weiteres Regal geschafft, als Geräusche im Treppenhaus den Lieferservice ankündigten. Sie klappte ihren Computer zu und ging hinunter. Walter Cordes hatte den Tisch im Wintergarten gedeckt. Hier standen breite Korbsessel und Grünpflanzen in großen Kübeln, draußen vor den Fenstern glitzerte die Alster. Nach dem Aufenthalt in den abgedunkelten Dachkammern musste Lena gegen das Sonnenlicht blinzeln.

»Setzen Sie sich dorthin, da haben Sie den besten Blick nach draußen. Ich kenne ihn ja schon zur Genüge.«

Lena setzte sich ihm gegenüber in einen alten Korbstuhl, der leise knackte, als sie Platz nahm. Zwischen ihnen auf dem Tisch stand das duftende Essen, neben ihrem Teller lag eine gestärkte Stoffserviette. Herr Cordes hatte wirklich Stil. Aber ein Blick zeigte ihr, dass er mitgenommen aussah. Er rührte sein Essen kaum an, obwohl es verführerisch roch.

»Das alles bedrückt Sie, nicht wahr?«, fragte Lena. »Ich meine, die alten Bücher zu sehen und dabei an Ihre Frau zu denken.«

»Ach, wissen Sie, die Liebe wird nie weniger, auch wenn die Geliebte schon lange nicht mehr da ist. Das ist einerseits ein wunderbares Geschenk – dass ich mich immer an meine Edith erinnern darf –, aber es tut natürlich auch weh.« Er legte seine faltigen Hände aufeinander. »Ich habe Sie nie nach einem Mann in Ihrem Leben gefragt, und es geht mich auch nichts an. Aber, Lena, wenn ich Ihnen einen Rat geben darf: Verpassen Sie die Liebe nicht. Ohne sie ist alles nichts, ohne die Liebe ist ein Leben ungelebt, glauben Sie mir.«

Lena starrte ihn an. Sie dachte bei seinen Worten sofort an Jonas. War er vielleicht diese Liebe, auf die es ankam? Die eine Chance, die sie nicht verstreichen lassen durfte? Eine warme Welle stieg in ihr auf. Es fühlte sich gut an, so an ihn zu denken. Aber, meldete sich eine kritische Stimme in ihrem Hinterkopf, sie hatte bei Jonas nicht diese spontane Verliebtheit gefühlt, von der Walter Cordes eben gesprochen hatte. Es gab natürlich auch Lieben, die langsam entstanden, die mit der Zeit wuchsen. Gehörten ihre Gefühle für Jonas zu diesen?

Walter Cordes sah sie fragend an, aber Lena wusste nicht, was sie ihm antworten sollte. Seine Worte kamen bei ihr wie eine Art Vermächtnis an. Als würde ein Großvater seiner Enkelin die Erkenntnis seines Lebens weitergeben, damit sie nicht dieselben Fehler machte wie er. Und was er über die Liebe sagte, klang so anders, als wie sie selbst darüber dachte. Lag es an seinem Alter, war das eine Generationenfrage? Sie selbst und ihre Freunde hatten jedenfalls eine andere Einstellung dazu. Natürlich träumten sie auch manchmal von der einen Liebe fürs Leben und ließen sich von Liebesfilmen mitreißen. Aber meistens lief es dann doch so: Man traf sich, man beschloss, es gemeinsam zu versuchen, und wenn es klappte, war es gut, und wenn nicht, dann trennte man sich wieder. Bis man jemanden heiratete, wurden tausend Fragen geklärt, Eheverträge geschlossen, Absicherungen getroffen. Viele Paare heirateten gar nicht mehr, weil sie keinen Sinn darin sahen – und für andere musste es ein Fest mit allem Pomp, Hochzeitsplaner und Zeremonienmeister sein, für das das Brautpaar sich auf Jahre verschuldete. Lena hegte ja den leisen Verdacht, dass diese Riesenevents ein Ersatz für mangelnde Gefühlstiefe waren. Obwohl, wenn sie an Ann-Cathrins glückliches Gesicht bei der Hochzeit dachte … Oder an Jonas, dessen Lächeln ihr immer wieder durch den Kopf ging …

Von diesen Gedanken sagte sie Herrn Cordes aber nichts. »Ich verspreche Ihnen, dass ich Ihren Ratschlag beherzigen werde, wenn der richtige Mann auftaucht. Und jetzt sollten Sie etwas essen, bevor es kalt wird.« Sie wagte es, ihm die Hand leicht auf den Unterarm zu legen, als Zeichen ihrer Sympathie.

Er lächelte sie an.

Nach dem Essen legte Herr Cordes sich hin. Lena ging wieder nach oben und verbrachte den restlichen Nachmittag allein in dem Raum mit den vielen Büchern und Erinnerungen. Bis zum Abend hatte sie zwei Regale à sechs Böden geschafft. Es war klar, dass sie noch mindestens zwei Wochen brauchen würde, um alle Titel in eine Liste aufzunehmen, die sie dann in Walter Cordes' Namen zum Verkauf anbieten würde. Aber das schreckte sie nicht, im Gegenteil: Sie empfand es als weiteren Vertrauensbeweis, so in die Welt ihres Chefs eindringen zu dürfen. Und sein Hinweis, dass das Gallo Nero noch andere kulinarische Highlights auf der Karte hatte, hörte sich mehr als einladend an.

***

Als Lena nach diesem ersten Arbeitstag in der neuen Umgebung nach Hause kam und die Haustür hinter sich schloss, hörte sie den Klavierspieler. Wieder spielte er das melancholische Stück, das ihr so gefiel. Irgendwo im Haus lief eine Waschmaschine, aber davon abgesehen, war es ganz still. Sie konnte den Klang des Klaviers deutlich hören: ein bisschen dumpf und altmodisch, mit nachhallenden Tönen. Bestimmt ein altes Instrument. Kam es aus der Wohnung unter ihr? Lena ging ins Treppenhaus und horchte, aber da war nichts. Obwohl sie wusste, dass es zwecklos war, ging sie daraufhin auf den Balkon zur Straßenseite hinaus, in der Hoffnung, so herauszubekommen, woher die Musik kam. Sie beugte sich sogar über das Geländer, um einen Blick um die Ecke zu werfen. Aber auch so ließ sich nicht herausfinden, wer da spielte.

Nachdenklich ging sie wieder hinein und fand sich vor ihrem eigenen Bücherregal wieder. Einige der Titel, die sie bei Walter Cordes gesehen hatte, standen auch in ihrem Regal. Aber seine Bibliothek war in den Jahrzehnten der Sammelleidenschaft ins Unermessliche gewachsen. So etwas hatte sie sich als Kind immer gewünscht, eine unendliche Bibliothek ganz für sie allein, mit einer Leiter, die man an den Regalen entlangschob, um an die Bücher ganz oben heranzukommen. Aber Lena verstand nun auch, dass die vielen Bücher zu einer Last für Cordes geworden waren, von der er sich befreien wollte.

Bücherstaub machte offensichtlich Appetit. Sie ging in die Küche hinüber; eigentlich hatte sie alles für Spaghetti Carbonara eingekauft. Aber Nudeln hatte es ja schon zum Mittag gegeben. Also schnippelte sie ein paar Karotten und eine Avocado und rührte in geübten Bewegungen eine Salatsoße zusammen. Als sie beim Essen war, klingelte ihr Telefon. Es war Jonas.

»Ich wollte nur kurz deine Stimme hören. Was machst du gerade?«

»Salat essen.« Lena musste plötzlich an Walter Cordes' Worte denken, dass man der Liebe eine Chance geben sollte. Wie gut die gerade zu ihrer Situation passten! Das war ja fast unheimlich. »Willst du nicht vorbeikommen?«, fragte sie spontan. Nachdem sie das letzte Gespräch bewusst unverbindlich hatte ausklingen lassen, war sie darauf vorbereitet, dass er nun die Gelegenheit wahrnehmen würde, ihr einen Korb zu geben.

»Bin in zehn Minuten da«, sagte er stattdessen. Und hatte schon aufgelegt.

Lena sah auf das Telefon in ihrer Hand. Jetzt war es zu spät, um sich anders zu entscheiden. Sie nahm den letzten Bissen Salat, räumte das Geschirr in den Spüler und stellte sich vor den Spiegel im Flur. Sie fuhr sich mit den Händen durch das Haar und legte Lippenstift auf. Dann klingelte es auch schon an der Tür. Zehn Minuten? Jonas musste geflogen sein …

Sie öffnete.

Er stand vor ihr und sah sie lange an. »Ist deine Einladung so gemeint, wie ich es hoffe?«, fragte er.

Es war eine Einladung, kein Eheversprechen, wollte Lena sagen. Aber dann entschied sie sich dagegen.

Sie nickte.

Und er zog sie an sich und küsste sie.

***

Als Lena am nächsten Morgen erwachte, wusste sie gleich, dass irgendetwas anders war. Sie versuchte, sich wie immer genüsslich zu recken – und spürte Jonas' Arm über ihrem Bauch. Sie lächelte. Sie fühlte sich wohl. Die Nacht war romantisch gewesen, wenn auch kein Vulkanausbruch. Dazu war Jonas zu vorsichtig, fast ein wenig schüchtern gewesen, genau wie sie gedacht hatte. Lena hatte gespürt, dass er seine Leidenschaft im Zaum hielt, weil er alles tun wollte, um sie zu befriedigen und sie glücklich zu machen. Er hatte sie mehrfach zwischendurch gefragt, ob es so richtig sei und ob sie seine Zärtlichkeiten genieße. Das hatte bei ihr die Leidenschaft ein wenig heruntergekühlt, weil sie immer wieder den Faden verloren hatte. Aber im Großen und Ganzen war es eine schöne Nacht gewesen. Ich war schon so lange mit keinem Mann mehr im Bett, dass ich gar nicht mehr weiß, wozu ich fähig bin, dachte sie nun mit einem schiefen Grinsen. Auf jeden Fall finde ich es nicht schlimm, dass ich nicht allein aufwache, sondern dass Jonas neben mir liegt.

Sie machte sich vorsichtig los und stand auf. Es war schon nach acht, Walter Cordes wartete um neun auf sie. Sie stand unter der Dusche, als Jonas ins Bad kam.

»Guten Morgen«, sagte er durch die Glastür. »Darf ich reinkommen?«

Lena konnte sich nicht erinnern, schon mal mit einem Mann in der Dusche gestanden zu haben. Und sie war auch noch nicht mit einem Mann im Bett gewesen, der ein unübersehbares Tattoo auf der Schulter hatte. Da hatte sie in der Nacht doch richtig gesehen: Von seiner rechten Schulter bis auf den Oberarm zog sich eine Art Girlande in Rot und Blau. Sie streckte den Zeigefinger aus und fuhr damit über die Linien.

»Das ist ein polynesisches Motiv mit Blumen«, sagte Jonas. »Gefällt es dir?«

»Ja«, sagte Lena, wenn auch etwas verwundert – Tätowierungen waren sonst nicht so ihr Ding. Aber die hier, die mochte sie. Sie schob die Glastür ganz auf und ließ ihn zu sich herein. »Ich hab nicht viel Zeit.«

»Wir haben alle Zeit der Welt.«

***

Sie kam über eine Stunde zu spät bei Walter Cordes an, was dieser mit einer hochgezogenen Augenbraue kommentierte. Aber Lena war so guter Laune, dass sie ihn einfach mitriss. Den ganzen Tag über wanderten ihre Gedanken zu Jonas. Sie spürte seine Hände auf ihrem Körper und sah sein Lächeln vor sich, als er zu ihr in die Dusche gekommen war. Sie sah auf die Uhr. Noch drei Stunden. Sie waren am Abend zum Essen verabredet. Er wollte mit ihr in ein Restaurant am Hafen. Und Pläne fürs Wochenende hatte er auch schon erwähnt …

»Was ist mit Ihnen? Sind Sie etwa verliebt? Sollten meine Worte so schnell Früchte getragen haben?«, fragte Walter Cordes, als sie singend auf einer Leiter stand, um die Buchtitel ganz oben aufzunehmen. »Das ist schön.«

»Ich bin noch nicht sicher«, behauptete Lena.

»Nun«, Walter Cordes lächelte, »dann scheint es zumindest schon mal eine sehr schöne Unsicherheit zu sein.«

***

Bin ich verliebt?, fragte Lena sich, als sie am Abend auf dem Weg zum Restaurant war.

Ja, bin ich. Definitiv, gab sie sich selbst die Antwort, und ihr Schritt beschleunigte sich.

Als sie das ziemlich noble Restaurant betrat, fragte sie sich, ob sie sich etwas anderes hätte anziehen sollen, aber sie war direkt von Walter Cordes' Wohnung aus hergefahren. Sie strich sich die Bluse glatt und hoffte, dass sie keinen Staub an ihrer Hose hatte.

Jonas sprang auf, als er sie sah, und nahm sie in die Arme.

»Da bist du ja endlich«, begrüßte er sie. »Ich habe dich vermisst.« Er zog sie an der Hand hinter sich her zum Tresen und rief: »Alfredo, das ist meine Lena!«

Lena guckte etwas verdattert, als der Mann, der Alfredo sein musste, hinter dem Tresen hervorkam und ihr überschwänglich die Hand schüttelte.

»Ich freue mich, Sie kennenzulernen! Endlich sind Sie hier, da muss Jonas nicht mehr die ganze Zeit von Ihnen schwärmen. Kommen Sie, setzen Sie sich.«

Die beiden Männer rangelten regelrecht darum, ihr den Stuhl zurechtzurücken, dann verschwand Alfredo wieder hinterm Tresen.

»Du hast ihm von mir erzählt?«, fragte sie Jonas erstaunt. Eigentlich wollte sie noch sagen, dass sie sich doch gerade mal ein paar Tage kannten und ob er das richtig fand, jedem von ihnen zu erzählen, als würden sie morgen heiraten, aber Jonas strahlte so vor Glück, dass sie schwieg. Und außerdem war es ja auch nett, dass er sich so zu ihr bekannte.

Nach dem Essen, das tatsächlich teuer, aber auch schwindelerregend gut war, fragte er: »Kommst du mit zu mir?«

Lena wusste, dass es keine andere Antwort als Ja geben konnte.

Sein Auto stand vor der Tür.

»Ich dachte, du wohnst in der Hafencity? Das ist doch nur einen Katzensprung von hier entfernt.« Sie hätte den schönen Abend gern für einen Spaziergang am Hafen genutzt.

»Aber mit dem Auto ist es doch viel bequemer«, gab er zurück und öffnete ihr die Beifahrertür.

Jonas stieg auf der Fahrerseite ein, dann fuhr er das Verdeck herunter. Es ging an den Landungsbrücken entlang und dann in die Speicherstadt. Drei Minuten später nahm Jonas schwungvoll die Einfahrt in eine Tiefgarage. Von hier aus führte ein Aufzug hinauf in seine Wohnung im sechsten Stock.

Er hielt ihr die Tür auf. »Nach dir.«

Lena fand sich in einem ziemlich großen Penthouse wieder, das supermodern und ganz in Schwarz und Weiß durchgestylt war. Es gefiel ihr, aber sie vermisste sofort die Gemütlichkeit ihrer kleinen Wohnung. Dann sah sie die riesige Fensterfront, die ihr einen freien Blick auf die Elbe bot. Jonas' Wohnung lag in der ersten Reihe mit Blick auf die Kräne und Schiffe im Industriehafen, der jetzt im Sonnenuntergang glitzerte. Ganz rechts zog sich das schwungvolle Band der Köhlbrandbrücke. Der Ausblick war ein Vermögen wert.

»Wow.«

»Tolle Aussicht, nicht?«, fragte Jonas, der hinter sie getreten war. »Vom Schlafzimmer hat man denselben Blick. Möchtest du noch einen Schluck Wein?«

Lena nickte.

Er ging zu einem riesigen Kühlschrank. Als er die Tür öffnete, konnte sie sehen, dass der Inhalt sehr übersichtlich war.

Fast nur Flaschen. Es sah nicht so aus, als würde Jonas kochen. Lena wusste nicht, was sie davon halten sollte. Aber als Jonas ihr mit seinem verführerischen Wiegetanzschritt und mit einem Glas Wein in der Hand entgegenkam, war sie bereit, sich in seine Umarmung fallen zu lassen.

***

Am nächsten Abend sahen sie sich nicht. Lena war ziemlich müde, denn in der letzten Nacht hatte sie wieder wenig geschlafen. Außerdem wollte sie allein sein; sie brauchte das einfach. Sie wollte mit Jonas nichts überstürzen.

Nun saß sie bequem auf ihrem Sofa, die Füße hochgelegt, und machte sich Gedanken. Was wollte Jonas eigentlich von ihr? Sie musste sich doch nur ihre unterschiedlichen Wohnungen ansehen, um zu wissen, dass sie in verschiedenen Welten lebten. Sie ließ ihren Blick durch den Raum schweifen, der zwar nicht vollgestellt war, in dem aber doch Dinge herumstanden, die man nicht zwingend brauchte, die ihr aber lieb waren: die Blumen in der neuen Vase, ihre Bücher, Kerzen in verschiedenen Haltern und Gefäßen, die sie im Lauf der Jahre auf ihren Reisen oder Flohmarktbesuchen zusammengetragen hatte, eine kleine Figur aus Meissener Porzellan, die aus dem Haushalt ihrer Großmutter stammte, die bunten Kissen auf dem Sofa. Bei ihr war es nicht überladen hyggelig, wie das neue Modewort hieß, aber gemütlich, heimelig. Jonas' Wohnung sah dagegen aus wie ein Designmuseum: Sie hatte gestern ja schon Probleme damit, ihre Handtasche irgendwo hinzulegen, weil sie das Gefühl hatte, sie würde das perfekte Bild stören.

Es gab noch mehr Dinge, in denen sie sich unterschieden. Lena ging gern zu Fuß, Jonas machte jeden Weg mit dem Auto. Lena besaß nicht mal eines. Dafür liebte sie es, Zutaten zu kaufen und in Gedanken schon durchzuspielen, wie sich der

Geschmack von Reis, Zwiebeln, Wein und Brühe zu einem Risotto vermählen würde – für Jonas war es das Schönste, in einem guten Lokal alles bestellen zu können, was auf der Karte stand. Sie liebte den Sambasound von *Crickets Sing For Anamaria* von Marcos Valle, er hatte den Namen noch nie gehört und achselzuckend nach einem Blick auf sein Handy gesagt, dass es auch eine Version von einem Ex-Spice-Girl gab.

Sie seufzte und legte die Füße übereinander. War es vielleicht gut, dass sie so unterschiedlich waren – Gegensätze zogen sich doch bekanntlich an?

Sie stand auf, um sich einen Tee zu machen. Als sie zurück in ihr Wohnzimmer kam, ertappte sie sich dabei, dass sie horchte, ob die Klaviermusik wieder erklingen würde. Aber drüben – wo auch immer dieses Drüben sein mochte – blieb es still, und ihr fehlte etwas. Lena hätte viel dafür gegeben, zu wissen, wer da spielte und was. Inzwischen fühlte sie so etwas wie eine Seelenverwandtschaft mit dem unbekannten Pianisten. Oder war es womöglich eine Pianistin? Nein, die Musik hörte sich nach einem Mann an … einem Mann, der ihr nicht aus dem Kopf ging. In ihrer Vorstellung war er so wie seine Musik: ernsthaft, ein bisschen melancholisch, geistreich …

Einen Moment zögerte sie, dann sprang sie voller Tatendrang auf. Sie kam ohnehin nicht zur Ruhe, da konnte sie genauso gut versuchen, diesem Klavierspieler auf die Schliche zu kommen.

Gegenüber von ihrem Haus stand eine Bank unter einem Baum. Sie setzte sich mit einer Flasche Wein und einem Teller mit Brot und einer herzhaften Chorizo dorthin und beobachtete den Eingang zum Hinterhof. Bei jedem, der herauskam oder hineinging, fragte sie sich, ob das wohl der Klavierspieler sein könnte. Einige konnte sie ausschließen, es waren langjährige Nachbarn, von denen sie wusste, dass sie kein Klavier spielten. Als eine Nachbarin aus dem Haus kam, die Lena mal nachts aus dem Bett geklingelt hatte, weil sie ihren Wohnungsschlüssel vergessen hatte, stand sie auf und sprach sie an.

»Hallo. Darf ich Sie mal etwas fragen: Hören Sie auch manchmal diese Klaviermusik? Ich wüsste zu gern, woher die kommt.«

Die Frau schüttelte verständnislos den Kopf. »Klaviermusik? Ich hör nur, wenn meine Nachbarn über mir sich streiten. Da wäre mir ein Klavier lieber. Und das soll jemand aus unserem Haus sein? Soweit ich weiß, ist niemand neu eingezogen. Vielleicht kommt die Musik aus dem Hinterhaus?«

Lena schüttelte den Kopf. »Nein, man hört es nur bei mir in der Wohnung, nicht auf dem Balkon.«

Der Blick der jungen Frau wanderte zu der Bank, wo immer noch die angebrochene Flasche Wein und ihr Teller standen.

»Wozu wollen Sie das denn überhaupt wissen?«, fragte sie. »Wollen Sie sich beschweren?«

»Auf gar keinen Fall!«, sagte Lena schnell und hob beschwichtigend die Hände.

Das Handy ihres Gegenübers fiepte. »Tut mir leid, ich muss los. Schönen Abend noch.«

»Ihnen auch.«

Lena sah ihrer Nachbarin nach. Es wurde inzwischen dunkel. Was machte sie hier eigentlich? Ihre Nachbarin hatte sie ja angesehen, als sei sie nicht ganz richtig im Kopf. Hier zu sitzen und ihr Haus zu beobachten … Unwillig schüttelte sie sich, dann gab sie ihren Beobachtungsposten auf.

KAPITEL 8

Lena und Jonas standen vor dem Haus am Eppendorfer Weg; es stammte aus der vorletzten Jahrhundertwende, wie viele hier. Jonas klingelte und drückte die Tür auf.

»Oh, sieh mal, ein Fahrstuhl mit so einem französischen Gitter«, rief Lena entzückt, als sie in der großzügigen Eingangshalle standen. »Lass uns damit hochfahren!«

In den mannshohen Spiegeln warf Jonas ihr einen amüsierten Blick zu. »Sie wohnt im ersten Stock.«

»Ja, und? Also, ich fahre – du kannst ja laufen.« Damit schob Lena das Scherengitter zur Seite und betrat strahlend den Fahrstuhl. »Ist doch auch mal eine schöne Abwechslung, dass ich fahren will und du zu Fuß unterwegs sein möchtest«, stichelte sie gutmütig.

»Wetten, ich bin schneller?« Jonas sprintete los. Lena musste über seinen Übermut lachen. Seine Energie hatte etwas, das sie manchmal elektrisierte, manchmal amüsierte – und manchmal beides gleichzeitig.

Jonas hatte sich darum gekümmert, sie beide für heute Abend bei Helga Hansens Salon anzumelden. Inzwischen waren schon vier Wochen vergangen, seit sie sich auf der Hochzeit kennengelernt hatten, und sie hatten nicht vergessen, dass sie die alte Dame besuchen wollten; immerhin war sie dabei gewesen, als es zwischen ihnen gefunkt hatte. Aber sie waren einfach so sehr mit sich beschäftigt gewesen, dass sie bisher keine Gelegenheit gefunden hatten. Sie sahen sich mehrmals in der Woche, und Lena genoss das Zusammensein mit ihm, das inzwischen etwas Selbstverständliches hatte. Sie war schon lange nicht mehr so oft im Kino oder in Restaurants gewesen. Und regelmäßig Sex zu haben, war auch nicht schlecht.

Madame Rosa, wie Jonas sie ausschließlich nannte, nachdem Lena ihm die Geschichte dieses Namens erzählt hatte, freute sich schon sehr, sie endlich wiederzusehen. Zumindest hatte sie Jonas das am Telefon gesagt.

Als der Fahrstuhl nach einer gefühlten Ewigkeit mit einem Ruck im ersten Stock hielt, wartete Jonas bereits auf sie und hielt ihr die Tür auf. In der anderen Hand hielt er eine Schachtel feinster belgischer Pralinen, die er am Neuen Wall gekauft hatte.

Die Tür zur Wohnung stand offen. Frau Hansen winkte sie vom anderen Ende eines langen Flurs zu sich heran.

»Lena und Jonas! Wie schön, dass Sie da sind. Kommen Sie!«

Lena hätte sich gern Zeit für die vielen Fotografien und Theaterplakate genommen, mit denen die Wände des Flures gepflastert waren; die dunkelgrüne Stofftapete blitzte nur noch an wenigen Stellen durch.

»Madame Rosa und Hans Albers«, flüsterte sie Jonas zu und wies auf ein gerahmtes Schwarz-Weiß-Foto.

»Dafür ist später bestimmt noch Zeit«, gab er zurück. »Hallo, Ma… Frau Hansen. Sie sehen bezaubernd aus.« Er machte die letzten Schritte auf die alte Dame zu, breitete die Arme aus und küsste sie auf beide Wangen.

Charmeur, dachte Lena. Dann hielt sie ihrer Gastgeberin die Hand hin. Helga Hansen trug eine weite Marlenehose in, wie konnte es anders sein, Rosé und dazu ein kragenloses Bouclé-jäckchen. An ihrem Handgelenk bemerkte Lena ein Bettelarmband mit vielen großen Anhängern. Sie sah einfach fantastisch aus und hätte glatt in ein Modemagazin gepasst.

»Ach, lassen Sie die Förmlichkeiten«, winkte sie ab, und ihr Armband klimperte dabei. »Sie müssen mir unbedingt erzählen, wie es Ihnen seit der Hochzeit ergangen ist. Aber vorher stelle ich Sie ein paar Leuten vor.« Bevor sie dazu kam, klingelte es erneut an der Tür.

»Gehen Sie doch schon mal rein, und machen Sie sich selbst bekannt«, schlug sie vor.

Jonas und Lena betraten das geräumige Wohnzimmer, in dem ein riesiger Tisch vor einer geschlossenen Flügeltür stand. Ein knappes Dutzend Leute stand oder saß herum. Es wurde laut gesprochen und debattiert. In der Ecke vor dem Fenster stand ein breites Sofa, auf dem zwei Männer sich mit großen Gesten über die letzte Premiere im Schauspielhaus stritten. Auf der Lehne des Sofas saß eine Frau, die versuchte, sie zu beschwichtigen. Die Tür zum Balkon war geöffnet, weitere Gäste standen davor, und noch ein paar mehr rauchten draußen.

Lena fiel die teure Garderobe auf, die einige Gäste trugen. Viel Schwarz und Weiß, weite Hosen und überdimensional großer Halsschmuck. Einer der Männer auf dem Sofa trug einen rot karierten Anzug mit Weste und Knickerbockern, dazu Schnürstiefel, die aussahen wie Vorkriegsmodelle. Unwillkürlich dachte Lena, dass Jonas in seinem Kaschmirpullover, den er zu Jeans trug, ein bisschen brav daneben aussah. Sie selbst trug eine glänzende weite Hose in Silber mit verrückten Raumschiffen und Kraken darauf, dazu ein weißes Shirt. Sie kam sich passend gekleidet vor.

Ihr Blick glitt weiter durch den Raum und blieb an dem großen Tisch hängen.

Sie spürte den Blick des Mannes, der dort saß, bevor sie ihn sah. Er hatte den Stuhl vom Tisch weggeschoben und den rechten Unterschenkel über das linke Bein gelegt. Sein Ellbogen war auf das Bein gestützt, in der Hand hielt er ein Weinglas, aus dem er gerade einen Schluck nahm. Über den Rand des Glases sah er sie unverwandt an. Er hatte die Lässigkeit eines

Tänzers. Jetzt beugte er sich vor, um dem Mann neben ihm Wein einzuschenken. In dieser beiläufigen, alltäglichen Geste lagen eine Eleganz, eine Geschmeidigkeit, die Lena den Atem nahmen. Unbewusst hob sie die Hand zum Gruß. Er stellte die Flasche ab, und Lena glaubte schon, er wollte auf sie zukommen, doch sein Tischnachbar zog ihn am Ärmel und fing an, auf ihn einzureden. Mit einem bedauernden Schulterzucken in Lenas Richtung wandte er sich ihm zu.

Lena konnte nicht anders, als ihn anzusehen. Das ernste Gesicht, das dunkel vom Bartschatten war, nahm sie gefangen. Linien zogen sich von der Nase zum Mund, der trotz der feinen Lippen etwas Sinnliches hatte. Sein Haar war angegraut und aus der hohen Stirn gekämmt.

»Lena?« Jonas wedelte mit der Hand vor ihrem Gesicht.

Nur mit Mühe riss sie sich von dem Anblick los und bemerkte, dass Frau Hansen zurückgekehrt war und sie erstaunt musterte. »Oh, ich war grad … ganz woanders.«

Sie spürte mehr, als dass sie sah, wie der Mann am Tisch wieder zu ihr herüberschaute. Hatte Frau Hansen seinen Namen erwähnt? Wenn ja, dann hatte Lena ihn nicht mitbekommen. Heiße Flammen überzogen ihr Dekolleté. Hilflos spürte sie, wie die Hitze ihren Hals hinaufstieg. Gleichzeitig musste sie in sich hineinlächeln. Filmszenen stiegen in ihr auf, wo ein Mann und eine Frau sich sahen und sich auf den ersten Blick ineinander verliebten. Aber so etwas gab es doch nur im Film, oder? Sie warf noch einmal einen Blick auf den Mann. Er zog sie an, sein Aussehen und seine Haltung berührten ihr Innerstes. War das möglich? Sie hatte ja noch nicht einmal ein Wort mit ihm gewechselt. Jetzt gerade sah er wieder zu ihr herüber. Für einen Augenblick fingen sich ihre Blicke, dann griff Lena nach Jonas' Hand. »Ich geh mal kurz auf den Balkon. Es ist so stickig hier drin.«

Draußen atmete sie ein paar Mal tief ein und aus.

»Zigarette?«, fragte eine der Frauen, die dort standen, und hielt ihr ein Päckchen hin.

Die Versuchung war ziemlich groß, aber Lena lehnte ab. »Danke, nein. Ich musste nur mal Luft schnappen. Ich bin Lena.«

»Hanna, und das ist meine Schwester Maria. Auch zum ersten Mal hier?«

Lena nickte. In der harmlosen Plauderei, die folgte, fand sie ihre innere Ruhe einigermaßen wieder. Sie fragte sich, was da gerade mit ihr passiert war. Seit wann konnte ein Mann, den sie noch nie gesehen hatte, sie derart aus der Bahn werfen? Sie setzte sich in einen der großen Korbstühle, die auf dem Balkon standen. Ohne es zu wollen, konnte sie ihn von dieser Position aus sehen. Er saß immer noch am Tisch, jetzt gerade lehnte er sich nach vorn, um nach seinem Weinglas zu greifen. Wieder bewunderte sie seine kontrollierten Bewegungen. Seine Hände mit den langen Fingern wanderten durch die Luft. Etwas in seinem Gesicht sagte ihr, dass das Leben es nicht nur gut mit ihm gemeint hatte. Da war etwas in seinem Aussehen, das ihn unglaublich anziehend für Lena machte, ein Geheimnis, ein Schmerz? Jonas sah auch gut aus, aber auf eine glatte, konventionelle Weise. Dieser Mann hatte daneben noch etwas anderes. Sie grübelte immer noch darüber nach, was das sein konnte, als Jonas neben ihr auftauchte.

»Ich hab dir was zu trinken mitgebracht. Hallo«, sagte er dann zu den beiden Schwestern. »Was für ein schöner Abend.«

Lena griff dankbar nach dem Glas. Wieder nahm sie seine Hand. »Komm, wir gehen wieder rein«, sagte sie.

An seiner Hand fühlte sie sich sicher. Vielleicht war jetzt genau der richtige Moment, um in den Flur zurückzukehren und Frau Hansens Erinnerungsstücke zu bewundern? Sie sah sich selbst, wie sie den Raum durchschritt und wie der fremde Mann ihr nachsehen würde. Doch Jonas steuerte eine freie

Ecke an dem großen Tisch an, und Lena saß plötzlich ausgerechnet diesem Mann gegenüber. Er hatte sie nicht bemerkt, denn sein Sitznachbar redete aufgeregt auf ihn ein. Es ging um einen geplatzten Plattenvertrag und einen Idioten von Agenten, wenn Lena das richtig verstand.

Jetzt hob er kurz den Blick. Er sah sie einen Moment lang an, dann lächelte er.

»Hallo«, sagte er und sah sie direkt an. Lena sah ihm an, dass er noch etwas sagen wollte, aber sein Sitznachbar zog ihn am Arm.

»Ich glaube, ich nehme mir jetzt einen Anwalt. Der spielt einfach mein Stück und verdient damit Geld. Nicht mal meinen Namen nennt er. Dabei bin ich der Urheber! Jetzt sag doch mal! Das darf der doch nicht!«

Mit einem leicht resignierten Blick wandte sich der Mann ihm wieder zu.

Lena spielte mit ihrem Weinglas.

»Komische Leute hier, findest du nicht?«, flüsterte Jonas neben ihr.

»Georg, kommen Sie mal kurz?« Das war die Stimme von Frau Hansen. »Ich brauche mal Ihre Hilfe in der Küche.«

»Klar.« Der Fremde ihr gegenüber stand auf. »Ich komme gleich wieder«, sagte er zu dem anderen Mann und ging mit lässigen Bewegungen zur Gastgeberin hinüber, die ihm die Hand auf den Arm legte. Gemeinsam verließen sie den Raum. Jetzt war es Lena, die *ihm* nachsah.

Aha, er heißt Georg, dachte sie.

Der freie Platz am Tisch wurde von einer der Schwestern eingenommen, mit denen sie eben auf dem Balkon gestanden hatte. Die andere zog sich einen Stuhl heran, und sie setzten das Gespräch fort. Die beiden waren Schauspielerinnen und für ein Sommerfestival in Hamburg.

»Das heißt, wir sprechen vor …«

»… und hoffen, dass wir endlich mal wieder ein vernünftiges Engagement bekommen.«

»Sind hier alle Schauspieler?«, fragte Lena.

Maria zuckte mit den Schultern. »So genau weiß ich das nicht. Wir sind, wie gesagt, zum ersten Mal hier. Ich weiß nur, dass Frau Hansen uns eingeladen hat, damit wir so etwas wie einen Stammtisch haben und uns austauschen können.«

»Einer Kollegin, der wir die Einladung hier verdanken, hat sie mal erzählt, dass sie das an die Kantinenabende nach den Vorstellungen erinnert. Wenn die Schauspieler zusammengesessen haben«, ergänzte ihre Schwester.

»Deshalb gibt es auch immer etwas Vernünftiges zu essen«, sagte Maria und schenkte sich noch ein Glas Wein ein.

Als wäre das das Stichwort gewesen, kündigte ihre Gastgeberin an, dass die Suppe in der Küche bereitstehe.

Die Schwestern standen auf, und Jonas und Lena folgten ihnen. Während sie in dem engen Flur warteten, bis sie in die Küche vordringen konnten, hatte Lena Zeit, die vielen Fotos und Erinnerungsstücke an der Wand zu betrachten: Premierenzettel, Zeitungsausschnitte mit Besprechungen, meistens aber Fotos, die Helga Hansen in verschiedenen Kostümen und Rollen zeigten. Auf einigen waren Autogramme von berühmten Kollegen zu lesen, die ihre Partner gewesen waren. Interessant, dachte Lena, als sie Gustaf Gründgens erkannte. Aber eigentlich versuchte sie, einen Blick in die Küche zu erhaschen. Gerade lächelte dieser Georg die eine der beiden Schwestern an und zog dabei die Augenbrauen auf eine Art hoch, die Lenas Herz hüpfen ließ. Dieser Mann musste auch Schauspieler sein. Den Charmeur gab er jedenfalls ganz hervorragend und lebensecht.

»Helga Hansen und Gustaf Gründgens. So wie Claus Kleber und Gundula Gause«, sagte Jonas leise neben ihr und grinste.

Lena boxte ihn in die Seite. »Hast du eigentlich vor gar nichts Respekt? Komm, wir sind dran.« Sie ließen sich ihre Teller von Georg mit der Fischsuppe füllen. Wieder registrierte Lena seine perfekten Bewegungen. Sie wartete darauf, dass er etwas sagen würde, aber er wünschte ihnen nur einen guten Appetit, weil hinter ihr einer der beiden Streithähne, der mit dem rot karierten Anzug, ziemlich unverschämt drängelte. Sie suchten sich einen Platz an dem großen Tisch. In der Mitte standen Baguette und Rouille, eine Knoblauchmayonnaise mit Cayennepfeffer.

Die Suppe war toll, ein bisschen scharf und ein bisschen säuerlich, und darin schwammen kleine Stücke eines schneeweißen Fisches und Meeresfrüchte.

»Ich bin hin und weg«, lobte Lena Frau Hansen, die neben ihr Platz genommen hatte. »Und Sie machen das jede Woche? Und kochen auch immer selbst?«

Frau Hansen nickte. »Ich bereite einfache Sachen zu, bei denen es nicht auf jede Minute ankommt. Mit dem Fisch war es heute fast ein bisschen kompliziert, der soll ja nicht zerfallen, aber ich finde, es ist mir gelungen. Ich hatte ja auch Hilfe.«

»Sie meinen Georg?«, fragte Lena. War er also doch kein Schauspieler, sondern arbeitete für ein Cateringunternehmen? Sie sah sich um. Wo war er eigentlich? Noch in der Küche?

»Ja, Georg hilft mir manchmal. Aus reiner Freundschaft. Ich weiß ja, dass er manchmal ein bisschen unzugänglich erscheint, aber ich halte große Stücke auf ihn.«

Komisch, unzugänglich war er ihr bisher noch gar nicht erschienen. Aber bevor sie weiterfragen konnte, plauderte Frau Hansen schon weiter: »Er kocht hervorragend. Viel mache ich allerdings selbst. Ich habe ja sonst nichts zu tun. Außerdem bekomme ich auf diese Weise wenigstens Besuch, der nicht von der Sozialstation ist.« Sie zog die Augenbrauen hoch und lächelte.

In diesem Augenblick kam Georg aus der Küche zurück. Er trocknete sich gerade die Hände in einem Tuch.

»Alles erledigt. Ihre Küche blitzt wieder!«, sagte er zu Frau Hansen. »Der Nachtisch steht auf der Anrichte.« Sein Blick streifte Lena und Jonas.

»Ach Georg, Sie sind klasse«, sagte Frau Hansen. Er drehte sich um und verließ den Raum.

»Sind Sie neulich nach der Hochzeit gut nach Hause gekommen?«, fragte Jonas die Gastgeberin. »Lena hat mir Vorwürfe gemacht, weil ich Sie nicht nach Hause gefahren habe.«

Das stimmt gar nicht, dachte Lena.

»Aber das müssen Sie doch nicht.«

»Und ich habe mir schon Sorgen gemacht, man habe Sie belästigt«, fügte er mit einem charmanten Grinsen hinzu.

Madame Rosa ließ sich nicht beeindrucken. »Nein, junger Mann. Leider nicht.«

Jonas lachte auf.

»Was sagen Sie denn dazu, dass Ann-Cathrin schwanger ist?«, wechselte die Gastgeberin das Thema.

»Ann-Cathrin ist schwanger?«, entfuhr es Lena. Hatte sie etwa deshalb so schnell geheiratet? Das fragte sie aber nicht laut.

»Aber ja! Sie will es wirklich noch mal wissen, obwohl sie schon zwei fast erwachsene Kinder hat. Aber man hört ja immer wieder, dass man als ältere Frau die Schwangerschaft und das Muttersein viel besser genießen kann.« Frau Hansen sagte das in einem Ton, als würde sie nicht recht daran glauben.

»Wusstest du das nicht?«, fragte Jonas dazwischen. »Niklas hat es mir schon letzte Woche erzählt. Er freut sich wie verrückt. Und ich finde das einfach toll! Vater werden muss klasse sein.« Er strahlte sie bei diesen Worten an.

»Nein, das wusste ich nicht. Du hast mir nichts davon gesagt.« Lena wusste nicht, was sie davon halten sollte. Ann-Cathrin war so alt wie sie und konnte doch eigentlich froh sein, dass ihre Kinder aus dem Gröbsten raus waren. Und was sollte Jonas' bedeutungsvolles Gesicht? Er glaubte doch nicht etwa, dass sie auch …? Sie hatte längst damit abgeschlossen, noch Kinder zu bekommen. Der Zug war abgefahren. Eine Sache, über die sie nicht mehr nachdenken musste. Aber wenn Ann-Cathrin noch mal schwanger wurde, bedeutete das, dass auch für sie noch alles offen war? Der Gedanke bereitete ihr Unbehagen. Nachdenklich führte sie ihr Glas zum Mund. Dann schob sie das kurze, aber intensive Bild eines schreienden Babys, das die Hände nach ihr ausstreckte, beiseite. »Aber davon ganz abgesehen: Ich glaube, ich habe mir gerade schon ein großes Kind angelacht«, sagte sie zu Jonas, der sich vorbeugte und ihr einen Kuss auf den Mund gab.

Sie wuschelte ihm mit der Hand durchs Haar, als sie aus dem Augenwinkel bemerkte, wie Georg wieder den Raum betrat und die Szene beobachtete.

»So«, sagte Helga Hansen. »Jetzt, wo alle satt sind, kommen wir zum künstlerischen Teil des Abends.« Sie erhob sich und machte eine einladende Bewegung in Richtung der beiden Schwestern. Hanna und Maria erhoben sich.

»Wir spielen eine Szene von Beckett«, sagte Hanna.

»Ist das hier so üblich? Jeder gibt etwas von seiner Kunst zum Besten?«, fragte Jonas.

»Das ist sozusagen der Eintrittspreis«, sagte Maria.

»Tatsächlich? Ich bin aber keine Künstlerin«, sagte Lena.

»Ab und zu mache ich eine Ausnahme«, warf Frau Hansen ein. »Und Sie kennen sich mit Kunst aus. Das haben Sie mir doch auf der Hochzeit erzählt. Leider konnten wir unser Gespräch nicht vertiefen.«

»Na ja, ich arbeite als Assistentin für einen Kunstsammler«, erklärte Lena. Aus den Augenwinkeln sah sie, dass dieser Georg, der auf einmal in der Tür stand, bei ihren Worten hellhörig wurde. Das brachte sie aus dem Konzept. »Dazu würde ich Sie übrigens gern auch noch mal befragen, bei Gelegenheit«, sagte sie ein bisschen atemlos zu Frau Hansen.

Sie schaute zur Tür und sah Georg direkt an. Er erwiderte ihren Blick, aber er lächelte diesmal nicht. Sie hatte ja auch gerade Jonas geküsst.

Helga Hansen nickte. »Gern. Jederzeit.«

»Aber ich habe mit Kunst gar nichts am Hut«, sagte Jonas. »Darf ich trotzdem bleiben?«

»Dann müssen Sie die Kunst des Abwaschs zelebrieren«, gab Frau Hansen ungerührt zurück. »Oder mir fällt noch etwas anderes ein.«

Lena überlegte noch, ob sie das als Drohung auffassen sollte, als plötzlich ein Klavier erklang. Das Instrument stand im Nebenzimmer. Jemand hatte die Flügeltüren geöffnet, und Lena sah die eine Ecke des Flügels. Dann zuckte sie zusammen. Das gab's doch gar nicht! Nebenan wurde das Stück gespielt, das sie kannte. Das Stück, das einer ihrer Nachbarn in den letzten Wochen immer wieder spielte und das bereits ein Teil ihres Lebens geworden war. Sie hatte es inzwischen so oft gehört, dass sie jede Einzelheit, jede Nuance wiedererkannte. Nicht nur das Stück war dasselbe, es musste auch derselbe Klavierspieler sein. Sie war sicher, dass nur er so spielen konnte. Es kam ihr vor, als würden die vertrauten Töne Fäden von ihr zu ihm spinnen und sie miteinander verbinden.

Hart stellte sie ihr Glas ab, das an ihren Teller stieß.

»Du bist ja ganz blass geworden«, zog Jonas sie auf. »War etwas mit dem Fisch?«

Lena schüttelte den Kopf. »Wer ist das?«, fragte sie Helga Hansen. »Wer spielt denn da?« Sie beugte sich vor, um zu sehen, wer am Klavier saß, aber die Tür versperrte ihr den Blick.

»Das ist Georg Buchmann, ein sehr guter Pianist, der auch komponiert, und ein alter Freund«, antwortete sie. »Ich dachte, Sie hätten sich vorhin schon mit ihm bekannt gemacht?«

Wie bitte? Der Mann, der sie so nervös machte, war derselbe wie der gefühlvolle Pianist, der ihr die Abende verschönerte? Lena stieß ein nervöses Lachen aus und fing Jonas' fragenden Blick auf. Sie brauchte unbedingt einen Moment für sich, um nachzudenken. Außerdem wollte sie das Klavierstück ungestört hören. »Wo ist denn hier die Toilette?«, fragte sie und versuchte, ihrer Stimme einen harmlosen Tonfall zu geben, was ihr offensichtlich nicht besonders gut gelang.

»Lena, ist dir nicht gut?« Jonas war jetzt ein bisschen besorgt.

»Einfach über den Flur«, sagte Frau Hansen.

Sie stand mit steifen Bewegungen auf, schloss sich in dem kleinen Gäste-WC ein und stützte sich auf das Waschbecken. Das gab's doch nicht! Erst traf sie einen Mann, der ihre Haut zum Kribbeln brachte, und dann stellte sich heraus, dass er der Klavierspieler war, auf den sie sich in den letzten Wochen allabendlich freute. Sie glaubte zwar nicht an blöde Zufälle, aber dies hier sah doch verdammt nach Schicksal aus.

»So ein Quatsch«, sagte sie laut zu ihrem Spiegelbild. »Jetzt komm mal wieder runter, Lena Ercken!«

Sie ließ das Wasser laufen und legte ihre nassen Hände an die Wangen. Dann legte sie frischen Lippenstift auf und presste ihre Lippen vor dem Spiegel aufeinander, um ihn zu verteilen. Sie würde jetzt das Stück zu Ende anhören, und dann würde sie zu ihm hinübergehen und mit ihm darüber sprechen. Sie musste ihm einfach sagen, wie viel ihr diese Musik inzwischen bedeutete.

Sie verließ die Gästetoilette und lehnte sich an die Wand des Flures. Von hier aus konnte sie in den zweiten Raum hineinsehen, in dem der Flügel stand. Der Pianist saß mit dem Profil zu ihr. Wieder bewunderte sie seine elegante Haltung. Die Konzentration, mit der er spielte, ließ sein Gesicht noch anziehender wirken, so ernsthaft und schön, trotz der Linien, die das Leben hineingezeichnet hatte. Er war einige Jahre älter als sie.

Sie schloss die Augen und gab sich der Musik hin, die sie schon so gut kannte. Jetzt kam gleich ihre Lieblingsstelle, ein schneller Lauf abwärts, bevor die Melodie noch einmal Schwung aufnahm und zum Schlussakkord führte.

Als es still wurde, öffnete sie wieder die Augen. Georg Buchmann erhob sich halb und verbeugte sich mit geradem Rücken wie ein Tänzer. Dann ließ er sich wieder auf den Hocker fallen und legte die Hände auf die Oberschenkel. Seine Haltung war tadellos, alles sah ganz unangestrengt und lässig-elegant aus.

Dennoch lächelte er nicht, suchte nicht den Blickkontakt zu einem – oder einer – der Anwesenden. Er wirkte angespannt. Erst als Frau Hansen auf ihn zutrat und ihn zu seiner neuen Komposition beglückwünschte, ließ er sich zu einem Lächeln hinreißen.

»Für einen wahren Künstler geht es immer gleich um das ganze Leben, wenn er ein neues Werk vorstellt. Das gerade eben war die Uraufführung einer neuen Komposition. Und ich muss sagen: Mir hat sie sehr gefallen. Georg wird uns später noch etwas spielen«, sagte die Gastgeberin. »Nicht wahr, Georg?«

Lena ging zu ihm hinüber. Sie fühlte sich durch die Musik wie magisch angezogen, mehr noch, wo sie jetzt wusste, dass es ein Original war.

»Hallo, ich bin Lena. Ich kenne die Musik«, sagte sie, als sie vor ihm stand. »Ich habe sie schon oft gehört.«

Er sah von unten zu ihr herauf. In seinem Blick las sie Überraschung und Interesse, aber dann leichten Unwillen. »Das ist unmöglich. Das gerade eben war eine Art Premiere. Ich habe das Stück noch nie öffentlich gespielt.«

»Und trotzdem kenne ich jede einzelne Note. Ich kann Sie in meiner Wohnung spielen hören. An manchen Abenden warte ich sogar darauf, dass Sie es spielen.«

»Wie, Sie haben mein Stück schon mal gehört?« Nun sah er mehr als verwirrt drein.

»Ich höre es in meiner Wohnung. Sie müssen in meiner Nähe wohnen, in Eppendorf. Um die Ecke ist der Syrer. Sie spielen meistens spätabends …«

»Tut mir leid, wenn ich Ihre Nachtruhe störe.«

Schon bei den ersten Worten hatte seine Stimme etwas in ihr ausgelöst. Sie war so weich und angenehm tief – und hatte ein Timbre, in das sie sich am liebsten eingehüllt hätte, wenn das möglich wäre. So sexy hatte in ihren Ohren schon lange keine Stimme mehr geklungen. Aber er wollte sie offensichtlich nicht verstehen. Sie machte eine ungeduldige Handbewegung. »Aber nein, das tun Sie nicht. Ich meine, anfangs war ich ein bisschen irritiert, aber inzwischen ist das wie ein Gutenachtlied für mich. Es beruhigt mich. Und oft finde ich meine eigene Stimmung in Ihrem Lied wieder. Und als ich es eben hier wieder gehört habe, da musste ich Ihnen einfach sagen, wie schön ich es finde.«

»Tatsächlich? Kennen Sie sich mit Musik aus?« Sein Interesse war offensichtlich geweckt. Er lächelte jetzt. Dann stand er auf und war ganz dicht vor ihr. Lena bemerkte, dass er ein gutes Stück größer war als sie und kräftig. Ein Mann, an den man sich anlehnen konnte.

Die dünne Schicht Luft zwischen ihnen schien zu vibrieren. Lena nahm seinen Duft wahr, ein Aftershave, daneben noch etwas anderes, warmes Leder mit einer Zimtnote. Ungewollt stellte sie sich vor, wie es wäre, wenn er seine Arme um sie legen würde.

»Ich kann es vielleicht nicht in die richtigen Worte fassen, aber ich fühle mich … aufgehoben in den Tönen. Sie drücken aus, was ich empfinde, sie geben mir Ruhe, sie bringen mich zum Träumen …« Sie wusste nicht weiter und schwieg. Bestimmt hörte sich das in seinen Augen beliebig an.

»Das ist schön«, sagte er.

Sie wussten beide für einen Moment nicht, was sie sagen sollten. Sie sahen sich einfach nur an. Lena las in seinen Augen Erkennen, Interesse, Sympathie. »Wir müssen so was wie Nachbarn sein«, brachte sie schließlich heraus.

»Nachbarn, ja?« Er sagte das in einem Ton, als schien ihm dieses Wort völlig unpassend für die Qualität ihrer Beziehung zu sein. »Ich bin übrigens Georg«, sagte er und streckte ihr die Hand hin. Dazu musste er einen kleinen Schritt zurücktreten, weil er so dicht vor ihr stand.

Sie erwiderte seinen Händedruck. »Lena.«

Er hielt ihre Hand in seiner und ließ sie nicht wieder los. Lena spürte, wie ein köstliches Kribbeln ihren Arm hinaufkroch.

Sie holten beide gleichzeitig Luft, um etwas zu sagen.

»Lena, Liebling! Ich habe mich schon gefragt, wo du bist. Ist alles wieder in Ordnung? Kommst du? Ich habe hier ein Plakat an der Wand entdeckt, das musst du dir ansehen.« Das war Jonas. Er stand in der Tür zum anderen Wohnzimmer und streckte ihr die Hand hin.

Georg ließ ihre Hand los, als hätte er sich verbrannt. Sein Blick verdunkelte sich. Ohne ein weiteres Wort wandte er sich seinem Instrument zu und begann, seine Noten zusammenzuschieben.

Lena ging zu Jonas hinüber.

Etwas später setzte sich Georg Buchmann wieder ans Klavier und spielte ein paar Jazzklassiker, dann ging er über zu fetzigeren Ragtimemelodien. Der große Tisch wurde auf die Seite gerückt. Jonas streckte Lena die Hand hin, und die beiden tanzten. Lena fühlte sich wohl und geborgen in seinen Armen. Hier war alles sicher und gewohnt. Aber dann fing sie Georgs Blick auf. Sie konnte ihn nicht deuten. War er spöttisch oder eher neugierig und interessiert? Bei jeder Drehung, wenn sie in seine Richtung sah, spürte sie seinen Blick auf sich. Bevor sie ihn erwidern konnte, sah er schon wieder weg. Später spielten die beiden Schwestern eine weitere Szene aus ihrem Stück, was heftig beklatscht wurde. Lena befürchtete schon, dass jetzt sie mit irgendeiner Darbietung an der Reihe wäre.

»Und jetzt Frau Hansen!«, rief Jonas in diesem Moment. »Bitte geben Sie für uns noch mal den Theo Lingen.«

Lena warf ihm einen dankbaren Blick zu. Ihre Gastgeberin stellte sich ans Klavier und legte den Unterarm auf das Instrument. Kerzengerade stand sie dort und hob das Kinn, während sie auf ihren Einsatz wartete. Als wäre sie Milva oder eine Opernsängerin, ging es Lena durch den Kopf. Georg Buchmann setzte sich ans Instrument, um sie zu begleiten, und sie sang mit einer künstlich näselnden Stimme ein albernes Lied, das durch den Gegensatz zu ihrer divenhaften Position noch witziger wirkte. Als sie geendet hatte, nahm sie den Beifall huldvoll entgegen und zog den Pianisten neben sich. Gemeinsam verbeugten sie sich, eine echte Bühnenverbeugung, und Lena hatte noch einmal die Gelegenheit, die tänzerische Eleganz von Georg Buchmann zu bewundern.

Kurz darauf, um Punkt zehn Uhr, bedankte Helga Hansen sich bei ihren Gästen und löste den Abend damit auf.

»So, ich mache mich dann mal auf den Weg in die Küche«, grinste Jonas. »Spülschulden sind Ehrenschulden.«

»Aber ich bitte Sie!« Frau Hansen schlug ihm spielerisch auf die Hand, als wollte sie ihn rügen. »Das war doch nicht ernst gemeint. Und vergessen Sie nicht, Sie haben uns mit Ihrer Tanzdarbietung erfreut.«

»Die fanden Sie also künstlerisch wertvoll?«, fragte Jonas verdutzt.

»Nun, sie war … interessant.«

Die drei lachten gemeinsam, dann verabschiedeten Lena und Jonas sich von ihrer Gastgeberin.

»Darf ich Sie anrufen?«, fragte Lena. »Ich habe doch gesagt, dass ich gern mit Ihnen über Ihre Autogrammkarten reden würde.«

»Machen Sie das. Ich habe viel Zeit«, gab Frau Hansen liebenswürdig zurück.

Lena suchte nach einer Möglichkeit, noch ein paar Worte mit Georg Buchmann zu plaudern, aber die ergab sich nicht. Sie sah ihn am Klavier stehen und mit den beiden Schwestern reden. Er sah zwar zu ihr herüber, lächelte aber nur distanziert. Sie spürte grenzenlose Enttäuschung, als sie neben Jonas die Treppe hinunterging. Sollte sie sich so getäuscht haben? Da war doch etwas zwischen ihnen gewesen!

»Das war doch mal nett«, sagte Jonas, als sie nebeneinander auf die Straße traten. »Aber immer muss ich das auch nicht haben. Diese Künstler sind schon ein bisschen überkandidelt, findest du nicht?«

Er trat hinter sie und nahm sie in die Arme.

In diesem Augenblick kam mit raschen Schritten Georg Buchmann aus dem Haus.

Lenas Herz machte einen Satz.

Georg sah Lena in Jonas' Armen. Sein Gesicht verschloss sich.

»Tschüss«, sagte er knapp und unverbindlich. Dann ging er davon, die Schultern leicht hochgezogen, so als wollte er niemanden an sich heranlassen.

Lena hörte Jonas' Stimme an ihrem Ohr. »Machen wir zwei es uns jetzt noch gemütlich? Bei dir?«

Sie sah Georg nach. Er sah sich nicht noch einmal nach ihr um. Sie musste sich geirrt haben.

»Also? Zu mir oder zu dir?«, fragte Jonas. »Am liebsten zu dir, dann muss ich nicht so lange warten, bis ich dir die Klamotten ausziehen kann, obwohl sie dir so gut stehen.«

Er nahm Lenas Hand, und sie ließ sich von ihm fortziehen.

KAPITEL 9

Das war doch wie verhext! Kaum hatte Lena es sich auf dem Sofa gemütlich gemacht, setzte nebenan die Klaviermusik ein. Sie hatte einen langen Tag in der Bibliothekswohnung hinter sich, wo sie sich besonders hingebungsvoll in ihre Aufgabe geworfen hatte, um nicht in Versuchung zu kommen, über den letzten Abend und Georg Buchmann nachzudenken. Sie war todmüde und wollte nur noch ihre Ruhe – und jetzt spielte dieser Mann sich wieder in ihren Kopf. Das gab's doch wohl nicht! Entnervt ließ sie das Buch sinken, in dem sie gerade hatte lesen wollen.

Gleichzeitig fragte sie sich: Ob er in diesem Moment an mich denkt? Er weiß ja jetzt, dass ich ihn hören kann.

Idiotin! Natürlich nicht!, gab sie sich selbst die Antwort. Ich weiß nicht, was das für eine seltsame Kraft war, die uns bei Frau Hansen zueinander gezogen hat. Aber dieser Moment ist definitiv vorbei. Wenn er auch nur einen Funken Interesse an mir hat, dann hätte er doch gestern Abend irgendwas gesagt. Auf jeden Fall mehr als Tschüss.

Trotzdem, sie konnte nicht anders: Lena hörte ihm zu, wie er das Stück spielte, und ihr fielen kleine Veränderungen auf. An dieser Stelle nahm er ein bisschen Tempo raus, und ein bisschen weiter war es ein anderer Akkord als sonst.

»Na, Georg Buchmann, bist wohl nicht zufrieden mit deiner Komposition?«, sagte sie mit leichter Schadenfreude. »Das geschieht dir recht.« Dann ging sie mit ihrem Buch ins Bett. Im Schlafzimmer konnte sie ihn wenigstens nicht hören.

***

Am Freitag schaffte sie bis zum Mittag ein ganzes Regal von Walter Cordes' Sammlung. Sie ging durch die Wohnung, um zu zählen, wie viele noch übrig waren: Sie landete bei 19. Meine Güte, sie würde noch länger hier zu tun haben, als sie gedacht hatte. Und weil die Arbeit nicht besonders viel Aufmerksamkeit erforderte, hatte sie genügend Zeit, um über alles Mögliche zu grübeln. Das machte sie ungewöhnlich reizbar. Sie ärgerte sich über sich selbst, weil sie immer wieder an Georg Buchmann denken musste. Sie wusste immer noch nicht, wo er wohnte oder woher die Musik kam. Natürlich hätte sie einfach ins Telefonbuch oder bei Google nachschauen können, aber ihr Stolz verbot ihr das. Sie verbot sich auch, auf dem Heimweg ständig nach ihm Ausschau zu halten. Aber sie dachte an ihn und sah sein nachdenkliches Gesicht vor sich.

Als sie nach der Arbeit nach Hause kam, sah sie vor ihrem Haus jemanden stehen. Jonas.

»Lässt du mich rein?«, fragte er und lächelte sie verführerisch an. »Ich hab uns was zu essen mitgebracht.«

»Du hast gekocht?«, fragte sie neckend, obwohl sie die Antwort kannte.

»Ich bin kein Mann für den Herd – ich bin ein Mann für den unbeschwerten Genuss«, sagte er grinsend.

Lena sah auf die Tasche in seiner Hand, die er nun nach oben hob und auf der der Name eines Hamburger Feinkostladens prangte. Besser gesagt: des bekanntesten und exklusivsten Hamburger Feinkostladens.

»Ich bin …«

»Hungrig?«

Sie konnte nicht anders, sie musste lachen. »Ich bin auf jeden Fall froh, dass du da bist.«

Sie schloss die Wohnungstür auf. Jonas stellte die Sachen in der Küche ab. Wie auf Bestellung fing nebenan die Musik an. Lena schluckte. Irgendwie ging das nicht zusammen. Jonas und diese Musik in ihrem Wohnzimmer. Sie war froh, als er fragte: »Macht es dir was aus, wenn ich den Fernseher anstelle? Heute kommt doch das Fußballspiel.« Er strahlte sie an.

Das Letzte, was Lena jemals haben wollte, war ein Mann, der abends nach Hause kam und sich vor den Fernseher setzte, um – möglicherweise noch mit einer Flasche Bier in der Hand – ein Fußballspiel anzusehen. Aber andererseits: Das hier war nicht irgendein Mann, das war Jonas. Und vielleicht tat es ihr ganz gut, alte Überzeugungen aufzugeben? Und in jedem Fall würde die Stimme des Sportkommentators das Klavier übertönen.

»Nein, nein, mach nur«, sagte sie und scheuchte ihn mit einer Handbewegung aus der Küche.

Sie richtete die Köstlichkeiten, die Jonas gekauft hatte, auf zwei Tellern an und öffnete die Flasche Champagner – das war doch wirklich etwas anderes als eine einfache Flasche Bier … Dann stellte sie alles zusammen mit einer Kerze auf ein Tablett und trug es ins Wohnzimmer hinüber. Jonas lag breit auf dem Sofa. Auf ihrem Sofa. Er wollte aufstehen, doch sie winkte ab. Selbstverständlich durfte er auf ihrem Sofa liegen, meine Güte. Und trotzdem störte es sie irgendwie, obwohl sie das niemals zugegeben hätte, nicht einmal vor sich selbst.

Sie setzte sich in den Sessel daneben.

»Wer spielt denn?«, fragte sie, während sie in einen gebratenen Hähnchenschenkel in Thaisoße biss.

Ohne sie anzusehen, gab Jonas zurück: »Bayern gegen Real. Die Bayern sind die Weißen.« Er sagte das, als wollte er einer weiteren Frage ihrerseits zuvorkommen.

Okay, dachte Lena und lehnte sich zurück, dann schauen wir mal, wie ich mich bei meiner ersten Liveübertragung schlage.

Aber das Spiel langweilte sie bald. Als das Telefon klingelte, war sie ganz froh. Sie nahm ab und ging in die Küche.

»Hier ist Monika.«

»Schwesterherz. Wie geht es dir? Tut mir leid, ich hätte mich längst melden sollen. Aber bei mir ist so einiges passiert.«

»Bei mir auch.« Monikas Stimme klang hart und machte Lena ein schlechtes Gewissen. Sie hatte, mitgerissen von Jonas' stürmischer Energie, tatsächlich nicht mehr bei ihrer Schwester angerufen und es bei SMS-Nachrichten belassen, auf die sie keine Antwort erhalten hatte.

»Was ist denn los? Monika?«

Ihre Schwester fing an zu weinen. »Das ist alles so ein riesengroßer Mist! Hans fehlt mir so. Er war gestern hier, weil er reden wollte, aber ich habe das nicht ausgehalten. Ich habe mir vorgestellt, dass er gerade bei ihr war ... und dann bin ich laut geworden. Die Kinder sind tierisch sauer auf mich, weil sie jetzt glauben, ich hätte ihn rausgeworfen.«

»Ich dachte, er wollte sich von ihr trennen? Nachdem du die beiden zusammen gesehen hast?«, fragte Lena vorsichtig.

»Und du glaubst, ich lasse ihn einfach wieder so in mein Bett, als wäre nichts gewesen? Das kann ich nicht!«

»Aber hat er sich denn jetzt getrennt? Vielleicht denkst du nur, dass sie noch ...«

»Er sagt, er habe sich von dieser ... dieser Frau getrennt. Aber weiß ich, ob das stimmt? Ich habe ihm damals auch geglaubt, als er meinte, er würde nur mich lieben.«

Lena ruderte zurück. »So meinte ich es doch nicht. Ich kann dich gut verstehen, wenn du unsicher bist und ihm nicht einfach so verzeihen kannst. So was braucht Zeit. Aber schlag ihm die Tür nicht endgültig vor der Nase zu. Ihr beide gehört doch zusammen.«

»Im Grunde weiß ich das ja auch. Aber ich muss versuchen, meinen Frieden mit dem zu machen, was passiert ist«, schniefte Monika. »Das geht hier nicht. Mit dem Alltag und allem … Er hat mir einfach zu sehr wehgetan.«

»Soll ich mal mit ihm reden?«, fragte Lena.

»Auf keinen Fall!« Ihre Schwester wurde laut. »Ich will nicht, dass du dich einmischst. Du kannst da auch gar nicht mitreden.«

Der Schlag, ob nun unabsichtlich oder bewusst ausgeführt, saß. »Monika …«

»Nein, das muss ich allein machen. Du musst doch zugeben, dass du gar keine Ahnung hast, wie es in so einer Ehe überhaupt ist.« Ihr gelang ein kleines, bitteres Lachen, das sofort wieder verstummte.

Sie schwiegen beide für einen unangenehmen Moment. Lena atmete tief durch und dachte an all die Dinge, die sie und Monika als Schwestern verbanden. Bloß nicht darauf reagieren, sprach sie sich gut zu. Eifersucht und Neid gehören zu unserer Beziehung genauso dazu wie geteilte Freude und Zusammenhalt.

Sie war sicher, Monika wollte sie nicht verletzen. Aber es war auch klar, dass sie gerade um sich schlug, ohne Rücksicht auf Verluste.

Scheinbar hatte auch Monika gemerkt, dass sie zu weit gegangen war.

»Ich bin völlig durcheinander«, sagte Monika vorsichtig.

»Wollen wir uns am Sonntag treffen?«, schlug Lena versöhnlich vor. »Wir könnten um die Alster spazieren gehen und reden. Zusammen finden wir eine Lösung.«

»Meinst du?« In Monikas Stimme schwang leise Hoffnung mit.

»Ja, das meine ich. Und jetzt lass dich nicht weiter verrückt machen. Vertrau auf deinen Instinkt. Und wenn du mit den Kindern Hilfe brauchst, sag Bescheid.«

Nachdenklich legte Lena kurz darauf auf. Monika tat ihr unendlich leid. Sie war ihre Schwester, und sie liebte sie und wollte, dass es ihr gut ging. Gleichzeitig konnte sie sich Monika aber auch gar nicht mehr ohne Hans vorstellen. Ob sie nicht vielleicht doch einmal bei ihrem Schwager …?

Gleich darauf rief sie sich selbst zur Ordnung. Genau das warf ihre Schwester ihr doch vor: dass sie immer die große Schwester spielte, die der kleinen nichts zutraute und immer mitmischen wollte – und dabei keine Ahnung von der Materie hatte. Sie würde Monika vertrauen müssen, dass sie das alleine regeln konnte. Dennoch schwor sie sich, ihre Schwester, so gut es ging, zu unterstützen.

»Alles okay?«, fragte Jonas, als sie wieder ins Wohnzimmer kam.

»Ach, es war meine Schwester.« Es würde bestimmt guttun, mit Jonas darüber zu reden. »Es ist so, dass …«

»Neeeeeeiiiiiiinnnnnn!«

Ein Tor für die Gegenseite. Jonas regte sich auf und starrte auf den Bildschirm, als ob dies für den Spielverlauf irgendeinen Unterschied machen würde. »'tschuldigung, was hast du gesagt?«, fragte er, nachdem er sich die Wiederholung in Zeitlupe angesehen hatte.

»Schon gut«, gab sie zurück. »Mach mal Platz.« Sie setzte sich neben ihn und kuschelte sich an ihn. Er legte sofort den Arm um sie und küsste sie auf den Kopf. Für den Rest des Spiels kam Lena in den zweifelhaften Genuss, genau erklärt zu bekommen, was sie doch eigentlich gerade selbst sah. Aber es hatte etwas seltsam Tröstliches. Und immerhin: Kaum war das Spiel vorbei, schien Jonas zu vergessen, dass es je stattgefunden hatte. Nun gab es nur noch sie und ihn und seine Liebkosungen. Trotz des laufenden Kommentars von Jonas hätte Lena am Ende gar nicht sagen können, welche der Mannschaften siegreich vom Platz gegangen war – aber eins war ihr dennoch klar: nämlich dass sie eine Gewinnerin war.

***

Am nächsten Morgen wachte sie davon auf, dass Jonas aufstand.

»Morgen. Was ist denn los?«, fragte sie schläfrig. Sie reckte sich wohlig. Die Zeit mit Jonas vermittelte ihr ein neues Körpergefühl. Sie fühlte sich schön und attraktiv. Sie streckte ein Bein aus und betrachtete zufrieden ihre glatte, gebräunte Haut. »Kommst du wieder ins Bett?«, fragte sie lockend, denn schließlich war Wochenende.

»Ich muss leider los.«

Jetzt war Lena richtig wach. »Wohin?«

»Ins Geschäft. Niklas und ich wechseln uns doch am Sonnabend immer ab. Es ist wichtig, dass einer der Geschäftsführer im Laden ist. Die Kunden fühlen sich besser beraten und ernst genommen. Und kaufen mehr.« Er verzog bedauernd die Lippen, als er Lenas nacktes Bein sah. »Ich würde viel lieber bleiben.«

Lena stand auf, angelte nach ihrem Morgenmantel und bemerkte seinen begehrlichen Blick auf ihren nackten Körper. »Muss ja jeder selbst wissen, worauf er verzichtet«, flötete sie und drehte sich nackt vor ihm, wobei sie den Morgenmantel wie ein Cape um ihren nackten Körper schwingen ließ. »Aber für ein Frühstück hast du noch Zeit?«

»Bevor ich mir Zeit für ein Frühstück nehme, würde ich lieber dich vernaschen«, sagte er, zog sie an sich und küsste sie. »Aber ein Kaffee wäre toll.«

Summend ging Lena in die Küche und stellte die Maschine an. Als die beiden dampfenden Tassen auf dem Tisch bereitstanden, kam Jonas. Er roch gut, nach Duschgel und Rasierwasser.

»Ich mag gepflegte Männer«, sagte sie und reichte ihm einen Becher. »Obwohl so richtige Kerle, die nach harter Arbeit riechen, auch was haben.« Sie setzte sich an ihren kleinen Tisch, er blieb stehen und lehnte sich an den Kühlschrank.

»Wenn du willst, Baby«, sagte Jonas und machte gekonnt auf Supermacho, »mach ich 1.000 Liegestütze und kämpf mit 20 Stieren, bevor ich heute Abend zu dir komme …«

Sie lachte und schüttelte den Kopf. »Untersteh dich!«

»Hast du etwas Schönes vor heute?«, fragte er zwischen zwei Schlucken.

»Ich hatte ja eigentlich gedacht, du kommst mit«, sagte sie.

»Wohin denn?« Er sah sie mit einem unschuldigen Lächeln über seine Kaffeetasse hinweg an.

»Ich gehe doch heute zu dieser Kofferversteigerung. Du wolltest mitkommen.«

Er schlug sich mit der flachen Hand gegen die Stirn. »Das hab ich total vergessen. Obwohl ich immer noch nicht kapiert habe, was du daran so spannend findest. Das sind doch nur alte Sachen. Oder hoffst du, dort ungewaschene Holzfällerhemden zu finden?«

»Alles schon gehabt«, sagte sie mit einem frechen Grinsen. »Aber mal im Ernst: Ich mag die Geschichten hinter den Koffern. Und ich habe schon mal eine Prada-Lederjacke in einem ersteigerten Koffer gefunden.«

»Echt?«

»Echt. In Giftgrün. Die ziehe ich heute an, gute Idee. Vielleicht bringt sie mir Glück.«

Jonas sah auf die Uhr und gab ihr einen Kuss auf die Wange, dann überlegte er es sich anders und küsste sie heftig auf den Mund.

Als er sich von ihr löste, schnappte Lena atemlos nach Luft.

»Das war jetzt mein bester Holzfällerkuss. Bis nachher. Und dass du dir da keinen anderen anlachst!«

Sie grinste. »Wenn du wüsstest, was da für Typen aufkreuzen: übergewichtige Männer mit strähnigen Haaren, in Tarnwesten mit Aufnähern … Das war mein Beuteschema, bis ich auf dich reingefallen bin.«

Er hob beide Daumen zum Siegeszeichen. »Okay. Beim nächsten Mal bin ich dabei.«

Nachdem Jonas verschwunden war, blieb sie noch am Tisch sitzen und träumte vor sich hin. Die Nacht mit ihm war schön gewesen. Jonas gab ihr das Gefühl, eine Frau und begehrenswert zu sein. Sie hatte schon fast vergessen, wie das war. Genauso wie sie vergessen hatte, wie erregend es sein konnte, die nackte Haut eines schönen Mannes zu berühren, ihn zu fühlen, zu schmecken. Natürlich hatte es nach Vincent andere Männer gegeben, auch die eine oder andere Beziehung, die länger als nur eine Nacht oder ein paar Wochen gedauert hatte. Aber irgendetwas hatte sie immer davon abgehalten, sich ganz hinzugeben. Als hätte sie auf etwas gewartet.

Irgendwann hatten die Männer das doch immer gespürt und waren gegangen. Oder sie hatten ohnehin nicht mehr gewollt und waren deshalb auf und davon.

Mit Jonas war das anders. Für ihn gab es nicht den Funken eines Zweifels, dass sie zusammengehörten. Mit dieser Gewissheit riss er Lena einfach mit sich, sie konnte gar nicht anders. Und sie genoss es, mit ihm zusammen zu sein. Sie mochte seine Berührungen und den Sex mit ihm. Sie mochte, wie er sie umwarb. Und im Nachhinein fand sie es sogar schön, dass er sich gestern Abend ganz selbstverständlich auf ihr Sofa gefläzt und Fußball geguckt hatte. Es fühlte sich so alltäglich, so normal an. Sie taten das, was alle Paare taten … und zu ihrer eigenen Überraschung löste das bei ihr keine Fluchtinstinkte aus.

Als sie sich später geliebt hatten, hatte Lena sich dennoch dabei ertappt, wie sie darauf lauschte, ob das Klavierspiel zu hören war. War es nicht.

Aber sie hätte es schön gefunden.

Eine Stunde später kam sie im Seemannsheim am Krayenkamp an. Dort gab es einen »Kofferkeller«, in dem die Matrosen einen Koffer mit ihren Habseligkeiten deponieren durften, während sie auf See waren. In unregelmäßigen Abständen wurden die nicht abgeholten Gepäckstücke öffentlich versteigert. Lena war eine passionierte Auktionsbesucherin. Am liebsten ging sie zu den Versteigerungen am Flughafen. Es war nicht zu fassen, was die Leute alles auf Flugreisen vergaßen: Surfbretter, Roller, Hunderte Handys und Laptops. Lena interessierte sich für die Koffer. Sie waren verschlossen, nur gefährliche Güter und Lebensmittel wurden vorher entfernt. Ansonsten kaufte man buchstäblich die Katze im Sack.

Einen Koffer mit unbekanntem Inhalt zu ersteigern, war ein bisschen wie Überraschungseier für Erwachsene. So hatte das mal jemand genannt, der neben ihr bei einer Versteigerung gesessen hatte. Und Lena fand, dass es die Sache ganz gut traf.

Die Käufer versuchten natürlich alle, vom Äußeren des Gepäckstücks auf den früheren Besitzer und den Inhalt zu schließen. Lena hatte schnell gelernt, dass sich in einem teuren, neuen Koffer nur dreckige Alltagswäsche befinden konnte, während in einem abgewetzten Koffer, der schon bessere Tage gesehen hatte, oftmals ganz ausgefallene Stücke zu finden waren – wie die grüne Lederjacke, die sie gerade trug. Sie war mit Abstand das wertvollste Stück gewesen, das sie je auf einer Versteigerung ergattert hatte. Dabei ging es ihr nicht um mögliche Schätze, die vielleicht in einem verlorenen Koffer warteten. Sie war sich sicher, sollte jemand einen Rembrandt in einem Koffer vergessen, dann würde er alles daransetzen, diesen Koffer wiederzubekommen, und ihn nicht einfach jahrelang auf einem Flughafen – oder in diesem Fall einem Seemannsheim – verstauben lassen. Auch an Bargeld, das wie im Film eingenäht zwischen Futter und Kofferschale versteckt sein könnte, hätte sie kein primäres Interesse. Nein, Lena mochte es, sich Geschichten zu den Besitzern dieser Koffer auszudenken. Wer packte zum Beispiel ein ungetragenes Brautkleid, an dem noch das Preisschild einer Boutique in New York hing, in einen Koffer und vergaß ihn dann? So einen Koffer hatte sie vor Jahren ersteigert, er war ihr erster Kauf gewesen. Als sie Violette davon erzählt hatte, hatte die gemeint, das sei wohl ein Wink des Schicksals gewesen. Lena hatte das Kleid auf dem Flohmarkt verkauft, zu einem sehr günstigen Preis, und damit eine junge Frau sehr glücklich gemacht, die sich einen solchen Traum sonst nicht hätte leisten können. Noch immer fragte sie sich, ob die Hochzeit der ursprünglichen Besitzerin trotzdem stattgefunden hatte, bloß in einem anderen Kleid? Oder war es ein Für-alle-Fälle-Kleid gewesen, das nie zum Einsatz gekommen wäre, da der nötige Bräutigam fehlte?

Genauso interessant: ein ganzer Koffer voller unbespielter VHS-Kassetten. Was wollte derjenige wohl aufnehmen? War er womöglich ein Spion?

Und was hatte es zu bedeuten, wenn ein Mann, der in seinem Koffer nur Businesskleidung transportierte, auch drei identische Parfüms dabeihatte, alle einzeln als Geschenk verpackt?

Jeder ersteigerte Koffer regte Lenas Fantasie an. Dabei war es ihr ganz egal, ob die Geschichten, die sie sich ausdachte, stimmten oder nicht. Es kam darauf an, dass sie gut waren. Und jede geglückte Koffergeschichte fügte sie ihrer Sammlung besonderer Momente hinzu.

Der Saal, in dem die Versteigerung stattfand, war nicht besonders groß. Viele Menschen waren bereits da, es war stickig, der Geräuschpegel war hoch. Lena registrierte sich mit ihrer Adresse und bekam eine der gelben Bieterkarten mit einer Nummer darauf. 113. Nicht gerade ihre Glückszahl – und noch dazu zeigte sie, wie groß der Andrang war.

Lena grüßte ein paar alte Bekannte mit einem Kopfnicken; wer einmal auf einer Versteigerung gewesen war, leckte meistens Blut und kam wieder. Dann schob sie sich mit den vielen anderen an den Tischen vorbei, auf denen die Gepäckstücke standen, um wenigstens einen kurzen Blick darauf zu werfen. Sie hätte früher kommen sollen, dann hätte sie die Koffer in Ruhe begutachten können. Aber sie hatte einfach nicht damit gerechnet, hier so viele Mitbieter zu haben. Hinter ihr drängelten zwei Männer, die sie für professionelle Händler hielt. Von denen gab es auf solchen Versteigerungen immer mehr. Sie lebten davon, Sachen zu kaufen und dann im Internet wieder zu verkaufen. Die beiden Männer taxierten die Koffer rein nach dem Äußeren, nach Marken und Zustand. Lena ließ sie vorbei, denn sie hatte etwas gesehen, das ihr Interesse erregte. Ziemlich weit hinten, unter zwei anderen Koffern, lag ein kleiner, abgegriffener Koffer in Safrangelb. Eine außergewöhnliche Farbe für ein Gepäckstück, aber auf einem Laufband sofort zu erkennen. Sie reckte den Kopf, um den bunten Aufkleber zu lesen, der neben dem Griff prangte, aber da rief die Frau, die die Auktion leitete, alle auf ihre Plätze. Die Versteigerung begann!

Die Frau auf dem Pult rief die Anfangsgebote für die einzelnen Koffer auf, die ein Mitarbeiter auf den Tisch neben ihr hob, damit alle sie sehen konnten.

Lena ließ es ruhig angehen. Sie erkannte ziemlich schnell die Besucher, die zum ersten Mal auf einer Versteigerung waren: Sie boten zu schnell und zu hoch, weil sie nervös waren.

»Schwarzer Delsey-Koffer. Das Anfangsgebot liegt bei 40 Euro. Wer bietet 40 Euro? Ich sehe 40 Euro, zum Ersten … 45 Euro, wer bietet 50 Euro? 50 Euro zum Ersten, zum Zweiten … 55 Euro …« In rasender Geschwindigkeit ratterte die

Auktionatorin die neuen Gebote herunter und wies dabei mit ihrem Auktionshammer in die Richtung der Bieter, die ihre Karten mit den Nummern hochhielten.

Nach einer guten Stunde war der Kofferberg schon beträchtlich geschrumpft. Lena wartete darauf, dass der gelbe Koffer endlich aufgerufen wurde. Sie hatte sich inzwischen so auf ihn versteift, dass sie das Interesse an allen anderen verloren hatte. Wer reiste wohl mit einem gelben Koffer? Bestimmt kein Mann. Höchstens ein ausgemachter Dandy. Aber fuhren Dandys zur See? Gehörte der Koffer doch einer Frau, die zur See fuhr? Davon gab es nicht so viele. Die war bestimmt interessant und hatte ebensolche Dinge im Gepäck. Ob Mann oder Frau, dieser Koffer gehörte einem exzentrischen Charakter. Und sie wollte ihn unbedingt haben!

Endlich wurde er als einer der letzten auf den Tisch gehievt. Er musste ziemlich schwer sein. Und er wirkte so, als wäre er schon viel herumgekommen. Jetzt sah Lena, dass er über und über mit Aufklebern versehen war.

»Was haben wir hier?«, fragte die Auktionatorin. »Gelber Koffer, keine Marke. Ich setze das Anfangsgebot auf 60 Euro fest. Wer bietet 60 Euro?«

Warum so viel? dachte Lena.

Rasch wurde der Preis in die Höhe getrieben.

»120 zum Ersten, zum Zweiten …«

Lena hob ihre Karte, und die Frau, die die Versteigerung leitete, zeigte mit dem Hammer auf sie.

»125. Wer bietet mehr?«

»130.«

Eine ruhige Stimme erklang hinter ihr, eine sehr angenehme Stimme mit einem dunklen Timbre. Aber sie hatte jetzt keine Zeit, sich umzudrehen, sondern hob wieder die Hand: »135.«

Sie hatte das kaum ausgesprochen, da überbot sie der andere Bieter.

»140. 140 zum Ersten, zum Zweiten …« Die Frau vorn am Tisch hob den Hammer, um ihn niedersausen zu lassen.

Lena hob die Hand. »145.«

»150.«

Verflixt, wer war das, der da so energisch mitbot?

Lena hob wieder die Hand, um ihr Gebot zu erhöhen, dann sah sie sich nach ihrem Konkurrenten um und …

Ihr blieb der Mund offen stehen, als sie Georg Buchmann erkannte.

Natürlich! Daher kannte sie die Stimme! Er saß einige Reihen hinter ihr und schien ebenso perplex wie sie. Lena überwand ihre Überraschung und hob die Hand.

»155!«, rief sie in den Saal.

»160!«, kam es prompt von ihm.

Wieder drehte sie sich um und schoss giftige Pfeile auf ihn ab.

»160 zum Ersten …«

Was soll das?, fragte sie stumm in seine Richtung.

»… 160 zum Zweiten …«

Er quittierte das ohne jede Regung.

»… und zum Dritten!« Der Hammer knallte auf den Tisch.

Was? Lena zuckte zusammen. Wieso war sie so unaufmerksam gewesen? Das war ihr ja noch nie passiert!

»160 Euro für den Herrn dahinten. Herzlichen Glückwunsch. Sie haben sich offensichtlich gerade das begehrteste Stück des heutigen Tages gesichert.«

Atemlos vor Wut sah Lena zu, wie der gelbe Koffer an ihr vorbei und zu Georg Buchmann getragen wurde. Nur weil sie sich zu ihm herumgedreht und nicht auf die Ankündigung der Auktionatorin geachtet hatte. Er hatte sie hereingelegt! Sie registrierte sein zufriedenes Lächeln. Das war mehr, als sie ertragen konnte.

Sie stand auf und drängelte sich an ihren Sitznachbarn vorbei. Der Riemen ihrer Handtasche blieb an der Lehne hängen, sie riss wütend daran, bis sie sie befreit hatte. Aus den Augenwinkeln sah sie, dass Georg Buchmann sie kopfschüttelnd beobachtete.

Mit klappernden Absätzen stürmte sie aus dem Saal. Vor der Tür schnappte sie nach Luft. Sie war unglaublich enttäuscht, weil sie diesen Koffer nicht mit nach Hause nehmen konnte. Und wütend auf diesen Mann, der ihr so dazwischengefunkt hatte!

Wenn sie eine Zigarette gehabt hätte, dann hätte sie jetzt geraucht, um ihren Frust loszuwerden. Sie wünschte, sie wäre mit dem Fahrrad gekommen, dann hätte sie sich zumindest auf dem Heimweg abreagieren können, aber sie hatte ja die Bahn genommen, weil sie fest damit gerechnet hatte, einen Koffer zu ersteigern. Aber da war ihr dieser … dieser Pianist ja zuvorgekommen.

Lena stand immer noch unschlüssig auf der Straße, als er plötzlich neben ihr auftauchte. Sie zog die enge Lederjacke vor der Brust zusammen und verschränkte die Arme.

»Warum haben Sie mir den Koffer vor der Nase weggeschnappt? Sie haben doch gesehen, dass ich ihn haben wollte«, blaffte sie ihn an.

»Ich habe das tatsächlich erst ziemlich spät bemerkt. Und dann hat es mich gereizt, weiterzubieten. Dass Sie diesen Koffer wollten, hat ihn für mich noch … begehrenswerter gemacht.« Seine Augen funkelten, als er das sagte.

Lena sah ihn überrascht an. War das ein Flirtversuch?

Aber dann sagte er mit einer Ruhe, die sie auf die Palme brachte: »Bei Versteigerungen läuft das so, dass der Meistbietende den Zuschlag erhält.«

Jetzt spielt er auch noch den Überheblichen, dachte Lena. »Sieht so aus, als wäre die Welt zu klein für uns beide.«

Sie sah das Aufblitzen in seinen dunklen Augen. War er jetzt betroffen oder amüsiert?

»Sie haben mich abgelenkt«, schoss sie eine weitere eiskalte Bemerkung in seine Richtung. »Gerade eben. Nur deshalb haben Sie den Zuschlag bekommen. Das war doch ein Trick!«

»Ich? Sie abgelenkt?«, fragte er gedehnt. »Wie denn?«

Lena wusste nicht weiter. Sie konnte ihm ja schlecht sagen, dass er seit ihrer ersten Begegnung bei Frau Hansen immer wieder in ihrem Kopf herumspukte.

»Was wollen Sie eigentlich von mir?«, rief sie wütend.

»Wie kommen Sie denn darauf, dass ich etwas von Ihnen wollen würde?«, kam die Antwort.

Lena wurde flammend rot. »Ach, werden Sie doch glücklich mit Ihrem Koffer!« Sie drehte sich auf dem Absatz um und stürmte davon.

KAPITEL 10

Immer noch voller Zorn ließ sie sich auf einen Fensterplatz in der U-Bahn fallen. So, jetzt war er wieder in ihrem Kopf. Na super! Das fehlte ihr gerade noch.

Lena war wütend. Auf Georg Buchmann … und auf sich selbst.

Das eben war doch wohl der Beweis gewesen, dass sie völlig auf dem Holzweg war, wenn sie glaubte, er würde sich für sie interessieren. Aber warum war dann diese elektrisierende Nähe zwischen ihnen gewesen? Warum hatte er ihr den Koffer vor der Nase weggeschnappt? Weil er ihn … begehrenswert fand? Wider Willen musste sie wegen seiner Wortwahl lächeln. Wen meinte er jetzt mit begehrenswert, sie oder den Koffer? Sein hintergründiges Lächeln hatte durchaus beides bedeuten können. Sie seufzte tief auf. Dieser Mann verwirrte sie.

An ihrer Haltestelle stieg sie aus und stürmte die Treppe hoch. Auf der Straße blieb sie unschlüssig stehen. Was sollte sie mit dem Rest des Tages anfangen? Nach Hause wollte sie nicht: Sie war zu aufgebracht, um allein zu sein. Eine Freundin anrufen? Nein, der müsste sie die ganze Situation erklären, und dazu hatte sie keine Lust. Monika? Ganz sicher nicht, die konnte sie nun wirklich nicht mit ihrer unausgeglichenen Stimmung belasten. Wer sie mit seinem fröhlichen Wesen und geschmeidigen Körper sicher auf andere Gedanken bringen würde, wäre Jonas … aber diese Option schied ja aus, nicht nur, weil er arbeiten musste.

Schließlich landete Lena in dem Bistro bei sich um die Ecke. Ein Platz am Fenster war frei, aber dann setzte Lena sich doch an die Bar. Da konnte sie wenigstens dem Barkeeper zugucken.

Und jetzt? Ein Glas Wasser, ein Kaffee, ein Glas Wein? Was trank man, wenn man sich selbst nicht verstand?

»Champagner«, bestellte sie.

»Gibt's was zu feiern? Allein?«, fragte der Mann hinter der Bar und lächelte sie charmant an.

»Fragen Sie nicht. Bringen Sie mir einfach ein Glas Champagner«, gab Lena alles andere als freundlich zurück.

»Kommt sofort.«

Er stellte das hohe Glas vor sie hin. Der erste Schluck ist immer der schönste, fand Lena. Dieses herrliche Prickeln und dann der herbe Geschmack am Gaumen.

»Der ist wunderbar«, sagte sie zum Barkeeper.

»Darf es noch eins sein zur Feier des Tages?«

»Ich habe nichts zu feiern. Ich habe etwas zu vergessen.«

Er musterte sie und sagte mit Kennerblick: »Vielleicht sollten Sie dann lieber auf etwas anderes umsteigen.«

***

Ein paar Stunden – und drei Gläser Whisky – später stolperte Lena aus der Bar. Obwohl sie gar keinen Whisky mochte, hatte sie ihre Bedenken wegen des selbstsicheren »Dann haben Sie noch nie den richtigen angeboten bekommen« des Barkeepers beiseitegeschoben und sich einschenken lassen. Und so schlecht schmeckte er tatsächlich nicht. Insbesondere das dritte Glas … Das Wohlgefühl, das der Champagner in ihr ausgelöst hatte, wich zunehmend einer albernen Überdrehtheit. Jetzt auf der Straße war davon aber leider nur noch dumpfer Trübsinn übrig.

Wenn sie nur wüsste, was in dem Koffer war, den dieser Pianist ihr vor der Nase weggeschnappt hatte! Ob er den wohl schon ausgepackt hatte? Sie wünschte ihm, dass er darin Badeanzüge in Größe 50 oder getragene beige Polyestersocken finden würde. Oder Babykleidung aus chinesischer Produktion in schreienden Farben und mit Comicfiguren vorne drauf. Oder einen Sack abgelaufenes Trockenfutter für Katzen. Oder …

Sie war inzwischen fast zu Hause angekommen – und fand sich vor einem Nachbarhaus wieder. Der Champagner flötete ganz weit hinten in ihrem Bewusstsein: »Geh nach Hause und ins Bett, damit du morgen früh ausgeschlafen bist.« Aber der Whisky hielt dagegen: »Angriff, und zwar pronto!«

Vielleicht gar keine schlechte Idee? Lena blieb stehen und studierte das Klingelschild. »Wo wohnst du, Georg Buchmann?«, fragte sie sich. »Wohin hast du meinen Koffer verschleppt?« Sie musste den Finger auf das Schild legen, damit ihr die Namen nicht vor den Augen verschwammen. Junge, Junge, sie hatte ganz schön geladen. Unverständlicherweise fand sie das lustig. Kichernd las sie die Namen aller Bewohner, ein Buchmann war nicht darunter. Dann ging sie zum nächsten Haus und entzifferte dort die Namen. Auch hier gab es keinen Georg Buchmann.

Das Tor zum Hof des Nachbarhauses stand offen. Vielleicht wohnte er ja hier im Hinterhaus? Vielleicht war er der Nachbar der einsamen Frau. Oder er war ihr Ehemann, dann wäre es kein Wunder, dass sie immer so deprimiert zu Hause herumsaß …

Der Durchgang war dunkel, und sie stieß gegen eine leere Mülltonne, noch so eine alte aus Blech, die scheppernd umkippte. Lena musste grinsen: Jawohl, sie konnte doch auch mal Krach machen, wenn ihre Nachbarn ständig Klavier spielten oder sonst welchen Lärm verursachten.

Sie stellte die Tonne ungeschickt wieder auf, wobei es noch einmal kräftig schepperte, dann ging sie weiter zur Eingangstür. Auch hier: kein Buchmann. Es war still im Hinterhof. Nur das leise Plärren eines Fernsehers war zu hören. Keine Klaviermusik.

Ach, egal, dachte sie und ging wieder nach vorn zur Straße und betrat ihr eigenes Haus.

An ihrem Briefkasten klebte ein Zettel. Sie faltete ihn auseinander.

Wo steckst du denn? Wir waren verabredet. Und an dein Handy gehst du auch nicht. Melde dich, auch wenn es spät wird. Kuss, Jonas

Ach du meine Güte. Sie hatte Jonas komplett vergessen. Nebulös erinnerte Lena sich daran, dass sie ins Kino gehen wollten. Während sie die Treppe zu ihrer Wohnung hinaufstieg, suchte sie ihr Telefon in der Handtasche. Es war ausgestellt, weil Handys während einer Versteigerung verboten waren. Und sie hatte vergessen, es wieder einzuschalten. Sie hatte sieben entgangene Anrufe. Sechs von Jonas, einen von ihrer Schwester.

Sie sah auf die Uhrzeit auf dem Display. Es war nach elf. Zu spät, um zurückzurufen. Sie schrieb mit unsicheren Fingern *Ist sehr spät geworden. Ich melde mich morgen* und schickte die SMS an ihre Schwester und an Jonas. Zumindest sollte das dort eigentlich stehen, aber irgendetwas schien mit den Tasten nicht zu funktionieren. Oder welchen anderen Grund konnte es haben, dass dort nun wirklich *Isst sehr Spatz gewonnen ich Meldestelle mir Morgen* stand? Sie überlegte, noch etwas hinzuzufügen, dann zuckte sie aber nur mit den Schultern und fiel in ihrer Wohnung auf ihr Bett und schlief ein.

***

Am nächsten Morgen weckte Monika sie. Lena, deren Zunge am Gaumen klebte, nahm das Gespräch noch immer reichlich benommen an.

»Bleibt es bei heute?«, fragte ihre Schwester.

»Ja, klar. Um drei bei mir?« Lena stand unsicher auf und ging in die Küche, um sich ein großes Glas Wasser einzuschenken und es in einem Zug herunterzustürzen. Immerhin: Sie hatte es gestern Abend noch geschafft, ihre Schuhe auszuziehen und die grüne Lederjacke. Ansonsten war sie voll bekleidet ins Bett gefallen. Und so, wie ihre Klamotten aussahen, hatten sie genauso einen Kater wie Lena …

»Ist gut. Bis nachher.«

Sie sah auf ihr Telefon. Ihr war klar, dass sie sich unbedingt bei Jonas melden musste. Sie hatte das Date gestern Abend platzen lassen und ihn nicht einmal zurückgerufen. Sie legte die Finger auf die Tastatur, um seine Nummer zu wählen, dann zögerte sie. Würde das jetzt immer so sein, dass sie sich verpflichtet fühlte? Dass sie ein schlechtes Gewissen bekam, wenn sie mal einen Abend spontan für sich haben wollte? Zugegeben, so ein Barabend gehörte bei ihr nicht zur Tagesordnung … aber trotzdem. Das mit Jonas war sehr schnell ziemlich ernst geworden. Es war schön so, wie es war … aber war es wirklich das, was sie wollte? War Jonas der Mann, für den sie bereit war, ihr Leben zu ändern?

Lena seufzte, weil sie keine Antwort wusste, und beschloss, erst einmal duschen zu gehen. Manchen Herausforderungen des Lebens begegnete man am besten mit frisch gewaschenen Haaren …

Lena ließ sich Zeit mit Peeling, Shampoo und Conditioner, verwöhnte sich danach mit ihrer Lieblingsbodylotion und saß schließlich in ihrem Morgenmantel und einem Turban auf dem Kopf an ihrem Küchentisch, wo das Telefon auf sie wartete. Täuschte sie sich, oder blinkte es ihr regelrecht vorwurfsvoll entgegen?

Dann rief sie ihn an.

»Hallo Jonas. Hier ist Lena.«

»Ist alles in Ordnung?« Er klang besorgt. »Und was war das mit dieser kryptischen Nachricht? Ich habe kein Wort verstanden.«

»Ja, tut mir echt leid wegen gestern. Ich hab das einfach vergessen. Und bin offensichtlich auf irgendwelche Tasten meines Handys gekommen, mit denen man die Einstellungen ändert. Außerdem habe ich mich geärgert …«

»Du hast dich geärgert?«

»Ach, da war so eine Sache mit einem Koffer bei der Auktion.«

»Einem Koffer?«

Etwas an der Art, wie er das fragte, reizte sie. Ihm war deutlich anzuhören, dass er sich nicht vorstellen konnte, was an einem Koffer derart Ärgerliches sein konnte, um eine Verabredung mit ihm zu verpassen.

Ja, ich habe mich geärgert, wollte sie sagen. Und ich muss mich dafür nicht rechtfertigen!

Aber eigentlich wollte sie ihm die ganze Koffergeschichte nicht erzählen. Dann wäre sie unvermeidlich auf Georg Buchmann gekommen – und an den wollte sie heute Morgen erst recht nicht denken.

»Nicht wichtig«, sagte sie daher schnell. »Ich hab einfach nicht gemerkt, wie die Zeit vergeht.«

»Du hättest mich anrufen können.«

»Ich hatte mein Handy ausgeschaltet. Ich habe deine Nachricht erst gesehen, als ich wieder zu Hause war. Und da ist irgendwie das Malheur mit den Einstellungen passiert. Tut mir leid.«

Wieso entschuldigte sie sich schon wieder?

»Ach, jetzt ist es doch auch egal.« Jonas nahm die Situation ganz locker. Das war genau richtig so … passte Lena nun aber auch nicht. Wenn sie Ärger hatte, dann konnte er das doch wohl ernst nehmen und nachfragen, oder nicht? Aber auf die Idee kam er nicht. Stattdessen fragte er: »Sehen wir uns heute Abend?«

»Ich weiß nicht, ich bin mit meiner Schwester verabredet. Keine Ahnung, wie lange das dauern wird«, wich sie ihm aus und spürte seine Enttäuschung.

»Ist irgendwas? Muss ich mir Sorgen machen?«

»Quatsch. Wie kommst du denn darauf? Hör zu, ich treffe meine Schwester um drei. Wenn sie wieder weg ist, melde ich mich, in Ordnung?«

»Hm. Ja, okay, natürlich ... Und was mach ich den ganzen Tag?«

Wollte er ihr ein schlechtes Gewissen machen? »Du hast mir doch erzählt, dass du mit einem Kunden ins Stadion wolltest.«

»Was, ist das heute?« Sie hörte, wie er auf seinem Handy herumdrückte, um den Kalender abzurufen. »Stimmt, du hast recht. Aber abends bin ich zu Hause. Ruf mich an.«

»Mach ich.«

»Ich vermisse dich.«

»Ich dich auch.«

Das stimmte – und stimmte gleichzeitig auch nicht. Was war nur mit ihr los? Nachdenklich legte sie auf.

Bis Monika kam, zog Lena sich etwas an, räumte die Wohnung auf und las die Zeitungen der vergangenen Tage. Dafür fand sie immer seltener Gelegenheit, seit sie so viel Zeit mit Jonas verbrachte. Und sie genoss diese Zeit für sich, mit leiser Musik im Hintergrund und einer großen Tasse starkem Kaffee neben sich auf dem Beistelltisch ihres Sofas.

Pünktlich um drei klingelte es an der Tür. Lena erwartete, dass Monika schlecht aussehen würde, mit Ringen unter den

Augen und grau im Gesicht. Aber ihre Schwester war schick angezogen und sorgfältig geschminkt.

»Hallo Schwesterherz«, sagte sie. Ihre Stimme klang fröhlich, fast ein bisschen aufgedreht.

Lena sah sie verwirrt an. »Hab ich was verpasst?«

»Wieso?«

»Weil du so gut aussiehst … also, ich meine, nicht gerade wie jemand, der Liebeskummer hat und gerade verlassen wurde. Gestern am Telefon hast du dich ziemlich fertig angehört.« Ihr fiel auf, wie das gerade klingen musste. »Du weißt, wie ich das meine«, verbesserte sie sich. »Du siehst toll aus! Das ist natürlich schön. Aber trotzdem: Ich komme gerade nicht mehr mit. Erst bist du am Boden zerstört und jetzt …«

»Schon okay, ich weiß ja, wie du das meinst.« Monika schüttelte ihre unbezähmbaren Locken, als könne sie damit jeden negativen Gedanken vertreiben. »Aber ich bin nicht länger bereit, in Trauer zu versinken, bloß weil Hans eine andere hat. Und außerdem: Was er kann, kann ich auch! Komm, lass uns gehen, denn so, wie es aussieht, brauchst du Sonne und Bewegung … Du bist nämlich diejenige von uns beiden, die ein bisschen blass um die Nase ist.«

Sie liefen entspannt um die Alster, denselben Weg, den Lena kürzlich mit Jonas gegangen war. Monika erzählte, dass sie sich vorgenommen hatte, ihre Zeit zu nutzen und endlich die Dinge zu tun, zu denen sie früher nicht gekommen war.

»Welche Zeit?«, fragte Lena.

»Die Zeit, die es braucht, bis Hans zu mir zurückkommt.«

»Wird er das?«

Monika sah sie an, als habe Lena soeben bezweifelt, dass die Erde rund war. »Glaub mir, er kann nicht ohne mich. Das ist mir klar geworden, als ich das alles noch einmal in Ruhe durchdacht habe. Er muss sich nur mal beweisen, dass er noch Chancen hat. Oder Martina hat ihn einfach überrumpelt. Das ist mir im Grunde auch egal. Ich weiß, dass wir wieder zusammenkommen. Aber bis es so weit ist, lasse ich ihn zappeln. Und tue, was ich will.«

Lena wollte nicht glauben, was sie hörte. »Das passt nicht zu dir«, sagte sie vorsichtig. »Und als du es erfahren hast, da warst du doch verletzt und traurig.«

»Das stimmt. Und jetzt bin ich es nicht mehr. Oh, da vorn ist ein Tisch in der Sonne. Komm, ich lade dich ein.«

Monika steuerte auf den Tisch zu, und Lena entging nicht, dass ihre kleine Schwester einem Mann am Nebentisch einen koketten Blick zuwarf.

Lena war unsicher, was sie von Monikas neuer Einstellung halten sollte. Sie war so überdreht gewesen, so aufgesetzt fröhlich. Aber irgendwie hatte sie auch selbstbewusst geklungen. So, als wäre sie ihrer Sache sicher und hätte sich alles gut überlegt.

Während sie auf dem Weg zu der Bar war, in der sie sich mit Jonas verabredet hatte, grübelte sie darüber nach, was die Liebe aus eigentlich ganz vernünftigen Menschen machen konnte. Walter Cordes hatte alles auf eine Karte gesetzt und vielleicht sogar gegen die Etikette der Zeit verstoßen, um seine Edith anzusprechen – und es war genau die richtige Entscheidung gewesen. Ann-Cathrin stürzte sich bereits zum zweiten Mal in das Abenteuer Ehe und bekam tatsächlich noch einmal ein Kind, statt sich auf die Freiheiten zu freuen, die erwachsene Kinder mit sich brachten. Und nun Monika, die am einen Tag vor Schmerz kaum ein noch aus wusste und am nächsten offensichtlich plante, ein Intermezzo als Vamp zu erleben – konnte das wirklich gut gehen?

Und was war eigentlich mit ihr? Würde sie nun eine Frau werden, die zufrieden damit war, neben ihrem Freund auf der

Couch zu liegen, während der Fußball schaute? Auch wenn er vorher in der Feinkostabteilung des Alsterhauses einkaufte?

Als Lena vor der Bar ankam, wartete Jonas schon auf sie. Wieder einmal stellte sie fest, dass er wirklich die angesagten Läden kannte: Von außen eher nichtssagend, war die Bar drinnen sehr geschmackvoll eingerichtet, mit einem riesigen Spiegel hinter der Wand und den größten Blumenbouquets in silbernen Pokalen, die Lena je gesehen hatte. Sie bemerkte die Blicke der anderen Frauen, als sie neben Jonas durch den Raum ging. Er sah wirklich verdammt gut aus. Noch dazu trug er eine lässige Lederjacke über einem eng geschnittenen Hemd und einer ebensolchen Jeans.

»Die machen hier richtig gute Cocktails, nicht nur die Standards, die es überall gibt«, sagte er. »Ist es dir recht, wenn wir an der Bar sitzen? Ich gucke dem Barmixer so gern zu.«

»Ja, sehr gerne sogar.« Lena lächelte in sich hinein. Wenn er wüsste, wo sie vor nicht einmal 24 Stunden gesessen hatte …

Sie fanden zwei Plätze über Eck, und Jonas bestellte. »Lass dich überraschen«, sagte er.

Für einen Sekundenbruchteil fragte sich Lena, ob sie diese Art von Bevormundung mochte: Das Häschen hat zu schweigen, während der erfahrene Kerl bestellt? Aber dann rief sie sich streng zur Ordnung: Das war Jonas, der Mann, der sie auf Händen tragen würde, wenn es nötig wäre. Und der Champagnercocktail, den er geordert hatte, war genau nach Lenas Geschmack. Sie begann, sich zu entspannen, und genoss es wie immer, mit Jonas zusammen zu sein.

Als es später wurde und die Bar sich zu füllen begann, fing ein Barpianist an zu spielen. Lena hob ruckartig den Kopf, als die ersten Töne erklangen. Sie sah sich um. Aber natürlich war der Mann am Klavier nicht Georg Buchmann.

»Was ist?«, fragte Jonas, der ihre Nervosität bemerkte.

Lena hatte plötzlich ein schlechtes Gewissen. Sie saß hier

mit ihrem liebenswerten, charmanten Freund, der alles tat, damit sie sich wohlfühlte, und dachte dabei an einen anderen, der das genaue Gegenteil war? »Gar nichts.«

»Wollen wir noch etwas bestellen?«

Sie griff nach seiner Hand und sah ihm tief in die Augen. Sie hatte plötzlich Lust, ihm das Haar zu verwuscheln und sich an seine nackte Brust zu schmiegen. »Wollen wir nicht gehen? Ich will lieber mit dir allein sein.«

Jonas ließ sich nicht zweimal bitten. Er bezahlte, und sie verließen eng umschlungen die Bar.

KAPITEL 11

In den nächsten Tagen war Lena mehr als beschäftigt damit, die Ausstellung voranzutreiben: Sie und Walter Cordes hatten sich darauf verständigt, dass sie Anfang Juli eröffnet werden sollte. Nachdem Lena ihm ihre Idee vorgestellt hatte, war er richtig ungeduldig geworden und wollte keinen Tag verschenken. Wieder beschlich sie der Gedanke, dass er keine Zeit mehr hatte und nichts auf die lange Bank schieben wollte.

Die Presse war bereits informiert, die Einladungskarten waren verschickt, jetzt musste nur noch alles klappen und rechtzeitig fertig werden. Sie arbeiteten wie die Verrückten und hatten eine, wie Lena fand, wundervolle, ausdrucksstarke Sammlung aus den Beständen von Walter Cordes zusammengestellt: Es fing an mit Ansichtskarten aus allen Teilen der Welt an Daheimgebliebene. Unter den Absendern, aber auch unter den Adressaten, waren berühmte Namen: eine Postkarte von Marlene Dietrich an Erich Maria Remarque, ein signiertes Programmheft von Hans Albers und eine Postkarte, die Charles Aznavour vor Jahren an eine Geliebte geschrieben hatte. Lenas Lieblingsstück war jedoch eine Feldpostkarte aus Verdun: Ein 18-jähriger Soldat schrieb aus dem Schützengraben letzte Worte an seine Mutter in Hamburg. Zu den Orten, die auf den Postkarten abgebildet waren, wurden die Reiseführer präsentiert, die aus derselben Zeit stammten. So konnten die Besucher die Motive der Postkarten mit den Abbildungen und Beschreibungen in den alten Büchern vergleichen. Bei einigen Motiven wie zum Beispiel dem Eiffelturm hatte Lena

Reiseführer aus verschiedenen Epochen herausgesucht, um herauszuarbeiten, wie sich die Umgebung des Pariser Wahrzeichens über die Jahre verändert hatte. Manch altes Gebäude gab es nicht mehr, oder es war umgebaut worden; ein Haus, das auf einer Postkarte noch allein in einer Straße stand, war inzwischen von anderen größeren Häusern eingerahmt. Und die Postkarte aus Verdun zeigte einen idyllischen nordfranzösischen Weiler mit niedrigen Häusern, die es bestimmt alle nicht mehr gab, war die ganze Gegend doch in den Schlachten des Ersten Weltkriegs dem Erdboden gleichgemacht worden. Weil sie nur drei Schaukästen und die Wände des Raumes in der Speicherstadt zur Verfügung hatten, mussten sie sich sehr einschränken – für mehr als 40 Exponate war absolut kein Platz. Die richtige Auswahl zu treffen war für Lena die schwierigste Aufgabe.

»Es geht nur darum, einen Ausschnitt zu zeigen und die Leute auf die Sammlung aufmerksam zu machen«, sagte Walter Cordes, als sie immer noch mit neuen Schätzen ankam. »Das haben Sie mir doch selbst so erklärt, Frau Ercken – und jetzt wollen Sie sich nicht an Ihre eigenen Regeln halten?« Er tadelte sie gutmütig mit erhobenem Zeigefinger.

Lena legte die Karte, die die junge Clara Rilke von Paris aus an ihre Familie in Worpswede geschrieben hatte, wieder zurück. »Sie haben recht, aber sie ist so schön.«

»Dann müssen Sie etwas anderes aussortieren. Wir haben wirklich keinen Platz mehr.«

»Irgendwie haben wir hier vertauschte Rollen. Eigentlich sollte ich streng mit Ihnen sein und Sie darauf aus, noch ein paar Exponate an mir vorbeizuschmuggeln.« Sie lächelte ihn an.

»Nun, liebe Frau Ercken, lassen Sie es sich gesagt sein: Man wechselt im Leben immer wieder die Rollen. Der Naive bemerkt es nicht, der Dumme wehrt sich dagegen, aber der Weise lässt es zu und freut sich daran.«

Als sie endlich, nach vielen Diskussionen und noch mehr Umsortieren, ihre endgültige Auswahl getroffen hatten, gingen sie daran, die Karten, Briefe und Bücher so herzurichten, dass die Besucher sie gut sehen und verstehen konnten. Dazu gehörte auch, Exponate zu transkribieren, denn einige Handschriften waren nur schwer zu lesen. Außerdem galt es, sie in den historischen Kontext einzuordnen. Wer hatte sie geschrieben? Wann und an wen? In welcher Beziehung standen der Absender und der Empfänger – und so weiter. Bei den berühmten Persönlichkeiten fiel Lena dies recht leicht, zumal sie in den letzten Jahren auch schon einiges dazu recherchiert hatte, aber gerade die privaten Karten von ganz normalen Menschen stellten sich nun zum Teil als Herausforderung dar. Einen Ausstellungskatalog wollte Walter Cordes auch machen, obwohl das viel Geld kosten würde. Lena musste einen Fotografen, einen Grafiker und eine Druckerei organisieren, die Texte schreiben und korrigieren und ein Layout erstellen.

Kurz gesagt: Sie hatte mehr als genug zu tun. Manch anderen hätte dies in die Knie gezwungen, aber Lena merkte, wie sie durch die Vielzahl der neuen Aufgaben regelrecht aufblühte. In ihrem Kopf jagten sich Einfälle und Ideen, sie jonglierte mit Terminplänen und Gästelisten. Sie kam oft erst spät nach Hause, und manchmal brachte sie sich auch dann noch Arbeit mit. Und trotzdem sammelte sie in dieser Zeit mehr Glücksmomente, als sie selbst für möglich gehalten hätte – von der Freude darüber, eine knifflige Textstelle endlich verstanden zu haben, bis zu dem besonderen Moment, eine alte Postkarte in den Händen zu halten, ihre Geschichte zu spüren und sich, über die Jahrzehnte hinweg, dem Schreiber nahe zu fühlen.

Jonas beklagte sich – mal mehr, mal weniger ernsthaft –, dass sie keine Zeit für ihn hätte, womit er nicht falschlag. Meistens kommentierte er das dann mit einem schicksalsergebenen »Wenn du dich zu Tode schuften willst, bitte, aber vorher sollst du noch vernünftig essen – ich bringe dir nachher etwas vorbei, keine Widerrede«. Dann stand er mit einem Korb voller Köstlichkeiten vor ihrer Tür, mal aus einem Feinkostgeschäft, mal aus einem edlen Restaurant, sorgte dafür, dass Lena so lange von ihren Unterlagen abließ, bis sie gegessen hatte, und verabschiedete sich dann mit einem Kuss, um sie nicht weiter zu stören.

Aber jetzt hatte er darauf bestanden, dass sie gemeinsam übers Wochenende verreisten. »Da musst du dir auch mal freinehmen. Jeder Mensch braucht doch Erholung. Außerdem bekomme ich dich kaum noch zu sehen.«

»Das ist lieb, aber ich habe im Moment wirklich keine Zeit, mich auch noch darum zu kümmern.«

Er sah sie vergnügt an. »Wer sagt, dass du dich kümmern musst? Ich habe schon alles geplant. Es sollte eine Überraschung sein.«

»Eine Überraschung?«, fragte Lena. »Wo wollen wir denn hin?«

»Dann wäre es ja keine Überraschung mehr. Pack einfach nur ein paar Sachen ein – und keine Sorge, du brauchst weder Schneeanzug noch Sonnenschutz mit Faktor 120. Wir bleiben zwei Nächte.«

***

Am Freitagmittag holte Jonas sie im Büro in der Speicherstadt ab. Lena stellte ihn Walter Cordes vor. Ihr Chef war überrascht als sie ihm den Besuch ankündigte, und noch ein bisschen mehr, als er Jonas dann gegenüberstand. Lag es nur daran, dass sie bisher nie etwas von ihrem Privatleben erzählt hatte, oder fiel ihm auf, dass ihr Freund deutlich jünger wirkte als sie? Lena beschloss, nicht weiter darüber nachzudenken. Die Männer unterhielten sich ein paar Minuten lang höflich, aber der Funke schien nicht so richtig überspringen zu wollen.

»Guck mal, nebenan ist die Ausstellung. Seit heute Morgen ist endlich alles fertig, nur der Katalog ist noch in der Druckerei.« Lena zog Jonas an der Hand in den Nebenraum, um ihm alles zu zeigen, woran sie in den letzten Wochen ununterbrochen gearbeitet hatte. Voller Stolz wies sie auf einzelne Stücke hin, erklärte, woher sie kamen und wie sie in Verbindung zu den anderen standen. Jonas ließ sich widerstandslos mitziehen, warf dann aber nur flüchtige Blicke auf die Postkarten und Bücher.

»Sehr schön, sehr schön«, sagte er. »Aber jetzt müssen wir los.«

Lena fühlte einen kleinen Stich. Sie hatte auf ein bisschen mehr Begeisterung gehofft. Aber Jonas hatte eben keinen Sinn für solche alten Schätze. »Wohin wollen wir denn?«, fragte sie.

Jonas lächelte geheimnisvoll. »Das ist immer noch eine Überraschung.«

Jetzt, da der Stress der letzten Wochen endlich von ihr abfiel, erwachte endlich auch Lenas Neugier, die sich bisher eher in Grenzen gehalten hatte. Wohin würde er mit ihr fahren? Nach Paris oder London? Oder in ein kleines Resort irgendwo im Grünen? Sie überschlug kurz, ob sie für alle Eventualitäten etwas in ihrem kleinen Koffer hatte: Jeans und dicker Pulli, eine weiße Bluse und ihr Fürstenberg-Kleid, das er von der Hochzeit her kannte – das war einfach ihr Lieblingsstück. Pumps hatte sie auch für alle Fälle dabei, ansonsten trug sie ihre Sneakers, die zu jeder Unternehmung passten. An ein Tuch für ihr Haar hatte sie auch noch im letzten Moment gedacht, falls sie mit seinem Cabrio fahren würden.

Im vorderen Raum verabschiedete sie sich von ihrem Chef. »Ich bin dann weg. Soll ich vorher den Tresor abschließen?«

»Nein, ich mach das schon. Und jetzt raus mit Ihnen! Amüsieren Sie sich, um Gottes willen. Das haben Sie sich verdient.« Er wedelte mit den Armen, als wollte er sie aus dem Raum scheuchen.

Sie freute sich über seine Anerkennung. »Dann auf Wiedersehen, Herr Cordes. Ein schönes Wochenende!«

Sie warf einen letzten Blick auf die Glaskästen. Hatte sie auch bestimmt nichts übersehen? Nein, alles war perfekt. Lena atmete einmal tief ein und wieder aus. Dann folgte sie Jonas, der schon auf der Treppe war.

Unten vor dem Haus stand tatsächlich sein Cabrio, aber das Verdeck war geschlossen. Lena war ausnahmsweise dankbar dafür, denn so richtig sommerlich war es an diesem Tag nicht. Die ersten heißen Tage des Sommers waren vorüber, die Sonne verschwand immer wieder hinter dicken Wolken. Während sie einstieg, verstaute Jonas ihren Koffer. Dann setzte er sich auf den Fahrersitz und nahm ihre Hand.

»Auf ein schönes Wochenende.«

»Auf ein schönes Wochenende. Ich freue mich! Du hast recht, ich muss mal raus aus der Stadt und was anderes sehen als verstaubte Briefe.«

Sie fuhren ziemlich zügig raus aus der Stadt und dann auf die A1.

»Es geht an die Ostsee?«, rief Lena begeistert. »Schade, dass der Raps nicht mehr blüht.«

Jonas nickte. »Timmendorfer Strand. Da hat ein neues Boutiquehotel aufgemacht. Ich habe das letzte Zimmer bekommen.«

»Oh.« Lena wäre nie auf die Idee gekommen, ein Hotel zu buchen, das sich selbst den Beinamen »Boutique« gab, aber auf Timmendorf freute sie sich. Bis sie fünf Jahre alt gewesen war, hatten sie in der Nähe gelebt, dann waren sie nach Hamburg umgezogen. Lena hatte schöne Kindheitserinnerungen an den Strand und das Wasser. Es gab viele Fotos, die sie und Monika mit Eimer und Schaufel im Sand buddelnd zeigten. »Ich liebe das Geräusch, das die Kiefern im Wind machen«, sagte sie zu Jonas.

»Das Hotel liegt direkt am Kurpark, mit etwas Glück kannst du das Rauschen nachts hören.«

Auf der Autobahn war ziemlich viel Verkehr, und so kamen sie erst gegen acht Uhr im Hotel an. Auf dem Parkplatz standen nur Luxuskarossen, viele mit Hamburger Kennzeichen. Lena musste an den alten Fiat denken, den sie früher einmal gefahren war – der hätte zwischen den ganzen SUVs und anderen teuren Schlitten vermutlich keine gute Figur gemacht.

Jonas war vom ersten Moment an begeistert, Lena hingegen fand die Eingangshalle und das große Restaurant etwas nüchtern.

»Wer sind denn die Leute auf den Fotos, die hier überall hängen?«, fragte sie.

»Das ist der Besitzer mit seiner Familie. Kennst du den nicht? Der ist doch immer wieder in den Medien.«

»Und deswegen muss er seine Kinder hier so zur Schau stellen?«

»Warum denn nicht? Die sind doch alle hübsch«, entgegnete Jonas.

»Aber so in der Öffentlichkeit? Ich finde das befremdlich.«

»Sagt die Frau, die beruflich die private Post von Menschen ausstellt?«, neckte er sie.

»Hey, du hast mir ja doch zugehört«, freute sich Lena und

überhörte demonstrativ die kleine Spitze, zumal Jonas sie liebenswert verpackt hatte.

»Natürlich, was denkst du denn?« Er zog sie rasch an sich und gab ihr einen Kuss. Dann checkte er ein, und sie nahmen den Fahrstuhl in den dritten Stock. Das Zimmer war schön. *Stil der Hamptons* stand im Prospekt, und das meinte helles Holz, Naturtöne in Beige, Lindgrün und Grau, geflochtene Körbe, kleine Windlichter, in denen Kerzen brannten. So richtete man heute offensichtlich Hotels ein, Lena hatte das schon häufiger gesehen. Allerdings fehlte ihr ein bisschen Individualität. Sie war sicher, dass alle Zimmer in diesem Hotel genau gleich aussahen.

Lena trat auf den Balkon hinaus, der zur Seeseite ging. Zwischen den Häusern konnte sie einen Zipfel der Ostsee ausmachen. Die Sonne ging gerade unter und ließ das Wasser silbern glitzern. Sie schloss die Augen – und ja, da war tatsächlich das leise Rauschen der Kiefern zu hören! Plötzlich freute sie sich unbändig auf dieses Wochenende. Sie ging zu Jonas hinüber und nahm ihn in die Arme.

»Danke«, sagte sie.

»Wart doch erst mal ab«, sagte er. »Vielleicht kommt da ja noch mehr. Bist du fertig? Ich hab Hunger.«

Weil es inzwischen fast dunkel war, gingen sie einfach ins Hotelrestaurant. Als Jonas nach einem hervorragenden Essen die zweite Flasche des Sauvignon Blanc bestellen wollte, winkte Lena ab: »Ich bin wirklich müde, das war eine anstrengende Woche.«

»So müde, dass du sofort einschläfst, wenn ich dich aufs Zimmer getragen habe?«, fragte er schelmisch.

»Ich kann problemlos selbst gehen, danke der Nachfrage«, gab Lena gespielt empört zurück. »Und was den anderen Teil der Frage angeht: Nein, so müde dann doch noch nicht …«

***

Am nächsten Morgen wanderten sie kilometerweit am Strand entlang bis Niendorf. Dort saßen sie in einem Café an der Promenade und genossen die Sonne. Als sie zurück ins Hotel kamen, brannte Lenas Gesicht; sie sah in den Spiegel und bemerkte, dass sie Farbe bekommen hatte.

»Du siehst klasse aus«, sagte Jonas, der hinter sie getreten war. Er legte seine Arme um ihren Bauch, und sie lehnte sich an ihn. Gemeinsam betrachteten sie das Paar vor ihnen. Und Lena konnte nicht anders, als zu denken: Die gefallen mir die beiden, so voller Energie und Tatendrang und … Liebe? Bevor sie sich diese Frage beantworten konnte, drehte Jonas sie zu sich herum, um sie zu küssen.

Am Abend gingen sie in ein teures Restaurant. Jonas hatte einen Tisch bestellt und ließ nebenbei einfließen, dass das nicht ganz einfach gewesen war: »Das ist jetzt einer der Hotspots hier.«

»Als ich hier aufgewachsen bin, waren die einzigen Hotspots, die wir hier hatten, unser Sonnenbrand«, nahm Lena ihn auf die Schippe. Für sie hätte es auch ein einfaches Abendbrot getan, aber das behielt sie für sich. Der Kellner brachte unaufgefordert Champagner, und Lena wunderte sich. Aber so war Jonas: Er liebte es schick und hatte oft kleine Überraschungen parat.

Jetzt räusperte er sich, zog eine Schmuckschatulle aus der Innentasche seines Jacketts und legte sie zwischen ihnen auf den Tisch.

Lena merkte, wie ihr das Blut in die Wangen stieg.

»Lena?«

»Ja?« Ihre Stimme wollte ihr auf einmal nicht gehorchen. Sie räusperte sich. »Ist das für mich?«

»Für wen denn sonst?« Er lachte. »Mach es doch auf.«

Natürlich wusste Lena, dass das Geschenk für sie war. Sie fürchtete sich nur ein bisschen vor dem, was jetzt vielleicht kommen würde … Zögernd nahm sie das kleine Päckchen und wog es in der Hand. In ihrem Kopf jagten sich die Gedanken. Was hatte das zu bedeuten? Sie ahnte, was in der Schatulle lag.

Jonas bemerkte ihr Zögern und sah sie fragend an.

Also gut! Lena zog die Schleife auf und hob den Deckel. Ein Ring lag darin, wie sie es erwartet hatte. Er war traumhaft schön – ein schmaler Reif in Weißgold mit einem blauen Stein – und zeigte einmal mehr, dass Jonas wirklich Geschmack hatte.

Aber es war vor allem … ein Ring!

An ihrer Schläfe begann eine Ader, heftig zu pochen. Dann sah Lena, dass Jonas auf ihre Reaktion wartete.

»Gefällt er dir? Das ist ein Tansanit. Probier doch mal!« Er nahm den Ring aus der Schatulle und streifte ihn Lena über den Finger. Er passte genau.

Lena wusste immer noch nicht, wie sie reagieren sollte. Diese Geste eben, mit der er ihr den Ring an den Finger gesteckt hatte, das war ja wie bei einer Hochzeit! Bitte, lieber Gott, lass es ihn nicht auch so gemeint haben, betete sie stumm.

Ging das nicht alles viel zu schnell?

»Du magst ihn nicht«, sagte Jonas. Seine Stimme war voller Enttäuschung.

Lena streifte seine Hand mit ihren Fingerspitzen. »Aber nein! Er gefällt mir. Sehr sogar. Aber ich weiß nicht … ein Ring?«

Jonas nahm ihre Hand. »Lena, ich wollte dir einfach zeigen, dass wir zusammengehören. Weil ich dich liebe.«

Lena sah ihn an und rang nach Worten. Es gab auf so eine Ansprache eigentlich nur eine Antwort. Es war nicht das erste Mal, dass Jonas von seiner Liebe zu ihr sprach, und sie wusste, dass auch sie schon gesagt hatte, dass sie viel für ihn empfand. Aber das eine, das ganz große Bekenntnis, war ihr bisher noch nicht über die Lippen gekommen.

Aber jetzt musste sie es sagen.

Oder?

»Danke«, stieß sie schließlich hervor und ärgerte sich, dass es wie ein Hauchen klang. Sie räusperte sich noch mal. »Ich freue mich wirklich sehr.«

Sie sah, dass er darauf wartete, dass sie ihm auch sagen würde, dass sie ihn liebte. Aber sie brachte es nicht über die Lippen. »Jonas, ich … ich bin überwältigt. Ich weiß nicht, was ich sagen soll.«

Sein liebevolles Lächeln verlor nichts von seiner Strahlkraft. »Dann lass uns anstoßen«, sagte er leichthin, so als würde nicht diese eine unausgesprochene Aussage zwischen ihnen hängen. Er hob sein Glas und prostete ihr zu. »Auf uns. Auf unsere gemeinsame Zukunft.«

Oh Gott, also war das doch ein Heiratsantrag. Das ging doch alles viel zu schnell! Lena hatte plötzlich das Bild von Ann-Cathrin und Niklas vor sich, wie sie die Hochzeitsgäste empfingen, Ann in einem Traum von Kleid, strahlend vor Glück und zuversichtlich. Aber bei der Vorstellung von sich an Anns Stelle und mit Jonas an ihrer Seite bekam sie Beklemmungen. Sie griff nach ihrem Champagnerglas, um sich an etwas festhalten zu können. Entspann dich, sagte sie sich selbst. Leg nicht alles auf die Goldwaage. Es ist ein Geschenk, nicht mehr. Es lauert kein Standesbeamter hinter der Tür zur Küche.

Dann streckte sie die Hand von sich, um den Ring zu bewundern. Er passte perfekt zu ihr. Hätte sie sich einen ausgesucht, es hätte dieser sein können.

Sie lächelte Jonas zu. Hatte er nicht recht? Sie waren seit fast zwei Monaten ein Paar. Sie mochten sich, sie waren gern zusammen, aber er ließ ihr auch Freiräume, wenn sie Zeit für sich oder ihre Arbeit brauchte. Sie lachten viel, sie hatten guten Sex, er verwöhnte sie. Und er meinte es absolut ernst und war nicht einer dieser Männer, die sich nicht festlegen wollten und über ein Eventuell-vielleicht-später-Stadium in einer Beziehung nicht hinauskamen. Jonas wollte Lena, er war sich ganz sicher. Er hatte ja sogar schon von Kindern gesprochen. Bei dem Gedanken wurde ihr schon wieder unbehaglich.

Es war sie selbst, die zögerte, die sich nicht festlegen wollte, die zwar mit Jonas zusammen war und die Annehmlichkeiten des Lebens mit ihm genoss, sich aber im Grunde ihres Herzens wie ein Single fühlte. Sie mochte sich wegen dieser Zweifel gerade nicht besonders gern. Diese Unverbindlichkeit, die sie sich bei aller Nähe auch wünschte, war doch einfach nur Angst vor der eigenen Courage … oder?

Aber auf der anderen Seite: Wenn man jemanden wirklich liebte, hatte man dann solche Gedanken überhaupt? Stürzte man sich dann nicht mit Haut und Haaren in eine Beziehung, egal was kam? War Liebe nicht etwas, das über einen kam, ohne dass man etwas dagegen tun konnte?

»Bist du gleich fertig mit Grübeln?« Jonas sah sie immer noch an, aber sein Lächeln wirkte inzwischen etwas gequält. »Gib es zu, ich habe dich komplett überrumpelt. Das wollte ich nicht. Wirklich. Ich lasse dir alle Zeit der Welt.«

Lena sah die aufsteigende Panik in seinen Augen. Oh Gott, er schien mit der Möglichkeit zu rechnen, dass sie den Ring zurückwies. Das hatte er nicht verdient. Und sie mochte ihn doch auch … Sie gab sich einen Ruck. »Ja, ich gebe zu, dass du mich überrumpelt hast. Aber ich bin dir dankbar dafür. Ich glaube, ich war einfach zu lange allein.«

Das war offensichtlich genau die Antwort, die Jonas hatte hören wollen. Er stieß einen Seufzer der Erleichterung aus. Der Moment des Zweifels war vorüber, seine typische Selbstsicherheit war zurück. »Dann lass uns bestellen. Der Kellner wird schon ungeduldig.«

***

Am Sonntagmorgen fiel Lenas erster Blick auf den Ring, der auf dem Nachttisch neben ihrem Bett lag. Sie wandte sich zu Jonas um und schmiegte sich an seinen Rücken. Er wachte auf, drehte sich herum und zog sie an sich.

Nach dem Frühstück wollte er noch eine Runde im Fitnesscenter des Hotels absolvieren. »Ich mache lieber einen Spaziergang«, sagte Lena.

»Soll ich mitkommen?«

»Nein, geh zu deinen Geräten und Gewichten«, scheuchte sie ihn spielerisch davon. »Schließlich musst du in Form bleiben.«

»Für dich?«

»Für wen denn sonst?«

Lena ging durch den Kurpark und war fünf Minuten später am Strand. Das Meer war an diesem Tag spiegelglatt und leuchtete in Pastellfarben. Wie gemalt sah es aus. Nur einzelne Möwen schwammen völlig reglos in der Ferne. Sie konnte sich nicht erinnern, die Ostsee jemals so gesehen zu haben, und konnte kaum den Blick abwenden.

Sie zog ihre Schuhe aus und ging barfuß über den Strand. Der Sand war angenehm kühl, aber als sie die Füße ins Wasser tauchte, merkte sie, dass es eiskalt war. Einen Moment lang genoss sie das klare, fast schneidende Gefühl. Dann ging sie wieder ein Stück den Strand hinauf, wo es wärmer war. Sie ließ sich in den Sand fallen und genoss den Blick über die Lübecker Bucht. Viele der Landmarken kannte sie noch aus ihrer Kinderzeit: die Loopings der Achterbahn im Hansapark, die Seebrücke vom Timmendorfer Strand mit dem Teehaus, das Brodtener Steilufer.

Sie fuhr mit den Fingern durch den feinen Sand und ließ ihn über ihre nackten Füße rieseln, einmal, zweimal, dreimal … Man kann sich darin verlieren, dachte sie, einfach nur hier zu sitzen und zu genießen.

Ihr Blick wanderte wieder über die spiegelglatte, glitzernde Wasserfläche, ihre Gedanken wurden weit wie der Horizont.

Der Ring glitzerte in der Sonne. Und riss sie damit aus der Schwerelosigkeit des Moments zurück zu den Gedanken, denen sie sich eigentlich nicht stellen wollte.

Lena ahnte, dass der Ring etwas in ihrer Beziehung zu Jonas verändert hatte. Er bedeutete sein rückhaltloses Bekenntnis zu ihr. Meine Güte, dachte sie, wenn ich ihn fragen würde, würde er mich morgen heiraten! Aber sie war sich nicht sicher. Und das lag nicht nur daran, dass sie einfach nicht zu den Frauen gehörte, die es romantisch fanden, nach wenigen Wochen »Ja« zum Rest ihres Lebens zu sagen. Etwas stimmte nicht. Nein, gleich mehrere Dinge stimmten nicht. Angefangen damit, dass sie kaum in seiner Wohnung waren, weil Lena sie so unpersönlich fand. Die Küche sah nicht so aus, als würde hier wirklich jemand etwas anderes als einen Espresso kochen. Lena kam sich manchmal wie ein störendes Element in dieser perfekten Einrichtung vor, obwohl Jonas noch nie etwas in der Art gesagt hatte. Auf der anderen Seite hatte sie bemerkt, dass er die liebevoll ausgewählten Stehrumchen, die ihre Wohnung ausmachten – die Kerzenhalter, die kleinen Erinnerungsstücke –, entweder gar nicht beachtete oder, wie im Fall der Porzellanfigur, mit einem leicht herablassenden »Was ist das denn?« kommentierte. Wie sollten sie da jemals eine gemeinsame Wohnung haben? Einer von ihnen würde sich komplett verbiegen müssen. Hinzu kam: Jonas interessierte sich nicht für ihre Arbeit. Am Freitag, als er sie abgeholt hatte, hatte er nur einen kurzen Blick auf die Ausstellung geworfen, obwohl er doch wusste, wie hart sie dafür gearbeitet hatte. Und wenn sie von einigen Persönlichkeiten erzählte, deren Briefe sie ausstellten, dann kannte er keine von ihnen.

Und sie selbst? Interessierte sie sich denn für Jonas' Autohandel? Sie wusste ja nicht mal, in was für einem Auto sie nach

Timmendorf gefahren waren. Klar, ein Mercedes, aber damit hörte es auch schon auf.

Sie hatten nicht wirklich viel gemeinsam. Hatten sie eigentlich schon mal ein richtiges Gespräch über wichtige Dinge geführt? Über Politik, über den wachsenden Fremdenhass, über den Klimawandel? Nein, nicht mal über den letzten Film, den sie gemeinsam gesehen hatten, oder eine Schlagzeile in der Zeitung. Machte er sich überhaupt Gedanken über solche Dinge? Sie hatte ihn im Verdacht, sich für nicht besonders viel zu interessieren außer für Autos, Fußball, schöne, teure Dinge … und sie. Der Gedanke kam ihr, dass sie vielleicht nur das fehlende Accessoire in Jonas' perfekter Welt war: Ein erfolgreicher Mann hatte eine schöne Frau an seiner Seite, und diese Frau sollte sie sein.

Im selben Augenblick ärgerte Lena sich über ihre Böswilligkeit. Sie fuhr mit der flachen Hand über den Sand, als wollte sie die Gedanken auswischen.

Was machte sie hier überhaupt? Sie verbrachte ein tolles Wochenende an der traumhaften Ostseeküste mit dem Mann, der sie liebte und der ihr gerade einen Ring geschenkt hatte, der als Verlobungsring durchgehen würde, und blies Trübsal. Sie war ungerecht. Das hatte Jonas nicht verdient.

Inzwischen waren mehr Leute an den Strand gekommen. Lena hörte Eltern nach ihren Kindern rufen, ein Ball rollte ihr vor die Füße. Der wohltuende Moment der Einsamkeit war vorüber. Sie stand auf und ging mit schnellen Schritten an der Wasserlinie entlang.

Ihr kam ein Gedanke: Irgendwo hier musste die Villa Gropius stehen, ein bekanntes Hotel in Timmendorf. Früher war sie oft mit ihren Eltern dort gewesen. Ein Kaffee auf der Terrasse wäre doch ein schöner Abschluss für die emotional turbulenten Tage.

Lena nahm einen der kleinen Wege, die zwischen den Häusern vom Strand hinauf zur Promenade führten. Ja, genau, hier war sie richtig – auf der anderen Straßenseite stand die Villa, die den Vorfahren des Bauhausgründers Walter Gropius gehört hatte. Wobei diese romantische Villa mit ihren Türmchen und Erkern und den verspielten blauen und goldenen Ornamenten das Gegenteil von der Sachlichkeit eines Gropius-Baus war. Sie ging die Stufen zur Terrasse hinauf und setzte sich an einen Tisch in der Sonne. Während sie auf ihren Kaffee wartete, blätterte sie in der Speisekarte, in der ein kurzer Text über das historische Gebäude von einem Gästebuch sprach, in dem die früheren Besucher sich verewigt hätten. Das hatte sie nicht gewusst. Natürlich war sofort ihre Neugier erweckt.

Lena stand auf und ging an die Rezeption, um danach zu fragen.

»Das Original ist schon vor langer Zeit verkauft worden, aber wir haben eine Kopie«, sagte der Mann hinter dem Tresen.

»Darf ich es sehen?«, fragte Lena. »Ich interessiere mich sehr für Autografe und arbeite für einen bekannten Sammler.«

»Es liegt in der Lobby in einer Vitrine aus und soll eigentlich unter Verschluss bleiben.« Er zwinkerte. »Ich sehe mal, was ich machen kann.«

Sie ging zurück an ihren Tisch. Kurz darauf brachte der Mann ihren Kaffee – und das Buch. »Bitte sehr!«

Lena vertiefte sich sofort in die Seiten. Sie las die gereimten Einträge der Gäste, die im Jahr 1888 begannen. Da war viel von gemeinsamen glücklichen Tagen mit Freunden und Familie, vom Glück des Zusammenseins, aber auch von Scheiden und Abschied und von der Vorfreude aufs Wiederkommen die Rede. Auf einigen Seiten waren Noten abgebildet, auf anderen Ornamente und Kritzeleien. Sie blätterte weiter und stieß auf eine Seite mit einer Zeichnung Wassily Kandinskys: Ein Schiff wurde von einer Welle emporgehoben. Darunter seine Signatur und die seiner Frau Nina sowie die Unterschrift *Im glücklichen Hafen*. Lena war ganz aufgeregt. Was für ein Fund, auch wenn es nur eine Kopie war. Sie nahm ihr Handy aus der Tasche und machte ein Foto der Seite. Das würde Walter Cordes begeistern.

Der unverhoffte Fund stimmte sie froh und lenkte sie von ihren Grübeleien ab. Wieder ein Glücksmoment mehr, dachte sie, und für diesen Moment war alles in Ordnung.

Irgendwann sah sie auf die Uhr. Sie war schon seit zwei Stunden unterwegs. Jonas würde bestimmt schon auf sie warten. Fast schon widerstrebend gab sie das Gästebuch an der Rezeption ab, bedankte sich für das Vertrauen, es ihr überlassen zu haben, und zahlte nicht nur ihren Kaffee, sondern legte ein großzügiges Trinkgeld dazu.

Auf dem Weg zurück zum Hotel fasste sie einen Entschluss.

Lena fand Jonas auf der Terrasse. Er hatte eine Flasche Wasser vor sich und las die Zeitung. Sie setzte sich zu ihm und küsste ihn auf die Wange.

»Hast du Lust, auf dem Rückweg bei meinen Eltern vorbeizufahren? Bei ihnen gibt es am Sonntag immer selbst gebackenen Kuchen.«

Jonas drehte sich zu ihr herum und strahlte. »Sehr gern, das weißt du doch.«

Natürlich wusste Lena das: Er hatte schon häufiger angedeutet, dass er gern ihre Eltern kennenlernen würde, aber sie hatte bisher immer eine Ausrede gefunden. Doch vorhin am Strand und später bei der Lektüre des Gästebuchs hatte sie zugeben müssen, dass das unfair war – entweder sie stand zu Jonas, und dazu gehörte, dass er auch ihre Familie und sie ihn kennenlernte, oder sie ließ es sein. Und das wollte sie nicht.

»Wenn wir uns beeilen, sind wir um vier Uhr da«, sagte er mit einem Blick auf die Uhr.

»Gut. Dann rufe ich meine Mutter an und sage ihr Bescheid, dass wir kommen.«

Als sie ziemlich genau um vier Uhr vor dem Haus in Sasel parkten, ging schon die Tür auf. Hatte ihre Mutter in Habachtstellung dort ausgeharrt? Lena sah sofort, dass sie eine neue Bluse trug. Als sie ins Wohnzimmer vorging, um ihren Vater zu begrüßen, bemerkte sie, dass auch er seine gute Strickjacke anhatte.

»Deine Mutter hat gesagt, ich soll sie anziehen«, flüsterte er mit seinem halb verschmitzten, halb resignierten Lächeln, das Lena so liebte.

Sie seufzte. Das war zu erwarten gewesen. Schließlich hatte sie am Telefon gesagt, dass sie einen Mann mitbringen würde. Aber sie fand es auch rührend von ihren Eltern, dass sie einen guten Eindruck machen wollten.

Hertha hatte natürlich frisch gebacken, der Apfelkuchen mit Mandeln und Marzipan war noch warm, die Schlagsahne verlief darauf. Sie saßen zu viert im Wohnzimmer, und Lena berichtete von ihrem Wochenende in Timmendorf und was sich dort alles verändert hatte.

»Tja, Timmendorf hat sich gemausert. Wenn ich da noch an früher denke …«, sagte ihr Vater.

»Wir sind nach Niendorf gelaufen, dort ist es noch ein bisschen verschlafen.«

»Gibt es das Hotel Atlantik noch?«

Lena nickte.

»Fischbrötchen am Hafen?«, fragte ihr Vater. Das hatten sie früher immer gemacht: Sie hatten Fischbrötchen geholt und sich auf eine Bank an der Kaimauer gesetzt und den Booten zugesehen.

Lena schüttelte den Kopf. Warum hatte sie Jonas eigentlich nicht von diesem Ritual erzählt? Vielleicht, dachte sie kurz, weil ein Fischbrötchen nicht den gleichen Glamourfaktor hat wie das Essen, das er bevorzugt.

Ihr Vater nahm die Hand von Lenas Mutter. »Ich glaube, wir sollten da mal wieder hinfahren, Herthachen«, sagte er.

»Ich könnte euch fahren«, bot Lena an, denn sie wusste, dass ihr Vater nicht mehr so gern lange Strecken fuhr.

»Wie wäre es mit einem Ausflug zu viert?«, schlug Jonas vor.

Ihre Mutter wurde ganz lebhaft. »Das wäre schön. Das machen wir ganz bald! Noch ein Stück Kuchen, Herr Hegemann?«

»Jonas«, sagte er und ließ sich das dritte Stück auf den Teller laden. »Meine Güte, ist der lecker!«

Lena bewunderte ihn dafür, wie selbstverständlich er alle für sich einnahm. Er hatte ihre Mutter im Nu um den Finger gewickelt. Jetzt gerade fing er mit ihrem Vater ein Gespräch über den neuen Trainer des HSV an. Hinrich war eingefleischter Fan des Hamburger Vereins.

Ihre Mutter stand auf. »Hilfst du mir mal kurz in der Küche?«, fragte sie in Lenas Richtung.

Kaum waren sie allein, da fragte sie: »Wie lange kennst du ihn? Er ist nett.«

»Seit ein paar Wochen.«

»Und? Ist es etwas Ernstes?«

»Mama!«

Ihre Mutter seufzte, ließ aber natürlich nicht locker. »Ist das ein neuer Ring?«, fragte sie erneut betont beiläufig.

Diese Frau könnte jederzeit bei der Spurensicherung arbeiten, dachte Lena. Der entgeht wirklich nichts.

»Ja«, gab sie knapp zurück. »Und bevor du fragst: Nein, es ist kein Verlobungsring. Du brauchst dich also noch nicht auf Hochzeitsglocken zu freuen.«

»Lena, du weißt, wie sehr wir uns freuen würden, wenn da

jemand wäre. Das Leben ist doch schöner, wenn man zu zweit ist.«

»Ich habe mich bisher auch allein sehr wohlgefühlt«, sagte Lena und bemerkte, dass sich eine gewisse Schärfe in ihre Stimme schlich; sie mochte es einfach nicht, für ihr Leben kritisiert zu werden. Versöhnlicher fügte sie hinzu: »Aber ich mag Jonas.«

»Er sieht jung aus«, sagte ihre Mutter nun so beiläufig, dass für Lena sofort klar war, dass ihr dieser Punkt zu schaffen machte. »Jünger als du.«

»Du bist auch älter als Papa.«

»Aber doch nur ein halbes Jahr.«

»Denk mal an Onkel Heiner und Tante Claudia – er war über 20 Jahre älter als sie, und trotzdem waren sie ein tolles Paar.« Lena sagte das, obwohl sie genau wusste, dass ihre Mutter es eher bedenklich fand, wenn der Mann jünger war als die Frau.

»Ich meine ja nur.« Ihre Mutter schwieg und wischte zum wiederholten Mal über die Arbeitsfläche, obwohl dort kein einziger Krümel mehr zu sehen war.

»Was ist?«, fragte Lena. Sie hatte bereits gespürt, dass ihrer Mutter noch etwas anderes auf der Seele lag.

»Weißt du das von Monika und Hans?«

Woher wusste ihre Mutter davon? »Hat sie dir was gesagt?«

»Als ob eine von euch mir je irgendetwas sagen würde!« Hertha schüttelte unwillig den Kopf. »Ich bin eure Mutter. Ich merke doch, wenn was ist. Sie ist unglücklich und will nicht darüber reden. Und Hans habe ich seit Wochen nicht mehr gesehen. Nicht mal zu Papas Geburtstag ist er mitgekommen, erinnerst du dich? Und dann eure Lügengeschichte über Monikas angeblichen Heuschnupfen … Da muss man kein Hellseher sein. Hast du mit ihr geredet?«

Lena nickte. »Ich glaube, die beiden brauchen einfach ein bisschen Zeit.«

»Stimmt es, dass er eine andere hat?«

»Woher …?«

Ihre Mutter sah sie ungeduldig an. »Sasel ist ein Dorf, und Hans ist der beste Zahnarzt hier. Du glaubst doch nicht, dass die Leute so was nicht mitkriegen?! Da wird geredet und getratscht. Gestern an der Kasse bei Edeka habe ich mitbekommen, wie eine Kundin zu der anderen sagte, dass man so etwas ja nicht für möglich gehalten hätte bei Monika. Zum Glück kannten die mich nicht.«

»Was?« Lena war entsetzt.

Ihre Mutter nickte traurig. »So wird über meine Tochter geredet.«

»Aber Hans hat sie doch betrogen. Er ist schuld, nicht sie!«

»Glaub mir, schuld sind immer beide. Dann stimmt es also, und du wusstest Bescheid?«

Lena gab es auf, die Dinge zu beschönigen. »Es ist eine alte Schulfreundin von ihm. Du kennst sie – Martina Oehler.«

»Martina? Aber die hat doch damals diesen … diesen … wie hieß er noch, geheiratet.«

»Ja, aber jetzt ist sie geschieden und wieder in Hamburg.«

»Und hatte nichts Besseres zu tun, als es auf Hans abzusehen?«

»Du hast eben selbst gesagt, dass immer zwei dazugehören.«

Den Einwand ließ ihre Mutter nicht gelten. »Und Monika lässt sich das gefallen?« Sie ließ sich auf einen der Küchenstühle fallen.

»Was soll sie denn machen?«

Ihre Mutter seufzte tief.

»Weiß Papa Bescheid?«, fragte Lena vorsichtig.

»Er ahnt was.« Hertha sah sie an. »Und du und dieser Jonas? Das wird doch hoffentlich gut gehen?«

Lena seufzte. Jetzt war nicht der richtige Zeitpunkt, um ihrer Mutter zu erklären, dass ein Leben ohne Jonas ihr im Moment zwar undenkbar vorkam, aber nun wirklich nicht unmöglich war. »Aber sicher, Mama.« Dann stand sie auf und ging ins Wohnzimmer zurück.

Jonas und ihr Vater redeten inzwischen über Autos. Ihr Vater war sichtlich beeindruckt, als Jonas ihm erzählte, dass ihm das große Autohaus in Hamburg gehörte.

Kurz darauf verabschiedeten sie sich. An der Tür hielt ihr Vater Lena zurück. »Ein netter junger Mann …« Er zögerte.

»Aber?«

»Bist du sicher, dass er auch schwierige Zeiten meistern würde? Du weißt doch: in guten wie in schlechten Zeiten. Ich glaube, dann wirst du für ihn mitdenken müssen. Aber das kann keine besser als du.«

Lena musste lächeln. Das war ein wunderschönes Kompliment ihres Vaters. Sie küsste ihn liebevoll auf beide Wangen, wobei sie das vertraute Kratzen seiner Bartstoppeln spürte, und drückte ihn dann noch einmal fest an sich. »Ich pass auf mich auf, versprochen.«

Ihr Vater hielt sie noch einen Augenblick lang fest und sah sie an. »Du und deine Schwester, ihr könnt immer zu uns kommen, wenn was ist. Das wisst ihr doch?«

Lena nickte.

KAPITEL 12

Eine Woche später war endlich der Tag der Vernissage. Lena wachte am Morgen vor lauter Nervosität auf, bevor der Wecker klingelte. Auf diesen Tag kam es schließlich an. Würde alles klappen? Würden auch genügend Leute kommen? Sie sah aus dem Fenster. Das Wetter war schön, und die Sonne schien, das war schon mal ein gutes Zeichen. Oder gingen die Leute lieber in Ausstellungen, wenn es regnete? War der Zeitpunkt der Vernissage, ein Sonnabend um zwölf Uhr, richtig gewählt – oder wäre Freitagabend besser gewesen? Lena wusste es nicht. Sie hatte das Gefühl, gar nichts mehr zu wissen. Diese Ausstellung war ihre erste, und sie hatte sie weitgehend allein konzipiert und umgesetzt. Die Arbeit hatte ihr einen Riesenspaß gemacht, und sie hatte ihr ganzes Können und ihr ganzes Talent hineingesteckt. Wenn sie gut ankam, dann könnte sie vielleicht auf diesem Gebiet weiterarbeiten, sollte ihre Zeit bei Cordes einmal zu Ende gehen. Aber vorher musste sie diesen Tag überstehen!

Schon zwei Stunden vor der Eröffnung kam sie in das Büro in der Speicherstadt. Walter Cordes war noch nicht da, aber Lena war das ganz recht. Sie hängte ihre Jacke auf und ging an den Schaukästen vorbei. Sie wischte hier ein Staubkörnchen fort und rückte dort ein letztes Mal eine Ansichtskarte zurecht. Zum wievielten Mal richtete sie die Stapel mit den Katalogen aus, die zwei Tage zuvor aus der Druckerei gekommen waren? *Grüße aus und nach Deutschland* lautete der Titel. Der Druck war perfekt, die Abbildungen gestochen scharf. Und der Text, den sie geschrieben hatte, gefiel ihr auch immer noch. Alles war vorbereitet. Bis auf eine Sache.

Lena ging an den Tresor und gab die Zahlenkombination ein. Sie öffnete die schwere Tür, zog die Handschuhe an und nahm den Brief heraus, den sie dort am Vorabend heimlich deponiert hatte. Bei dem Gedanken, dass Walter Cordes nichts von dieser Überraschung wusste, überzog ein Lächeln ihr Gesicht. Sie war sicher, ihm damit eine große Freude zu machen.

Es war ein zum Doppelblatt gefalteter, quer beschriebener DIN-A4-Bogen aus dickem elfenbeinfarbenem Büttenpapier. Als Lena ihn aufklappte, sah sie auf der linken Seite die Zeichnung eines Mannes im Profil, gefertigt mit dunkler Tinte. Die Zeichnung war in einem einzigen Strich entstanden, ohne den Stift abzusetzen. Sie war einfach, aber meisterhaft ausgeführt – und sie zeigte unverkennbar Walter Cordes in jungen Jahren. Der Text auf der rechten Seite war eine Liebeserklärung:

Rom, 27. März 1960

Mein geliebter Walter!
Ich bin erst einen Tag von Dir getrennt, und schon vermisse ich Dich, Amore mio. Du weißt doch, dass Du der Mann meines Lebens bist? Rom ist einfach ein Traum, aber wie viel schöner wäre er mit Dir an meiner Seite! Ich muss Dir etwas sagen, etwas sehr Schönes:

An dieser Stelle war die erste Seite vollgeschrieben. Und nur diesen Teil des Briefes sowie die Zeichnung würden die Besucher der Ausstellung zu lesen bekommen. Lena las auf der Rückseite weiter.

Ich bekomme unser Kind. Ich wollte es Dir erst sagen, wenn ich wieder zurück bin, aber ich habe es nicht länger ausgehalten. Ich weiß ja, wie sehr Du Dir wünschst, dass wir endlich eine Familie sind.
Bis bald, ich liebe dich, deine Edith.
PS: Damit ich Dich immer bei mir habe, habe ich Dich gezeichnet, ganz oft, wieder und wieder.

Als ihr der Brief aus einem der Bücher in der Bibliothek ihres Chefs entgegengeflattert war, wollte sie ihn gleich Walter Cordes zeigen. Sie war schon auf dem Weg zu ihm nach unten in die Wohnung gewesen, aber dann war sie stehen geblieben und hatte nachgedacht. Wäre es nicht eine wundervolle Idee, diesen Liebesbrief mit in die Ausstellung zu nehmen? Heimlich, um Cordes zu überraschen? Sie überlegte noch ein paar Tage hin und her, dann hatte sie sich entschieden: Ihr Chef sollte diesen Brief am Eröffnungstag in der Ausstellung vorfinden.

Obwohl sie diese Zeilen schon so oft gelesen hatte, spürte Lena einen Kloß im Hals vor lauter Rührung. Wie sehr mussten die beiden sich geliebt haben. Walter Cordes trauerte bis heute um seine geliebte Frau. Aus dieser kleinen Nachricht sprach so viel Liebe und unbedingte Sehnsucht. Und Hoffnung, denn was war ein Kind anderes als ein Versprechen für die Zukunft?

Die Zeilen warfen aber auch Fragen auf. Was war wohl aus diesem Kind geworden? Ihr Chef hatte keine Familie mehr, das wusste Lena genau. Sonst hätte er sich ja nicht so viele Sorgen gemacht, was nach seinem Tod aus seiner Sammlung werden sollte. Und warum war Edith allein nach Rom gefahren? Was wollte sie dort? Lena hoffte, dass Walter Cordes ihr diese Fragen beantworten würde.

Sie trug das Blatt vorsichtig zu dem letzten der drei Schaukästen hinüber, hob den Glasdeckel an und nahm die Postkarte aus Rom, die von einem Hamburger Senatsmitglied stammte, heraus. An den frei gewordenen Platz legte sie den Liebesbrief von Edith Cordes. Er hatte jetzt seinen Platz neben dem Baedeker Italienführer von 1890. Lena schloss den Glasdeckel wieder und schloss ab; die Postkarte, die sie herausgenommen hatte, legte sie zurück in den Tresor.

Sie sah sich suchend um, aber alles war in bester Ordnung. Gleich würde das Catering-Unternehmen kommen und Getränke und Häppchen liefern. So, jetzt noch ein letzter Blick auf die Gästeliste. Sie hatten ungefähr 100 Leute eingeladen, Antiquare und Auktionatoren aus Hamburg und der näheren Umgebung, Freunde und ehemalige Kollegen von Walter Cordes sowie potenzielle Stifter und Mitarbeiter von Museen und Bibliotheken, dazu Journalisten der Hamburger Zeitungen. Und natürlich hatte Lena ihre Familie und Jonas eingeladen.

Sie sah auf die Uhr. Noch eine Stunde. Im Treppenhaus hörte sie Schritte, das musste der Caterer sein. Vier Studenten, die ihre langen Schürzen schon umgebunden hatten, kamen herein, beladen mit Platten, auf denen Schnittchen arrangiert waren (im Angebot des Caterers hatte es »Canapés« geheißen, aber Walter Cordes hatte darauf bestanden, Schnittchen zu bestellen), Wannen voller Geschirr, Gläser und Flaschen.

Dann ging alles Schlag auf Schlag: Die ersten Gäste kamen, da war Walter Cordes noch gar nicht da. Er war sichtlich bewegt, als er eintraf, schüttelte Hände und nahm Glückwünsche entgegen. Um kurz nach zwölf waren die Räume des Büros heillos überfüllt, was der guten Stimmung aber keinen Abbruch tat. Walter Cordes hielt eine kleine Rede, in der er sich bei Lena für ihre Verdienste für diesen Tag bedankte und erzählte, wie er zum Sammler geworden war. »Sammeln darf man alles«, sagte er und zog mit zittrigen Fingern die Eintrittskarten für die Oper, wo er seine Frau kennengelernt hatte, aus seiner Brieftasche. In dem Augenblick wusste Lena, dass es richtig gewesen war, Ediths Brief aus Rom auszustellen. Walter Cordes hatte ihn noch nicht entdeckt, aber das machte nichts. Edith war an diesem Tag präsent.

»So, und jetzt bitte ich Sie, sich selbst einen Überblick zu verschaffen. Und bitte trinken und essen Sie mit uns!«, beendete Walter Cordes seine kleine Rede.

Unter dem Applaus der Anwesenden verbeugte er sich.

Kurz darauf sah Lena ihn mit ihrem Vater zusammenstehen; sie unterhielten sich angeregt. Lena sah die beiden alten Männer liebevoll an. Sie sind die wichtigsten Männer in meinem Leben, dachte sie. Bis auf Jonas natürlich. Er war zu spät gekommen und hatte die Einführungsrede leider nicht gehört. Dafür stand er jetzt in einem Pulk von Leuten, die er offensichtlich blendend unterhielt. Ihre Mutter stand neben ihm und hatte sich sogar bei ihm untergehakt.

Aber wo war Monika? Bevor Lena sich Gedanken über ihre Schwester machen konnte, sprach sie ein Herr an, der sich als Inhaber eines Auktionshauses in Lüneburg vorstellte. Er wollte wissen, ob sie den Katalog erstellt hatte, und dann fragte er nach ganz speziellen Autografen, die er für vorgemerkte Kunden suchte. Lena machte mit ihm einen Termin für die folgende Woche. Gleich darauf stellte ihr ein Journalist des *Abendblatts* ein paar Fragen zur Ausstellung. Lena hatte genau mit Walter Cordes abgesprochen, was sie sagen wollten: dass ein neues Zuhause für die Sammlung gesucht wurde und dass Interessenten mit ihnen in Kontakt treten sollten.

***

Nach zwei Stunden begann sich die Gästeschar merklich zu lichten. Es war stickig in den Räumen geworden, das Servicepersonal fing an, leere Gläser und Servietten einzusammeln und das Geschirr abzutransportieren.

Ihre Eltern kamen, um sich zu verabschieden. »Das hast du toll gemacht«, sagte ihr Vater mit sichtbarem Stolz. »Jetzt weiß ich endlich, womit du dich den ganzen Tag beschäftigst.«

»Soll ich euch ein Taxi rufen?«, fragte Lena ihn.

»Jonas hat sich bereit erklärt, uns nach Hause zu fahren«, warf ihre Mutter ein.

»Du hast hier ja bestimmt noch zu tun.« Jonas trat auf sie zu und küsste sie auf die Wange. »Tolles Event«, sagte er. »Sehen wir uns nachher bei dir?«

Lena nickte. In ihr keimte der Verdacht, dass er ihre Eltern nur deshalb nach Hause fahren wollte, weil ihm langweilig war. Doch dann sah sie die vorsichtigen Schritte ihres Vaters und schimpfte mit sich selbst: Sie sollte doch froh sein, dass die beiden den besten Chauffeur bekamen, den man sich wünschen konnte!

Schließlich waren nur noch ihr Chef und sie da. Lena war gespannt, wie er auf den Brief seiner Frau reagieren würde.

»Haben Sie meine kleine Änderung bemerkt?«, fragte sie und zeigte auf den Brief in der Vitrine. »Soll ich ihn für Sie herausnehmen?« Sie hatte den Schlüssel schon in der Hand.

Walter Cordes nickte. »Ich habe ihn auf den ersten Blick erkannt. Wo haben Sie den her?«, fragte er bewegt und nahm ihn ihr vorsichtig aus der Hand.

»Er ist einfach aus einem Buch gefallen, als ich bei Ihnen zu Hause die ganzen Regale durchgesehen habe. Sie müssen ihn dort hineingelegt haben.«

»Ich kann mich noch erinnern, wie ich ihn erhalten habe.«

»Edith konnte sehr gut zeichnen. Die Zeichnung ist doch von ihr?«

Er nickte.

Lena sah ihm an, wie erschöpft er war. Sie holte einen Stuhl und schob ihn ihm hin.

»Der Brief geht auf der Rückseite weiter …«

»Ich weiß, was dort steht.« Aber er drehte das Blatt dennoch um und las.

Lena schluckte.

»Sie wollen wissen, was aus der Schwangerschaft geworden ist, aber Sie trauen sich nicht zu fragen.« Cordes sah zu ihr hoch.

»Wenn ich ehrlich bin, ja. Und warum ist Ihre Frau allein nach Rom gefahren? Es waren immerhin die Sechzigerjahre. Da machten Frauen so etwas doch eigentlich nicht.«

»Ihre Schwester lebte dort. Sie hat sie oft besucht und ist dann ein paar Tage oder Wochen bei ihr geblieben. Ihr Italienisch war nicht schlecht.« Lena dachte an die vielen italienischen Bücher in der Villa und verstand nun, warum sie einen festen Platz in der Sammlung des Ehepaars Cordes hatten. »Gloria, so hieß Ediths Schwester, ist aber auch schon lange tot. Es gibt da nur noch einen Neffen, Stefano.«

»Aber dann haben Sie ja doch Verwandtschaft!«, sagte Lena erstaunt.

Walter Cordes schüttelte unwillig den Kopf. »Wir haben schon lange keinen Kontakt mehr. Stefano und ich haben uns nach dem Tod seiner Mutter aus den Augen verloren.«

»Das tut mir leid. Und … die Schwangerschaft?«

Er hob den Kopf und sah sie an, und Lena glaubte, dass seine hellen Augen noch blasser geworden waren. Sie machte sich plötzlich Sorgen um ihn.

»Wir hatten ein paar wundervolle Wochen voller Hoffnung. Und dann hatte Edith eine Fehlgeburt. Ein Jahr später noch eine, und dann haben wir es aufgegeben. Das war das große Drama in ihrem Leben. Dass sie keine Kinder haben konnte.«

»Das tut mir leid«, sagte Lena wieder.

»Das weiß ich. Danke für Ihr Mitgefühl.« Er atmete tief durch; man sah ihm an, wie ihn die Erinnerung mitnahm. »Und danke, dass Sie diesen Brief gefunden haben.«

Auf einmal kam Lena ihre Überraschung nicht mehr so gelungen vor. »Sie sind mir nicht böse?«

»Aber nein. Ich habe mich gefreut. Ich finde ohnehin, dass das ein sehr erfolgreicher Tag war. Ich habe einige Gespräche geführt, die Anlass zur Hoffnung geben.« Bei dem Gedanken belebte er sich sichtbar. Die Farbe kehrte in seine Wangen zurück.

»Mich hat auch jemand angesprochen. Aber ich finde, das besprechen wir alles am Montag. Ich mache dann ein Protokoll, und wir überlegen uns, wie wir weiter vorgehen, damit uns die Interessenten nicht von der Angel gehen.«

»Von der Angel gehen? Sie sind mir eine!« Cordes lachte. »Vielen Dank für alles. Und jetzt lassen Sie uns nach Hause fahren.«

»Ich würde gern noch aufräumen.«

»Nichts da. Jetzt ist Wochenende. Ihr Freund wird sicher schon auf Sie warten. Rufen Sie uns mal ein Taxi. Und holen Sie doch bitte eine Mappe. Ich leihe mir diesen Brief übers Wochenende aus«, er schaute sie schelmisch an, »wenn die gestrenge Kuratorin es erlaubt.«

***

Lena war tief in Gedanken, als sie nach Hause kam. Sie dachte über die Liebe nach. Mit welcher Zärtlichkeit Walter Cordes den Brief in die marmorierte Pappe gelegt und das Band verknotet hatte. Wie er mit den Händen darüber gestrichen und den Hefter dann in seiner Aktentasche verstaut hatte. Die ganze Fahrt über hatte er die Tasche an sein Herz gedrückt. Lena hatte vorgeschlagen, ihn bis in seine Wohnung zu begleiten, aber das lehnte er ab. »Ich möchte jetzt gern allein sein.« Als er ihren forschenden Blick bemerkte, setzte er hinzu: »Nochmals danke. Das haben Sie gut gemacht.«

Während Lena nun die Treppe zu ihrer Wohnung hinaufstieg, spürte sie noch einmal seinen Händedruck. Wofür hatte er sich eigentlich bedankt: für die gelungene Ausstellung … oder für den Brief seiner Frau?

Vom ersten Stock aus sah sie ins Hinterhaus. Wie üblich saß die Frau einsam vor dem Fernseher in dem dunklen Zimmer. Heute waren so schöne Dinge passiert, vielleicht sollte sie einfach mal rübergehen und die Frau schütteln und ihr die Meinung sagen? Dass man sich dem Leben nicht verschließen durfte, dass man bereit sein musste für die kleinen und großen Momente des Glücks, die überall dort draußen warteten?

Als sie ihre Wohnungstür aufschloss, hörte sie zum ersten Mal seit Tagen die bekannte Melodie: Georg Buchmann trieb wieder sein Unwesen … Sie hatte es aufgegeben, sich zu wundern, dass sie ihn hier hören konnte. Dieser Mann musste ein Wunder des Schalls sein. Ohne darüber nachzudenken, blieb sie stehen, um der Musik zu lauschen. Sie hatte sie vermisst, wenn sie ehrlich war. Da, gleich kam wieder diese schöne Stelle … Lena schloss die Augen, um die Melodie besser zu hören. Dann gab sie sich einen Ruck.

Sie verstand diesen Georg einfach nicht. Bei Frau Hansen hatten sie so etwas wie einen magischen Moment gehabt, und dann war Jonas aufgetaucht, und er war wie verwandelt gewesen. Und dann hatte er ihr den Koffer vor der Nase weggeschnappt. Wie konnte ein Mann, der derart schroff und unhöflich war, bloß eine solche Musik komponieren? Und warum hatte sie in der letzten Zeit nichts von ihm gehört? War er verreist gewesen? Womöglich mit dem gelben Koffer, dachte sie bitter. Sie schnaubte. Schluss jetzt mit diesen nutzlosen, bescheuerten Grübeleien!

Das Telefon klingelte. Jonas konnte das nicht sein, der rief sie nur auf dem Handy an. Wahrscheinlich ihre Mutter. Die hatte zwar ein Handy, benutzte es aber nur in Notfällen.

»Hallo?«, rief sie etwas atemlos in den Hörer.

»Ich bin's, Mama. Also, dein Jonas ist wirklich so was von nett. Er hat uns bis nach Hause gefahren, das ist doch ein ziemliches Stück von der Innenstadt hier raus, und dann hat er es sich nicht nehmen lassen, uns bis ins Haus zu begleiten – offiziell, weil er zur Toilette musste, aber ich habe genau gemerkt, dass er mitgekommen ist, um sicherzugehen, dass Papa gut in seinen Ohrensessel kommt. Er ist gerade wieder losgefahren und wollte zu dir. Und Papa und ich, wir sind froh, jetzt ein bisschen ausruhen zu können – das war ja ein ganz schöner Trubel heute bei dir.«

»Wie hat dir denn die Ausstellung gefallen?«

»Oh, die war schön. Ich verstehe ja nicht viel von solchen Dingen, aber die bunten Postkarten haben mir gefallen.« Sie schwieg einen Moment. »Lena?«, sagte sie dann.

»Ja?« Jetzt würde ihre Mutter zum eigentlichen Grund ihres Anrufs kommen.

»Hast du was von Monika gehört? Sie wollte doch kommen.«

Das stimmte. Natürlich war ihr aufgefallen, dass ihre Schwester nicht da gewesen war, aber sie hatte bisher keine Zeit gehabt, sich Gedanken darüber zu machen. »Vielleicht ist ihr was dazwischengekommen«, versuchte sie es. »Hast du schon bei ihr angerufen?«

»Sie geht nicht ans Telefon.«

»Hast du es denn auch auf dem Handy probiert?«

»Ja. Dort geht nur die Mailbox an. Kannst du ihr nicht so eine Dings schicken, eine Nachricht, dass sie sich melden soll?«

»Mach ich.«

»Sagst du mir dann Bescheid? Ich mach mir sonst Sorgen.«

»Versprochen. Tschüss, Mama.«

Lena legte auf und zog erst mal die Jacke aus. Danach holte sie sich ein Glas Wasser; sie war am Verdursten. Als sie das Handy zur Hand nahm, um Monika zu schreiben, sah sie, dass sie eine Nachricht von Jonas bekommen hatte.

Bist du böse, wenn ich nicht mehr komme? Ein Kumpel hat sich gerade angesagt, wir machen einen Männerabend. Hdl

Lena dachte an die Flasche Crémant, die im Kühlschrank darauf wartete, zur Feier des Tages geöffnet zu werden. Aber war sie enttäuscht? Nein. Wenn sie ehrlich war, fühlte sie sich eher erleichtert. Der Tag war anstrengend gewesen, und sie wollte ihn auf dem Sofa liegend noch mal Revue passieren lassen.

Sie schrieb nur zwei Buchstaben zurück. *OK.* Wenn er noch nicht mal Zeit hatte, *Hab dich lieb* auszuschreiben, dann konnte sie ebenso flapsig antworten.

Dann versuchte sie es bei Monika. Zu ihrer großen Überraschung nahm sie sofort ab.

»Ich wollte nicht mit Mama reden«, sagte sie.

Das konnte Lena verstehen.

»Ich bin einfach weggefahren. Ich musste raus.«

»Wo bist du denn?«

»Auf Mallorca.«

»Du bist … wo?«

Lena hörte, wie ihre Schwester am Telefon lachte. »Ich bin einfach zum Flughafen gefahren und habe mir am Last-Minute-Schalter ein Ticket gekauft. So was hab ich in meinem Leben noch nicht getan!«

Lena schüttelte ungläubig den Kopf, wollte sich die Verwunderung aber nicht weiter anmerken lassen. »Und ist es schön da, wo du bist?«

»Super! Schönes Zimmer, Sonne, Strand … und weit und breit kein Hans.« Monika klang ungewöhnlich aufgekratzt.

»Hast du getrunken?«

»Hier stand eine Flasche Sekt als Willkommensgruß auf dem Zimmer.«

»Warum hast du denn nichts gesagt? Ich wäre mitgekommen. Wenn du das gewollt hättest.«

»Echt?«

»Na ja, wir hatten ja heute die Eröffnung der Ausstellung, aber sonst …«

»Ach, verflixt, stimmt ja. Sorry, das habe ich versemmelt. Ich kümmere mich grad nur um mich. Und ganz ehrlich, es tut so wahnsinnig gut, mal für mich zu sein und ein bisschen nachzudenken.«

»Hast du was von Hans gehört?«

Monikas Stimme wurde hart. »Er ruft jeden Tag an, aber ich gehe nicht ran. Ich will einfach nur hier sein und nachdenken. Ich telefoniere ab und zu mit den Kindern. Die kriegen das hin.«

»Wann kommst du wieder?«

»Mein Rückflug geht in zehn Tagen.«

»Darf ich Mama das sagen? Sie macht sich Sorgen.«

»Ich rufe sie gleich an.«

»Versprochen?«

»Versprochen.«

KAPITEL 13

Am Montag kam Walter Cordes nicht ins Büro. Manchmal kam es vor, dass er sich verspätete, aber dann rief er immer an. Erst fiel es Lena gar nicht auf, weil sie so mit dem Aufräumen beschäftigt war, aber als er um zehn immer noch nicht da war, fing sie an, sich Sorgen zu machen. Aber war es nicht übergriffig, dem alten Herrn hinterherzutelefonieren? Lena beschloss, erst einmal die Zeitungen durchzusehen und den kleinen Artikel aus dem *Abendblatt* auszuschneiden, in dem es um die Ausstellung ging. Es war ein netter Artikel, in dem die Rede von einem Schatz war, der zu bergen und hoffentlich demnächst für alle zugänglich sei. Dann verfasste Lena eine Art Protokoll, tippte die Liste der Anwesenden aus dem Gästebuch ab und recherchierte die Namen. Alles nur, um sich abzulenken.

Um elf rief sie schließlich bei Walter Cordes zu Hause an. Niemand nahm ab. Sie versuchte es im Abstand von fünf Minuten immer wieder. War er vielleicht unterwegs und wurde aufgehalten? Warum weigerte er sich auch, ein Handy zu haben? Ihr gingen 100 Möglichkeiten durch den Kopf, was ihm alles zugestoßen sein konnte.

Um zwölf hielt Lena es nicht mehr aus. Sie war überzeugt, dass etwas passiert war. Sie schloss ab und fuhr zu ihm nach Hause.

Bei Cordes angekommen, klingelte sie, aber der Summer ertönte nicht wie üblich. Da wurde die Haustür geöffnet, und die jüngere Frau, die unten im Haus wohnte, stand vor ihr. Lena hatte sie schon ein paar Mal auf der Treppe gegrüßt.

»Sie wollen zu Herrn Cordes?«, fragte die Nachbarin.

»Ja. Er ist heute Morgen nicht ins Büro gekommen. Ich mache mir Sorgen.«

»Es tut mir leid, Herr Cordes ist im Krankenhaus. Er hatte gestern Abend einen Schlaganfall. Ich habe gehört, wie er oben gestürzt ist – zum Glück habe ich einen Schlüssel. Ich bin bei ihm geblieben, bis der Krankenwagen kam.«

Lena sackte das Herz in die Hose. »Welches Krankenhaus?«

»Eppendorf.«

Sie machte auf dem Absatz kehrt, lief auf die Straße und hielt ein vorbeifahrendes Taxi an. Als sie im Auto saß, kroch die Angst in ihr hoch.

Sie hoffte, es ging Walter Cordes gut. Wie konnte das nur passieren? War die Ausstellung zu anstrengend gewesen? Oder war es etwa der Brief seiner Frau, der ihn so aufgewühlt hatte, dass sein Herz nicht mehr mitmachte? Oh Gott, das hieße ja, sie wäre schuld! Lena schluchzte laut auf. Der Taxifahrer sah in den Rückspiegel und fragte, ob alles in Ordnung sei.

»Können Sie schneller fahren?«, bat Lena.

»Wird schon gut gehen«, meinte der Fahrer beruhigend, als sie vor dem Haupteingang des Krankenhauses anhielten. »Ich drücke Ihnen die Daumen.«

Lena tat die Anteilnahme dieses Fremden gut. Sie hastete zur Anmeldung und fragte, auf welcher Station Walter Cordes lag.

Während der Mann hinter der Scheibe in seinem Computer nachsah, flehte Lena im Stillen: Bitte mach, dass er auf einer Station ist. Bitte mach, dass es ihm gut geht. Bitte mach, dass er das hier übersteht und wieder gesund wird, bitte …

»Er ist in der Gefäßmedizin. Station 50, Zimmer 8.«

Lena drehte sich schon weg, um loszulaufen, während sie fragte: »Wo ist das? Wie komme ich dahin?«

»Raus, links und wieder links.«

»Danke.« Damit war sie schon unterwegs.

Vor der Tür mit der Nummer 8 blieb sie schwer atmend stehen. Was würde sie da drin erwarten? Und plötzlich fiel ihr ein, dass Walter außer ihr vielleicht niemanden hatte, der sich um ihn kümmerte. Wenn man im Krankenhaus lag, dann brauchte man doch jemanden, der einen besuchte, der frische Wäsche brachte und so weiter ... Warum hatte sie nicht daran gedacht? Und was war mit dem ganzen Papierkram? Gab es eine Patientenverfügung? Hätte sie vielleicht darauf drängen sollen, dass er eine Pflegeverfügung für sie ausstellte? Warum hatte sie diese Themen eigentlich nie angesprochen und sich immer nur im Stillen über seinen Gesundheitszustand gesorgt?

Die Verantwortung lag schwer auf ihr, als sie die Klinke herunterdrückte.

Lena musste zweimal hinsehen, um den alten Mann zu erkennen. Die Bettdecke hob sich kaum über seinem dünnen Körper, und er hatte das Gesicht von der Tür weggedreht. Sie ging um das Bett herum. Auf dem Nachtschrank stand das Mittagessen, unangerührt. Noch schlimmer war der Anblick seines Armes auf der Bettdecke, die Haut dünn wie Pergament und gelblich; eine dicke Kanüle steckte im Handrücken. Im Ausschnitt des Krankenhaushemds konnte sie ein paar krause graue Haare sehen, was sie unangenehm berührte – sie kannte ihren Chef doch nur mit hochgeschlossenem Kragen und Krawatte, und ganz sicher ohne all die Kabel, die mit einem piependen Apparat verbunden waren.

»Herr Cordes?«, fragte sie leise.

Er reagierte nicht.

Lena wurde fast panisch.

»Herr Cordes?«, fragte sie lauter und berührte seine Hand, wobei sie darauf achtete, nicht an einen der Schläuche oder eins der Kabel zu kommen. »Ich bin es, Lena Ercken. Wie geht es Ihnen?«

Mühsam öffnete er die Augen. Ein winziges Lächeln huschte über sein Gesicht. »Lena, wie schön«, flüsterte er.

Gott sei Dank erkennt er mich, dachte Lena. Es rührte sie, dass er sie beim Vornamen genannt hatte; das tat er sehr selten. Sie zog den Stuhl heran, der am Fenster stand, und setzte sich an sein Bett.

»Was ist denn passiert? Wissen Sie, wo Sie sind?«

Er nickte. »Ich habe ja selbst den Notarzt gerufen, und dann kam auch schon meine Nachbarin von unten. Mir ging es gestern Abend nicht gut. Ein Schwächeanfall.«

Lena atmete erleichtert auf. Wenn er seinen Zustand schon wieder so herunterspielen konnte, ging es ihm sicher schon wieder etwas besser. Auf jeden Fall war er nicht bewusstlos gewesen oder so. »Und wie fühlen Sie sich jetzt?«

Er hatte nur ein klägliches Grinsen. »Geht so.«

»Die Ausstellung war bestimmt zu viel Aufregung für Sie. Und dann auch noch der Brief Ihrer Frau – ich mache mir solche Vorwürfe.«

Der alte Mann ächzte, bevor er mit seiner Hand nach ihrer tastete und sie drückte. »Das dürfen Sie nicht. Sie haben mir eine solche Freude gemacht. Und wenn diese Freude schuld sein sollte, so wäre das in Ordnung.«

Lena konnte nicht verhindern, dass ihr die Tränen in die Augen schossen. Sie wollte aber nicht weinen, um Walter Cordes nicht zu beunruhigen. Also schluckte sie und riss sich zusammen.

»Was kann ich für Sie tun? Wer kümmert sich um Sie?«

»Ich fürchte …« Er schluckte schwer. »Es ist mir unangenehm, Sie damit zu belästigen, aber ich fürchte, das müssen Sie machen.«

Lena nickte.

»Würden Sie bei mir zu Hause vorbeifahren und mir ein paar Sachen bringen? Ich will dieses Totenhemd so schnell wie möglich loswerden. Nehmen Sie ein Taxi auf Firmenkosten.«

»Ist gut. Wo finde ich denn die Sachen?« Die Vorstellung, in seinen Sachen herumzuwühlen, war ihr etwas unangenehm, aber es war das Mindeste, was sie für ihn tun konnte.

»Meine Putzfrau müsste jetzt gerade in der Wohnung sein. Darf ich mal Ihr Telefon benutzen? Dann sag ich ihr Bescheid.«

»Soll ich gleich wählen?«

Er nickte.

Lena gab die Nummer ein und hielt ihm ihr Handy hin. »Ich warte draußen.«

»Ach was! Bleiben Sie hier. Geht ganz schnell.«

Lena stand auf und sah aus dem Fenster. Zum Glück ging das Zimmer auf eine kleine Grünfläche hinaus, um die sich weitere der typischen Backsteinvillen gruppierten, in denen die verschiedenen Stationen des UKE untergebracht waren. Birken und Buchen standen hier, und das leuchtende Grün der Blätter tröstete sie. Sie hörte Spatzen tschilpen. So ein prachtvoller Sommertag, und ihr Chef lag hier im Krankenhaus.

Mit halbem Ohr hörte sie, wie Walter Cordes mit seiner Zugehfrau ein paar Dinge besprach. Dann reichte er ihr das Telefon zurück.

»Frau Schäufele wartet auf Sie. Bringen Sie mir auch das Foto von Edith mit, über das wir neulich gesprochen haben?«

Lena nickte. »Ich mach mich gleich auf den Weg. In spätestens einer Stunde bin ich wieder da.«

Frau Schäufele erwartete sie in heller Aufregung. »Ich hab's scho' g'hört, der arme Herr Cordes hatte ein Schlägle«, sagte sie in schönstem Schwäbisch.

»Ein … was? Ein Schlägle?« Lena sah die Frau ziemlich fassungslos an. Es war ja bekannt, dass die Schwaben gern alles verniedlichten, aber doch keinen Schlaganfall. Der war immerhin lebensbedrohlich!

»I moin a Schlag-an-fall.« Sie sprach das hochdeutsche Wort überdeutlich aus, als wäre es eine Fremdsprache. Was es für sie ja auch war, genau genommen. »Wie goht's em denn?«

»Er macht einen ziemlich schwachen Eindruck. Aber ich habe noch mit keinem Arzt gesprochen. Woher wissen Sie das denn mit dem Schlaganfall?«

»Des hätt die Nachbarin g'sagt. Die vom Erdg'schoss.«

»Haben Sie die Sachen für Herrn Cordes schon eingepackt? Ich fahre gleich zurück ins Krankenhaus.«

Frau Schäufele reichte ihr eine kleine Reisetasche. Lena ging zum Bücherregal hinüber und legte das Foto seiner Frau obendrauf.

»Sagen S' em an liabe Gruß von mir. Von der Frau Schäufele.«

Das Taxi wartete noch vor dem Haus.

»Okay, zurück ins UKE«, sagte Lena zum Fahrer.

Weniger als 40 Minuten später lief sie wieder den Krankenhausflur entlang. Diesmal fiel ihr der typische Geruch auf, der in Krankenhäusern herrschte: nach Desinfektionsmitteln, irgendwie süß, vor allem aber fremd. Auf den wollte sie sich nun jedoch nicht konzentrieren. Lena hatte die Fahrt genutzt, um sich alles in Ruhe durch den Kopf gehen zu lassen, und einen Plan aufgestellt, was nun zu tun war. Sie würde Walter Cordes nicht allein lassen, ganz sicher nicht, und es wäre doch gelacht, wenn sie den alten Herrn nicht in kürzester Zeit wieder auf den Beinen hätte.

Schon vom Ende des langen Flures her sah sie, dass ein Arzt und eine Schwester aus dem Zimmer von Walter Cordes kamen. Die Schwester schloss sehr behutsam die Tür.

»Möchten Sie zu Herrn Cordes?«, fragte die Schwester. »Das geht gerade nicht.«

Lena war sofort alarmiert. »Was ist los?«

»Sind Sie die Tochter?«

Lenas Beunruhigung wuchs.

»Nein, Herr Cordes hat keine Verwandten. Ich arbeite für ihn. Ich will ihm seine Sachen bringen. Er mag das Krankenhaushemd nicht besonders …« Sie hielt die Tasche hoch und wollte immer weiterreden, denn sie hatte im betroffenen Gesichtsausdruck der Schwester gesehen, dass es schlechte Nachrichten gab. Aber solange sie selbst redete, konnte die Schwester nichts sagen. Schließlich musste sie doch verstummen.

»Es tut mir leid, Herr Cordes hatte einen weiteren Schlaganfall. Er hat ihn nicht überlebt.«

»Aber … Was? Ich war doch vor einer guten halben Stunde noch bei ihm. Er hat mir gesagt, was ich ihm bringen soll. Ich bin extra zu ihm nach Hause gefahren.« Lena merkte, wie ihr die Tränen kamen. Walter Cordes war tot? Einfach so? So schnell hatte der Tod zugeschlagen?

Sie stand auf dem Krankenhausflur, völlig erschlafft, die Tasche war zu ihren Füßen auf den Boden geglitten.

Die Schwester berührte sie am Arm. »Es tut mir leid«, sagte sie.

»Hat er … gelitten?«, fragte Lena tonlos.

»Ich glaube nicht. Ich habe routinemäßig nach ihm gesehen, und er hat nicht mehr geatmet. Ich dachte erst, er würde schlafen.«

»Als ich vorhin bei ihm war, da ging es ihm einigermaßen. Er war zwar müde, aber er hat sogar einen kleinen Witz gemacht.«

»Wollen Sie zu ihm gehen?«, fragte die Schwester. »Um sich zu verabschieden?«

Lena folgte ihr auf wackeligen Beinen in das Zimmer. Alles sah genauso aus wie vorher, nur das Fenster war weit geöffnet. Und Walter Cordes lebte nicht mehr.

Er lag auf dem Rücken, die Hände über der Brust gefaltet. Neben ihm auf dem Nachtschrank stand eine winzige Blumenvase mit einer Rose. Sie trat an das Bett heran und berührte seine Hand. Sie hielt stumme Zwiesprache mit ihm, dann nahm sie das Foto seiner Frau aus dem Rahmen und legte es ihm auf die Brust. Die kleine Geste tröstete sie. »Passen Sie gut auf ihn auf, Edith«, flüsterte sie.

***

Als Lena später allein in ihre Wohnung kam, ließ sie ihren Tränen freien Lauf. Jetzt erst wurde ihr bewusst, dass sie nie wieder mit Walter Cordes reden würde. Sie rief Jonas an und bat ihn zu kommen.

»Jetzt? Sei mir nicht böse, aber ich kann hier gerade nicht weg«, entschuldigte er sich. Dann stutzte er. »Hast du was? Ist irgendetwas passiert?«

»Walter Cordes ist tot«, sagte sie tonlos.

»Ich bin sofort bei dir.«

Und tatsächlich: In weniger als einer halben Stunde war er bei ihr, nahm sie in die Arme, kochte ihr einen Kaffee und ließ sie an seiner Brust weinen, während er ihr sanft über den Rücken streichelte. Lena hatte nicht gedacht, dass er so fürsorglich sein konnte, und fühlte sich getröstet.

In den folgenden Tagen hatte sie sehr viele Dinge zu erledigen. An den Nachmittagen war sie im Büro; die Ausstellung sollte unbedingt geöffnet bleiben, das hätte Walter Cordes so gewollt, und das war sie ihm schuldig. An den Vormittagen organisierte sie alles, was nach seinem Tod zu erledigen war. Lena wusste kaum, wo ihr der Kopf stand. Sie hatte ja keine

Ahnung gehabt, was es bei einer Beerdigung alles zu bedenken gab. Noch am Tag von Walter Cordes' Tod hatte sich sein Notar, Herr Fahlbusch, bei ihr gemeldet, um sie zu bitten, ihm bei den Dingen behilflich zu sein, die getan werden mussten.

Als Erstes suchten sie ein Bestattungsunternehmen auf, um die Trauerfeier, den Sarg, Blumenschmuck und alles Weitere auszusuchen. Mit Tränen in den Augen ging Lena mit Herrn Fahlbusch die Liste der Gäste der Vernissage durch, um ihnen eine Traueranzeige zu schicken.

»Fällt Ihnen sonst noch jemand ein?«, fragte der Notar. Sie saßen im Büro in der Speicherstadt zusammen.

Lena überlegte. »Ich habe eine Liste mit all den Sammlern und Händlern, mit denen er rege korrespondiert hat, dann die Putzfrau, die Nachbarn von unten aus dem Haus ... Er hatte einen Neffen in Italien, aber ich kenne weder seinen Namen, noch weiß ich, wo er wohnen könnte. Und ... Und vielleicht der Vermieter?« Sie sah sich um und dabei fiel ihr ein, dass sich auch darum jemand würde kümmern müssen. Was würde überhaupt aus dem Büro werden? Und aus der Villa? Beinahe stündlich fielen ihr weitere Dinge ein, die erledigt werden mussten. Und über alldem schwebte die Frage: Hätte Walter Cordes das so gewollt?

»Sie können da gar nichts machen«, sagte der Notar, als sie ihm diese Fragen stellte. »Und ich auch nicht. Wir müssen abwarten, was im Testament steht. Alles andere ist dann Sache der Erben. Aber es wäre gut, wenn Sie alles aufschreiben, was Ihnen einfällt.«

Lena nickte traurig.

»Mir wird diese Arbeit fehlen«, sagte sie.

»Vielleicht führt der Erbe die Sammlung weiter.«

Lena sah ihn an. »Der Erbe?«

»Ich darf Ihnen das eigentlich nicht sagen, bevor das Testament eröffnet ist. Aber nur unter uns: Ich nehme an, dass der

Neffe aus Rom Haupterbe ist. Walter hat ihn schon vor vielen Jahren eingesetzt. Vor seinem Tod …«, er verstummte kurz, »vor ein paar Monaten haben wir darüber gesprochen, das Testament zu ändern, weil er keinen Kontakt mehr zu ihm hatte. Aber der Tod ist ihm zuvorgekommen.«

Lena schluckte. »Er hat in der letzten Zeit manchmal Bemerkungen gemacht. Dass er nicht mehr viel Zeit hätte … Kommt der Neffe denn zur Beerdigung?«

Herr Fahlbusch nickte. »Er ist immerhin der Erbe. Soweit ich weiß«, korrigierte er sich rasch. »Wir werden das Testament gemeinsam öffnen. Es liegt bei mir in der Kanzlei.«

»Kennen Sie ihn? Ich glaube, Herr Cordes hatte kein besonders enges Verhältnis zu ihm.«

»Ich habe ihn einmal getroffen, bei der Beerdigung von Frau Cordes.« Der Notar sah nicht so aus, als wollte er weiter über ihn sprechen.

Lena sah sich um. Ihr Blick fiel auf die Glaskästen mit der Ausstellung. »Was wird denn jetzt aus alldem?«, fragte sie.

»Warten wir ab, was der zukünftige Besitzer damit vorhat.« Er hüstelte. »Die naheliegendere Frage scheint mir aber doch zu sein: Was wird denn jetzt aus Ihnen? Ich bin sicher, dass Sie noch ein paar Wochen bleiben können, um hier alles aufzulösen. Sie sind die Einzige, die sich hier auskennt, jetzt, wo Herr Cordes nicht mehr da ist. Aber dann?«

Daran hatte Lena auch schon gedacht. Sie hatte keinen Job mehr. Gleichzeitig mit Walter Cordes hatte sie den schönsten Job verloren, den sie je gehabt hatte.

Jonas, mit dem sie über ihre Befürchtungen gesprochen hatte, wollte sie beruhigen. »Wir kommen schon klar. Du kannst doch gut mit Sprache. Niklas und ich könnten jemanden brauchen, der unsere Pressearbeit auf Vordermann bringt.«

Lena hatte ihn zweifelnd angesehen. Von Autografen, die den Hauch der Geschichte atmeten, zu Automobilen? Das konnte sie sich nur schwer vorstellen. Außerdem glaubte sie nicht, dass es eine gute Idee war, mit Jonas zusammenzuarbeiten. Und wenn sie ganz ehrlich mit sich war, hatte sie dazu auch gar keine Lust.

***

Die Beerdigung war am Sonnabend. In der kleinen Kapelle auf dem Ohlsdorfer Friedhof hatten sich ungefähr 40 Trauergäste eingefunden. Die Orgel spielte, während alle sich einen Platz suchten. Lena nickte ein paar Leuten zu, die sie von der Vernissage her kannte. Frau Schäufele kam und sah sich unsicher um, dann setzte sie sich auf die andere Seite des Ganges. In der ersten Reihe, neben Herrn Fahlbusch, saß ein junger Mann, der Lena an Jonas erinnerte: gut sitzender Anzug, weltmännisch, selbstsicher. Er hatte ein Bein über das andere geschlagen und zupfte den Ärmel seines Hemdes unter dem Sakko hervor. Das musste dieser Stefano sein, Cordes' Neffe. Lena schätzte ihn auf Ende 30. Sie hatte irgendwie erwartet, dass er sich bei ihr melden würde, aber das hatte er bisher nicht getan. Sie überlegte, zu ihm zu gehen, aber sein mürrischer Gesichtsausdruck hielt sie davon ab.

Lena sah lieber auf das Foto, das neben dem Sarg stand. Es zeigte Walter Cordes im dunklen Anzug und mit Fliege. Ein würdevoller alter Mann. Ihr wurde klar, dass sie ihn nie wieder sehen würde, ihm nie wieder am Schreibtisch gegenübersitzen, mit ihm diskutieren und lachen oder gemeinsam eine Suppe essen würde. Sie fühlte sich mutterseelenallein. Sie hätte gern jemanden an ihrer Seite gehabt. Niemand sollte allein auf eine Beerdigung gehen. Sie war ganz selbstverständlich davon ausgegangen, dass Jonas mitkommen würde, aber er hatte heute Morgen im letzten Moment einen Rückzieher gemacht. Lena hatte schon die Wohnungsschlüssel in der Hand und wollte aufbrechen.

»Beerdigungen sind einfach nichts für mich«, sagte er.

»Nein? Ich geh wahnsinnig gern hin«, gab Lena giftig zurück.

»Er war doch schließlich nur dein Chef.«

Sein mangelndes Mitgefühl traf sie tief. Als hätte er ihr ins Herz geschnitten. Hatte Jonas überhaupt einmal zugehört, wenn sie von ihrer Arbeit erzählt hatte? Hatte er eine Ahnung, was sie fühlte, was in ihrem Leben wichtig war?

»Nein«, sagte sie steif, »Herr Cordes war viel mehr. Er war ein liebenswürdiger Mann, der eine echte Leidenschaft hatte. Er war tolerant, belesen und gütig. Und er wusste, was Liebe ist.« Den letzten Satz schoss sie wütend heraus.

Er hielt die Luft an. »Was willst du damit sagen? Dass ich das nicht weiß?«

Lena antwortete nicht. Weil sie sich im Moment nicht sicher war.

»Ich geh dann besser«, sagte Jonas wütend und drängelte sich an ihr vorbei zur Tür.

Lena überlegte, ob sie etwas sagen, ihn zurückrufen oder ihm nachgehen sollte, doch da fiel die Tür bereits krachend hinter ihm ins Schloss.

Und so war sie allein zum Friedhof gefahren.

In der Erinnerung an diesen Streit schloss Lena resigniert die Augen.

Die Orgel setzte ein, das *Ave Maria* erklang. Die Trauerfeier fing an, und Lena konzentrierte sich. Der Pfarrer erzählte aus dem Leben von Walter Cordes und erwähnte seine beiden großen Lieben: seine Frau Edith und seine Sammlung. »Es bleibt zu hoffen, dass diese Sammlung im Sinne des Verstorbenen weitergeführt wird und eine gute Heimat findet.« Lena sah zu dem Neffen hinüber, um zu sehen, wie er auf diese Worte reagierte. Er saß unbewegt da. Der Pfarrer hatte seine Trauerrede beendet, die Orgel setzte wieder ein, und die Trauergemeinde erhob sich und folgte dem Sarg.

Als eine der Ersten trat Lena vor das offene Grab und warf eine Handvoll Erde auf den Sarg. Auf dem Grabstein standen der Name und das Todesdatum von Edith Cordes; es war der 6. Juli vor zehn Jahren. Walter Cordes war fast auf den Tag eine Dekade nach ihr gestorben. Der Gedanke ließ sie aufschluchzen.

Sie war mit Herrn Fahlbusch auf dem Weg zum Ausgang, als sie hinter sich jemand ihren Namen rufen hörte. Sie drehte sich um und sah den Neffen mit lässigen Schritten auf sich zukommen.

Er hielt ihr die Hand hin. »Sie sind Frau Ercken? Mein Name ist Stefano Montalbano.«

Lena nickte. »Mein Beileid.«

Er sah sie aus leicht zusammengekniffenen Augen an, so als würde er ihre Bemerkung für eine Floskel halten. Er selbst schien jedenfalls nicht besonders intensiv um seinen Onkel zu trauern.

Ich mag ihn nicht, dachte Lena. Er ist kalt wie ein Fisch.

»Ich würde gern morgen ins Büro kommen und mir alles ansehen.« Das war keine Frage, sondern eine Feststellung. »Sie werden dort sein und mir alles zeigen?«

»Kommen Sie denn nicht mit zum Kaffeetrinken?«, fragte Lena. Sie hatte einen Raum in einem Lokal gemietet, wo sich die Trauergäste stärken und Erinnerungen an den Toten austauschen konnten.

»Nein.« Keine weitere Erklärung, warum der einzige lebende Verwandte des Verstorbenen nicht mit zum Trauerschmaus ging. Er wartete immer noch auf ihre Antwort.

Lena dachte daran, dass morgen Sonntag war. Aber dies war wohl eine Ausnahmesituation. »Selbstverständlich. Um zehn?«

»Abgemacht.«

Ohne ein weiteres Wort wandte er sich um und ging davon. Herr Fahlbusch zuckte nur bedeutsam mit den Schultern.

***

Als Lena nach der Beerdigung allein in ihre Wohnung kam, fiel ihr die Decke auf den Kopf. Sie zog Mantel und Schuhe aus und öffnete den Brief der Hausverwaltung, der im Briefkasten gelegen hatte. Eine Mieterhöhung, wie sie befürchtet hatte. Und nicht zu knapp. Unruhig ging sie von Zimmer zu Zimmer, sah aus dem Fenster und wusste nicht, was sie mit sich anfangen sollte. Die Anspannung der letzten Woche fiel von ihr ab. Jetzt fühlte sie sich nur noch traurig und leer.

Ihr Chef war tot, sie hatte bald keine Arbeit mehr, die Ehe ihrer Schwester stand auf dem Spiel, ihre Mutter lag ihr mit ihren Sorgen in den Ohren. Und sie selbst war über 40 und musste sich die Frage stellen, was in ihrem Leben wohl noch groß passieren würde. Sie legte Musik auf, um sich zu trösten. Bei den ersten Tönen von Leonard Cohens *Bird on the Wire* kamen ihr die Tränen.

Jonas hatte sie zum ersten Mal im Stich gelassen. Keine vergessene Verabredung, keine kleine Notlüge, um ein heikles Thema zu umschiffen – er hatte sie allein auf die Beerdigung gehen lassen. War das ein Zeichen? Sie hatte sich mit ihm eingelassen, um seine Schwächen wissend … aber jetzt war sie unsicher, wie das mit ihm weitergehen sollte. Sollte sie sich mit ihm versöhnen oder nicht? Er hatte sie an diesem Morgen tief verletzt. Aber sie hatten auch sehr schöne Momente gehabt. Passten sie tatsächlich zusammen? Vielleicht sollte sie sich diese Frage nicht gerade jetzt stellen; im Moment war sie einfach nur wütend auf ihn und enttäuscht.

Sie stellte die Musik lauter und sang mit. Den Text der meisten Cohen-Songs kannte sie schon seit Jahrzehnten auswendig. Im letzten Jahr war er gestorben, schon wieder einer, der nicht mehr da war … Der Gedanke trieb ihr weitere Tränen in die Augen. Sie machte keinen Versuch, sie aufzuhalten. Es tat gut, alles herauszulassen. Es tat gut zu fühlen. Die Musik ließ ihre Emotionen hochkommen. Sie machte etwas mit ihr, berührte ihr Innerstes wie nichts anderes. Und Lena wollte berührt werden. Sie wollte fühlen, auch wenn es wehtat. Dann blieb sie mitten in ihrer Tanzbewegung stehen, als wäre ein Film gerissen, und ein Still würde auf der Leinwand stehen.

Verdammt.

Warum schlich sich dieser Gedanke gerade jetzt bei ihr ein?

Aber es war so: Georg Buchmann machte genau die Art Musik, die sie berührte und ihr Herz ansprach. Sie machte ein paar weitere Tanzschritte, dann blieb sie wieder stehen. Und was bedeutete das jetzt? Vielleicht, dass dieser Mann, der über seine Musik einen Zugang zu ihr hatte, sie auch als Mann berühren konnte? Leider würde sie das nie herausfinden können, denn Georg Buchmann hatte ihr deutlich zu verstehen gegeben, dass ihm nichts an ihr lag.

Sie stellte die Musik aus, um zu hören, ob er eventuell gerade am Klavier saß. Aber alles war still. Sie sah auf die Uhr – es war kurz vor Mitternacht. Sie legte sich ins Bett, obwohl sie wusste, dass sie nicht würde schlafen können.

KAPITEL 14

Lena hatte ein komisches Gefühl, als sie zu dem Treffen mit Stefano Montalbano ins Büro fuhr. Sie hatte sehr unruhig geschlafen, der Streit mit Jonas steckte ihr in den Knochen. In der U-Bahn versuchte sie, ihn anzurufen. »Hier ist Jonas Hegemann. Ich bin zurzeit nicht erreichbar. Bitte hinterlassen Sie mir eine Nachricht.« Sie versuchte es noch zweimal, vielleicht war er gerade unter der Dusche. Aber sie hatte immer nur die Mailbox dran. Mist. Sie hätte gern die Sache mit ihm bereinigt, um einen klaren Kopf zu haben, bevor sie gleich mit dem Neffen von Herrn Cordes zusammentraf. Was wollte er wohl von ihr? Und wie würde es mit der Sammlung weitergehen?

Sie war tief in Gedanken versunken, als sie die Niederbaumbrücke überquerte, und warf nur einen zerstreuten Blick auf den Hafen, obwohl heute wirklich etwas geboten wurde: Vor einem knallblauen Sommerhimmel lief gerade die *Queen Mary* ein. Schneeweiß und imposant wie ein Hochhaus ließ sich das Kreuzfahrtschiff von ein paar Schleppern unter ohrenbetäubendem Tuten an den Liegeplatz ziehen. In diesem Augenblick erreichte es die Elbphilharmonie. Überall standen die Menschen und beobachteten das Schauspiel.

Sonst stellte Lena sich immer gern vor, mit einem dieser Ozeanriesen über den Atlantik zu fahren wie die früheren Auswanderer, die vor über 100 Jahren zu Hunderttausenden von Hamburg aus diese Reise in ein neues Leben gewagt hatten. In den Archiven von Walter Cordes gab es auch einige

Briefe, die an Bord dieser Schiffe an die Zurückgebliebenen in der Heimat geschrieben worden waren. Briefe voller Hoffnungen auf einen Neuanfang in Amerika, aber auch getränkt von Abschiedsschmerz und herzzerreißender Verzweiflung, weil eine Zukunft in der alten Heimat unmöglich war.

Für all das hatte Lena heute jedoch keinen Sinn. Sie hatte ein ungutes Gefühl, was das Treffen mit diesem Stefano Montalbano anging, und hatte es plötzlich sehr eilig, im Büro nach dem Rechten zu sehen. Sie hatte die Befürchtung, dass sie sich nicht besonders gut mit ihm verstehen würde. Diese Arroganz, mit der er sie auf dem Friedhof behandelt hatte! Und er trauerte kein bisschen um seinen Onkel. Das machte sie misstrauisch.

Die anderen Büros waren nicht besetzt, immerhin war ja Sonntag. Als sie den Schlüssel zum Büro aus der Tasche nahm, fiel ihr Blick auf ihre Hand. Der Ringfinger war leer. Sie hatte heute Morgen Jonas' Ring nicht aufgesetzt.

Sie wollte den Schlüssel ins Schloss stecken, doch die Tür war bereits offen. Einen winzigen Moment lang durchzuckte der Gedanke ihr Gehirn, dass es Walter Cordes war, dass alles nur ein großes Missverständnis gewesen war und er wie immer auf sie wartete. Dann erkannte sie ihren Irrtum. Sie schloss ganz fest die Augen, um zu verhindern, dass ihr die Tränen kamen. Dann stieß sie vorsichtig die Tür auf.

»Hallo?«, rief sie.

Niemand antwortete.

»Hallo?« Sie versuchte es noch einmal, jetzt klang ihre Stimme fester.

»Ich bin hier.«

Das war die Stimme des Neffen, sie erkannte den Akzent wieder. Keine Einbrecher. Erleichtert trat Lena ein, obwohl sie sich auch wunderte; warum hatte man ihm den Schlüssel schon überreicht?

Stefano Montalbano war im Ausstellungsraum und beugte sich gerade über die Vitrinen. Er trug eine Lederjacke, die so weich wie Samt aussah, eine perfekt sitzende Jeans und dazu Schuhe, die ebenso teuer aussahen wie der Rest seiner Kleidung.

»Guten Morgen. Sie sind schon da?« Lena sah auf die Uhr und stellte erleichtert fest, dass sie pünktlich war. Er war zu früh. »Wie sind Sie denn hereingekommen? Haben Sie einen Schlüssel?«

Sie hatte das einfach so gefragt, aber an seinem Blick sah sie, dass sie das wohl nichts anging. Und auf Small Talk hatte dieser Mann auch keine Lust. Unwillig sagte er: »Ich bin der Neffe«, als würde das alles erklären. »Ich will den Inhalt des Tresors sehen. Wenn Sie den bitte öffnen würden. Und ich nehme an, dort liegen auch die Schlüssel für die Vitrinen?«

»Aber …«

Wieder bedachte er sie mit einem Blick, der einen zu Eis erstarren lassen konnte.

Lena überlegte fieberhaft, was sie tun sollte. Durfte sie den Tresor einfach öffnen? Sie wusste doch gar nicht, was ihr Chef in seinem Testament geschrieben hatte. Sie versuchte, Zeit zu gewinnen.

»Einen Augenblick, bitte. Ich ziehe nur schnell die Jacke aus. Und wie wäre es mit einem Kaffee?«

»Nein, keinen Kaffee.«

»Wie kommt es eigentlich, dass Sie so gut Deutsch sprechen?«

Er seufzte. »Ich spreche Deutsch, weil meine Mutter Deutsche war. Und jetzt bitte keine unnötigen Fragen mehr. Der Tresor, bitte.«

»Sofort. Wie gesagt, meine Jacke …« Lena ging nach vorn zur Garderobe. Noch im Gehen zog sie ihr Handy aus der Tasche und wählte die Nummer von Herrn Fahlbusch. Bitte geh ran!, flehte sie innerlich.

»Fahlbusch.«

Lena war erleichtert, die Stimme des Notars zu hören.

»Herr Fahlbusch, hier ist Lena Ercken«, flüsterte sie. »Wie gut, dass ich Sie erreiche. Ich bin im Büro von Herrn Cordes, und dieser Neffe ist hier und will, dass ich den Tresor aufmache …«

Sie hörte, wie der Notar am anderen Ende der Leitung tief durchatmete.

»Ich habe nur gedacht, ich weiß doch gar nicht, was der Letzte Wille von Herrn Cordes war …«

»Ich befürchte, Sie müssen Herrn Montalbano Zugriff gewähren.«

Zugriff gewähren? Was sollte das denn heißen? Wieso verschanzte er sich hinter dieser Formulierung?

»Was heißt das denn genau?«

Noch einmal seufzte der Notar. »Wir haben gestern nach der Beerdigung das Testament eröffnet, weil Herr Montalbano möglichst rasch wieder nach Hause möchte. Er ist Haupterbe. Obwohl es einige Einschränkungen bezüglich der Sammlung gibt. Das kann ich Ihnen aber jetzt nicht in allen Einzelheiten erklären.«

Verflixt, konnte dieser Notar sich nicht ein bisschen genauer ausdrücken? »Aber was soll ich denn jetzt machen?«

»Frau Ercken?« Das war die ungeduldige Stimme von Stefano Montalbano.

»Herr Fahlbusch?«, fragte Lena hastig.

»Tun Sie vorerst, was er von Ihnen verlangt. Vielleicht will er sich nur einen Überblick verschaffen. Ich komme, so schnell ich kann.«

»Warten Sie …«

Aber der Notar hatte schon aufgelegt.

Lena ging zurück in das Büro.

»Darf ich Sie jetzt bitten?« Aus Stefanos Stimme war jetzt

auch der letzte Rest Verbindlichkeit gewichen. Das war ein Befehl.

»Selbstverständlich.« Lena versuchte, ihre Stimme so normal wie möglich klingen zu lassen. »Wie gefällt Ihnen denn Hamburg?«, fragte sie, um Zeit zu schinden und Herrn Fahlbusch zu ermöglichen, doch noch rechtzeitig einzutreffen.

»Frau Ercken. Der Tresor!«

Lena spürte, wie die Nervosität ihr zwischen den Schulterblättern in den Nacken kroch. Sie beugte sich zum Zahlenschloss des Stahlschranks hinunter. Dabei spürte sie Stefanos Blicke auf sich. Der versuchte doch glatt, die Kombination mitzulesen! Das würde sie nicht zulassen.

»Verzeihung?« Sie sah ihn durchdringend an, obwohl sie spürte, wie sich Schweiß unter ihren Achseln bildete. Vor diesem Mann konnte man ja Angst bekommen! Dennoch wartete sie, bis er den Blick abwandte. Sie stellte sich zwischen ihn und den Drehknopf. Es war ihr egal, ob er ihr Manöver durchschaute und das als unhöflich empfand oder nicht, aber sie wollte nicht, dass er ihr auf die Finger schauen konnte.

35 rechts – 78 links – 29 rechts – 67 links. Lena arretierte den Drehknopf an den richtigen Stellen und öffnete die fast mannshohe Tür.

»Danke«, sagte er und stellte sich neben sie. »Was sind denn die wertvollsten Stücke?«

Das würde sie ihm auf keinen Fall erzählen. »Oh, das kann ich Ihnen nicht sagen. Ich arbeite noch nicht so lange für Herrn Cordes.«

»Netter Versuch. Aber reden Sie keinen Unsinn.« Er schob sie einfach zur Seite und begann, einzelne Unterlagen aus den Fächern zu nehmen und sie durchzublättern. Als er den kleinen Matisse sah, der durch die Signatur auch für Laien zu erkennen war, pfiff er durch die Zähne.

»Das war eines der Lieblingsstücke von Herrn Cordes. Er hat immer gesagt, dass er sich nie davon trennen würde.«

»Nun, jetzt ist er ja tot.« Er drehte sich betont langsam zu ihr herum. »Haben Sie nichts zu tun?«

»An einem Sonntag nicht«, schoss sie zurück.

Lena ging zu ihrem Schreibtisch hinüber und setzte sich. Sie würde ihn keine Sekunde aus den Augen lassen.

Fassungslos sah sie zu, wie er den Matisse achtlos auf den Tisch fallen ließ und sich den nächsten Stapel vornahm.

»Was haben Sie denn damit vor? Ich glaube nicht, dass Sie die Sachen einfach mitnehmen dürfen.«

Er sah nicht einmal auf. »Und wieso nicht? Ich habe das alles hier geerbt.«

Lena holte tief Luft, bevor sie fragte: »Darf ich dann einen Erbschein sehen? Und selbst wenn, soweit ich weiß, wollte Herr Cordes seine Sammlung als Ganzes an ein Museum geben. Das ist doch sicherlich im Testament geregelt. Vielleicht warten wir ab, bis Herr Fahlbusch, der Notar …«

Montalbano fuhr herum. »Bis er was?«

»Na ja, er wollte vorbeikommen.«

Er sah sie mit einem hasserfüllten Blick an, und jetzt bekam Lena es wirklich mit der Angst zu tun. Wenn dieser Mann skrupellos genug war, um zu stehlen, dann würde er vielleicht auch handgreiflich werden.

»Ich weiß nicht, was Sie das angeht!«, zischte er. »Warum mischen Sie sich da ein?«

Sie hatte also recht gehabt. Es schien ganz so, als wäre der saubere Neffe im Begriff, sich die wertvollsten Stücke an Ort und Stelle unter den Nagel zu reißen. Wahrscheinlich würde er sie sofort meistbietend verscherbeln.

»Hören Sie«, begann sie. »Ihr Onkel hat sein Leben damit zugebracht, diese Sammlung zusammenzutragen. Er hat sich nie von einem Stück getrennt. Er hing an jedem einzelnen. Besonders an dem Matisse, der ihn an seine Frau erinnert hat, Ihre Tante, die Schwester Ihrer Mutter … Sie dürfen da nicht einfach einzelne Stücke entfernen!«

Stefano drehte sich zu ihr herum: »Und warum darf ich das nicht?«

»Weil … Weil es darum geht, ein Vermächtnis zu erhalten, einen Toten zu ehren. Es war sein Wunsch … sein Wille, die Sammlung öffentlich zugänglich zu machen. Mein Gott, er ist doch gerade erst beerdigt worden!«

Er lächelte zynisch. »Tut mir leid, für solche Sentimentalitäten habe ich keine Zeit. Mein Verhältnis zu meinem Onkel war nicht besonders gut.«

Er nahm eine der Mappen aus dem Tresor und legte die Papiere hinein, die er mitnehmen wollte: den Matisse, einen Brief von Grass, eine Partitur mit handschriftlichen Anmerkungen von Gustav Mahler aus seiner Zeit als Kapellmeister in Hamburg, die sie an dem dunkel marmorierten Umschlag erkannte … Der Stapel wurde immer höher, er nahm zwei weitere Mappen und immer mehr Dinge aus dem Tresor. Sie konnte nicht jedes Stück erkennen, manchmal nahm er auch ganze Mappen mit.

»Lassen Sie mich wenigstens sehen, was Sie an sich nehmen.«

Stefano sah sie ausdruckslos an. »Warum sollte ich? Das geht Sie nichts an.«

Lena war fassungslos. An diesem Mann prallte alles ab. Er war eiskalt. »Aber es geht doch um die Sammlung. Ich muss wenigstens wissen, was alles nicht mehr da ist, um es aus dem Katalog auszutragen.«

»Warum?«, fragte er betont gleichgültig, ohne sich die Mühe zu machen, sie dabei anzusehen, während er weiter im Tresor wühlte.

Jetzt war für Lena die Zeit für Höflichkeiten vorbei. »Waren Sie etwa auch schon in seiner Wohnung und haben sich dort bedient?«

»Auch das geht Sie überhaupt nichts an.«

Mit anderen Worten: ja.

Er drehte sich zu ihr herum. In seinen Augen las Lena pure Bosheit. »Woher soll ich eigentlich wissen, dass Sie nicht schon hier waren und sich bedient haben?« Er sah sie drohend an.

Lena schnappte nach Luft. »Wie können Sie es wagen!«

Stefano warf einen Blick auf seine Uhr, die bestimmt ein kleines Vermögen gekostet hatte. Dann sah er Lena an. »Sie können dann Ihre Sachen packen«, beschied er ihr von oben herab. »Sie dürfen natürlich auch noch bleiben, wenn Sie wollen, um das«, er machte Anführungszeichen in der Luft, »›Vermächtnis meines Onkels‹ zu bewahren. Ich werde Sie allerdings nicht dafür bezahlen. Vielleicht tut er das ja aus dem Jenseits.« Damit begann er, die prall gefüllten Mappen in eine große Aktentasche zu stopfen.

»Seien Sie vorsichtig! Die Sachen sind extrem empfindlich. Und wenn ein Blatt eingerissen oder geknickt ist, ist es nur noch die Hälfte wert«, rief Lena.

Stefano würdigte sie keiner Antwort. »Die Schlüssel zu den Vitrinen, nehme ich an?«, fragte er und hielt einen Bund Schlüssel in die Höhe.

Lena nickte. Was hätte sie sonst tun sollen?

Er öffnete die drei Deckel und nahm gezielt Exponate heraus, die er wohl schon vorher ausgesucht hatte, und packte sie zu den anderen in seine Tasche. Dann wandte er sich zum Gehen.

»Sie sind ein Monstrum«, rief Lena ihm nach.

Kaum war er weg, stürzte sie zu den Ausstellungsvitrinen. Auch hier hatte er die besten Stücke mitgenommen, unter anderem die von Marlene Dietrich und Hans Albers. Der Brief von Edith Cordes lag aber noch an seinem Platz. Kein Wunder, der hatte ja auch nur sentimentalen Wert und ließ sich nicht zu

Geld machen. Lena hatte den Brief nach Walter Cordes' Tod in seiner Wohnung gefunden und ihn zurückgelegt.

»So ein verdammter Mistkerl!«, rief sie in ohnmächtiger Wut aus. Dann ließ sie sich auf einen Stuhl fallen und ballte die Fäuste, während sie gleichzeitig merkte, wie sie zu zittern begann.

»Tut mir echt leid, Chef«, flüsterte sie.

***

»Er hätte nichts aus der bestehenden Sammlung mitnehmen dürfen. Und aus der laufenden Ausstellung schon mal gar nicht. Es ist ihm einzig ums Geld gegangen. Er hat kein einziges Foto oder ein anderes Erinnerungsstück an sich genommen.«

Lena schniefte ins Telefon. Sie war immer noch fassungslos – und merkte erst jetzt, dass sie richtiggehend Angst gehabt hatte. Sie hatte unbedingt sofort mit jemandem darüber reden müssen und ihren Vater angerufen. »Ach, Papa, dieser Mann ist so ein Schuft. Er soll dafür in der Hölle schmoren! Und das Schlimmste ist, dass man ihn noch nicht mal richtig dafür belangen kann – er ist der rechtmäßige Erbe.«

»Lena, du kannst doch nichts dafür«, versuchte ihr Vater, sie zu trösten.

»Ich hätte diesen Kerl rausschmeißen sollen! Aber ich hätte ihm sogar zugetraut, dass er handgreiflich wird. Ich hatte Angst vor ihm!«

Ihr Vater seufzte ins Telefon. »Aber jetzt ist er weg?«

»Ja. Er ist in ein Taxi gestiegen, das habe ich vom Fenster aus beobachtet. Und ich habe die Tür von innen verriegelt. Der kommt hier nicht mehr rein. Ich warte jetzt auf Herrn Fahlbusch.«

»Was wird denn jetzt aus dir? Aus deiner Arbeit?«

»Keine Ahnung, Papa. Ich hoffe, Herr Cordes hat in seinem Testament etwas dazu festgelegt. Er hat immer gesagt, dass ich auch nach seinem Tod noch eine Zeit lang bleiben soll, um alles abzuwickeln und den Plan einer Stiftung oder Schenkung weiterzutreiben, in Absprache mit dem Notar. Aber wenn dieser Stefano vorher alles verscherbelt, wird es keine Sammlung mehr geben.«

»Was hast du denn jetzt vor?«

»Ich komme morgen wieder ins Büro und mach weiter«, sagte Lena mit entschlossener Stimme.

Ihr Vater schwieg für einen Moment. »Was ist denn mit deinem Freund? Mit Jonas? Hättest du nicht ihn anrufen können, damit du nicht allein mit diesem Mann sein musst? Du hast gesagt, er wohnt in der Hafencity. Das ist doch um die Ecke.«

Lena seufzte. »Frag lieber nicht. Wir haben uns gestern gestritten und deswegen zurzeit Funkstille.«

»Ach, Lena.«

Sie spürte, wie sich ihr der Hals zuzog. Auf ein Gespräch über ihren Beziehungsstatus hatte sie nun wirklich keine Lust. Zum Glück hörte sie ein Klopfen an der Tür. »Oh, da kommt der Notar. Tschüss, Papa, ich melde mich wieder.« Sie legte auf.

»Sie sind leider zu spät«, begrüßte sie wenige Augenblicke später den Notar. »Der saubere Neffe ist bereits wieder gegangen. Und hat alles mitgenommen, was ihm wertvoll erschien.«

Herr Fahlbusch bestätigte Lenas Befürchtungen: Stefano Montalbano war inzwischen auch in der Wohnung von Herrn Cordes gewesen. Dort hatte er den Schmuck von Edith Cordes an sich genommen. »Auf dem Dachboden war er auch. Aber dort hat er wohl nichts gefunden, das ihm wertvoll genug erschien.«

Lena nickte grimmig. »Wahrscheinlich waren ihm die Bücher zu schwer, um sie mit ins Flugzeug zu nehmen. Oder er kennt sich nicht aus ... Was unternehmen Sie denn jetzt? Das darf er doch nicht.«

Herr Fahlbusch schüttelte den Kopf. »Es hätte keinen Zweck, ihn anzuzeigen. Er ist der Erbe. Natürlich können wir es auf einen Prozess ankommen lassen, aber das würde wahrscheinlich Jahre dauern, und bis dahin sind die Sachen verkauft und die Sammlung gefleddert. So leid es mir tut, aber ich glaube, das Beste wird sein, die Dinge ruhen zu lassen.«

»Das heißt, die Sammlung Cordes gibt es nicht mehr?« Lena konnte es nicht fassen. Da war das Werk von Jahrzehnten in einer halben Stunde vernichtet worden.

»Lena ... Frau Ercken«, verbesserte Fahlbusch sich, »nehmen Sie es nicht so schwer. Nehmen Sie es nicht persönlich. Sehen Sie, eine Sammlung bekommt doch erst in den Augen des Sammlers ihren besonderen Wert. Und dieser Sammler ist tot.« Lena wollte protestieren, aber er kam ihr zuvor. »Ich weiß, dass auch Sie sich sehr dafür engagiert haben. Aber versuchen Sie, sich davon zu lösen.«

»Die Sammlung Cordes gibt es nicht mehr«, wiederholte Lena traurig. Die Wahrheit tröpfelte nur ganz langsam in ihr Bewusstsein.

»Sie haben doch selbst gesagt, dass die besten Stücke weg sind«, erinnerte er sie. »Sehen Sie den Tatsachen ins Auge.«

Sie schwiegen einen Moment, dann räusperte sich der Notar. »Übrigens, Herr Cordes hat Sie in einem schriftlichen Nachsatz zum Testament bedacht. Das hat er immerhin rechtzeitig festgelegt.«

Lena sah ihn fragend an. »Davon hat Stefano Montalbano nichts gesagt.«

»Wundert Sie das?«

»Eher weniger ... Was hat Herr Cordes verfügt?« Lena merkte, wie ihr Herz schneller klopfte.

»Zum einen wird Ihr Arbeitsvertrag noch sechs Monate weiterlaufen. In dieser Zeit sollen Sie alles im Sinne von Herrn Cordes weiterführen. Er hat Ihnen sehr vertraut.«

»Ein Vertrauen, das ich ganz offensichtlich nicht verdient habe. Gleich heute habe ich ja schon grandios versagt. Ich hätte diesem Mann verbieten müssen, die Sachen mitzunehmen!« Lena ballte die Fäuste.

»Das lag leider nicht in Ihrer Macht. Sie haben da meine volle Rückendeckung.« Herr Fahlbusch räusperte sich erneut lautstark. »Das bedeutet aber leider auch, dass ich Ihnen morgen eine schriftliche Kündigung schicken muss.«

Lena nickte. Damit hatte sie ja schon gerechnet. Immerhin bedeutete das, dass sie ihren Job noch bis zum Ende des Jahres hatte.

»Er hat Ihnen aber noch etwas vermacht. Ich habe es bei mir. Er hatte es nicht bei sich zu Hause liegen, sondern bei mir deponiert. Zum Glück, sonst hätte dieser Kerl es womöglich mitgenommen. Hier.«

Schon wieder hatte Lena Tränen in den Augen. Das wird ja langsam lästig, dachte sie. Aber diese Tränen waren Tränen der Rührung, denn sie erkannte sofort, was sie da in den Händen hielt: eine signierte französische Erstausgabe von *La Vagabonde* von Colette, einer ihrer Lieblingsautorinnen. Sie musste es einmal beiläufig erwähnt haben, und offensichtlich hatte er es sich gemerkt, was sie tief berührte.

Lena schaute genauer hin und betrachtete die große, schwungvolle Handschrift der Autorin. Colette hatte ihren 1910 erschienenen Roman noch mit dem Namen ihres Ehemanns signiert, von dem sie sich dann getrennt hatte, *Colette Willy*.

Jetzt erinnerte sie sich wieder, wie sie mit Walter Cordes darüber gesprochen hatte; es war ein schöner, warmer Tag gewesen, sie hatte ihn – entgegen seiner Gewohnheiten – zum

Essen an die frische Luft gelockt, und sie hatten entspannt und mehr wie alte Freunde als wie Chef und Angestellte über die jüngsten Zukäufe geplaudert. Es war einer dieser besonderen Momente gewesen, die sie in ihrem Herzen bewahrt hatte. Damals konnte sie noch nicht ahnen, was heute sein würde …

»Ich weiß nicht, was ich sagen soll«, fing sie an. »Danke.« Es war klar, dass sie ihren Chef meinte und nicht Herrn Fahlbusch.

Der nickte deswegen nur und sagte: »So, wir können hier heute nichts mehr tun. Schließen Sie alles ab, morgen sehen wir weiter.«

***

Den Sonntagabend verbrachte Lena vor dem Fernseher, aber der Film konnte sie nicht fesseln. Sie dachte abwechselnd an Herrn Cordes, an seinen Neffen und an Jonas. Mehrfach nahm sie ihr Handy in die Hand. Sollte sie ihn anrufen?

Nein.

Zu ihrer Schande musste sie sich eingestehen, dass sie gerade kein besonderes Bedürfnis nach einer Versöhnung mit ihm hatte.

***

Nach einer unruhigen Nacht fing Lena am Montag an, den gesamten Bestand durchzusehen und mit ihren Aufzeichnungen zu vergleichen, um festzustellen, was Stefano Montalbano alles mitgenommen hatte. Sie musste es einfach wissen, und es konnte auch wichtig für das weitere Schicksal der Sammlung sein. Sie fand schnell heraus, dass er überlegt vorgegangen, aber nicht wählerisch gewesen war: Mit sicherem Griff hatte er die teuren Exponate an sich genommen und das eine oder andere, was danebenlag, gleich mit. Einige ihrer Lieblingsstücke fehlten: die Karte von Clara Rilke an ihren Mann beispielsweise und der kleine Vierzeiler in der gestochen scharfen Schrift des Dichters, den sie immer so gern angesehen hatte, ganz abgesehen vom Inhalt. Das Blatt war ein kleines Vermögen wert. Daneben fehlte eine Postkarte von Erich Heckel an die Hamburger Sammlerin und Kunstkritikerin *Fräulein Dr. R. Schapire, Hamburg, Osterbeckstr. 42*. Auf der Vorderseite war eine Tuschezeichnung des Malers zu sehen.

Lena kochte vor Wut. Diese Stücke nicht mehr ansehen zu können war, wie einen guten Freund zu verlieren.

***

Lena wusste, dass sie unbedingt auf andere Gedanken kommen und den Ärger über diesen Stefano vergessen musste. Als sie aus dem Büro kam, überlegte sie, was sie Schönes tun könnte. Für einen kurzen Moment schien es ganz einfach zu sein: Sie würde zu Jonas gehen und einfach bei ihm klingeln, und sie würden sich aussprechen und versöhnen.

Andererseits: Sie war nicht schuld an ihrem Streit. Und sie war immer noch wütend auf Jonas.

Lena sah zur Stadt hinüber – und wusste auf einmal, was sie machen würde.

Sie nahm ihren üblichen Weg zur U-Bahn, ging dann aber weiter geradeaus zum Steinhöft. Hier lag das Slomanhaus, ein riesiges Kontorhaus, das die gesamte Ecke zum Baumwall einnahm.

Die massive Eingangstür war verschlossen. Lena las die Namen der Mieter auf der Tafel und klingelte bei einem, der denselben Namen trug wie ihr früherer Zahnarzt. Vielleicht brachte ihr das ja Glück. Sie erwartete, dass jemand »Hallo?«

in die Sprechanlage rufen würde, aber es ertönte nur der Summer. Mit Mühe stieß sie die schwere Tür auf. Als sie hinter ihr wieder ins Schloss fiel, fand sie sich in einer dämmrigen Eingangshalle wieder, die komplett mit glänzendem schwarzem Holz getäfelt war; sogar die Heizungen waren damit verkleidet. Durch die Fenster im hinteren Teil fiel die Sonne und ließ Staubpartikel tanzen. Das Ganze hatte etwas von einer Kirche. In der Halle hing eine alte Bahnhofsuhr von der Decke, hinten rechts gab es ein altes Pförtnerhaus mit einer Glasscheibe, in dem aber niemand saß. Rechts wand sich eine Treppe in die oberen Stockwerke.

Gegenüber lag das, weshalb sie hergekommen war: Ein Paternoster schob sich rumpelnd nach oben und auf der anderen Seite nach unten.

Lena lächelte zufrieden. Paternosterfahren gehörte definitiv zu den Glücksmomenten des Lebens. Es gab nicht mehr viele dieser altmodischen Aufzüge, die meisten waren durch hässliche Fahrstühle mit grauen Metalltüren ersetzt worden, die die schönen Treppenhäuser verschandelten. Und nur wenige der erhalten gebliebenen Paternoster in Hamburg waren öffentlich zugänglich.

Lena wartete, bis die nächste Kabine auf ihrer Höhe auftauchte, dann griff sie nach der Haltestange und stieg ein. Langsam ruckelte das Gefährt nach oben. Im dritten Stockwerk tauchte ein nach oben abgerundetes Fenster auf, das die gesamte Breite des Treppenhauses einnahm. Lena beugte den Kopf, um es möglichst lange bewundern zu können, bevor die Kabine wieder ins Dunkel zwischen zwei Etagen tauchte. Wie immer stieg sie nicht im letzten Stockwerk aus, sondern fuhr weiter. Als Kind hatte sie immer geglaubt, die Kabinen würden am höchsten Punkt auf den Kopf gedreht werden und sie den Boden unter den Füßen verlieren – aber dem war nicht so: Mit einem heftigen Ruck bewegte sich die Kabine nach links, dann fuhr sie wieder abwärts. Lena nahm auch die Kellerdurchfahrt mit. Dass das Schild »Weiterfahrt ungefährlich« wirklich stimmte, hatte sie schon bei anderen Fahrten mit dem Paternoster ausprobiert. Trotzdem machte es Spaß, sich in der kompletten Dunkelheit ein bisschen zu gruseln. Als sie wieder im Erdgeschoss ankam, stieg sie aus. Die kleine Reise in die Vergangenheit hatte ihr gutgetan.

Etwas besser gestimmt trat sie auf die Straße hinaus und ging zur U-Bahn.

Als Lena abends an ihrem Küchentisch saß, beschäftigten sie die Gier und die Boshaftigkeit von Stefano Montalbano dann doch wieder.

»Ich hätte die Polizei rufen sollen«, sagte sie am Telefon zu Violette. »Dieser Mann ist ein Verbrecher!«

»Was weißt du denn über ihn?«

»Nicht viel. Ich habe ihn gegoogelt. Er lebt in Rom und macht angeblich was mit Immobilien. Wahrscheinlich verhökert er unsere schönsten Stücke an irgendwelche Leute, die ihre Wohnung verschönern wollen.«

»Lass dich davon nicht so runterziehen.«

»Ach, damit ist es ja noch nicht getan. Ich habe meinen Job nur noch sechs Monate.«

»Lass dich krankschreiben«, schlug ihre Freundin vor. »Du findest doch problemlos einen Arzt, der erkennt, dass es dir wirklich nicht gut geht mit der Situation – dann hast du zumindest einen sehr langen bezahlten Urlaub.«

Lena schüttelte energisch den Kopf. »Nein, dann käme ich mir vor, als würde ich Herrn Cordes hintergehen. Ich werde die Zeit brauchen, um alles so abzuwickeln, wie er es gewollt hätte … oder zumindest so, wie es jetzt noch möglich ist. Und ich bin natürlich während der Öffnungszeiten der Ausstellung im Büro. Ich will unbedingt, dass sie geöffnet bleibt.«

Lena hatte einige Mühe gehabt, die Lücken zu füllen, die Montalbano in den Vitrinen hinterlassen hatte, aber nun zahlte sich ihre gute Vorarbeit aus – sie hatte vorher auf so viele Stücke verzichten müssen, dass sie zumindest wusste, inwieweit sie die Vitrinen komplett umorganisieren konnte.

»Wie lange soll sie denn laufen?«

»Sechs Wochen, bis Mitte August.« Sie seufzte. »Und was mach ich dann?«

»Das wird sich finden«, machte Violette ihr Mut. »Vielleicht ergibt sich doch noch die Möglichkeit, dass ein Museum die Sammlung haben will? Dann werden die dich brauchen.«

»Welche Sammlung? Die gibt es nicht mehr.« Das stimmte natürlich nicht ganz; auch wenn die wertvollsten Stücke verloren waren, gab es immer noch jede Menge sehenswerte Stücke. Aber darüber wollte und konnte Lena jetzt nicht nachdenken.

»Dann komm nach Paris.«

»Du meinst, wenn ich arbeitslos bin, kann ich auch verreisen?«, fragte Lena mit einem bitteren Lachen. Aber natürlich weckte allein die Vorstellung in ihr Sehnsüchte nach ihrer Lieblingsstadt. Sie sah sich bereits unter den Platanen an der Seine entlangflanieren und ihre ganz persönlichen Lieblingsorte in der Stadt wiederentdecken. Vor allem die Bouquinisten an der Seine und auf dem Flohmarkt, wo sie stundenlang nach alten Büchern stöbern konnte. Vielleicht würde sie den Stand finden, an dem Walter Cordes vor langer Zeit ein Buch mit besonderem Inhalt gekauft hatte, und mit dem Nachfolger des damaligen Händlers auf die alten Herren anstoßen?

»Warum denn nicht. Was ist denn eigentlich mit diesem … diesem Künstler …«

In der Sekunde, in der Violette nach dem Namen suchte, glaubte Lena plötzlich, sie würde Georg Buchmann meinen. Wie kam ihre Freundin darauf? Und vor allem: Wieso dachte sie spontan an den unhöflichen Klavierspieler? Aber bevor sie reagieren konnte, sagte Violette: »… also, diesem charmanten Lebenskünstler, wie heißt er noch … Jonas?«

Lena seufzte abgrundtief.

»Auweia!«, kam es aus dem Hörer. »Was ist los?«

Da brach alles aus Lena heraus: »Er tut immer so, als würde er mir die Welt zu Füßen legen und für mich sorgen. Er hat mir sogar einen Ring an den Finger gesteckt. Aber wenn es drauf ankommt, dann kneift er. Stell dir vor, Monsieur geht nicht gern auf Beerdigungen!«

»Er war nicht mit?«, entfuhr es Violette. »Oh.«

In diesem »Oh« steckte Violettes ganze Verachtung.

»Nein«, sagte Lena grimmig. »Da durfte ich allein hingehen. Papa hat schon nach der ersten Begegnung gesagt, dass Jonas keiner ist, auf den man sich verlassen kann, wenn es ernst wird.«

»Dein Vater hatte schon immer einen guten Blick für Menschen.«

»Es ist ja nicht so, dass ich mein Leben nicht allein auf die Reihe kriegen würde, aber wenn ich schon einen Mann an meiner Seite habe, dann kann ich doch erwarten, dass ich mich in so einer Ausnahmesituation auf ihn verlassen kann, oder?«

»Ich glaube schon. Ach, Lena, es tut mir leid! Da taucht zum ersten Mal seit langer Zeit wieder ein Mann auf, der sich interessant anhört, und dann so etwas …«

Lena überlegte, ob sie Violette von Georg Buchmann erzählen sollte, dann ließ sie es sein. Der war schließlich nicht interessant, sondern unverschämt, und deswegen war es auch albern, dass sie immer wieder an ihn dachte.

»Wirst du deinem jungen Liebhaber denn noch eine Chance geben?«, fragte Violette.

»Vernünftig wäre es natürlich.«

»Seit wann haben Gefühle etwas mit Vernunft zu tun?«

Lena seufzte. »Da hast du auch recht. Aber du, es ist spät, ich glaube, wir machen jetzt mal Schluss, oder?«

Sie wünschten sich eine gute Nacht und legten auf.

Lena saß noch eine Weile in ihrem inzwischen dunklen Wohnzimmer, das Telefon in der Hand. Sollte sie Jonas anrufen? Sie hatte schon den Finger auf der Taste mit seiner Nummer. Dann entschied sie sich dagegen.

Als sie im Bett lag, hörte sie wie zum Hohn das Klavier. Lena stöhnte auf und zog sich ein Kissen über die Ohren.

KAPITEL 15

Zwei Nächte später wurde Lena von Donnergrollen wach und hörte den Wind in den großen Kastanien vor ihrem Schlafzimmerfenster rauschen. Endlich würde sich die Sommerhitze der letzten Tage in einem Gewitter entladen! Sie sprang aus dem Bett und machte die Balkontür auf, gerade rechtzeitig, bevor die ersten dicken Tropfen auf das Pflaster klatschten. Gierig sog sie die Luft ein.

Sie war verrückt nach diesem Duft, wenn Sommerregen nach einer langen Trockenheit auf staubigen Asphalt traf. Dieser unnachahmliche Geruch hielt immer nur ein paar Atemzüge, in denen er sehr intensiv war und alles andere überlagerte. Und dann verging er auch schon wieder, leider. Es gab sogar einen wissenschaftlichen Namen dafür: Petrichor, der Duft von Steinen.

Lena stand im Morgenmantel draußen auf ihrem Balkon und füllte ihre Nase mit diesem Duft. Sie kannte ihn so genau, dass sie ihn jederzeit in sich hervorrufen konnte, auch im Herbst oder im Winter. Sie nahm noch einen tiefen Atemzug, doch der Geruch verflüchtigte sich schon wieder.

Gedankenverloren summte sie eine Melodie, die ihr in den Kopf kam, und bemerkte erst nach einigen Takten, dass es jene war, die Georg Buchmann immer spielte. Sie gab perfekt diese ganz besondere Stimmung wieder. In diesem Moment wurde ihr klar, was er mit seiner Melodie ausdrücken wollte: ein vergängliches Glück im Alltag, das man in vollen Zügen genoss. So wie eine Paternosterfahrt. Ein Spaziergang entlang der spiegelglatten Ostsee. Eine Zeitschrift für Wohndesign kaufen und sie dann nur kurz durchblättern, ohne sie zu lesen … Ihr kam es vor, als hätte er das Stück nur für sie geschrieben. Es war genau dieser Augenblick der Vergänglichkeit, in dem alles ganz neu und anders war, perfekt, wenn auch nur für einen Wimpernschlag.

Irgendetwas löste diese Musik in ihr aus. Eine Art Sehnsucht. Aber sie wusste nicht genau, wonach. Doch wohl nicht etwa nach diesem Georg? Verflixt noch mal!

Der Regen war stärker geworden und rauschte jetzt in den Bäumen. Sie sah an sich herunter. Ihre nackten Füße standen in einer Pfütze. Einen Moment lang patschte sie mit ihren nackten Zehen darin herum und erfreute sich an diesem Gefühl – noch ein Glücksmoment! –, dann siegte die Vernunft. Lena ging wieder hinein und lief auf Zehenspitzen ins Bad, um sich abzutrocknen. Danach schlüpfte sie wieder ins Bett und genoss den frischen Luftzug und das Konzert, das der Regen gab.

***

Es war schon zehn Uhr, als Lena wieder aufwachte, aber das machte nichts. Sie würde heute erst gegen Mittag ins Büro fahren, rechtzeitig zu den Öffnungszeiten der Ausstellung. Schließlich wartete dort niemand auf sie. Bei der Vorstellung wurde sie traurig. Sie beschloss, in den nächsten Tagen zu Walter Cordes' Grab zu gehen, um sich noch einmal ganz in Ruhe von ihm zu verabschieden. Der Gedanke tröstete sie ein wenig.

Sie kochte sich einen Kaffee und sah dem inzwischen schon wieder rauschenden Regen zu, während sie genüsslich kleine Schlucke nahm. Draußen war das Wetter womöglich noch heftiger, als es von hier drinnen betrachtet wirkte; sie konnte kaum noch die gegenüberliegenden Häuser durch den Regen hindurch sehen. Durch die offene Balkontür kam es kühl und frisch herein. Das war eine echte Wohltat nach der staubigen Hitze der letzten Tage, die jede Bewegung zu einer Anstrengung werden ließ und feucht auf der Haut klebte. Sie sah auf ihr Handy. Keine Nachricht. Natürlich. Seit Walter Cordes' Beerdigung am Sonnabend herrschte Funkstille zwischen ihnen. Heute war Donnerstag. Lena war schon immer eine Freundin klarer Worte gewesen. Sie und Jonas mussten sich aussprechen, das wusste sie.

Wie er wohl das Wochenende verbracht hatte? Ob er sie vermisste? Ob er dasselbe Faible für den Duft von Sommerregen hatte? Wenn sie raten sollte, würde sie auf Nein tippen: Jonas war zwar ein Romantiker, aber eher einer der klassischen Sorte: Er schenkte einer Frau einen Ring, um ihr seine Liebe zu zeigen, aber er würde wahrscheinlich nicht mit ihr in einer Pfütze stehen, um pures Glück zu riechen.

Das Telefon in ihrer Hand klingelte, und sie zuckte zusammen. Es war Jonas. Konnte dieser Mann womöglich doch Gedanken lesen?

»Hallo«, sagte Lena, und merkte, dass etwas in ihrem Bauch kribbelte, als sie seine Stimme hörte. Sie war ihm dankbar, dass er den ersten Schritt getan hatte.

»Wie war deine Woche bisher?«, fragte er vorsichtig.

»Ich war auf einer Beerdigung«, gab Lena zurück. »Und von da an wurde es nicht besser.«

Jonas stöhnte auf. »Tut mir echt leid. Ich habe dich im Stich gelassen, ich weiß. Aber seit der Beerdigung meiner Eltern ist das ein Grauen für mich.«

Sein Geständnis ließ sie einen Moment überrascht schweigen.

»Warum hast du mir das denn nicht erzählt? Das hätte ich doch verstanden. Es war mir nur wichtig, weil ich nicht alleine hingehen wollte.«

»Ach, weißt du, dieser Geruch in der Aussegnungshalle, das Stehen am Grab, die Predigten und Reden – das macht mich einfach fertig. Ich weiß echt nicht, ob ich das noch mal aushalten kann. Kannst du das nicht verstehen?«

Nein, konnte Lena nicht. Oder nur sehr bedingt.

»Meinst du, dass es für mich ein schönes Erlebnis war?«, konterte sie.

»Ich hätte mitkommen sollen, ich weiß.« Er schluckte. »Es tut mir leid, Lena, wirklich.« Er klang jetzt ehrlich zerknirscht.

Ein anderer Gedanke kam ihr, der nichts damit zu tun hatte, worüber sie gerade sprachen: »Magst du eigentlich diesen Geruch, wenn es nach langer Trockenheit regnet? So wie heute Nacht?«

»Deinen Geruch mag ich lieber.«

»Ich meine das ernst, Jonas.«

»Ich auch, Lena.« Er schwieg einen Moment. »Sehen wir uns heute noch?«

Lena horchte in sich hinein. Nein, da war kein Ärger mehr in ihr, und tatsächlich musste sie sich selbst eingestehen, dass sie nie hinterfragt hatte, warum Jonas nicht mit auf die Beerdigung gekommen war. Das mit seinen Eltern hatte sie nicht gewusst. Er hatte es nie erwähnt.

Und warum, fragte eine kleine Stimme in ihrem Inneren, hast du ihn nie nach seiner Familie gefragt?

Sie überlegte kurz. »Was hältst du davon, wenn du zu mir kommst und wir kochen uns etwas? Und zwar nicht nur schnell ein paar Nudeln.« Das war etwas, was sie noch nie gemacht hatten, richtig gemeinsam kochen. Und dabei tat Lena das so gern. Man kam ins Reden, hatte nebenbei etwas zu schnippeln oder zu rühren, trank schon mal ein Glas Wein und freute sich auf das Essen … Außerdem würde es die Situation zwischen ihnen entschärfen, weil sie beschäftigt wären.

Er atmete erleichtert aus. »Ich bin aber kein Held am Herd.«

»Ich brauche auch keinen Helden.«
»Ich bring den Wein mit. Bis nachher.«

***

Es wurde ein deprimierender Nachmittag im Büro. Nur ein einziger Besucher kam, um die Ausstellung zu sehen, und der ging nach zehn Minuten wieder, ohne auf Lenas Vorschlag, ihm Details zu erklären, einzugehen. Immerhin war ihm so bestimmt nicht aufgefallen, dass Lena die Exponate, die Stefano mitgenommen hatte, durch andere ersetzt hatte. Dafür stimmten natürlich die Angaben im Katalog nicht mehr, was vorgestern von einem geschichtsinteressierten Paar moniert worden war. Lena hatte daraufhin einen Zettel mit einer Korrektur verfasst, aber der jetzige Besucher hatte weder den Katalog noch die Berichtigung angesehen.

Sie kochte sich einen Kaffee, und als sie sich wieder an ihren Schreibtisch setzte, blieb ihr Blick an dem leeren Platz am Schreibtisch gegenüber hängen. Vorsichtig stellte sie ihre Tasse ab. Es hatte einige Rituale zwischen ihr und Walter Cordes gegeben, die ihr erst jetzt ins Bewusstsein rückten, wo sie nicht mehr stattfanden: Am Nachmittag hatte sie zum Beispiel immer Kaffee für sie beide gekocht, und er hatte sich ein paar Schokolinsen dazu genehmigt, diese ein bisschen aus der Mode gekommene Süßigkeit, die er im Traditionsgeschäft Paulsen im Hanseviertel kaufte und in seiner Schreibtischschublade aufbewahrte. Er hatte Lena die Tüte mit den weißen und roten Linsen hingehalten und damit geraschelt, und sie hatte zwei oder drei genommen, immer nur die weißen, weil er lieber die mit rosa Zuckerguss mochte, und sie im Mund zergehen lassen, bis der Pfefferminzgeschmack von der Schokolade abgelöst wurde. Aber Walter Cordes war nicht mehr da, würde ihr nie wieder Schokolinsen anbieten …

Sie ging auf seine Seite des Büros hinüber und zog die Schublade seines Schreibtisches auf. Da lag die Tüte und schien auf sie zu warten. Lena nahm sich zwei weiße Schokolinsen und ging wieder auf ihren Platz. Als sie den Geschmack nach Pfefferminz im Mund hatte, schloss sie die Augen und stellte sich vor, er würde ihr noch gegenübersitzen. Dann gab sie sich einen Ruck und arbeitete weiter.

Sie nahm weitere Mappen aus dem Tresor, blätterte sie durch und stieß auf weitere Blätter, die der Neffe mitgenommen hatte. Unter Flüchen und Verwünschungen listete sie sie auf und strich sie dann aus ihrer Kartei.

Um fünf verließ Lena fast fluchtartig das Büro. Sie wollte unbedingt auf andere Gedanken kommen, denn mit schlechter Stimmung misslang selbst das einfachste Gericht, aber die Aussicht auf die Aussprache mit Jonas hob ihre Laune auch nicht gerade.

Während sie in der Bahn saß, überlegte sie, was sie kochen sollten. Sie kam an einem Plakat vorbei, auf dem für ein neues Feinkostgeschäft in der Innenstadt geworben wurde.

Halt! Moment mal! Feinkost? Hatte Helga Hansen nicht von einem Feinkostladen geschwärmt, in dem sie immer einkaufte und wo die Leute so nett sein sollten?

Lena beschloss, dort vorbeizugehen und sich inspirieren zu lassen. Ihr würde schon etwas ins Auge fallen, das ihr das Wasser im Mund zusammenlaufen ließ.

Sie stieg am Eppendorfer Baum aus. Schon an der übernächsten Ecke sah sie das Schild *Feinkost Radke. Qualität seit 1955.* Das musste es sein. Wieso war ihr das denn noch nie aufgefallen? Sie öffnete die Tür, trat ein – und fühlte sich wie in der Zeit zurückversetzt. Das war kein normaler Lebensmittelladen und schon gar kein steriler Supermarkt: Das war ein Kleinod voller kulinarischer Köstlichkeiten in liebevollen Verpackungen, die darauf warteten, von ihr entdeckt zu werden.

»Guten Abend.« Eine junge Frau mit dunklem Haar sah sie freundlich an. »Was kann ich für Sie tun?«

»Ich weiß noch nicht. Ich erwarte jemanden zum Abendessen. Darf ich mich umschauen?«, fragte Lena.

»Aber sicher! Sagen Sie einfach Bescheid, wenn Sie etwas brauchen. Ich hätte noch zwei Portionen Jakobsmuscheln. Sie sind heute frisch gekommen.«

Lena lief sofort das Wasser im Mund zusammen. »Hört sich gut an.« Jakobsmuscheln als Vorspeise. »Auf einem Himbeerbett mit Chili und Vanille?«

Die Verkäuferin lächelte hintergründig und zog die Augenbrauen hoch. »Ich weiß ja nicht, was Sie vorhaben, aber Meeresfrüchte, Vanille und Chili haben alle drei auch für sich eine ziemlich anregende Wirkung … Das sollte man in der Kombination wirklich mal ausprobieren.« Sie ging zum Obststand hinüber und hielt ihr ein Schälchen Himbeeren hin, die aussahen, als wären sie an diesem Morgen im Paradies gepflückt worden. Sie waren prall und leuchteten dunkelrot.

»Ist das so?«, fragte Lena und sah das Gericht schon vor sich auf dem Teller: schneeweiße, ganz vorsichtig gebratene Jakobsmuscheln auf roten Himbeeren. Etwas Grünes dazu wäre nicht schlecht, Kerbel oder Koriander vielleicht, oder doch lieber Schnittlauch? Auf jeden Fall würde sie das dicke Bund Basilikum mitnehmen, dessen Geruch sie fast um den Verstand brachte, als sie mit den Fingern leicht darüber strich. Basilikum im Bund war so viel intensiver als Topfware. Hm, und was dazu? Sie drehte sich zur Kühltheke um und entdeckte eine dicke Kugel Burrata. Der feine Mozzarella mit dem cremigen Innenleben passte perfekt zu ihrem Gericht. Und jetzt noch Strauchtomaten aus Sizilien … Sie musste schlucken. Und als

Hauptgang durfte es dann etwas Deftigeres sein. Sie drehte sich wieder zu den Körben in der Gemüseecke um und betrachtete das Angebot, das ziemlich verführerisch aussah. Alles war knackig frisch und glänzte. Sie dachte gerade über ein Steak nach, als die Türglocke ging und jemand sagte: »Hallo, Frau Klinger. Oh, habe ich ein Glück! Ich habe mir schon gedacht, wenn ich irgendwo Jakobsmuscheln bekomme, dann bei Ihnen.«

Lena fuhr herum, als sie die Stimme hörte. Sie war dunkel und samtig, und sie hätte sie unter Hunderten herausgehört.

Georg Buchmann.

Und er konnte offensichtlich nett sein. Zumindest zu der jungen Frau hinter dem Tresen.

»Das sind meine!«, platzte sie heraus. Gleich darauf war ihr der Ausbruch ein bisschen peinlich.

Georg Buchmann sah zu ihr herüber. In seinen Augen blitzte Erkennen auf – und, war das denn möglich, so etwas wie Freude? »Sie?«, fragte er.

»Ja, ich. Und meine Jakobsmuscheln werden Sie sich nicht unter den Nagel reißen, so wie Sie meinen Koffer gestohlen haben!«

»Sie haben mir ja keine Chance gelassen, die Sache zu erklären«, rief er. »Und die Muscheln liegen doch noch da!« Er wies auf die vier Muscheln, die glänzend in der Vitrine ruhten.

»Ja, aber eben beim Reinkommen haben wir«, sie wies auf die Verkäuferin, die mit großen Augen von ihr zu Georg Buchmann und wieder zurücksah, »darüber gesprochen, dass es Jakobsmuscheln gibt, und ich habe gesagt, dass das eine gute Idee sei. Stimmt's?«, fragte sie in Richtung der Verkäuferin. »Und die Burrata nehme ich auch.« Mit einem maliziösen Lächeln fügte sie hinzu: »Das ist auch die letzte. Nur für den Fall, dass Sie die auch haben wollten.«

»Es tut mir leid, aber wir bekommen unsere Ware täglich frisch, und es ist ja schon fast Ladenschluss«, entschuldigte sich die Verkäuferin.

»Das ist doch nicht Ihre Schuld, Frau Klinger«, sagte Georg Buchmann freundlich – und rollte dabei auf eine Art mit den Augen, die deutlich sagen sollte, wessen Schuld es stattdessen war.

»Ich war nun mal zuerst hier«, beharrte Lena und fragte sich, was um Himmels willen sie hier eigentlich tat. Sich mit einem fremden Mann um Käse streiten? *Ich war zuerst hier,* so einen Satz sagten doch nur Kinder.

»Ach, tatsächlich?«, fragte er mit ironischem Unterton, und in seinem Gesicht begann es leicht zu zucken. Lena glaubte anfangs, er sei genervt, aber dann merkte sie, dass er vielmehr versuchte, einen Lachanfall zurückzuhalten. Auch die Verkäuferin hatte plötzlich ein breites Lächeln im Gesicht.

»Sie kennen sich?«, fragte sie und sah bedeutungsvoll von einem zum anderen.

»Nein«, sagte Lena.

»Ja«, sagte Georg Buchmann im selben Moment und grinste sie an.

»Wie darf ich das verstehen?«, fragte die Verkäuferin.

»Wir haben uns mal bei einem Fest getroffen. Nicht dass ich deswegen gleich behaupten würde, ihn zu kennen.« Lena deutete mit dem Kinn abfällig auf ihren Käserivalen.

»Sie haben mich angemacht, weil ich zu laut Klavier spiele«, entgegnete er geduldig.

»Das stimmt ja gar nicht!« Noch so ein Satz, den Kinder sagten, aber keine vernünftigen Erwachsenen, die über einen normalen Wortschatz verfügten.

»Das hört sich fast nach einem Abend bei Madame Rosa … also … ich wollte sagen: bei Frau Hansen an!?« Das war die Verkäuferin.

»Sie weiß, dass Sie sie so nennen«, sagte Lena. »Und sie war es auch, die mir Ihr Geschäft empfohlen hat.«

»Ach, Sie kaufen hier gar nicht regelmäßig ein?«, fragte Georg Buchmann dazwischen. »Das lässt die Frage nach den Jakobsmuscheln doch noch einmal ganz anders aussehen …«

»Wieso, bekommt man hier nur was, wenn man Stammkundin ist?«, giftete Lena in seine Richtung.

»Wissen Sie, von unseren Stammkunden könnte ich Ihnen Geschichten erzählen«, flötete Frau Klinger, um die angespannte Stimmung zu entschärfen, und setzte schnell hinterher: »Selbstverständlich, ohne Namen zu nennen …«

Sie sah erneut von Lena zu Georg und wieder zurück. Irgendetwas ging hinter ihrer Stirn vor. Man konnte förmlich sehen, dass sie über etwas nachdachte. Dann fuhr sie fort: »Ich hätte da eine Idee: Warum kochen Sie nicht zusammen? Wenn Sie bei Frau Hansen keine Gelegenheit hatten, sich richtig kennenzulernen, dann ja vielleicht heute Abend?! Bei einem Essen kommt man sich doch gleich viel näher.«

»Das geht leider nicht. Ich habe jemanden zum Essen eingeladen«, sagte Lena triumphierend. »Meinen *Freund.*«

Bei ihren Worten zuckte Georg Buchmann zusammen, sein verschmitztes Lächeln erstarb. »Doch nicht etwa der Typ, mit dem Sie bei Frau Hansen waren?«, fragte er, und auch der Verkäuferin schien diese Nachricht nicht ins Konzept zu passen.

»Als ob Sie das etwas anginge! Und ganz davon abgeseh…« Lenas Handy klingelte. »Entschuldigung«, sagte sie und nahm ab, als sie sah, dass es Jonas war. »Hallo, das ist ja schön, dass du mich anrufst, *Schatz.*«

»So hast du mich doch noch nie genannt«, wunderte sich Jonas, kam dann aber gleich auf den Punkt: »Tut mir echt leid, Süße, ich muss absagen. Ein wichtiger Kunde will unbedingt heute Abend mit Niklas und mir essen gehen. Es geht um ein richtig großes Geschäft. Die beiden warten schon auf mich. Ich melde mich nachher, okay?«

»Aber …«

Doch Jonas hatte schon aufgelegt.

Lena starrte einen Augenblick völlig verdattert auf ihr Telefon. »Dann eben nicht!«, sagte sie zu sich selbst. Und dann fiel ihr auf, dass die Verkäuferin und Georg Buchmann das Gespräch mitgehört und bestimmt verstanden hatten, dass ihr Date gerade geplatzt war.

Möglichst würdevoll sagte sie: »Es ist doch wirklich zu albern, in Zeiten, in denen Lebensmittel bergeweise weggeworfen werden, um ein paar Muscheln zu streiten. Sie können sie haben. Und die Burrata meinetwegen auch.«

Bevor Georg Buchmann oder Frau Klinger etwas dazu sagen konnten, drehte sie sich so nonchalant um, wie sie es eben konnte, und ging zur Tür. »Auf Wiedersehen.«

»Schönen Abend«, hörte sie Georg Buchmann murmeln.

»Kommen Sie mal wieder!«, rief ihr Frau Klinger hinterher, bevor die Tür ins Schloss fiel.

KAPITEL 16

Zu Hause angekommen, pfefferte Lena ihre Tasche in die Ecke und ließ sich in einen Sessel fallen. Sie war wütend auf Jonas – schon wieder. Das konnte doch nicht richtig sein. Wieso gab sie einem Mann eigentlich die Möglichkeit, sie immer wieder so zu verletzen? Und darüber hinaus schien der davon überhaupt nichts mitzubekommen!

Ohne zu zögern, ließ er die Möglichkeit zur Aussprache platzen und verpatzte ihr schon wieder einen schönen Abend! Außerdem war er schuld, dass sie eben vor Georg Buchmann und dieser Frau Klinger eine denkbar unvorteilhafte Figur abgegeben hatte. Erst stritt sie sich um ein Stück Käse, und dann musste sie sich in aller Öffentlichkeit versetzen lassen? Sie stöhnte auf.

Es klingelte an der Tür. Lena zuckte zusammen. War Jonas doch gekommen? Hatte er eingesehen, dass er etwas tun musste, um sie nicht zu verlieren? Wollte sie das überhaupt?

Sie ging über den Flur und öffnete. Vor ihr stand, in jeder Hand eine ziemlich schwere Tasche, …

… Georg Buchmann.

»Ich fand die Idee von Frau Klinger gar nicht so schlecht«, begann er und lächelte sie ein bisschen verlegen an.

»Welche Idee?«

»Dass wir uns die Muscheln teilen.«

Lena war durcheinander. »Woher wissen Sie, wo ich wohne?«

»Das war nicht schwer: Ihr Name steht ja an der Tür. Und Sie haben mir doch gesagt, dass Sie mich immer spielen hören.

Ich wohne übrigens im Hinterhaus. Wie der Schall es ausgerechnet bis hierher schafft, ist ein Rätsel, das wir vielleicht gemeinsam lösen könnten. Dazu müsste ich aber vielleicht reinkommen, was meinen Sie?«

»Ich … also … ich erwarte ja eigentlich Besuch«, erinnerte sie ihn.

Er verzog amüsiert den Mund. »Ich bin ein großer Freund von Ehrlichkeit – aber wenn eine Frau so ungeschickt flunkert, um zu verbergen, dass sie am Telefon einen Korb bekommen hat, finde ich es durchaus charmant. Die Taschen sind übrigens echt schwer. Ich habe nämlich auch gleich Pasta und Steinpilze und Wein mitgebracht, weil ich nicht wusste, was Sie im Haus haben.«

»Ich weiß nicht … Ich kenne Sie doch gar nicht.«

»Deswegen bin ich ja hier. Kommen Sie, wir sind doch Nachbarn. Und eventuell – aber auch nur ganz eventuell – habe ich bei Ihnen ja auch noch etwas wieder gutzumachen wegen der Auktion?« Er legte den Kopf schief und grinste sie an.

Wirklich? Er dachte, *jetzt* wäre die richtige Zeit, um sie an den Koffer zu erinnern? Lena setzte zu einer scharfen Erwiderung an, doch in diesem Augenblick schien er seinen Fauxpas zu erkennen und runzelte zerknirscht die Stirn.

»Oh Mann, tut mir echt leid. Wir haben uns nun schon dreimal auf dem falschen Fuß erwischt, und es scheint mir, dass ich daran nicht immer ganz unschuldig war. Ich bin manchmal etwas tollpatschig, was so was angeht. Reicht das als Entschuldigung? Kommt echt nicht wieder vor.« Er sah sie entwaffnend offen an. »Na los, ich bin ein wirklich guter Koch … zumindest wenn mir nicht vorher die Finger absterben.« Er hob die Taschen an und verzog qualvoll das Gesicht, die Griffe der Plastiktüten schnitten ihm sichtlich in die Handflächen.

Plötzlich fand Lena die ganze Situation unglaublich komisch. Sie machte einen Schritt zur Seite, um ihn hereinzulassen. »Na gut. Aber damit das klar ist, ich lasse Sie nur herein, weil es unhöflich wäre, Sie vor der Tür stehen zu lassen, kommen Sie also nicht auf falsche Gedanken!«

Wieder grinste er sie an. »Schade eigentlich. Die Küche?«

»Geradeaus links«, sagte sie automatisch. Er ging voraus, und sie fragte sich, wo dieser charmante Typ plötzlich herkam. So war er auch am Anfang bei Frau Hansen gewesen und hatte sie mit seiner Art für sich eingenommen, bis … bis Jonas aufgetaucht war. Und eben im Laden hatte sich seine Stimmung erst geändert, nachdem er mitbekommen hatte, dass Jonas sie versetzt hatte. Oder nicht? Als sie die Küche betrat und ihr bewusst wurde, wie nahe sie zwischen dem Tisch und der Küchenzeile beieinanderstanden, verschob sie diesen Gedanken auf später. Er war einfach ein großer, starker Mann, der viel mehr Raum brauchte als jemand wie Jonas.

Mit einem Stöhnen der Erleichterung stellte er die beiden Taschen auf dem Tisch ab.

Dann wandte er sich ihr zu und hielt ihr die Hand hin. »Vielleicht fangen wir noch mal bei null an?«, schlug er vor. »Ich bin Georg.« Dabei lächelte er sie auf eine Art an, die ihr Herz schneller schlagen ließ.

»Lena«, gab sie zurück und nahm seine Hand. Sie fühlte sich gut an, warm und kräftig. »Und nun? Irgendwie komisch ist das Ganze ja doch.«

»Ich schlage vor, wir trinken ein Glas, und dann fangen wir an zu kochen.«

»Klar«, sagte sie und schob sich an ihm vorbei zum Kühlschrank. Sie drehte ihm den Rücken zu und spürte seinen Atem in ihrem Nacken. Sie nahm zwei Gläser aus dem Schrank und musste wieder an ihm vorüber. Dabei berührte sie seinen Oberkörper.

Er schien es nicht gemerkt zu haben und machte sich daran, die Taschen auszupacken und die Einkäufe auf den Tisch zu legen. Sofort fing es in ihrer kleinen Küche an zu duften: nach Basilikum und Himbeeren und Käse und frischem Brot.

»Sie schenken ein, und ich fange an, die Sachen zu putzen?« Er ging mit den Muscheln zur Spüle hinüber und ließ das Wasser laufen. »Zewa?«, fragte er.

»Neben Ihnen.« Lena nahm die Rolle und wollte sie ihm herüberreichen, aber er hatte auch schon den Arm danach ausgestreckt. Sie berührten sich schon wieder und sahen sich kurz an. Dann wandte Georg den Blick ab und konzentrierte sich auf seine Arbeit.

»Okay«, sagte sie, nachdem sie sein volles Glas neben ihm abgestellt hatte. »Und was mache ich jetzt in der Zwischenzeit?« Sie lächelte. »Mich weiter grämen, dass Sie mir den Koffer vor der Nase weggeschnappt haben?«

Er verzog das Gesicht und deutete auf seine Einkäufe. »Ich komme in Frieden – lassen wir die Vergangenheit doch lieber ruhen. Erzählen Sie mir von sich.«

»Von mir?«

Er wandte sich ihr zu. »Was? Sie wollen mir doch nicht sagen, dass es nichts Interessantes über Ihr Leben zu berichten gibt?«

Sie überlegte noch krampfhaft, was sie sagen sollte, als er sich abwandte und seinen Pulli auszog – auf die Art, wie Männer es machen, indem er ihn hinten am Kragen mit beiden Händen packte und ihn über den Kopf zog. Das weiße T-Shirt darunter spannte sich dabei über seinen Rückenmuskeln und dem kräftigen Oberkörper. Er war einige Jahre älter als sie, aber ziemlich gut in Form. Lena ertappte sich dabei, dass sie ihn unverhohlen anstarrte, während sein Kopf in dem Pullover steckte und sein hochgerutschtes T-Shirt einen Streifen seines muskulösen Bauches zeigte. Rasch wandte sie den Blick ab. Was machte sie denn da?

Glücklicherweise bekam er nichts davon mit. Er hängte den Pullover über die Stuhllehne und zog sein T-Shirt wieder runter.

»Entschuldigung. Beim Kochen wird mir immer so schnell warm.«

Lena wandte sich verlegen ab, als er sich mit den Händen durch das Haar fuhr und es nach hinten strich.

Dann hob er sein Glas hoch. »Prost«, sagte er und nahm einen Schluck.

»Äh, ja. Prost!«

Er stellte das Glas ab und sah in die Schränke über seinem Kopf, offensichtlich auf der Suche nach einem Durchschlag und einer Schüssel. Dabei summte er vor sich hin. Lena fand das rührend, dass er sich das einfach traute: summen und in fremde Schränke schauen. Und noch mehr wunderte sie, dass es sie überhaupt nicht störte.

»Und?«, fragte er schließlich, als er gefunden hatte, was er suchte.

»Und was?«

»Erfahre ich jetzt ein bisschen etwas über Sie?«

»Wo soll ich anfangen?«

»Wo Sie wollen.« Er warf ihr einen langen Blick zu, bevor er sich wieder seiner Arbeit widmete. »Ich habe so ein Gefühl, als ob es alles interessant sein könnte.«

20 Minuten später roch es in Lenas Küche unfassbar gut nach Koriander, Vanille, Limette und gebratenen Jakobsmuscheln sowie nach passierten und leicht erwärmten Himbeeren.

»Perfekt«, sagte Georg, nachdem er die Früchte probiert hatte. »Nur noch eine Prise Zucker. Was meinen Sie?« Er hielt ihr eine Löffelspitze hin und kam dabei offensichtlich gar nicht auf den Gedanken, dass es eine ziemlich intime Geste war, vom selben Löffel zu essen.

Aber Lena war sich dessen bewusst. Sehr sogar. Sie fühlte sich inzwischen derart überwältigt von widerstreitenden Gefühlen, dass sie kaum noch Worte fand. Sie sah Georg einfach nur zu, registrierte seine Bewegungen, das Spiel seiner Muskeln unter dem T-Shirt, sein Lächeln, wie er genießerisch die Augen mit den dichten Wimpern schloss, wenn er die Düfte genoss, die um sie herum aufstiegen. Und sie betrachtete seine Hände, mit den langen, schmalen Fingern. Sie passten nicht so richtig zu seinem kräftigen Körper. Aber irgendwie auch doch.

»Und?«, fragte er.

»Ich weiß nicht«, war alles, was sie herausbrachte.

»Salz?«

»Ein Körnchen.«

Er griff in das Glas, in dem sie das Salz aufbewahrte, und streute in einer schwungvollen Bewegung eine Prise in die Pfanne. Dann rührte er ein letztes Mal vorsichtig um.

»Gut, alles bereit für den ersten Gang.«

Er reichte ihr das Brot und machte ein bisschen Platz neben sich. Während sie es schnitt, kamen ihre Schultern sich nahe, als er die Pfanne vom Herd nahm und die Jakobsmuscheln vorsichtig auf zwei Teller drapierte und mit den Vanille-Himbeeren garnierte.

Sie blieben an dem kleinen Tisch in der Küche sitzen, damit sie das Nudelwasser im Auge behalten konnten. Sie freute sich, Georg gleich auch etwas zaubern zu können, bisher hatte ja nur er den Kochlöffel geschwungen. Dabei hatte er so selbstbewusst und leidenschaftlich ausgesehen, dass sie ihm nur zu gerne die Regie überlassen hatte.

»So, von Ihrer Kindheit und Ihrem Studium haben Sie mir ja gerade schon erzählt. Und was machen Sie jetzt beruflich?«, fragte er und nahm einen Bissen.

Auch Lena probierte vom Gericht. Die Muscheln schmeckten wundervoll, ihr Fleisch war fest und saftig und die Kombination mit den Himbeeren einfach göttlich. Sie dachte kurz daran, was Frau Klinger über die aphrodisierende Wirkung von Muscheln und Vanille gesagt hatte … Dann räusperte sie sich und erzählte von ihrer Arbeit. Georg hatte viele Fragen.

Sie erzählte auch von Cordes' plötzlichem Ableben und dass sie demnächst keinen Job mehr haben würde.

»Das tut mir leid. Wissen Sie schon, was Sie danach machen werden?«

»Keine Ahnung. Das ist ja auch erst letzte Woche passiert.«

»Und wie sind Sie zu Helga Hansen gekommen?«

»Ich habe sie auf der Hochzeit ihres Neffen kennengelernt. Die Braut ist meine Freundin.« Sie stutzte kurz. »Zumindest war sie es mal. Wir haben uns ein bisschen aus den Augen verloren, fürchte ich.« Lena wurde bewusst, dass sie Ann-Cathrin seit der Hochzeit nicht angerufen hatte. »Aber wir sind uns noch so nah, dass sie mich am schönsten Tag ihres Lebens dabeihaben wollte.«

»Der schönste Tag des Lebens, ja?« Sein Blick verdunkelte sich. »Hochzeiten sind nicht so mein Ding.«

»Ich konnte das bisher auch vermeiden. Ich gehe immer nur auf die Hochzeiten anderer Leute.« War das jetzt ein zu direkter Hinweis darauf gewesen, dass sie nicht verheiratet war? Selbst wenn er von Jonas wusste, war dies eine Singlewohnung, das hatte er doch bestimmt schon von allein gemerkt. Nichts deutete darauf hin, dass sie hier zu zweit wohnten »Und was ist mit Ihnen? Sie sind Musiker?«

Er nickte. Er stützte die Ellbogen auf und erzählte, dass er früher Pianist in einer Boygroup gewesen war. Lena konnte nicht verhindern, kurz aufzulachen. Georg parierte dies mit einem Lächeln. »Das war in den späten Achtzigern, nicht erst letztes Jahr … Wir waren sogar ziemlich erfolgreich, sind im

Fernsehen aufgetreten und auf Tournee gegangen. Das ist, fürchte ich, das Interessanteste, das es über mich zu erzählen gibt. Und es ist schon lange her.«

»Wie hieß denn die Band?«

Als er den Namen nannte, stieß sie einen Überraschungsschrei aus. »The Naughties? Das gibt's doch nicht. Das war damals eine meiner Lieblingsbands! Ich fand Sie unglaublich toll.« Lena musterte Georg Buchmann ganz genau. »Nein, oder? Sie waren der Pianist, der immer diese rote Brille aufhatte?«

Er nickte.

»Aber Moment mal ... wenn ich mich richtig erinnere, hatten Sie alle ganz coole englische Namen. Und der Pianist hieß ...« Sie überlegte kurz und musste dann grinsen. »Bob Books?!«

»Mein zweiter Name ist Robert, da lag Bob nah, und Books ... na ja, mein Nachname ist Buchmann ...« Er zuckte mit den Achseln. »Ganz schön albern, wenn man sich das heute überlegt, oder?«

»Albern oder nicht, ich war trotzdem in Sie verschossen!« Herrje, dachte Lena, was rede ich denn da? Sie stellte ihr Weinglas, das sie bereits wieder zum Mund hatte führen wollen, energisch auf den Tisch zurück.

Dankenswerterweise ging Georg nicht auf ihre Bemerkung ein. Als Lena ihn nach Einzelheiten fragte, zum Beispiel nach dem Konzert, das The Naughties damals in Bad Segeberg gegeben hatten und bei dem Lena sich vor Glück die Seele aus dem Leib getanzt hatte, erzählte er eher unwillig von dieser Zeit seines Lebens. Es schien ihm mehr als peinlich zu sein, und er selbst wollte offenbar nichts mehr davon wissen. Die Band hatte damals kurz vor einer internationalen Karriere gestanden, aber dann war ein Album gefloppt, und alles war zerbröselt. Er hatte auch keinen Kontakt mehr zu seinen Bandkollegen, mit denen er sich verkracht hatte.

»Und jetzt?«, fragte Lena. »Ich meine, wo spielen Sie jetzt?«

Er zuckte mit den Schultern. »Ich spiele in Bars und schreibe Arrangements für Fernsehserien, wenn man mich lässt. Ich komme ganz gut über die Runden.«

Lena nippte nun doch wieder gedankenverloren an ihrem Glas. Schon zum zweiten Mal entpuppte sich Georg als jemand, zu dem sie schon lange eine Verbindung hatte. Erst war er der unsichtbare Klavierspieler, jetzt der Schwarm ihrer Jugend. Und sie mochten beide alte Koffer und Kochen. Als was würde er sich noch entpuppen? Als geheimnisvoller Prinz aus dem Morgenland, von dem sie als kleines Mädchen heimlich geträumt hatte? Sie schob die letzten Tropfen ihrer Himbeersoße von einer Seite des Tellers auf die andere und wieder zurück.

»Ab und zu gehe ich auch auf Konzertreisen«, fuhr Georg fort, ohne zu ahnen, wohin ihre Gedanken gewandert waren. »Ich habe irgendwann mal einen Fuß bei Hapag-Lloyd in die Tür bekommen. Die buchen mich als Unterhalter für Kreuzfahrten.« Er grinste sie an. »Zum Glück kann ich mich da hinter meinem Klavier verschanzen. Als Eintänzer wäre ich eine komplette Null.«

Bei diesen Worten war Lena wieder ganz bei ihm. »Echt? Das muss doch toll sein. Tagsüber die Annehmlichkeiten einer Kreuzfahrt und abends ein bisschen Klavierspielen … Ich werde immer neidisch, wenn ich die Schiffe im Hafen tuten höre.«

»Na ja, die Kabinen sind echt klein, und ich darf nicht einfach so in den Pool oder an die Bar. Wollen wir uns mal an die Nudeln machen?«

»Was? Ach so, klar. Ich kann es einfach nicht glauben, dass der Schwarm meiner Teenie-Jahre in meiner Küche sitzt.«

»Ach, das bin ich schon lange nicht mehr.« Wieder verschloss sich sein Blick für einen Augenblick. Aber dass die Erinnerungen an eine gescheiterte Bühnenkarriere nicht angenehm waren, konnte Lena sich auch denken.

»Jetzt bin ich aber dran mit Kochen«, sagte sie und stand auf, um die Steinpilze zu putzen. Dann ging alles ganz fix: Sie schnitt eine Zwiebel, briet sie glasig an und fügte die Pilze hinzu. Das Nudelwasser kochte bereits, und sie gab die Spaghettini hinein. Nach ein paar Minuten löschte sie die Pilze mit einem Schuss Sahne ab und gab gehackten Schnittlauch dazu.

»Reiben Sie den Parmesan?« Sie drehte sich zu Georg herum, der am Tisch saß – und ertappte ihn dabei, wie er sie anstarrte. Genau so, wie sie vorher ihn angestarrt haben musste. Für einen Moment wich die Selbstverständlichkeit, mit der sie inzwischen miteinander umgegangen waren, Verlegenheit. Lena war nur froh, dass es ihm offensichtlich auch so ging. Dann hatte er sich wieder im Griff und lächelte sie an.

»Grob oder fein?«

»Wie Sie es am liebsten mögen.«

Sie goss die extradünnen Spaghetti ab, verteilte sie auf zwei Teller und gab die Pilze darüber. Dann setzte sie sich wieder ihm gegenüber an den Tisch.

Georg rieb den Parmesan direkt über die Nudeln. Er benutzte die feine Seite der Raspel, die auch besser zu den edlen Steinpilzen passte. Wieder spürte Lena die Aufmerksamkeit in allem, was er tat. Das hatte etwas unglaublich Beruhigendes. Wenn man Georg zum Freund hatte, konnte man sich bestimmt 150-prozentig auf ihn verlassen. Er würde einen garantiert nicht allein zu einer Beerdigung gehen lassen, dachte sie. Und er wäre bestimmt auch zur Stelle, wenn ein Mitglied der italienischen Kunstmafia einen bedrohte …

Georg war offensichtlich kein Mann für oberflächliche Begegnungen, dazu war er zu ernsthaft und wohl auch zu schwierig. Aber es reizte sie durchaus zu versuchen, seine harte Schale zu knacken und sich seine Freundschaft zu verdienen.

Lena, was malst du dir hier eigentlich für einen Quatsch aus?, unterbrach sie ihr eigenes Kopfkino. Hör sofort auf damit!

Sie probierte ihr Essen, es war wunderbar, schön cremig und pfeffrig, und die Steinpilze gaben ihr herbes Aroma ab.

Georg drehte geschickt eine große Portion der dünnen Spaghetti mit der Gabel auf und schob sie sich in den Mund. »Das haben Sie gut gekocht«, sagte er.

»Ihre Vorspeise war komplizierter.«

»Das hätten Sie auch hinbekommen.«

»Wissen Sie was? Ich mache gleich mal Spotify an – vielleicht haben die ja auch Ihr Lied. *Girl on my mind?*«

Einen Moment lang wusste er nicht, wovon sie sprach. »Sie meinen diesen alten Song von früher? Auf keinen Fall.« Seine Stimme wurde hart. Wieder verschloss sich sein Gesicht.

»Warum denn nicht? Ich wurde ein Fan Ihrer Band wegen dieses Songs.«

»Und Sie glauben, dass ich diesen sentimentalen Kram deswegen jetzt noch mal hören will?« Da war wieder das Brüske, leicht Überhebliche.

»Nein, Sie haben recht. War eine dumme Idee«, ruderte sie zurück.

Offensichtlich hatte sie da ein schwieriges Thema angeschnitten. Sie schalt sich selbst eine Idiotin. Wie konnte sie nur so unsensibel sein? War doch klar, dass es nicht besonders schön war, darüber zu reden, dass man mal ganz oben gewesen war und jetzt nicht mehr. »Entschuldigung, ich wollte nicht die schöne Stimmung verderben.«

Er schüttelte leicht den Kopf. »Schon okay. Irgendwie ist es ja meine eigene Schuld, dass das Einzige, das ich jemals richtig gemacht habe, schon Jahrzehnte zurückliegt. Danach habe ich in meinem Leben nicht mehr viel hinbekommen. Irgendwann ging immer alles schief: Ich habe eine Exfrau, die mich hasst, und zwei erwachsene Töchter, die ich so gut wie nie sehe. Die Kumpels von der Band wollen nichts mehr von mir wissen …« Er fuhr sich mit der Hand über die Stirn. »Ich habe schon vor langer Zeit beschlossen, dass es für alle besser ist, wenn ich Einzelgänger und auf Distanz bleibe. Nicht unbedingt ein Erfolgskonzept für einen Künstler, der mit seinem Publikum interagieren sollte.«

Lena wechselte das Thema. »Was ist das für ein Stück, das Sie da immer auf dem Klavier spielen? Ich finde es wundervoll. Es … Es berührt mich, das habe ich Ihnen ja schon bei unserer ersten Begegnung gesagt.«

»Es berührt dich?« Sie sah, dass seine Augen anfingen zu leuchten.

»Ja. Wie der Duft von Sommerregen.«

Ihre Antwort schien ihn zu freuen. »Hast du ein Klavier?«

Lena schüttelte den Kopf. »Meine Eltern haben immer viel Wert auf eine gute Schulbildung für ihre Töchter gelegt, aber eine musische Ausbildung gehörte leider nicht dazu.«

»Schade. Dann fällt das Privatkonzert jetzt aus.« Er hob entschuldigend die Hände. Plötzlich wünschte sie sich nichts sehnlicher, als dass er es einmal nur für sie spielen würde.

»Wie kommt man auf die Idee, so etwas zu schreiben?«

»Meistens schreibe ich meine Liebeslieder für eine bestimmte Frau. Aber dieses ist einfach über mich gekommen.«

Er schüttelte den Kopf, wie um ihn freizukriegen. »Wollen wir uns um den Nachtisch kümmern?«

»Ich fürchte, ich habe nichts da«, sagte Lena. Auch sie war froh, das Thema wechseln zu können. »Höchstens Schokolade.«

»Hm, lass uns mal überlegen. Hast du Eier im Haus?«

Lena nickte.

»Wie steht's mit Orangen?«

»Nur als Likör.«

»Gut, dann wandeln wir mal eine Crêpe Suzette ein bisschen ab. Wo hab ich denn die Limetten hingelegt?«

»Das kannst du einfach so improvisieren?« Sie konnte nicht anders, als an einen anderen Mann zu denken, der eine Bestellung bei Call-a-Pizza schon für Kochen hielt. Aber an Jonas wollte sie jetzt gerade überhaupt nicht erinnert werden.

»Ein Mann muss tun, was ein Mann tun muss.«

Sie lachten, dann wandte sich Georg der Arbeitsplatte zu. Lena lehnte sich zurück und schenkte ihnen beiden noch Wein nach. Sie fühlte sich wunderbar. Sie war satt, es ging ihr gut, und sie genoss das Zusammensein mit diesem Mann, der immer für eine Überraschung gut zu sein schien.

»Na los, hilf mir mal, du Faulpelz!«, forderte er sie just in dem Moment auf.

Lena sprang auf und gesellte sich zu ihm. Sie klapperten mit den Türen, suchten nach Dingen und stellten sie wieder in den Schrank, lachten und alberten rum. Als Georg den Teig mit der Hand aufschlug, huschte Lenas Blick immer wieder zu seinen kräftigen Unterarmen.

»Halt! Die Limettenzesten fehlen noch!«, rief sie plötzlich und legte, ohne zu überlegen, ihre Hand auf seinen Arm. Georg hielt in seiner Bewegung inne, und die Berührung durchzuckte sie.

Und dann wandten beide gleichzeitig den Kopf und küssten sich.

Es war egal, wer angefangen hatte. Als ihre Lippen sich fanden, wussten beide, dass sie nicht wieder aufhören konnten. Endlich durfte Lena durch Georgs Haar fahren, wonach sie sich schon den ganzen Abend über gesehnt hatte. Sein Geruch, den sie nun ganz intensiv in sich einsaugen konnte, ließ sie aufstöhnen. Endlich durfte sie über die Haut seiner Unterarme streicheln und seine Muskeln fühlen. Sie presste sich mit ihrem ganzen Körper an ihn, umschlang ihn mit einem Bein, weil sie ihn überall spüren wollte. Georg legte beide Arme um sie, so fest, dass sie heftig ausatmete. Er schaffte es gerade noch, den Herd auszustellen, wo der Zucker karamellisierte. Mit einer Hand schubste er die Pfanne von der Platte, während er mit der anderen Lena an sich zog.

»Mein Gott, darauf warte ich schon den ganzen Abend«, stöhnte jemand. Lena konnte später nicht einmal sagen, wer von ihnen es gewesen war. Denn eins war klar: Hier, jetzt waren sie auf einer Wellenlänge.

Irgendwie schafften sie es bis in ihr Schlafzimmer, obwohl sie sich kaum losließen und eng umschlungen blieben. Georg gab sie nur für den Moment frei, den es brauchte, um erst sein T-Shirt, dann ihre Bluse auszuziehen. Dann sanken sie auf das Bett.

Lena überließ sich seinen Zärtlichkeiten. Sie liebten sich in einer Explosion der Gefühle. Die Leidenschaft riss alle Dämme nieder. Sie dachte an nichts anderes als daran, wo sie ihn als Nächstes berühren wollte, wo er sie berühren sollte. Georg war ein fantastischer Liebhaber. Er war genau so, wie Lena ihn sich vorgestellt hatte: ernsthaft, behutsam und doch fordernd, fantasievoll, und er steckte sie mit seiner Leidenschaft an. Im richtigen Moment hielt er inne, sah ihr in die Augen, bis sie es kaum noch aushielt, dann bewegte er sich wieder. Die Liebe mit Georg war wie ein Rausch, der über sie gekommen war. Und Lena ließ sich hemmungslos in seine Wärme fallen.

KAPITEL 17

Als Lena am nächsten Morgen aufwachte, hatte sie ein seliges Lächeln auf den Lippen. Sie hatte die schönste, berauschendste Liebesnacht ihres Lebens hinter sich. Der Gedanke an Jonas durchzuckte sie, aber sie schob ihn von sich. Sie konnte einfach kein schlechtes Gewissen ihm gegenüber verspüren. Und in den letzten Stunden hatte sie nicht ein einziges Mal an ihn gedacht – Georg hatte ihn mit seiner Leidenschaft einfach ausgelöscht.

Georg und sie, das war einfach über sie beide gekommen, das hatte nichts mit Nachdenken zu tun, mit Bedenken oder Abwägen. Sie hätten in der vergangenen Nacht nichts anderes tun können, als sich wieder und wieder zu lieben. Lena hatte kaum geschlafen, weil Georg und sie nicht genug voneinander bekommen konnten. Trotzdem war sie nicht müde: Sie spürte jede Faser ihres Körpers und fühlte sich so lebendig wie schon seit Jahren nicht mehr. Jonas hatte sie beim Sex eher wie eine kostbare Porzellanpuppe behandelt; Lena hatte ihn immer im Verdacht, sich zurückzuhalten, sich nie ganz hinzugeben. Wenn die Liebe mit Jonas ein träger Fluss war, dann war Georg ein donnernder Gebirgsbach nach einem Gewitter, der sie einfach mitriss. Vorsichtig, um ihn nicht zu wecken, drehte sie sich zu Georg herum, der sie im Schlaf umschlungen hielt. Sie wollte ihn einfach nur ansehen und sich freuen, dass er neben ihr lag. Durch die Bewegung wachte er jedoch auf.

»Guten Morgen«, sagte sie.

»Guten Morgen.« Er sah sie einen Moment lang voller Zärtlichkeit an, dann ging eine Veränderung in ihm vor. Er zog seine Arme zurück, sein Gesicht verschloss sich. Er räusperte sich und stand auf. »Sorry.« Dann verschwand er im Badezimmer.

»Kommst du wieder ins Bett?«, lockte sie, als er zurück ins Zimmer kam.

Der Mann, dem sie sich in dieser Nacht so unendlich nah gefühlt hatte, gab keine Antwort, sondern suchte nur seine Jeans und sein T-Shirt zusammen, die auf dem Fußboden verstreut lagen. Er vermied es, sie anzusehen.

»Ich kann nicht. Ich muss los.«

Sie blinzelte, um die Uhrzeit auf ihrem Handy zu erkennen. »Was, jetzt schon?«

»Ich muss heute noch an Bord eines Schiffes. Die haben mich für die ganze Woche gebucht. Lena …« Er zögerte, und sie ahnte, dass ihr nicht gefallen würde, was er zu sagen hatte. »Lena, was da passiert ist … Es war wunderschön mit dir, aber ich …«, er sah sie mit einem versteinerten Gesicht an, »… ich habe dir doch gesagt, dass ich ein Einzelgänger bin. Ich tauge nicht für eine Beziehung.«

»Wer sagt denn, dass ich das will?« Die Worte kamen automatisch und unbedacht, ihre Stimme zitterte. »Ich habe schon eine Beziehung.«

Der Satz fühlte sich schal in ihrem Mund an, und obwohl es ein Bekenntnis hätte sein können, fühlte sie sich, als habe sie Jonas in diesem Moment ein weiteres Mal betrogen.

Er fuhr herum. »Genau darum geht es! Du hast eine Beziehung, und offensichtlich ist es etwas Ernstes.«

Lena folgte seinem Blick und entdeckte Jonas' Ring auf dem Nachttisch.

Schlagartig wurde ihr klar, dass sie vielleicht nicht an Jonas gedacht hatte, Georg aber schon.

Ärger wallte in ihr auf. »Glaubst du nicht, dass ich allein entscheiden sollte, was ich für eine Beziehung zu Jonas habe?«

»Du hast recht. Das geht mich nichts an. Aber ich kann entscheiden, dass ich nicht ein Teil von diesem … was auch immer das hier ist … sein will.« Georg war jetzt komplett angezogen. Er sah auf seine Uhr und fluchte. »Verdammt! Ich muss noch packen … Es war schön mit dir. Tschüss.«

Er sah sie noch einmal an, mit einem Blick, den Lena nicht deuten konnte. Kurz darauf hörte sie die Wohnungstür zufallen.

Lena blieb einfach in ihrem Bett liegen. Sie fühlte sich, als sei ein Laster über sie hinweggefahren. Sie konnte einfach nicht fassen, dass er einfach so gegangen war. Sie versuchte, ihre Tränen herunterzuschlucken. Wo vorher nur ein großes, warmes Gefühl gewesen war, zuckte nun ein fast körperlicher Schmerz. Sie konnte nicht glauben, dass er sie derart kalt hatte abblitzen lassen. Und dass er glaubte zu wissen, was sie wollte … Das wusste sie ja selbst nicht einmal.

Eine Beziehung mit Georg? Konnte sie sich das überhaupt vorstellen?

Nein, ja. Vielleicht. Die Antwort war einfach, wenn sie an den Georg von gestern Abend dachte. Den Georg, der mit ihr gelacht, gekocht und eine wundervolle Nacht verbracht hatte. Aber sie wusste es besser. Sie war nicht mehr das naive Schulmädchen von früher, das ihren Schwarm auf ein Podest stellte, während er ihr schmalzige Liebeslieder ins Ohr träufelte. Sie wusste – inzwischen zu gut –, dass Georg auch eine andere Seite hatte. Da war er mürrisch, verschlossen und manchmal unausstehlich!

Und dann war da auch noch Jonas. Sie hatte sich nicht fair ihm gegenüber verhalten, das war ihr klar.

Also … konnte sie sich vorstellen, mit Georg zusammen zu sein? Nein, wahrscheinlich nicht. Aber sie war bereit gewesen, auszuloten, was aus diesem warmen Gefühl, das sie beim Aufwachen verspürt hatte, werden könnte.

Nach einer kleinen Ewigkeit stand sie wie eine Marionette auf und ging unter die Dusche. Die Nacht mit Georg ließ sich aber nicht einfach abwaschen; es war definitiv die beste Nacht ihres Lebens gewesen. Einfach alles hatte gestimmt, die körperliche Lust, aber auch die Seelenverwandtschaft. So fühlte sich Liebe an und nichts sonst.

Sie hätte schwören können, dass Georg ähnlich empfunden hatte. Eine solche Verbundenheit und Leidenschaft konnte man nicht spielen. Sie hatte noch seine Worte im Ohr, seine Komplimente und Beschwörungen ihres Namens. Und trotzdem war er einfach gegangen und hatte ihr deutlich gesagt, dass er nicht wiederkommen würde. Hatte sie sich so in ihm täuschen können? Sie hatte gedacht, dass ihre ersten Begegnungen einfach Pech gewesen waren, aber vielleicht war der Georg vom Vorabend ja die Ausnahme.

Sie nahm viel zu viel Shampoo und bekam es in die Augen, die anfingen zu brennen. So ein Mist! In was für eine Situation hatte sie sich da nur gebracht? Sie war doch mit Jonas zusammen. Und sie empfand etwas für ihn, trotz des Ärgers, der gerade zwischen ihnen stand. Aber das verblasste im Vergleich zu Georg. Der war ihr in einer Nacht näher gekommen als Jonas in ein paar Monaten.

In der Küche standen die Reste ihres Abendessens noch auf dem Tisch. Der Teig für die Crêpes hatte eine unschöne Färbung angenommen, in der Pfanne waren Zucker und Butter verklebt. Traurig fing Lena an, alles in den Mülleimer zu werfen und das Geschirr in den Spüler zu räumen. Als sie Georgs

Pulli über der Stuhllehne hängen sah, nahm sie ihn in die Hand und strich über die leichte Wolle.

Dann legte sie ihn zurück.

***

Sie hatte sich angezogen, kein schönes Kleid heute, sondern eine schmale graue Hose und einen hochgeschlossenen, ärmellosen Pullover. Das Haar trug sie in einen strengen Zopf zurückgebunden, und zuletzt hatte sie noch etwas Puder aufgelegt. Im Spiegel betrachtete sie ihre Rüstung und befand, dass sie bereit war, um sich der Welt draußen zu stellen. Lena hatte ihre Gefühle gerade einigermaßen wieder unter Kontrolle, als ihr Telefon klingelte. Sie kannte die Nummer nicht. Und wusste doch sofort, wer es war.

»Ich wollte nicht, dass es so endet«, erklang Georgs Stimme. »Ich hatte dir ja gesagt, dass ich nicht gut in solchen Dingen bin.« Er schluckte schwer. »Die Nacht mit dir war toll, ich habe mich hinreißen lassen, weil ich finde, dass du eine wunderbare Frau bist. Aber ich will nicht, dass du glaubst, dass daraus mehr werden könnte. Ich weiß, das kommt jetzt etwas spät. Ich hätte es dir schon gestern sagen sollen, bevor …«

Lena spürte, wie sich in ihrem Hals ein Kloß formte. »Letzte Nacht war ein Ausrutscher«, unterbrach sie ihn. »Lass uns einfach vergessen, dass es passiert ist.« Woher nahm sie nur diese feste Stimme?

»Lena, ich …«

»Du hast deinen Pullover bei mir vergessen. Ich hänge ihn an die Wohnungstür, dann kannst du ihn dir abholen, bevor du fährst.« Damit legte sie auf.

Eigentlich müsste sie sich jetzt doch besser fühlen. Sie hatte sich ihre Verletztheit nicht anmerken lassen, und immerhin nahm Georg ihre Gefühle ernst, obwohl das nun auch egal war. Aber ihr war immer noch elend zumute.

Mit zittrigen Beinen nahm sie ihre Tasche und verließ ihre Wohnung. In der U-Bahn starrte sie vor sich hin. Sie konnte keinen klaren Gedanken fassen. Am Hafen trugen ihre Füße sie automatisch in Richtung des Kreuzfahrtterminals. Sie wollte nur mal nachsehen, welches Schiff heute noch auslief. Auf halbem Weg überlegte sie es sich anders. Was machte sie denn hier?

»Oh, Mann, was für ein Mist!«, rief sie. Aber sie würde das wieder hin- und sich selbst wieder in den Griff kriegen. Sie war keine Frau, die sich von ihren Gefühlen unterbuttern ließ. Sie drehte um und ging mit energischen Schritten ins Büro.

Trotz ihrer Vorsätze saß sie den ganzen Tag über an ihrem Schreibtisch, ohne etwas Vernünftiges zu tun. Die Schulklasse, die sich für eine Führung angemeldet hatte, scheuchte sie lustlos durch die Ausstellung und sprach dabei so tonlos, dass sich keins der Kinder traute, neugierige Fragen zu stellen. Es tat ihr sehr leid, als sie sah, wie der Gesichtsausdruck der Lehrerin sich von Erstaunen zu Verärgerung wandelte, aber sie konnte einfach nicht anders. Ihre Gedanken waren bei Georg, und jedes Mal, wenn sie an die vergangene Nacht dachte, zog sich etwas in ihrem Inneren zusammen.

Sie lachte bitter auf. Ihre Mutter machte sich Sorgen, dass sie nie einen Mann finden würde. Nun, Mama, jetzt habe ich gleich zwei, und das macht es nicht einfacher.

Jonas war attraktiv und jung, ein Sonnyboy, sorglos, immer bereit, sich zu amüsieren. Er war in sie verliebt und wollte sie lieber jetzt als gleich heiraten.

Georg hingegen war ernsthaft und ein paar Jahre älter als sie. Ihm hatte das Leben schon übel mitgespielt, sodass er anscheinend nicht mehr an die Liebe glaubte. Und er hat unmissverständlich gesagt, dass er nicht mit dir zusammen sein möchte, erinnerte sie sich bitter.

Da sollte frau die Entscheidung doch leichtfallen, oder?

Ja, das mit Georg, das war eine einmalige Sache gewesen, intensiv und schön, aber ohne jede Aussicht auf mehr.

Seufzend schlug sie die *Morgenpost* auf und fand auf der Hamburg-Seite einen Artikel über die Ausstellung mit der Meldung, dass der Eigentümer, Walter Cordes, gestorben war. Sie konnte sich an den Journalisten erinnern, der auf der Vernissage kurz mit ihr gesprochen hatte. Damals war alles noch in Ordnung gewesen. Unvermittelt brach sie in Tränen aus.

***

Einige Zeit später klingelte ihr Handy. Sie putzte sich die Nase und ging ran. Es war Jonas. Er klang wie immer, unbeschwert und sonnig, vielleicht mit einem Hauch schlechtem Gewissen, als er sagte: »Ich komme heute Abend bei dir vorbei, ja? Dann holen wir den gestrigen Abend nach.«

Den gestrigen Abend nachholen? Lena unterdrückte ein Schluchzen. Nein!, schrie alles in ihr. Ich kann dich jetzt nicht sehen. »Ich weiß nicht, ich habe noch so viel zu tun, und …«

Doch Jonas ließ sich nicht abweisen. »Keine Widerrede. Ich komme vorbei, und wir machen uns einen schönen Abend. Das bin ich dir schuldig, und das hast du mehr als verdient, weil du es mit mir aushältst.«

Lena schaffte es gerade noch, das Gespräch höflich zu beenden, bevor sie merkte, wie eine nie gekannte Übelkeit in ihr aufstieg.

***

Sie war froh, als sie am Nachmittag von einem Besucher ausgefragt wurde. Er stellte sich als Sammler vor, stand aber noch ziemlich am Beginn seiner Leidenschaft. Wahrscheinlich hoffte er, nach dem Tod des Eigentümers ein paar Schnäppchen machen zu können. Trotzdem war er ihr nicht unsympathisch in seinem Eifer. Einen kurzen Augenblick spielte sie mit dem Gedanken, ihm die Telefonnummer von Stefano Montalbano zu geben; war es denn nicht besser, wenn Walter Cordes' Schätze ihren Weg zu einem anderen Sammler fanden, der ihnen mit mehr Respekt begegnete als der Erbe? Sie verwarf den Gedanken. Nichts, aber auch wirklich gar nichts würde sie tun, um diesem furchtbaren Neffen behilflich zu sein.

Später kam dann noch ein Bote und brachte einen Brief von Herrn Fahlbusch. Ihre Kündigung zum Ende des Jahres. Aber der Notar hatte eine handschriftliche Notiz beigefügt.

Es tut mir wirklich leid. Nehmen Sie es nicht persönlich. Es sind die Umstände. Ich halte die Ohren offen; vielleicht kann ich Ihnen helfen, eine neue Anstellung zu finden.

Viel früher als gewöhnlich schloss sie die Ausstellung und ging nach Hause. Sie hielt es einfach nicht mehr aus. Sie versuchte, an Jonas zu denken und sich auf den gemeinsamen Abend zu freuen … und dachte doch bei jedem Schritt an Georg. Als sie in ihre Straße einbog, ging vor ihr ein Mann, der ihm ähnlich sah. Lenas Herz begann heftig zu schlagen, sie begann schneller zu gehen. Dann bemerkte sie ihren Irrtum. Der Mann war nicht Georg.

Georg ist inzwischen irgendwo auf See, erinnerte sie sich. Was mache ich hier eigentlich? Ich benehme mich wie ein dummer Teenager, der zum ersten Mal verliebt ist.

Der Gedanke ließ sie stocksteif stehen bleiben.

War sie das womöglich?

***

Lena ging die Treppe zu ihrer Wohnung hinauf, doch anstatt das Fenster der einsamen Frau zu suchen, fragte sie sich, wo Georg wohnen mochte. Das Gebäude war groß und hatte zwei Seitenflügel, von denen der rechte eine gemeinsame Wand mit dem Vorderhaus hatte. Wahrscheinlich wohnte er dort, sonst würde sie ihn nicht hören können. Warum hatte sie ihn gestern nicht danach gefragt?

Sie blieb am Fenster stehen und sah hinaus. Dann ging sie weiter die Treppe hinauf. An ihrer Wohnungstür hing immer noch sein Pulli. Der Anblick versetzte ihr einen Stich. Warum hatte er den denn nicht abgeholt? Sie nahm ihn mit in ihre Wohnung und warf ihn wütend über den Küchenstuhl. Dann aber nahm sie ihn doch wieder in die Hand und versenkte ihre Nase darin. Minutenlang stand sie so da.

Bis ihr einfiel, dass Jonas gleich kommen würde.

Lena geriet in Panik. Sollte sie ihm noch absagen? Jetzt sofort, bevor er sich auf den Weg machte? Sie konnte ihm nicht gegenübertreten, sie musste erst nachdenken, brauchte Zeit, um sich über ihre Gefühle klar zu werden.

Da klingelte es an der Tür.

Lena zuckte zusammen. Jonas konnte das noch nicht sein, um diese Zeit arbeitete er noch. War das Georg? War er doch nicht auf dem Kreuzfahrtschiff? War er stattdessen gekommen, um sie zu überraschen wie am Abend vorher?

Sie riss die Tür auf.

Vor ihr stand Jonas und nahm sie freudestrahlend in die Arme.

»Ich habe dich so vermisst«, sagte er mit den Lippen an ihrem Ohr. »Ich habe im Büro angerufen, um zu fragen, ob ich dich später abholen soll, aber da lief nur der Anrufbeantworter, und da dachte ich mir, dass du schon zu Hause bist, und hab es im Laden nicht mehr ausgehalten.« Er trat einen halben Schritt zurück und hielt ihr Gesicht in seinen Händen. »Komm, wir gehen irgendwohin. Ich lade dich zum Essen ein. Schließlich muss ich das mit gestern Abend wieder gutmachen. Wenn du wüsstest, wie öde dieser Termin war. Der Kunde war aus Saudi-Arabien, und wir haben den ganzen Abend Wasser und Tee getrunken.«

Jonas redete wie ein gut gelaunter Wasserfall und gab ihr keine Gelegenheit, etwas zu sagen. Ihr blieb nichts anderes übrig, als ihm zu folgen. Sie war nur froh, aus ihrer Wohnung und an einen neutralen Ort zu kommen.

Georgs Pullover hatte sie die ganze Zeit über in den Händen gehalten. Auf dem Weg aus ihrer Wohnung stopfte sie ihn unauffällig in den Korb mit ihren Mützen, der an der Garderobe stand. Jonas ging vor ihr her und bemerkte nichts.

Den ganzen Abend über war sie unaufmerksam. Jonas zeigte sich indes von seiner besten Seite und erzählte überschwänglich von dem großen Geschäft, das Niklas und er an Land gezogen hatten, aber sie hörte gar nicht richtig zu.

»Das bedeutet aber auch, dass ich morgen für zehn Tage verreise«, sagte er, als sie beim Dessert angekommen waren. »Der Kunde will, dass wir seine Firmen in Dubai kennenlernen und ein Incentive-Programm für seine Angestellten entwickeln – deutsche Autos für besondere Leistungen und so.«

Lena nickte ausdruckslos. Dann aber sickerte durch, was er gerade gesagt hatte: Er würde wegfahren! Für ganze zehn Tage – das würde ihr Zeit geben, endlich wieder ihre Gefühle in den Griff zu kriegen und die alte Lena zu werden.

Er sah sie zerknirscht an. »Tut mir leid, dass ich dir nicht eher Bescheid gesagt habe, aber ich habe es selbst erst gestern erfahren. Eigentlich sollte Niklas mit, aber Ann-Cathrin geht es nicht so gut …«

»Oh, ist etwas mit der Schwangerschaft?«, fragte Lena dazwischen. Jetzt hatte er ihre ungeteilte Aufmerksamkeit.

»Ich weiß nicht genau, sie ist ja auch nicht mehr die Jüngste. Sie muss viel liegen und sich schonen, und er will sie nicht allein lassen.«

»Das ist schrecklich.«

Jonas verstand sie falsch. »Es sind doch nur zehn Tage«, tröstete er sie. »Ich kann mich nicht drücken.«

Irritiert sah Lena ihn an. Er hatte ihr gerade erzählt, dass ihre Freundin Probleme mit der Schwangerschaft hatte, und bezog ihr Entsetzen darauf, dass er ein paar Tage nicht da sein würde? Er ist ein Kindskopf, dachte sie. Ein liebenswerter Kindskopf zwar, aber trotzdem.

»Ich …« Sie riss sich zusammen. »Natürlich musst du fahren. Ich komm schon klar.«

Jonas griff nach ihrer Hand und drückte sie zärtlich.

»Ich muss dich etwas fragen.«

Lena hatte das Gefühl, innerlich zu erstarren. »Ja?«

»Du trägst den Ring nicht. Das ist mir schon vorhin aufgefallen.«

Lena sah auf ihre Hand. »Oh, ich habe heute Morgen verschlafen, und in der Eile habe ich ihn vergessen. Vorhin wollte ich ihn aufsetzen, aber da hast du schon vor der Tür gestanden.« Sie konnte nur hoffen, dass er ihre Lüge glaubte.

Er nickte nachsichtig. »Und bist du deswegen heute Abend so abwesend? Es ist doch nur ein Ring.«

Lena überkam eine wilde Lust zu lachen. Er verstand die Situation völlig falsch!

»Ist es dir recht, wenn wir zahlen und gehen?«, fragte Jonas dann. »Ich muss heute Abend noch nach Hause, packen. Und der Flug geht morgen schon ganz früh. Deswegen kann ich leider auch nicht bei dir übernachten.«

»Was? Wirklich?« Lena zwang sich, nicht aufzulachen »Macht doch nichts, ich bin auch total erledigt.«

***

Lena musste einfach mit jemandem reden, bevor sie noch verrückt wurde. Sie stellte sich vor, wie schön es wäre, jetzt mit Violette auf ihrem Sofa zu sitzen, eine Flasche Wein zwischen sich, und über alles zu reden.

Obwohl es schon spät war, rief sie ihre Freundin in Paris an und erzählte ihr lang und breit die ganze Geschichte. Sie erwähnte auch ihr schlechtes Gewissen gegenüber Jonas.

»Ich sehne mich nach meinem kleinen Leben zurück«, jammerte sie. »Ich hatte einen schönen Job, einen Chef, den ich mochte, und vor allem hatte ich keinen Mann, der mein Leben und meine Gefühle durcheinanderbringt.«

»Und jetzt hast du keinen Job mehr und dafür zwei Männer, zwischen denen du dich nicht entscheiden kannst«, sagte Violette ins Telefon. »Na, sagen wir mal, anderthalb Männer, denn so wirklich interessiert kann man diesen Georg nicht unbedingt nennen, *n'est-ce pas?*« Ihr Sarkasmus machte die Sache ein bisschen leichter. Violette sah die Komik, die die ganze Geschichte ja auch hatte. Lena war ihrer Freundin dankbar: Wenn sie voller Mitleid gewesen wäre, hätte Lena das nicht ausgehalten und wieder angefangen zu weinen. Sie versuchte, es ebenso zu sehen, und ging auf den Ton ein.

»Die halbe Portion kannst du auch gleich ganz streichen: Georg will nichts von mir.«

»Was so was von unverständlich ist«, sagte Violette ironisch.

»Eben. Wo ich doch so bezaubernd bin.« Lena musste laut lachen, und ihre Freundin stimmte mit ein.

»Er will von keiner Frau was, wenn ich dich richtig verstanden habe«, stellte Violette dann fest. »Aber wenn er was von einer wollen würde, dann von dir. Und auf der anderen Seite hast du einen Mann, der nur eine Frau will und zwar dich, den du aber nicht wirklich willst und der auch noch nichts von deinem Techtelmechtel mit dem anderen weiß. Weißt du was, wenn es nicht so traurig wäre, könnte man sich darüber totlachen.«

»Du hast gut reden«, sagte Lena, und der kurze Anflug von Heiterkeit war so schnell vergangen, wie er gekommen war. »Nach Lachen ist mir nicht.«

»Dann erinnere dich an Zarah Leander: ›Nur nicht aus Liebe weinen …‹«

»›… es gibt auf Erden nicht nur den einen‹«, komplettierte Lena die berühmte Liedzeile. »Und das ist doch genau das Problem.« Sie schnaubte bitter. »Unfassbar, dass mir so etwas mal passieren würde, oder?«

»Man wächst mit seinen Aufgaben«, gab Violette trocken zurück. »Wie lange noch, bevor Jonas zurückkommt?«

»Zehn Tage.«

»Bis dahin solltest du dir über ein paar Dinge klar werden.«

»Ich weiß«, stöhnte Lena. »Kannst du mir keinen Rat geben? Hab ich dir eigentlich gesagt, dass er mich an Vincent erinnert? Also, ich meine Jonas. Jonas erinnert mich an Vincent.«

»Oh, ganz gefährlich. Darf ich dich daran erinnern, dass Vincent zwar anziehend wie ein junger Gott und der Traum aller Schwiegermütter war, aber beim kleinsten Problem gekniffen hat? Ist es das, an das Jonas dich erinnert?«

»Ein paar Ähnlichkeiten gibt es da wirklich. Aber … ich weiß auch nicht. Er … Manchmal versteht er mich überhaupt nicht. Oder er versteht mich falsch. Gerade eben hat er gedacht, er müsse mich trösten, weil er heute Abend nicht bei mir übernachtet. Dass meine Traurigkeit einen anderen Grund haben könnte, auf den Gedanken kommt er einfach nicht – und das ist nur ein Beispiel von vielen!«

»Wie, du hattest nicht das absolut zwingende, unstillbare Bedürfnis, die Nacht mit ihm zu verbringen? Kannst du ihm dann vorhalten, dass es ihm ähnlich geht?« Violette amüsierte sich scheinbar köstlich. »Ihm sind jetzt schon ein paar Stunden Schlaf wichtiger als Sex mit dir?« Violette lachte. »Die jungen Kerle von heute … ein Trauerspiel!«

»Jetzt mach dich nicht über mich lustig«, grummelte Lena. Aber obwohl Violette nur scherzte – ganz unrecht hatte sie nicht. Natürlich wusste Lena, dass eine Nacht ohne Sex nichts zu bedeuten hatte. Aber wenn sie daran dachte, wie wild Georg und sie aufeinander gewesen waren! Ihm wäre es bestimmt nicht eingefallen, auch nur auf eine Stunde mit ihr zu verzichten … zumindest dem Georg, der offenbar mit dem Sonnenaufgang wieder verschwunden war.

»Das Problem ist eigentlich ein anderes. Jonas ist lieb und süß und sexy, aber ich weiß nicht, ob ich je mehr für ihn empfinden kann. Und das hat er nicht verdient.« Sie schwieg einen Moment. »Was mache ich denn jetzt?«

»Du könntest auswandern. Das könnte in zehn Tagen allerdings etwas kompliziert werden. Oder dir einen dritten Mann suchen, das geht bei dir im Moment ja offensichtlich recht flott …«

»Violette!« Ohne es zu wollen, prustete Lena vor Lachen. »Ich bin nun wirklich keine Femme fatale! Ich bin eine Frau über 40 mit Männerproblemen und noch dazu bald arbeitslos. Das ist echt nicht witzig.«

»Da hast du recht, in deiner Haut möchte ich grad nicht stecken. Nimm es nicht so schwer. Auch die Sache mit dem Job nicht. Du findest was Neues.«

»Du hast gut reden. Du hast Antonin im Rücken.«

»Och, das ist es? Wenn du finanziell abgesichert sein willst, dann heirate Jonas. Du hast mir doch erzählt, dass er davon träumt. Ihr hättet bestimmt eine glänzende Zukunft: schickes Apartment, tolle Reisen, jedes Jahr ein Schmuckstück. Ab und zu Sex der Kategorie *Jugend forscht*. Und er kann dir nicht wehtun, weil du ihn nicht an dich heranlässt. Dein Herz ist sicher vor ihm. Du müsstest ihm nur das Gefühl geben, dass er der Starke in der Beziehung ist, und dich entspannt zurücklehnen.«

Lena seufzte. Wie immer schaffte Violette es, die Dinge auf den Punkt zu bringen. Ihr grauste bei dieser Darstellung der Konsequenzen einer möglichen Entscheidung. »Ich glaube, du hast recht. Das ist kein Weg für mich.«

»Bravo. Dann wäre das schon mal geklärt. Und das andere Problem? Das mit Namen Georg?«

»Ich vermisse ihn«, gab Lena zu. »Ich muss ständig an ihn denken. Mein Gott, Violette, ich hatte die Nacht meines Lebens! Ich muss nur an ihn denken und habe ein Kribbeln im Bauch, und mein Gehirn schaltet sich ab.«

Violette stöhnte theatralisch. »Hör auf, du machst mich ganz neidisch! Kannst du mir ein bisschen was davon durchs Telefon schicken?«

»Ich würde, wenn ich könnte. Es ist ein wunderbares Gefühl«, gab Lena zu. »Aber ich komme mir vor wie ein durchgeknallter Teenager.«

»Komm dir doch lieber vor wie eine Frau, die über beide Ohren verliebt ist und die grandiosen Sex hatte.«

»Stimmt. Das ist schon viel mehr nach meinem Geschmack.«

»Siehst du? Frag mich, ich bin sehr weise.«

»Na ja, es bleibt immer noch die Tatsache, dass er nicht mit mir zusammen sein will.«

»Hm.« Violette seufzte. »Ach, Lena … Komm doch einfach für ein paar Tage her. Paris ist traumhaft um diese Jahreszeit. Alle sind verreist, nur die Touristen und wir sind noch da. Wir machen es uns richtig nett, und ich bringe dich auf andere Gedanken. Ich könnte dir ein paar meiner unverheirateten Freunde vorstellen. Von wegen der Option mit dem dritten Mann. Oder du haust sie alle in die Tonne, und wir zelebrieren dein wiedergefundenes Singledasein.«

Lena seufzte. »Würde ich ja gern machen, aber ich kann nicht weg. Die Ausstellung läuft noch bis Mitte August. Das bin ich meinem Chef schuldig.«

»Dann kommst du aber danach.«

»Versprochen.«

»Und jetzt ist es spät – ich muss morgen früh raus.«

Sie verabschiedeten sich, aber kaum hatte Lena aufgelegt, klingelte das Telefon schon wieder – und das mitten in der Nacht.

»Na, hast du was vergessen?«, fragte sie in den Hörer, sicher, dass es noch mal Violette war. Aber es war Monika.

»Sag mal, mit wem telefonierst du denn so ewig? Ich wollte mich nur mal kurz melden. Ich bin immer noch auf Mallorca. Gerade bin ich mitten in einem Seminar über Heilsteine. Ab-so-lut fas-zi-nie-rend.«

Lena brauchte eine Sekunde, um von ihrem Gespräch mit Violette umzuschalten. Sie sah ihre Schwester plötzlich in Walla-Walla-Kleidern als Schamanin um ein Feuer am Strand tanzen. Monika war mit 15 auf den New-Age-Zug der Achtzigerjahre aufgesprungen und war Lena damals gehörig damit auf die Nerven gegangen. Seitdem hatte sie einen Hang zur Esoterik; in ihrer Wohnung hingen Traumfänger, und sie las heute noch jedes Horoskop, das ihr unter die Augen kam.

»Heilsteine? Du glaubst doch eigentlich viel mehr an die Magie von Designerschuhen«, sagte sie.

Monika brach in Gelächter aus. »Das ist mein altes Ich. Jetzt sage ich: Heilsteine. Die kommen schließlich aus der Mitte der Erde, sie verankern mich, sie sorgen dafür, dass ich meinen Platz in einer höheren Ordnung finde und mich dort aufgehoben fühle.«

Höhere Ordnung? Aufgehoben? »Und warum findet dieses Seminar mitten in der Nacht statt?« Ein Blick auf die Uhr verriet ihr, dass es kurz vor Mitternacht war.

»Wir nutzen die Energie des Vollmonds«, sagte Monika, als sei das das Selbstverständlichste auf der Welt.

»Ach so, schon klar«, sagte Lena.

»Es geht doch gar nicht darum, ob diese Effekte wissenschaftlich nachgewiesen sind. Wichtig ist allein, ob es sich für mich gut anfühlt. Und das tut es. Außerdem glaube ich fest daran, dass Edelsteine heilende Kräfte haben und Unglück abwehren können. Wenn ich das rechtzeitig gewusst hätte, dann hätte ich Turmalin in Hans' Praxis ausgelegt, um böse Schwingungen fernzuhalten. Der schwarze Turmalin kann nämlich Gefahren wittern und negative Stimmungen an Ort und Stelle ausmachen und neutralisieren.«

»Schwingungen und Gefahren? In Hans' Praxis?«

»Na, der Einfluss von Martina.«

»Monika!« Jetzt ging ihre Schwester zu weit. Das mit dem guten Gefühl konnte Lena ja noch nachvollziehen, aber dann hörte es für sie auf.

Ihre Schwester reagierte erstaunlich gelassen auf Lenas Kritik. Früher wäre sie explodiert und hätte Lena vorgeworfen, sie zu bevormunden und immer alles besser zu wissen und ihr nichts zuzutrauen. Aber jetzt fühlte sie sich offensichtlich so geerdet, dass sie die Mahnungen ihrer großen Schwester in völliger Gleichmut hinnehmen konnte. »Du kannst davon halten, was du willst. Ich weiß, dass es funktioniert. Vielleicht solltest du das auch mal ausprobieren. Rosenquarz ist ein Liebesstifter. Aber ich glaube ja, du hast insgeheim Angst.«

Jetzt wurde Lena doch hellhörig. »Liebesstifter? Also mit einem Rosenquarz kann ich nicht dienen, aber wie ist es denn mit einem Tansanit?«

»Tansanit? Moment.« Sie hörte Monika am anderen Ende in einem Buch blättern. »Hier ist es. ›Der Edelstein Tansanit hilft beim Überwinden von Hemmungen, ist hilfreich bei leichten

Depressionen und verleiht dem Bewusstsein einen neuen Sinn.‹ Wieso fragst du eigentlich?«

Lena erzählte ihr, dass Jonas ihr einen Ring geschenkt hatte.

»Siehst du. Er hat den richtigen Stein ausgewählt. Er hat gespürt, dass du Angst vor einer tiefen Bindung hast. Du musst den Ring auf deine Chakren legen.«

»Äh«, machte Lena. »Aber das kann man doch bestimmt auch von vielen anderen Steinen sagen.« Sie stand auf und ging in ihr Schlafzimmer, wo der Ring neben ihrem Bett lag. Sie nahm ihn in die Hand und spürte ihn warm in ihrer Handfläche.

»›Wer den makellos eleganten Edelstein trägt, zeigt Persönlichkeit.‹ Hab ich doch gesagt, dass der Stein zu dir passt.«

»Okay, ich werde dran denken, wenn ich ihn trage. Aber ich glaube nicht, dass ich das tun werde.«

In kurzen Sätzen schilderte sie Monika die ganze Georg-Situation.

»Was denkst du?«, fragte sie vorsichtig. »Ich weiß ja, dass ich Jonas betrogen habe. Das ist für dich bestimmt gerade ein schwieriges Thema.«

»Na ja, ihr seid ja noch in so was wie einer Probezeit«, sagte ihre Schwester, und Lena atmete erleichtert aus. »Aber unter diesen Umständen kann ich verstehen, dass du den Ring nicht tragen willst. Wie dem auch sei: Mich machen die Steine und das Wissen um ihre Kraft stark, und sie helfen mir, meine innere Mitte zu finden.«

»Und Hans?«

»Ruft mich jeden Tag x-mal an.«

»Das ist doch gut, oder?«

»Ich gehe immer noch nicht ran.«

Im ersten Moment wollte Lena protestieren, aber stattdessen fragte sie: »Du lässt ihn weiter zappeln?«

»Ich kann jetzt nicht mit ihm reden. Er hat mich zu sehr verletzt.«

»Ich verstehe. Du musst vorher deine Mitte finden …« Lena kicherte, als sie das sagte. Aber es war allemal besser, als wenn sie es mit einem scharfen Unterton gesagt hätte.

Monika konnte jedenfalls auch darüber grinsen, das hörte man ihrer Stimme an. »Mach dich nur lustig. Wer im Glashaus sitzt …«

Im Hintergrund hörte Lena einen hellen Gong, der dreimal schlug. »Oh, mein Seminar geht weiter. Wir dürfen nicht zu spät kommen, um unsere Achtsamkeit zu zeigen. Wir telefonieren, ja? Mach's gut.« Damit legte Monika auf.

KAPITEL 18

Lena streckte den Arm nach dem nächsten Buch aus. Noch zwei Regale, dann hätte sie alle Bücher im Haus von Walter Cordes inventarisiert. Sie las den Namen der Autorin und brach in Lachen aus: Elizabeth George. Na super, nun ging das wieder los! Es gab tausend Gelegenheiten, an Georg zu denken. Dazu reichte schon ein Autorenname. George Orwell, Georg Büchner, George Bernard Shaw ... Oder ein Buchtitel wie ein Reiseführer über Georgien. Es war zum Verrücktwerden! Die Erinnerung an ihre gemeinsame Nacht wollte einfach nicht verblassen. Georgs blauer Pullover hing wieder bei ihr in der Küche über dem Stuhl. Er saß sozusagen mit ihr am Tisch. Der Gedanke gefiel Lena, und sie hatte das Gefühl, ihm auf diese Art nahe zu sein. Sie war heilfroh zu wissen, dass er auf dieser Kreuzfahrt war. Sonst hätte sie sich wohl jeden Abend gefragt, warum er nicht bei ihr war.

Mit Jonas war es gänzlich anders. An ihn dachte sie meist nur, wenn er ihr eine SMS schickte oder ein Foto von seiner Reise nach Dubai. Ihr Gefühl sagte ihr, dass sie reinen Tisch machen musste. War es nicht besser, Single zu sein, als in einer Beziehung, in der etwas nicht stimmte? So zumindest hatte sie ihr bisheriges Leben geführt. Erst in den letzten Wochen hatte sie diese Lebenseinstellung über Bord geworfen. Jonas hatte sie mit seiner Verliebtheit einfach mitgerissen.

Die letzten Vormittage hatte sie regelmäßig im Haus von Walter Cordes verbracht. Sie arbeitete weiter an dem Inventar der Bibliothek und begann zeitgleich, einzelne Bücher oder ganze Kisten bei Antiquariaten anzubieten. Einen Großteil hatte sie schon an den Mann bringen können. Sie packte die Kisten und ließ sie jeden Tag von einem Spediteur abholen. Das Geld, das sie dabei einnahm, kam auf ein Konto des Notars, der es dann an Stefano Montalbano weitergeben sollte.

»Ich werde allerdings versuchen, die Zahlung so lange wie möglich hinauszuzögern, um die Verluste auszugleichen, die er durch das Auseinanderreißen der Sammlung eingefahren hat«, sagte er mit einem hintersinnigen Lächeln zu Lena.

»Da muss ich aber noch viele Bücher verkaufen«, meinte Lena trocken.

»Nun, dann lassen Sie es mich so ausdrücken: Es scheint mir nicht zwingend notwendig, ihm auch nur einen Cent früher zu überlassen als unbedingt nötig.«

»Herr Fahlbusch, Herr Fahlbusch«, rügte Lena ihn mit einem warmen Lächeln. »Verträgt sich das mit der Ehre eines Notars?«

»Das, liebe Frau Ercken, verträgt sich bestens mit meiner Ehre als Freund von Walter Cordes.«

***

Nachmittags fuhr Lena dann in die Speicherstadt ins Büro, um die Ausstellung zu öffnen. Irgendetwas schien da gerade zu passieren: Es kamen täglich mehr Leute, an diesem Mittwoch hatte sie schon 20 Besucher gezählt. In den ersten Tagen nach der Vernissage waren drei bis fünf Besucher gekommen (und die Schulklasse, an die sie sich immer noch mit einem schlechten Gewissen erinnerte), dann um die zehn, und jetzt hatte sie die 20-Besucher-Marke geknackt. Sie dankte im Stillen dem Redakteur, der den Artikel für das *Abendblatt* geschrieben hatte; er hatte offensichtlich viele Hamburger auf die Idee gebracht, sich die Sammlung Cordes anzusehen. Andere Besucher waren Bekannte oder ehemalige Kollegen des Rechtsanwalts Cordes. Einige sprachen sie auch an und stellten sich vor: Sie wollten wissen, wie es Walter Cordes in den letzten Jahren ergangen war. Zwei ältere Damen, die eng mit Edith Cordes befreundet gewesen waren, boten an, eine mögliche Stiftung finanziell zu unterstützen, wenn es doch noch so weit kommen sollte.

Es kamen auch andere Sammler und Museumsmitarbeiter, die sich über die Modalitäten informieren wollten, die Sammlung zu übernehmen. Lena führte viele Gespräche, pries die Exponate an und vermittelte den Kontakt zum Notar.

»In der Zeitung war die Rede von einem Matisse und von Künstlerpostkarten der Brücke-Maler«, sagte eine junge Frau, die sich Lena als Mitarbeiterin des Museums für Hamburgische Geschichte vorstellte. »Das sind ja die Highlights der Sammlung Cordes, wenn ich das richtig verstanden habe. Darf ich sie sehen?«

Lena teilte ihr bedauernd mit, dass diese Stücke zurzeit gerade nicht vor Ort seien. »Sie sind zur Begutachtung in Rom«, fügte sie hinzu. Sie hatte sich diese Ausrede schon vor einigen Tagen zurechtgelegt und fand sie nur halb gelogen. Es war doch immerhin möglich, dass Stefano die Sachen zurückbrachte, oder? Das Museum für Hamburgische Geschichte wäre der perfekte Ort für die Sammlung Cordes, und sie wollte die Frau unbedingt bei der Stange halten. Sie konnte ihr ja schlecht sagen, dass der Erbe von Herrn Cordes sich die Perlen der Sammlung unter den Nagel gerissen, sie wahrscheinlich sogar veruntreut hatte. Wenn solche Gerüchte erst mal in der Welt waren, dann war eine Sammlung schnell wertlos, das hatten sie und Walter Cordes oft genug erlebt: Wenn es um unklare Besitzverhältnisse oder Erbstreitigkeiten ging, bekamen es alle mit der Angst zu tun und machten Rückzieher.

»Wissen Sie was, Frau …«, sagte Lena betont munter.

»Frau Michaelsen. Hier ist meine Karte.«

»Frau Michaelsen, wir bleiben in Kontakt. Ich melde mich bei Ihnen, sobald die Exponate zurück sind. Darf ich Ihnen in der Zwischenzeit den Katalog der Ausstellung und die Inventarliste der übrigen Stücke geben?«

Als Lena wieder allein war, atmete sie erst mal tief durch. In diesem Beruf waren Selbstdarstellung und das Bild, das man nach außen abgab, das Allerwichtigste. Der Kunstmarkt war klein, jeder kannte jeden, und Fehler blieben nicht lange unentdeckt. Man musste unbedingt seriös, professionell und am Puls der Zeit sein, wenn man Kunden gewinnen wollte. Allein der Verdacht, dass etwas nicht mit rechten Dingen zuging, reichte aus, um die extrem anspruchsvolle Kundschaft zu verschrecken. Seitdem der Begriff der Raubkunst und diverse Fälschungsskandale die Runde gemacht hatten, waren alle noch nervöser geworden. Der Kunstmarkt war richtiggehend eingebrochen. Und was für Privatkunden galt, galt noch viel mehr für öffentliche Sammlungen oder Museen.

Lena hoffte, alles richtig gemacht und Frau Michaelsen beruhigt zu haben.

Sie rief gleich Herrn Fahlbusch an, um ihm von dem Gespräch zu berichten. Sie hatten vereinbart, sich in allen Dingen abzusprechen. Es ging einfach um zu viel. Nicht nur um viel Geld, das in dieser wertvollen Sammlung steckte, sondern auch um das Vermächtnis von Walter Cordes. Das sagte sich Lena immer wieder.

Als sie aufgelegt hatte, kam ihr ein furchtbarer Gedanke. Sie öffnete ihren Computer und gab probeweise die Matisse-Zeichnung bei Google ein. Wie sie es sich gedacht hatte: Sie wurde in einem italienischen Auktionshaus zum Verkauf angeboten.

Lena hatte vor Wut Tränen in den Augen. Sie wünschte dem Neffen die Pest an den Hals. Sofort rief sie wieder beim Notar an.

»Darf er das überhaupt?«, rief sie, als sie ihm von ihrem Fund im Netz berichtet hatte.

Herr Fahlbusch seufzte. »Damit hatten wir doch schon gerechnet, Frau Ercken. Wer sollte ihn daran hindern? Er hat die Sachen mitgenommen, also wird er auch versuchen, sie zu verkaufen. Ich bin die Unterlagen noch mal durchgegangen. Es gibt leider keinen Passus im Testament, der ihm das verbietet.«

»Aber das macht doch die ganze Sammlung kaputt. Warum hat Herr Cordes seine Sammlung bloß diesem Neffen vermacht und nicht einem Museum?«

Herr Fahlbusch seufzte. »Wir haben in der letzten Zeit darüber gesprochen. Ich hatte ihm dazu geraten, und er wollte es sich überlegen. Aber Sie dürfen nicht vergessen, dass es der Wunsch seiner Frau Edith gewesen war, ihren Neffen abzusichern, und deswegen hat er sich die Entscheidung nicht leicht gemacht. Er hat wohl geglaubt, mehr Zeit zu haben.«

»Wir haben ja auch daran gearbeitet, einen neuen Ort für die Sammlung zu finden.« Sie dachte an die vielen Gespräche mit Interessenten.

»Tja, manche Dinge sollte man wirklich nicht aufschieben. Alles kann so schnell vorbei sein.«

»Ich mache mir Vorwürfe, weil ich diesen Brief seiner Frau in die Ausstellung gemogelt habe. Ich wollte ihm damit eine Freude machen, aber inzwischen frage ich mich, ob ihm die Aufregung vielleicht …«

»Das dürfen Sie nicht mal denken«, wurde sie barsch unterbrochen. »Das verbiete ich Ihnen. Er hat immer voller Zuneigung und Respekt von Ihnen und Ihrer Arbeit gesprochen.« Fahlbusch atmete tief durch. »Und ich sage Ihnen jetzt etwas, das ich eigentlich nicht darf, weil es unter das Gebot der Verschwiegenheit fällt, aber ich finde, Sie haben es verdient, das zu wissen.«

»Was denn?«, fragte Lena neugierig.

»Walter hat mit der Idee gespielt, Ihnen alles zu hinterlassen. Also nicht Ihnen persönlich, sondern als Verwalterin der Sammlung auf Lebenszeit.«

»Was?« Lena war sprachlos.

»Wie dem auch sei, dazu ist es nicht mehr gekommen. Dann hätten wir alle diese Probleme nicht. Aber so, wie es jetzt ist, fürchte ich, Sie und ich müssen uns mit den Gegebenheiten abfinden.«

Walter Cordes wollte sie als Verwalterin einsetzen? In ihrem Kopf ging alles durcheinander. »Können wir die Sachen nicht selbst zurückkaufen?«, schlug sie vor.

»Bleiben wir vernünftig: Wovon denn? Sie haben mir doch gerade mitgeteilt, dass allein der Matisse mit einem Anfangsgebot von 15.000 Euro im Katalog steht, und er geht garantiert noch höher. Selbst wenn es Ihnen gelänge, alle Bücher aus der Villa zu einem guten Preis zu verkaufen, würde das bei Weitem nicht ausreichen – zumal dieses Geld natürlich auch Herrn Montalbano zusteht.«

»Wir können gar nichts machen, nicht wahr?«

»So leid es mir tut. Ich habe so etwas schon einmal bei einem anderen Mandanten erlebt. Da ist man hilflos. Finden Sie sich damit ab. Sie haben alles getan, was möglich war. Und vielleicht tröstet Sie der Gedanke, dass Herr Cordes das nicht mehr erleben muss.«

Nachdem Herr Fahlbusch aufgelegt hatte, lehnte Lena sich in ihrem Stuhl zurück, um nachzudenken. Die Sammlung Cordes gab es nicht mehr. Sie versuchte, sich vorzustellen, wie es gewesen wäre, wenn Walter Cordes sie tatsächlich als Verwalterin oder Treuhänderin eingesetzt hätte. Allein die Möglichkeit machte sie stolz: Ihr ehemaliger Chef hatte ihren Fähigkeiten und ihrem Wissen vertraut. Das fand sie wunderbar, und sie merkte, wie es ihr Selbstbewusstsein stärkte. Das würde sie brauchen, um sich einen neuen Job in der Branche zu suchen.

Lena verschränkte die Hände hinter dem Kopf und ließ ihren Blick durch den Raum schweifen. Die Möbel, die Kugellampen und der Tresor, Walter Cordes' Lupe, die noch immer auf seinem Schreibtisch lag. Die Drucke und Bilder an den Wänden. Und natürlich die Vitrinen mit den ausgestellten Briefen und Reiseführern. Bald würde sie sich von diesen geliebten Dingen verabschieden müssen, die ein Teil ihres Lebens geworden waren und es bald nicht mehr sein würden. Sie ging hinüber an den Schreibtisch ihres Chefs und nahm sich in Gedenken an ihn einige Schokolinsen.

***

Kurz bevor sie Feierabend machte, klingelte ihr Handy. Lena sah auf ihr Display und schluckte, als sie den Namen las, der dort angezeigt wurde: Hans.

»Du musst mir einen Rat geben, was ich tun soll, um Monika zurückzugewinnen«, sagte er ihr, nachdem Lena sich vergewissert hatte, dass mit den Kindern alles in Ordnung war. Sie waren vorübergehend zu seiner Mutter gezogen, die sie so verwöhnte, dass es schwierig sein würde, sie wieder an ein normales Familienleben zu gewöhnen. Hans' Stimme klang müde. »Ich habe den größten Fehler meines Lebens gemacht.«

»Da werde ich dir garantiert nicht widersprechen. Wie konntest du nur?«, fragte Lena. Und gleich darauf hatte sie ein schlechtes Gewissen: Sie hatte Jonas doch auch betrogen, und es hatte sich verdammt noch mal richtig angefühlt. Aber das würde sie Hans nicht erzählen. Und überhaupt: Diese Martina war nicht Hans' Georg. *Monika* war Hans' Georg. Sie gehörten zusammen. Wie hatte er das auch nur eine Sekunde lang vergessen können?

»Vielleicht solltest du einfach hinfahren«, fuhr sie in deutlich versöhnlicherem Ton fort. »Ihr müsst reden.«

»Meinst du?« Er wurde lebhafter. »Da hab ich auch schon dran gedacht. Ich habe sogar schon nach einem Flug geguckt. Morgen früh geht einer. Aber … aber bist du sicher, dass das das Richtige ist?«

Lena überlegte kurz. »Ich glaube, Moni wartet auf eine große Geste von dir. Sie geht zwar nicht ans Telefon, wenn du anrufst, aber sie registriert sehr wohl, dass du nicht lockerlässt, und ich glaube, das gefällt ihr. Lass dir etwas einfallen. Erobere sie ein zweites Mal.«

Am anderen Ende blieb es einen Moment still. »Ich habe da schon eine Idee. Drück mir die Daumen.«

»Das tue ich.« Lena meinte das vollkommen ernst. Monika und Hans gehörten zusammen, davon war sie überzeugt.

***

Das Wochenende lag vor Lena, und sie hatte überhaupt keine Pläne. Das war in den letzten Wochen nur noch selten vorgekommen. Ihr wurde bewusst, wie sehr sich ihr Leben verändert hatte, seit sie Jonas kannte. Er hatte einfach die Regie übernommen. Und sie hatte ihn gewähren lassen, ohne sich zu fragen, ob sie das überhaupt wollte oder ob ihr das guttat.

Aber jetzt war er in Dubai, und Lena freute sich auf zwei lange, ruhige Tage ganz für sich, in denen sie in Ruhe über alles nachdenken und vielleicht sogar zur alten Norm zurückkehren konnte. Stattdessen schmerzte es sie, dass Georg nicht da war. Was war das alles nur für ein Chaos!

Sie verbrachte den Abend allein, konnte sich aber auf nichts konzentrieren – nicht auf ihre Bücher, nicht auf Musik, nicht einmal auf das Fernsehprogramm. Spätabends, sie wollte schon ins Bett gehen, klingelte das Telefon. Auf dem Display sah sie, dass es Jonas war. Ihr erster Impuls war, einfach nicht ranzugehen. Sie hielt ihr Handy in der Hand und starrte es an. Was sollte sie ihm sagen? Das Klingeln hörte auf, und Lena spürte, wie die Anspannung von ihr abfiel. Zwei Minuten später klingelte es erneut. Sie zuckte zusammen. Dann nahm sie doch ab.

»Hallo Schatz! Du warst wahrscheinlich gerade im Badezimmer? Entschuldige, dass ich dich so spät noch störe, aber ich wollte unbedingt deine Stimme hören. Du glaubst nicht, was hier alles geboten wird! Du hast die Bilder gesehen, die ich dir geschickt habe, oder?«

Er gab ihr keine Zeit, etwas zu sagen, sondern berichtete von ereignisreichen Tagen mit Ausflügen in die Wüste, Kamelrennen und fantastischen Büfetts.

»Das ist hier alles komplett irre! Und alles nur vom Feinsten, ich habe einen persönlichen Diener, der rund um die Uhr für mich da ist. Und stell dir vor, heute waren wir in einem Eisstadion. Ein Eisstadion bei 40 Grad! Einfach irre!«, wiederholte er aufgeregt.

»Und das findest du gut?«, waren ihre ersten Worte.

»Klar. Ist doch toll! Die machen hier alles möglich, einfach, weil sie es wollen. Und du musst dich um nichts kümmern, und buchstäblich alles ist sofort und jederzeit verfügbar. Morgen machen wir ein SUV-Rennen in der Wüste, nur mit GPS. Das ist wohl nicht ganz ungefährlich, aber ich hab natürlich sofort Ja gesagt.«

Lena wusste nicht, was sie dazu sagen sollte. Persönliche Diener, Autorennen und eine grandiose Ressourcenverschwendung für Eisbahnen in der Wüste lösten bei ihr keine

Begeisterung aus, mal ganz abgesehen von dem Frauenbild, das in diesen Ländern herrschte. Ihr wurde noch einmal sehr deutlich, wie viel sie von Jonas trennte. Wie kann es sein, dass er Sachen toll findet und ich eher befremdlich, dachte sie, während sie den Hörer an ihr Ohr hielt. Ich weiß ja nicht mal, wo er politisch steht, wie wichtig ihm Dinge wie Emanzipation oder Umweltschutz sind. Ich weiß nur, dass er seine Autos und teure Anzüge liebt. Und irgendwelche hippen Events. Er lebt in einer ganz anderen Welt als ich.

Sie war nur froh, dass er so viel zu berichten hatte und darüber vergaß zu fragen, wie es ihr ging. Lena ließ ihn reden und blieb selbst einsilbig. Was, wenn er sie fragen würde, ob sie ihn noch liebte und ob sie ihn vermisste? Auf einmal stand die Antwort auf diese Frage klar im Raum: Dann hätte sie ihm sagen müssen, dass sie Zweifel an ihrer Beziehung bekommen hatte.

»So, ich muss dann jetzt mal los«, hörte sie ihn endlich sagen. »Wir treffen uns noch mit ein paar Leuten in der Bar. Zum Glück darf man in diesem Hotel Alkohol trinken. Ich melde mich wieder. Mach's gut, mein Schatz.« Damit legte er auf.

Lena ließ sich erschöpft in ihren Sessel zurücksinken. Hätte sie ihm doch gleich reinen Wein einschenken sollen? Nein, dachte sie. Ich werde mit ihm reden, sobald er zurück ist.

***

Am Sonnabend frühstückte Lena auf ihrem kleinen Balkon. Sie legte die Füße auf den zweiten Stuhl und genoss die Wärme der Sonne auf ihrer nackten Haut. Ein warmer Wind spielte in ihrem Haar. Beim Anblick ihrer Füße wusste sie auch, was sie sich gönnen würde: ein Peeling für die Beine inklusive Enthaaren und eine Pediküre mit Fußmassage. In der Nähe hatte ein neues Studio aufgemacht, das ganz nach ihrem Geschmack aussah, klare Linien und kein Schnickschnack. Sie würde gleich dort vorbeigehen, vielleicht hatte sie Glück und bekam noch einen Termin. Sie schloss die Augen und hörte den Amseln zu, die im Innenhof in den Beeten pickten.

Was sollte sie sonst noch am Wochenende tun? Am liebsten gar nichts. Sie stand dennoch auf, um den Veranstaltungsteil des *Abendblatts* zu holen. Vielleicht gab es irgendetwas, auf das sie Lust hatte? Ein Open-Air-Konzert im Stadtpark vielleicht?

Während sie die Veranstaltungshinweise überflog, dachte sie, dass sie ihre Eltern besuchen müsste. Sie wusste ja, dass sie sich große Sorgen um Monika machten. Ihre Mutter hatte schon ein paar Mal angerufen und wollte wissen, was denn los sei und ob Lena nicht mehr wisse. Sie sollte sich wirklich dort blicken lassen und sie beruhigen. Vielleicht sollte sie auch sagen, dass Hans Monika für eine Aussprache hinterhergeflogen war? Sie seufzte und nahm den letzten Bissen ihres Käsebrötchens. Dann blätterte sie weiter. Fand irgendwo eine Kofferauktion statt? Vielleicht würde sie diesmal zum Zuge kommen, weil Georg Buchmann ja auf See weilte? Sie grinste grimmig in sich hinein.

Aber es gab keine Kofferauktionen an diesem Wochenende, stattdessen las sie viele Anzeigen für Stadtteilflohmärkte. Das könnte etwas sein: Flohmarkt auf der Isestraße, dort, wo sonst immer der beliebte Wochenmarkt stattfand. Da könnte sie zu Fuß hingehen. Und abends vielleicht irgendwo tanzen? Ja, genau das war es! Bevor sie es sich anders überlegte, rief sie Alexa an.

»Hey, wie geht's? Hast du die Nachwehen der Hochzeit gut überstanden?«, fragte sie, als ihre Freundin ranging, und überspielte dabei geschickt, dass es schon einige Wochen her war, dass sie sich gesehen hatten.

»Ich war inzwischen schon auf einer weiteren Hochzeit«,

stöhnte Alexandra. »Ich weiß auch nicht, ist Heiraten gerade angesagt?«

»Also, bei mir eindeutig nicht! Hast du Lust, mit mir tanzen zu gehen? Wir wollten uns doch mal wiedersehen.«

»Klar hab ich Lust! Wir müssen schließlich aufpassen, dass wir nicht auf unseren Sofas versauern. Ruck, zuck sind wir zu alt für irgendwelche Discos, weil wir künstliche Hüften oder Knie brauchen. Was ist mit Ann-Cathrin? Soll ich sie anrufen?«

»Ich glaube, eher nicht. Weißt du das gar nicht? Es geht ihr nicht so gut mit der Schwangerschaft.«

»Sie ist schwanger? Die Arme.«

Das war typisch Alexa. »Wieso denn? Ich habe gehört, sie freut sich auf das Kind. Aber sie muss sich schonen.«

»Muss ja jede selbst wissen. Also dann nur wir beide? Um elf im Club 17?«

»Kannst du auch schon eine Stunde früher? Es gibt da eine neue Bar, die Tequila-Cocktails machen, soll echt nett sein.« Lena musste lächeln: Ja, es hatte Vorteile, einen Mann wie Jonas zu kennen – so wusste sie über alle angesagten neuen Lokale Bescheid.

Alexa lachte. »Du meinst vorglühen wie in guten alten Zeiten? Ich bin dabei.«

Lena gab ihr die Adresse, und sie verabschiedeten sich. »Bis später.«

So, jetzt hatte sie eine Verabredung und keine Ausrede mehr. Wenn Lena es recht überlegte, empfand sie es als Zumutung, um elf Uhr abends erst irgendwo hinzugehen. Um diese Zeit lag sie oft schon im Bett! Aber sie hatte plötzlich Lust, mit ein paar ihrer Gewohnheiten zu brechen. Immerhin hatte sie ja auch ihre Regel aufgegeben, keinen Mann in ihr Leben zu lassen …

»Ich werde mich heute amüsieren«, sagte sie unternehmungslustig zu sich selbst.

KAPITEL 19

Lena fühlte sich richtig schön, als sie in die Bar auf dem Kiez kam, in der sie mit Alexandra verabredet war. Sie hatte wieder ihr Fürstenberg-Kleid an, aber heute trug sie keine Strümpfe, sondern betonte ihre perfekt gepflegten Beine und Füße mit für ihre Verhältnisse hochhackigen Sandalen. In Erinnerung an die Stunde, die sie in dem kleinen Schönheitssalon bei sich um die Ecke verbracht hatte, musste sie lächeln: Sie hatte bequem auf einer Liege gelegen, einen Tee aus frischer Minze vor sich und schöne Klänge im Ohr, während eine sympathische Frau ihr die Füße massiert hatte.

»Du siehst klasse aus. Hast du was vor?«, fragte Alexandra, die an der Bar auf sie wartete. Sie saß auf einem Barhocker, hatte ihre langen Beine übereinandergeschlagen und wippte mit dem Fuß, der in hochhackigen Pumps steckte.

»Du hast dich aber auch rausgeputzt«, sagte Lena. Alexa war wirklich eine Erscheinung, groß und schmal, mit unzähligen Sommersprossen im Gesicht, das von einer langen, dunklen Mähne umrahmt war. Sie trug eine enge Jeans und eine schwarze Seidenbluse mit Blütenprint und Raffungen; an den Ohren baumelten auffällige Kreolen, die bei jeder ihrer energischen Bewegungen klimperten.

»Klar, wir wollen uns ja auch amüsieren. Auch wenn wir auf eine Ü-40-Party gehen!«

Lena schubste sie. »Ach komm. Hauptsache, gute Musik.«

»Stimmt. Hauptsache, kein Roland Kaiser. Oder *Himbeereis zum Frühstück*.«

»Wieso sind wir Mädels eigentlich früher immer zusammen weggegangen, wo unser Musikgeschmack so unterschiedlich war? Wir standen damals doch auch schon auf Blues und Soul und Ann-Cathrin auf Schlager.«

»Ich glaube, sie durfte nie aussuchen, wo wir hingehen. Aber sie hat trotzdem getanzt wie eine Wilde«, sagte Alexa.

Lena holte ihr Handy raus. »Ich schreib ihr jetzt schnell einen Gruß und sag ihr, dass wir auf sie trinken.«

Alexa machte einen übertriebenen Kussmund. »Solange ich kein Selfie machen muss.«

Lena tippte die Nachricht ein. Dabei sah sie, dass Jonas angerufen hatte. Er hatte eine Sprachnachricht hinterlassen. Aber sie wollte sich jetzt keine Heldentaten von Wüstenrallyes anhören und steckte ihr Handy wieder ein.

»Was darf's sein?«, fragte die blonde Barfrau, die bestimmt zehn Jahre jünger war als sie.

»Keine Ahnung. Etwas, das die Zunge löst und in die Beine geht«, sagte Alexa.

»Da hab ich was für euch.«

Fünf Minuten später standen für jede drei Minigläser auf dem Tresen. Die Barfrau erklärte, dass das Cocktails seien, zum Probieren, alle auf Tequila-Basis.

»Aber der ist grün und hat eine Sahnehaube«, entfuhr es Lena. »Das passt doch nie und nimmer zu Tequila!«

»Probiert erst mal. Das schmeckt fantastisch. Und hat genau die Wirkung, die ihr wollt.« Die Barfrau stellte noch für jede ein kleines Pils hin. »Zum Neutralisieren«, erklärte sie und grinste.

Alexa hob das erste Glas, das mit der Sahne obendrauf. »Na denn, auf einen schönen Abend.«

»Prost«, sagte Lena.

Der Drink war der Hammer, süßlich, fast wie ein Dessert, aber die Schärfe des Tequilas kam doch durch.

»Wow«, sagte Alexa. »Ob die anderen noch besser sind?«

»Guck dir die Leute an«, sagte Lena, »dann weißt du es.«

Die anderen Gäste waren wirklich alle bestens gelaunt, es wurde gelacht und laut geredet und gestikuliert, aber niemand fiel unangenehm auf, weil er betrunken war.

»So, und jetzt erzähl mal von diesem Typen, mit dem du auf Ann-Cathrins Hochzeit warst. Die Frau, die mit mir am Tisch saß, hat sich fast die Augen aus dem Kopf geguckt.« Alexandra lachte. »Und die Nummer mit deinem Kleid ... Ziehst du die heute Abend wieder durch?«

»Quatsch«, sagte Lena, als sie sich an das Malheur mit ihrem Ausschnitt erinnerte. »Das war doch keine Absicht.«

»Das behaupten sie alle ...« Alexa grinste. »Aber was ist jetzt mit diesem Mann? Verrat's mir, ich bin ganz und gar ausgehungert nach solchen Geschichten!«

Tatsächlich konnte man mit ihr immer schon wunderbar über Männer und die Probleme, die mit ihnen einhergingen, reden. Dabei war Alexa schon seit der Schulzeit mit Robert zusammen; an ihr waren sämtliche Katastrophen wie Liebeskummer, Trennungen und Seitensprünge vorübergegangen. Sie und ihren Mann brachte nichts auseinander. Sie liebten sich immer noch und waren sich so sicher, dass sie sich sogar Flirts und ewige Kabbeleien erlauben durften. Lena bewunderte ihre Freundin dafür.

»Ich habe ihn dort erst kennengelernt. Er heißt Jonas und ist Niklas' Geschäftspartner«, begann sie.

»Ach – das ist also der schöne Jonas? Na, das hätte ich mir denken können.«

»Der schöne Jonas?«, wiederholte Lena. Sie fühlte sich bei diesen Worten plötzlich unbehaglich.

Alexa nickte. »Ann-Cathrin hat mir erzählt, dass der Kompagnon ihres derzeit amtierenden Ehemanns eine ziemliche Torschlusspanik schiebt, weil er inzwischen der einzige unverheiratete Mann weit und breit ist. Er träumt angeblich von seiner eigenen Hochzeit und lässt deshalb nichts anbrennen.« Sie überlegte kurz. »Ich glaube sogar, dass sie erwähnt hat, dass sie deshalb vorhatte, ihn mit dir bekannt zu machen.«

»Ach, deshalb hat sie uns an denselben Tisch gesetzt?«

Alexa nickte. »Unsere Schlagerfee kann manchmal ein echt verrücktes Huhn sein. Ich hab noch gesagt: Was soll unsere strenge Lena denn mit einem jungen Casanova, der sich vermutlich jeden Tag aufs Neue verliebt?«

»Ich bin doch nicht streng!«

»Mädchen, wenn du nicht streng bist mit den Männern, die in deinem Leben auftauchen, dann ist der Papst nicht katholisch!«, amüsierte sich Alexa. »Komm, das ist nicht böse gemeint, das weißt du. Aber du bist nun wirklich nie jemand gewesen, der sich einfach mal Hals über Kopf in ein Abenteuer gestürzt hat.«

Lena schüttelte den Kopf. »Wenn du wüsstest …«

»Ach ja?« Alexa sah sie mit hochgezogenen Brauen an. »Jetzt mach es nicht so spannend.«

»Wir … Wir sind zusammen. Also, ich meine, wir waren es. Also, wir sind es noch …«

Alexandra runzelte die Stirn, legte ihr Kinn in die aufgestützte Hand und sagte: »Ich bin ganz Ohr.«

»Ich hab mich schon ein bisschen in ihn verguckt. Vielleicht sogar ein bisschen mehr. Aber wir passen nicht zusammen«, entfuhr es Lena. »Er tut so, als wäre ich die ganz große Liebe seines Lebens, und vielleicht ist das für ihn auch so im Moment … oder es ist die Torschlusspanik, die da spricht, aber irgendwann wird er genau wie ich merken, dass wir eigentlich wenig gemeinsam haben. Er ist gerade in Dubai, vielleicht kommt er da selbst auf die Idee … Ich werde mich jedenfalls von ihm trennen, sobald er wieder in Hamburg ist.« Jetzt hatte sie es ausgesprochen, und es fühlte sich zu ihrer Verwunderung gut an.

»Gerade noch rechtzeitig, würde ich sagen.«

»Wie meinst du das?«

»Na, wenn du sagst, dass er dich für seine große Liebe hält, dann frage ich mich doch, ob das etwas mit diesem Ring da zu tun haben könnte. Den hattest du auf der Hochzeit noch nicht.« Sie deutete auf Lenas Hand.

Die starrte verblüfft auf ihren Finger, an dem Jonas' Ring glitzerte. »Du meine Güte! Ich weiß gar nicht, warum ich den heute aufgesetzt habe! Dass dir so was aber auch immer gleich auffällt. Aber ich will ihn nicht.« Der Ring brannte auf einmal an ihrem Finger; sie streifte ihn ab und ließ ihn in ihrer Handtasche verschwinden. »Jetzt fühl ich mich besser.«

»Hallo? Dieser Ring ist der Hammer. Aber wenn der Preis dafür ist, dass ich schon wieder zu einer Hochzeit muss, bin ich ganz deiner Meinung: Bloß weg damit!« Sie hielt sich theatralisch die Hand an die Stirn.

Lena lächelte ein bisschen gequält. »Keine Sorge. Dazu wird es nicht kommen.«

»Darauf lass uns den nächsten Shot trinken.«

Sie nahmen das nächste Gläschen, es enthielt etwas Gelbes, Dickflüssiges.

»Mann, ist das lecker. Was tun die da rein?«, fragte Alexandra, nachdem sie getrunken hatten. »Aber noch mal zu diesem Jonas. Du lässt dir einen Ring von ihm schenken, nachdem ihr euch gefühlt fünf Minuten kennt?«

»Ich habe geglaubt, es könnte funktionieren.« Lena senkte den Blick. »Aber dann …« Sie zuckte mit den Achseln.

»Aha, hab ich mir doch gedacht …«

»Was denn?«, fragte Lena.

»Du warst noch nie für was Festes. Und dieser Jonas scheint mir doch ein bisschen ungeeignet zu sein, um dich von deinen

Vorsätzen abzubringen. Ein bisschen zu jung und zu smart, finde ich. Der ist gut, wenn man mal naschen möchte, aber mehr doch auch nicht.«

»Damit tust du ihm auch unrecht. Er ist …«

»Soooo süß«, säuselte Alexa übertrieben. »So voller Energie? Soooooo niedlich?«

»Hör auf, ich geb's ja zu.« Lena stöhnte. »Ich hab mich da verrannt in etwas, weil es einfach gutgetan hat, von so einem schönen Menschen umworben und gefeiert zu werden.«

»Verstehe ich. Dann drückt man viele Augen zu. Und das ist auch vollkommen okay, solange man in der Lage ist, sie rechtzeitig wieder aufzumachen.«

»Genau an dem Punkt bin ich gerade angelangt.«

»Na denn, prost!« Alexa nahm das letzte Glas vom Tablett. Irgendwas mit Erdbeere, dachte Lena und merkte, wie ihr der Alkohol zu Kopf stieg. Ihre Freundin winkte schon der Barfrau: »Können wir das Gleiche noch mal haben?«

Die junge Frau nickte. »Kommt sofort.«

Lena wusste nicht, ob es an den Cocktails und dem Bier lag, mit dem sie nun anstießen, oder daran, dass Alexandra es in ihrer direkten Art auf den Punkt gebracht hatte: Auf einmal fühlte sie sich wie von einer schweren Last befreit. Und sie konnte auf einmal wieder an Jonas denken, ohne Groll oder Unbehagen zu fühlen. Er war, wie er war, und das war auch gut so. Er war nur einfach nicht derjenige, der zu ihr passte.

»Hach, ist das schön. Das sollten wir viel öfter machen«, riss Alexa sie aus ihren Gedanken, als die Barfrau die Drinks vor sie hinstellte.

Lena beschloss, Alexandra auch noch von Georg zu erzählen. »Es gibt da noch jemanden«, begann sie.

Alexa riss die Augen auf und schob sich die Brille ins Haar, für Lena ein untrügliches Zeichen, dass auch bei ihr der Alkohol zu wirken begann. »Ich fass es nicht. Erst hast du jahrelang keinen Mann und dann gleich zwei?«

Die Barfrau hatte die letzte Bemerkung gehört und nickte anerkennend in ihre Richtung.

»Ach Quatsch. Mit Georg ist das eine ganz komische Geschichte. Es gab nur eine Nacht. Er will keine Beziehung – er will nicht mal ein Verhältnis oder eine zweite Nacht.«

»Das hat er dir so klipp und klar gesagt? Respekt!«

»Er hat mich sogar noch mal angerufen, um mir das zu erklären. Für den Fall, dass einmal nicht peinlich und schmerzhaft genug war.«

»Immerhin hat er sich nicht einfach aus dem Staub gemacht. Ihm scheint ja was an deiner Meinung zu liegen.«

»Meinst du?«

Alexa schüttelte den Kopf. »Klar. Wenn er einfach nur seinen Spaß wollte, hätte er dir morgens noch schnell zugeflüstert, dass er sich meldet – und dann *Arrivederci* auf Nimmerwiedersehen. Singlemänner, die mit offenen Karten spielen, sind seltener, als man denkt.«

»Ich glaube, ich ziehe gerade Männer an, die sehr genau sagen, was sie wollen – nur leider ist es nicht das, was ich mir wünsche …« Lena seufzte theatralisch.

»Jetzt tu nicht so. Wen findest du denn besser?«

»Georg«, sagte Lena, ohne zu zögern. »Er passt viel besser zu mir, er ist reifer und reflektierter, er weiß, dass das Leben auch Tücken hat, er ist schwierig …«

»Das hast du früher schon immer gesagt, dass du schwierige Typen reizvoll findest«, platzte Alexa dazwischen.

Lena nickte. Dann musste sie lächeln. »Außerdem ist er besser im Bett. Aber er will mich nicht. Also kann ich ihn wohl vergessen. Und falls es dich interessiert: Er findet auch, dass Jonas nicht zu mir passt.«

Alexandra sah sie erstaunt an und hob das nächste Glas, um

ihr zuzuprosten. »Die beiden kennen sich? Das hört sich alles ganz schön kompliziert an. In deiner Haut möchte ich nicht stecken. Aber jetzt gehen wir tanzen. Mal sehen, wer uns da heute so über den Weg läuft.«

Lena stöhnte. »Noch ein Mann?«

»Vielleicht ist das die Lösung?«

»Das hat Violette auch gesagt.«

»Sie hat also auch schon erkannt, dass du zum Maneater mutiert bist?« Alexa sang leise den Refrain des Lieds von Hall & Oates und amüsierte sich prächtig.

Die Barfrau kam zu ihnen herüber. »Die beiden Jungs da drüben würden euch gern einen ausgeben.« Sie wies mit der Hand an das andere Ende des Tresens, wo zwei Männer jenseits der 50 in zu bunten Hemden saßen und ihnen zuwinkten. »Ich glaube, ihr wolltet aber noch woandershin, oder?« Sie hob die Augenbrauen.

»Stimmt. Wir hätten gern die Rechnung«, sagte Lena. »Außerdem ist es schon halb zwölf. Ich habe jetzt Lust, mich zu bewegen.«

»Und ganz sicher nicht mit den beiden Opis da!«, amüsierte sich Alexandra.

Lena schüttelte den Kopf. »Du bist unmöglich! Die beiden sind doch gar nicht so viel älter als wir.«

»Heute Abend doch, meine Liebe, und wenn auch nur heute Abend …«

Die nächsten Stunden tanzten Lena und Alexandra wie die Verrückten. Im Club wurden die alten Songs gespielt, die Lena auswendig kannte und die sie mit vielen schönen Erinnerungen verband: *Sweet Home Alabama*, Prince und George Benson, rhythmische Musik, die noch viel mehr in die Beine ging als die Tequilas vorher. Lena gab sich der Musik und ihrer Bewegung hin. Irgendwann war sie ganz bei sich und hörte nur noch auf das, was ihr Körper ihr sagte: Sie ließ ihre Arme um ihren Körper kreisen, drehte sich, bewegte die Schultern und die Hüften. Diese Art zu tanzen war wie eine Befreiung, eine Explosion und gleichzeitig wie eine Meditation. Sie ließ ihre Gedanken fliegen und ihre Sorgen hinter sich. Ab und zu sah sie zu Alexandra hinüber, die neben ihr alles rausließ und die ebenso zu fühlen schien. Sie lachten sich kurz an und tanzten weiter, unterbrachen zwischendurch nur widerwillig, wenn der DJ dann doch mal ein Lied spielte, zu dem sie sich nicht bewegen wollten, und nutzten die Gelegenheit, um an der Theke ein Wasser hinunterzustürzen. Aber dann kam schon wieder ein Lied, das sie auf die Tanzfläche rief.

Es war fast schon zwei Uhr, als Lena zum DJ ging und ihn bat, *Girl on my mind* von Georgs ehemaliger Band zu spielen. Als die ersten Töne liefen, sprang Alexandra auf.

»Mensch, das hab ich schon Ewigkeiten nicht gehört!«, rief sie.

Auch andere Besucher des Klubs kannten das Stück, im Nu war die Tanzfläche voll.

»Der Pianist von damals ist Georg!«, rief Lena Alexandra ins Ohr.

»Was? *Der* Georg? Von dem du mir vorhin erzählt hast?«

Lena nickte, weil es zu laut war, um ein Gespräch zu führen. Alexa hob den Daumen. »Mensch, dann schnapp ihn dir! Die waren toll!«

»Er ist nicht mehr der junge, unbefangene Star von früher«, rief Lena, wusste aber nicht, ob Alexandra sie verstanden hatte.

Also hörte sie auf zu grübeln, und sie sangen laut mit und verausgabten sich noch einmal komplett.

Es war schon fünf Uhr morgens, als die beiden Freundinnen wieder auf die Straße traten. Die Sonne war bereits aufgegangen, die ersten Vögel sangen. Sie mussten sich nicht erst groß absprechen, um zu wissen, dass sie nach der vielen Bewegung hungrig waren. Sie gingen in den besten Imbiss auf der Reeperbahn und bestellten Pommes mit scharfer Soße und extra Mayonnaise. »Auf eine wunderbare Nacht!«, sagte Lena und hielt eins der knusprigen Kartoffelstäbchen hoch, als könnte man mit ihnen anstoßen.

»Auf ein wunderbares Leben!«, sagte Alexandra und tippte mit ihrer Pommes dagegen.

Als Lena zu Hause ankam und auf die Uhr sah, war es sechs. Sie ließ sich ins Bett fallen und dachte, dass sie sich schon seit Ewigkeiten nicht mehr so gut amüsiert hatte. In ihren Ohren summte es von der Musik, und sie fühlte sich zum ersten Mal seit langer Zeit wieder unbeschwert und wie befreit.

***

Den Sonntag vertrödelte Lena in aller Gemütlichkeit. Sie schlief lange, dann setzte sie sich mit einem Kaffee auf ihren Balkon und las. Ihre Mutter rief an, um zu sagen, dass sie und ihr Vater zum Kartenspielen bei Freunden eingeladen waren. Lena war froh, dann musste sie kein schlechtes Gewissen haben, wenn sie nicht zu ihnen hinausfuhr.

Als sie irgendwann in die Küche ging, um sich noch etwas zu trinken zu holen, sah sie, dass sie zwei SMS bekommen hatte. Die erste war von Alexandra.

War klasse gestern Abend. Das wiederholen wir. Viel Erfolg bei deinen amourösen Verwicklungen. Halt mich auf dem Laufenden, Alex

Die zweite war von Monika.

Du glaubst es nicht – Hans ist hier! Er hat die Praxis geschlossen. Und stell dir vor: Wir machen gemeinsam einen Tangokurs! Hat er alles organisiert. Wir bleiben noch ein paar Tage auf Mallorca. Ich hab ein sehr gutes Gefühl!

Lena starrte auf das Display. Hans schloss freiwillig seine Praxis. Und er machte einen *Tangokurs*. Das war eindeutig ein Liebesbeweis: Hans hasste nichts mehr als Tanzen; fast wäre die Hochzeitsfeier der beiden daran gescheitert, weil er sich sogar weigerte, den obligatorischen Walzer mit Moni zu tanzen. Lena hatte das Bild noch vor sich, wie er ihre Schwester zwar im Arm gehalten hatte, aber seine Füße nicht hochbekam und höchstens ganz leicht mit den Schultern zuckte, wenn überhaupt. Und nach drei Takten hatte er fluchtartig die Tanzfläche verlassen. Seit diesem Desaster hatte er jede Aufforderung, jede Drohung, jede Bitte ignoriert. Hans tanzte nicht. Basta. Und jetzt machte er sogar einen Tangokurs? Ihm war es wirklich ernst, er wollte Monika um jeden Preis zurückgewinnen.

Lena war sehr erleichtert. Die Ehe ihrer Schwester schien gerettet. Sie redeten wieder miteinander und tanzten sogar zusammen. Alles Weitere würde sich finden.

Am Nachmittag unternahm sie einen Spaziergang auf den Flohmarkt auf der Isestraße. Sie blieb lange an einem Stand mit alten Postkarten stehen und kaufte schließlich zwei Karten aus Hamburg. Sie hatte Mühe, die Rückseite zu lesen, weil sie in ziemlich krakeliger Sütterlinschrift beschrieben waren, aber ihr gefiel die steile, charaktervolle Schrift, mit der ein Hermann Grüße an eine Lisbeth schickte.

Wer weiß, dachte sie. Vielleicht ist das der Anfang einer eigenen Sammlung?

Sie trug die Karten nach Hause und lehnte sie an ihr Bücherregal, wo sie sie im Blick hatte.

Dann legte sie sich auf ihr Sofa und träumte vor sich hin. Die vergangene Nacht steckte ihr noch in den Knochen, sie hatte sogar leichten Muskelkater vom Tanzen. Sie ertappte sich, dass sie lauschte, ob Georg vielleicht Klavier spielen würde. Müsste er nicht bald wieder zurück sein? Er hatte doch davon gesprochen, dass er eine Woche weg sein würde. Aber im Haus blieb es sommerlich still.

KAPITEL 20

Die Bücher im Haus von Walter Cordes hatte Lena in der vergangenen Woche alle gesichtet und verpackt. Ein großer Teil war an eine karitative Organisation gegangen, die eine Buchhandlung für gebrauchte Bücher betrieb. Dort arbeiteten Ehrenamtliche und ein paar Minijobber und verkauften die Bücher für einen oder höchstens zwei Euro weiter. Der Laden war sozialer Treffpunkt und Arbeitsplatz, und das Konzept gefiel Lena. Damit verdiente sie zwar kein Geld, aber es war für einen guten Zweck. Außerdem sah sie keinen Sinn darin, Geld einzunehmen, das dann dem Neffen zugutekommen würde.

Einige Kartons voller Erstausgaben aus den Nachkriegsjahren konnte sie an Antiquariate verkaufen. Sie war sich nicht zu schade, an das gute Gewissen der Händler zu appellieren: »Sie haben doch auch immer gut an Walter Cordes verdient. Jetzt braucht seine Sammlung Sie!« Mit diesem Argument trieb sie die Preise in die Höhe, denn hier lohnte sich der Aufwand. Das Geld, das sie einnahm, verbuchte sie ordnungsgemäß. Es würde zwar an diesen Neffen gehen, aber sie konnte nicht anders. Sie konnte nur richtig arbeiten oder gar nicht.

An diesem Dienstag trug sie den letzten Bücherkarton aus der Dachgeschosswohnung nach unten. Draußen herrschte eine schwüle Hitze, die sich in den Räumen unter dem Dach staute. Lena war verschwitzt. Aber bis auf die Regale waren die Räume nun leer. Auch für die Möbel hatte sie schon einen Käufer gefunden; er wollte morgen vorbeikommen und sie abbauen und mitnehmen. Frau Schäufele würde ihn hereinlassen und dann gleich hier sauber machen. Was mit dem Haus passieren würde, wusste Lena nicht. Das lag ganz allein in der Hand von Stefano. Sie ging noch einmal zurück in die Dachwohnung und öffnete die Jalousien und kippte die Fenster, damit frische Luft hereinkam. In der Küche standen noch ihre leere Kaffeetasse und eine Flasche Mineralwasser. Sie nahm beides an sich. Als sie an der Wohnungstür von Herrn Cordes vorbeikam, blieb sie für einen Moment stehen und hielt innere Zwiesprache mit ihrem Chef. Dann musste sie sich beeilen, um ins Büro zu kommen. Die Ausstellung musste geöffnet werden.

***

Es ging schon auf den Abend zu. Lena hatte wie immer die Tür zum Treppenhaus offen gelassen, damit mögliche Besucher sich eingeladen fühlten. Außerdem tat der leichte Luftzug gut, der von draußen kam. Die Hitze war noch schlimmer geworden und staute sich in den Straßen der Stadt. In der Boulevardpresse waren bereits die ersten Meldungen von ausverkauften Ventilatoren und überfüllten Krankenhäusern zu lesen. Wie jeden Sommer, dachte Lena und ließ die Zeitung sinken. Da bisher noch niemand da war, träumte sie träge vor sich hin.

Eine Stimme im Treppenhaus ließ sie aufhorchen. Trotz der Hitze bildete sich kalter Schweiß auf der Haut ihrer Unterarme, als sie die Stimme erkannte. Es war die von Georg, ohne Zweifel. Diesen samtenen Unterton hätte sie immer erkannt. Eine Frau antwortete, deren Stimme ihr auch bekannt vorkam, die sie aber nicht gleich zuordnen konnte.

Oh Gott, er wollte doch nicht etwa zu ihr? Mit einer Frau?

Hektisch sah sie sich um und an sich herunter. Weiße Leinenhose und ein blau geringeltes Shirt, das war okay. Sie fuhr sich mit der Hand durchs Haar.

»Guten Tag«, kam es von der Tür her. Das war die Stimme der Frau. »Sind wir hier richtig für die Ausstellung *Grüße nach Deutschland*?«

Jetzt wusste Lena, zu wem sie gehörte. »Frau Hansen?«, fragte sie ungläubig.

Die alte Dame sah sie verblüfft an, dann ging ein bezauberndes Lächeln über ihr Gesicht. »Lena! Sie sind das? Hätte ich das gewusst. Wir wollen uns Ihre Ausstellung ansehen.«

Lena registrierte im Hinterkopf, dass die alte Dame wieder Rosa trug. Diesmal einen weiten Hosenanzug aus Seide, den Lena, mal abgesehen von der Farbe, auch angezogen hätte. Sie stand auf und ging der alten Dame entgegen, um ihr die Hand zu geben. Dabei versuchte sie unauffällig, hinter sie zu sehen.

Hinter Madame Rosa betrat Georg den Raum. Als er Lena sah, rutschte ihm sein höfliches Lächeln regelrecht vom Gesicht.

Lena merkte, wie ihre Wangen sich verfärbten.

Frau Hansens Blick war ihrem gefolgt. »Sie kennen sich ja schon. Schade, dass Sie seitdem nicht mehr bei mir waren.« Ihr schien die angespannte Stimmung entgangen zu sein. Vielleicht tat sie aber auch nur so. Schon bei der Begrüßung war Lena nämlich der Gedanke gekommen, dass ihre Überraschung gespielt war.

»Ich …«, fing Lena an. »Ich freue mich, dass Sie da sind. Die Ausstellung ist im Nebenraum. Durch die Tür da.«

»Ich kannte Walter und Edith. Besonders Edith. Sie war eine begeisterte Theaterbesucherin. Ich habe in der Zeitung gelesen, dass hier auch einer ihrer Briefe zu sehen ist. Ich habe eine ausgeprägte Schwäche für Liebesbriefe.« Dabei sah sie Lena bedeutungsvoll an.

Lena war immer noch zu verwirrt, um auch nur ein vernünftiges Wort zu sagen. Sie starrte Georg an, der in der Tür stehen geblieben war und wiederum sie anstarrte. Er sah unglaublich anziehend aus, eine Strähne seines dunklen Haars hing ihm in die Stirn. Wenn sie gedurft hätte, dann hätte Lena sie ihm zurückgestrichen. Sie räusperte sich.

»Georg, kommen Sie?«, fragte Frau Hansen.

»Gleich. Gehen Sie doch schon mal vor.« Er wartete, bis die alte Dame nach nebenan gegangen war. Dann sagte er leise zu Lena: »Ich wusste nicht, dass du hier arbeitest.«

Lena fand langsam ihre Stimme wieder. »Wärst du sonst nicht gekommen?«

»Doch. Nein. Also … Ich hätte dich nicht so überfallen. Und ich wäre auch besser vorbereitet gewesen. Ich hatte eben gefühlt eine kleine Herzattacke.« Er versuchte sich an einem schiefen Grinsen, was misslang.

»Wie war deine Seereise?«, fragte Lena höflich.

»Ganz okay. Wie immer. Aber willst du wirklich über meine Reise reden?« In seiner Stimme schwang ein Unterton mit, den sie nicht deuten konnte.

»Worüber sollen wir denn sonst reden?« Lenas Herz schlug schneller. Was erwartete er von ihr? Laut seiner letzten Aussage hatte er keinerlei Interesse an ihr. Wie sollte sie jetzt also sonst reagieren als mit Small Talk? Doch dann setzte sie alles auf eine Karte. Sie wusste auch nicht, woher sie den Mut dazu nahm. Aber sie wollte es einfach wissen. Sie sah ihn an und fragte: »Oder hat sich etwas an der Situation geändert?«

Und dann las sie in seinen Augen zu ihrer Überraschung einen ganzen Schwall von Gefühlen, die immer nur kurz aufblitzten und schließlich wieder hinter seiner unergründlichen Maske verschwanden. Sie war ihm also doch nicht einerlei! Zwischen ihr und Georg gab es etwas, auch wenn er sich dagegen zu wehren versuchte.

»Georg? Wo bleiben Sie denn? Kommen Sie, ich will Ihnen etwas zeigen«, ertönte Frau Hansens hohe Stimme aus dem

Nebenraum.

Georg sah immer noch Lena an. Der Sturm an Gefühlen war verschwunden, und seine Mundwinkel zuckten verräterisch.

Plötzlich fingen sie beide an zu lachen.

»Mannomann, das gibt's doch nicht. Da fahr ich bis zum Nordkap, um einer Frau aus dem Weg zu gehen, und dann treffe ich sie wieder, kaum, dass ich zu Hause bin«, sagte er kopfschüttelnd.

»Irgendwie bezweifele ich, dass das ein Zufall ist«, sagte Lena und deutete mit dem Kinn in Richtung des Nebenraums. Georg schmunzelte und folgte Frau Hansen.

Lena brauchte einen Moment, um sich zu sammeln. Dann ging sie hinterher.

Frau Hansen fing an, Fragen zur Ausstellung zu stellen, und es gelang Lena, halbwegs professionell zu antworten. Aber sie musste immer wieder zu Georg hinübersehen, der ihr auf der anderen Seite der Vitrine gegenüberstand. Wenn sie sich gleichzeitig über die Briefe beugten, waren ihre Gesichter nur Zentimeter voneinander entfernt. Eine Kopfbewegung, und ihre Lippen hätten sich berührt. Georgs Nähe war fast zu viel für sie. Seine Größe, der kräftige Oberkörper und das dichte Haar, der Duft, der von ihm ausging, all das machte sie nervös. Zwischen ihnen knisterte es dermaßen, dass Lena sich wunderte, wie Frau Hansen das entgehen konnte. Zum Glück plapperte die alte Dame ziemlich viel.

»Was wird denn nun aus alldem, jetzt, wo Herr Cordes nicht mehr da ist?«, fragte sie gerade.

Lena riss sich zusammen. Mit Bedauern löste sie sich aus Georgs Nähe und wandte sich Madame Rosa zu. »Herr Cordes hat einen Neffen, der in Italien lebt. Er hat alles geerbt. Kennen Sie ihn zufällig?«

Frau Hansen schüttelte den Kopf.

Lena sah zu Georg hinüber. Er sah sie immer noch unverwandt an.

»Kann ich Ihnen einen Kaffee anbieten? Oder ein Wasser? Immerhin ist es ziemlich warm draußen.«

»Nein danke, Lena. Mir geht es gut. Georg war ja so freundlich, mich herzufahren. Und er bringt mich auch wieder nach Hause«, sagte sie, an ihn gewandt, »obwohl ich natürlich auch ein Taxi bestellen kann, wenn Sie lieber noch bleiben wollen?«

Also hat sie doch was gemerkt, durchzuckte es Lena.

Georg wiegelte ab. »Nein, nein, alles gut. Ich fahre Sie wie vereinbart. Warum auch nicht?«

»Nun, wenn Sie noch etwas zu besprechen haben, können Sie das ja auch bei mir tun. Morgen ist Mittwoch, da habe ich wieder Gäste. Georg kommt, um Klavier zu spielen. Und Sie?« Sie sah Lena herausfordernd an.

Die sah zu Georg hinüber, der sie nicht aus den Augen ließ. Sein Blick jagte ihr Schauer über den Rücken.

»Gern«, sagte sie daraufhin. »Wenn ich es einrichten kann.« Hatte sie das jetzt zu Georg oder zu Frau Hansen gesagt?

Die alte Dame hakte sich bei Georg unter und klopfte ihm auf den Unterarm, als Zeichen, dass sie gehen wollte. »Na denn«, sagte sie zu ihm und lächelte ihn von unten herauf an – er war mindestens zwei Kopf größer als sie.

Georg drehte sich noch einmal zu Lena um. Sein Blick verdunkelte sich, dann zuckte er mit den Schultern. »Dann sehen wir uns morgen?«, fragte er.

Lena versuchte, seinen Gesichtsausdruck zu deuten, aber es gelang ihr nicht.

Sie blieb ebenso vage. »Hm«, machte sie.

Lena blieb in der Tür stehen und hörte, wie Georg und Frau Hansen den Gang zum Fahrstuhl nahmen. Das unverhoffte Wiedersehen mit ihm hatte sie aus der Fassung gebracht. Sie fühlte ein Ziehen im Bauch, ein beglückendes Gefühl, das sie noch von ihrer Zeit mit Vincent her kannte. Sie hatte sich eben richtig zusammenreißen müssen, um ihn nicht wie zufällig zu berühren. Sie schnupperte. Lag sein Duft noch in der Luft?

Lena ging zu ihrem Schreibtisch und ließ sich kraftlos auf ihren Stuhl fallen. Die Gewissheit traf sie wie ein Schlag: Ich habe mich verliebt, dachte sie verwundert. Das ist nicht nur Schwärmerei, nicht nur körperliches Begehren. Ich habe mich ernsthaft in Georg verliebt.

Und sie wusste: Es war eine Liebe, die ohne »Warum« auskäme, die sie nicht infrage stellen und die sie – trotz all der Probleme, die sie auf sich zukommen sah – mit offenen Armen willkommen heißen würde, wenn … tja. Ihr glückliches Lächeln fiel in sich zusammen. Wenn sie ihr Herz nicht an einen Musiker verloren hätte, der sich verboten hatte, sie zu lieben.

Den ganzen Weg nach Hause grübelte Lena über ihre Situation nach. Es wurde nicht besser dadurch, dass sie eine SMS von Jonas bekam.

Morgen kann ich dich wieder in die Arme schließen. Ich freue mich darauf.

Die SMS blieb unbeantwortet.

***

Abends im Bett wälzte Lena sich schlaflos von einer Seite auf die andere. Irgendwann hielt sie es nicht mehr aus und setzte sich mit einem Glas Wasser auf ihren Balkon. Die Nacht war lau und wunderschön, der Vollmond ging gerade hinter den Häusern auf. An ihm lag es aber nicht, dass sie nicht schlafen konnte.

Lena sah zu den Hinterhäusern hinüber, wo der Grund für

ihre Schlaflosigkeit wahrscheinlich selbst selig schlummerte. Irgendwo dort wohnte er, und dass er ihr in diesem Augenblick so nahe war, ließ sie vor Sehnsucht erzittern.

Jetzt, wo sie sich eingestanden hatte, was sie für Georg empfand, schien es plötzlich so offensichtlich. Ihre Gefühle Jonas gegenüber waren dagegen nur ein schwacher Aufguss. Ihr Magen zog sich schmerzhaft zusammen, wenn sie an das Gespräch dachte, das sie mit ihm führen musste. Sie würde ihn verletzen, und das hatte er nicht verdient. Aber sie konnte nicht mit einem Mann zusammen sein, wenn ihr Herz sich gleichzeitig nach einem anderen Mann sehnte. Jonas verdiente mehr, als ihr Plan B zu sein, nur weil Georg nicht mit ihr zusammen sein wollte.

Er würde morgen aus Dubai zurückkommen. Sie musste es ihm sofort sagen und ihm den Ring zurückgeben. Wieder fiel ihr auf, wie wenig sie ihn im Grunde kannte: Sie hatte keine Ahnung, wie er reagieren würde, und konnte nur hoffen, dass seine Unbekümmertheit ihm auch in dieser Situation helfen würde. Ein Gedanke tröstete sie: Jonas würde sehr schnell eine neue Liebe finden. Hatte Alexandra nicht auch so etwas erwähnt? Er war ein schöner Mann, er war bereit, seine Gefühle zu verschwenden und sein Herz zu öffnen. Wer weiß, dachte sie mit einem schiefen Lächeln, vielleicht ist die nächste Hochzeitseinladung dann von ihm, und ich finde mich an einem Tisch mit all seinen Verflossenen wieder.

Einen Schlussstrich unter ihre Beziehung zu ihm zu setzen bedeutete für sie selbst, dass sie wieder Single sein würde.

Davor hatte sie keine Angst. Sie kannte und mochte das Alleinsein. Aber ihr Magen zog sich schmerzhaft zusammen, wenn sie daran dachte, Georg in Zukunft weiter um sich zu wissen. Nur eine Häuserflucht entfernt, zu jeder Zeit der Möglichkeit ausgesetzt, sein Klavierspiel zu hören. Wie sollte sie das aushalten? Oh Gott, sie würde umziehen müssen. Was sie ja vielleicht ohnehin musste, wegen der Mieterhöhung und weil sie demnächst ohne Job war.

Und auch wenn ein kleiner Teil von ihr sich an die Hoffnung klammerte, dass das zwischen ihr und Georg doch noch klappen könnte – immerhin hatte er sie hoffnungsvoll angesehen, als Madame Rosa ihren nächsten Salon erwähnt hatte –, glaubte sie im Grunde nicht daran. Georg wollte keine Beziehung, und sie ja eigentlich auch nicht. Womit sie wieder am Anfang ihrer Gedankenkette angekommen war.

Lena saß noch eine Weile draußen, bis ihr zu kühl in ihrem dünnen Nachthemd war. Sie ging wieder ins Bett und fand immer noch keinen Schlaf. Vielleicht war eine ganz normale Freundschaft zwischen ihr und Georg möglich? Sie würden sich eben ab und zu sehen, zufällig im Flur oder bei Frau Hansen.

Möglich ist es, sagte sie sich. Morgen Abend bei Madame Rosa würde sie ihm den Pullover zurückgeben und dann einfach fragen, wie die Seereise gewesen war. Ein erster Schritt, dann ein zweiter, und …

Aber dann fiel ihr ein, dass sie morgen Abend Jonas sehen würde. Sie würde den Salon bei Helga Hansen verpassen.

Es war wie verhext!

KAPITEL 21

Jonas wartete nach der Arbeit auf sie. Um zehn Minuten vor fünf bekam sie eine SMS von ihm.

Ich warte unten. Beeil dich!

Er will nicht hochkommen, na schön, dachte Lena. Für sie war das ein weiterer Beweis dafür, dass er sich nicht für ihre Arbeit interessierte. Das machte das, was folgen würde, ein wenig leichter. Nicht zum ersten Mal fragte sie sich, was ihn eigentlich zu ihr hinzog? Dass sie gut aussah? Dass sie noch im richtigen Alter war, um ihm Kinder zu schenken?

Sei nicht ungerecht, ermahnte sie sich. Jonas hat dir nie etwas vorgespielt. Er hat dir seine Liebe geschenkt, und du bist nicht in der Lage, sie anzunehmen. Es gibt keinen Grund für Vorwürfe.

Um Punkt fünf Uhr schloss Lena ab. Sie ging am Fahrstuhl vorbei und langsam die Treppe hinunter, um noch einmal alles zu überdenken. Sie hatte ein mehr als mulmiges Gefühl vor dem Gespräch, das ihr bevorstand, und sie hatte es sich im Geiste x-mal vorgestellt.

Wie machte man mit jemandem Schluss, an dem einem wirklich etwas lag? All die Abschiede, zu denen es über die Jahre gekommen war, hatten wenig Gewicht für sie gehabt; es war immer mehr darum gegangen, den alten Status quo zurückzubekommen, nicht, etwas von Bedeutung zu beenden. Das letzte Mal, so wurde ihr bewusst, dass sie sich wirklich getrennt hatte, war von Vincent gewesen. Und das hatte ihr beinahe das Herz zerrissen. Auch damals hatte sie den Schlussstrich gezogen, nachdem Vincent sie zum wiederholten Male hatte hängen lassen. Die Leichtlebigkeit, die sie am Anfang so faszinierend an ihm gefunden hatte, war irgendwann in Verantwortungslosigkeit abgeglitten. Er hatte es mehrfach fertiggebracht, das Geld, das für die Miete vorgesehen war, in irgendwelche hirnrissigen Projekte zu versenken. Er lebte damals ohnehin schon länger von ihrem Geld. Wenn er dann mal etwas in der Tasche hatte, spielte er den großen Mann und schenkte ihr teure Dinge, die sie nicht brauchte. Er vernachlässigte sein Studium und fing an, Lena Karrierebesessenheit vorzuwerfen. Als er einen geplanten Urlaub, in dem sie über alles reden wollten, eine Stunde vor Abflug cancelte, weil er lieber mit irgendwelchen Leuten in einem Bully nach Norwegen fahren wollte, hatte es ihr gereicht. Lena war damals allein nach New York geflogen, lief weinend durch die Straßen und trennte sich von ihm, als sie zurückkam.

Noch jetzt, als sie daran dachte, tat die Erinnerung weh. Während sie die Treppen hinunterstieg, dachte sie, dass die Trennung von Jonas sie nicht so treffen würde. Aber wie würde er ihren Entschluss aufnehmen? Er schien doch davon auszugehen, dass das zwischen ihnen zwangsläufig vor dem Traualtar enden würde. Der Ring, sein Verhalten ihren Eltern gegenüber, seine Andeutungen, was Kinder anging …

Vor der Tür, die nach draußen führte, blieb Lena stehen und atmete einmal tief durch. Dann trat sie auf die Straße hinaus.

Jonas stand direkt davor und sah auf sein Handy. Er bemerkte sie und umarmte sie, übers ganze Gesicht strahlend.

»Hallo Schatz. Fahren wir zu mir? Ich möchte mit dir allein sein«, raunte er in ihr Ohr.

Lena machte sich los. »Ich muss mit dir reden«, begann sie.

»Okay, können wir auch machen. Der Abend ist ja noch lang.«

Er hatte sein Auto in der zweiten Reihe geparkt. Sie stiegen ein und fuhren das kurze Stück bis zu seiner Wohnung.

Im Aufzug umarmte er sie. »Hast du mich vermisst?«, fragte er.

Lena machte sich von ihm los. »Jonas …«, begann sie.

Der Fahrstuhl hielt im sechsten Stock.

»Lass uns doch erst mal reingehen«, sagte sie, und sie betraten schweigend seine Wohnung.

»Was hast du denn?«, fragte er dann. »Ist was?« Er sah sie erstaunt an – und fuhr vielleicht auch gerade deswegen unbeschwert fort: »Wenn du wüsstest, wie toll dieses Event war. Da müssen wir unbedingt mal zusammen hin! Ich hab den zweiten Preis beim Wüstenrennen gemacht. Dabei hätte ich fast einen Unfall gehabt. Autofahren auf Wüstensand ist fantastisch. Noch viel besser als offroadfahren.«

»Jonas!«

Er schwieg und sah sie fragend an.

Lena spürte, dass sie nicht länger um die Dinge herumreden konnte. Mit einem Ruck zog sie seinen Ring vom Finger, den sie vorhin im Büro aus ihrer Handtasche gezogen hatte, und legte ihn neben sich auf den Tisch. »Jonas, es tut mir so leid. Du bist ein wunderbarer Mann, und ich mag dich. Sehr sogar. Aber ich habe einen Fehler gemacht. Das mit uns funktioniert nicht …«

Er starrte auf den Ring. Sein Lächeln erstarb. Lena musste daran denken, dass sie ihn nie anders als mit einem Lächeln im Gesicht gesehen hatte.

»Ich habe so ein schlechtes Gewissen. Ich will dir nicht wehtun«, sagte sie sanft.

»Wir haben uns doch gut verstanden«, sagte er ungläubig. »Wir haben uns doch wunderbar amüsiert und … und wir sind ein schönes Paar.«

Lena merkte, wie ein warmes Gefühl in ihr hochstieg. Nein,

Liebe war es nicht, aber auch keine Wut oder Enttäuschung. Es war … Anteilnahme? »Das reicht aber nicht. Die Sachen, die du magst, die sagen mir nichts. Autos, teure Reisen, verrückte Dinge tun und so weiter – das ist wunderbar für dich. Aber nicht für mich.«

»Das macht nichts. Dann machen wir, was du willst.« Er sah sie mit einem hilflosen Ausdruck in den Augen an. »Aber du hast auch nie etwas gesagt.«

Lena dachte an die Kofferversteigerung, an die Vernissage, an das Versöhnungsabendessen, das sie gemeinsam hätten kochen sollen. Aber sie wollte keine alten Geschichten aufwärmen, denn im Grunde hatte Jonas recht: Sie hatte sich von ihm mitreißen lassen und seine Aufmerksamkeiten durchaus genossen. Sie hatte sich nie ernsthaft Mühe gegeben, ihn für etwas zu begeistern, was ihr wichtig war.

»Ist es wegen dieser blöden Beerdigung?«

Lena zuckte zusammen, als sie den herzlosen Ton hörte, in dem er das sagte.

»Darum geht es doch nicht. Wenn zwei Menschen zusammengehören, dann sollten sie auch ein paar gemeinsame Interessen und einen ähnlichen Blick auf die Welt haben. Beides sehe ich bei uns nicht.«

»Dann lass uns nach Gemeinsamkeiten suchen.« Er kam auf sie zu und wollte sie in die Arme nehmen. »Gib mir noch eine Chance, Lena. Ich … Ich weiß, es ist verrückt, es ist viel zu früh, aber ich will dich wirklich heiraten. Ich habe sogar schon eine super Location gefunden, in der Lüneburger Heide. Total romantisch.«

Was? Lena merkte, dass sie jetzt unbedingt die Notbremse ziehen musste. Und dass sie einen Grund brauchte, den er verstand.

»Ich habe einen anderen Mann getroffen.« Sie versuchte, ihre Stimme möglichst hart klingen zu lassen.

»Du hast …« Jonas sah sie ungläubig an. Dann bekam sein Blick etwas Verächtliches. »Kaum bin ich ein paar Tage weg, suchst du dir einen anderen?«

Lena machte keinen Versuch, etwas zu erklären oder sich in ein besseres Licht zu stellen. »Es tut mir leid. Du hast das nicht verdient.«

»Ich glaube, du gehst besser«, sagte er mit zusammengebissenen Zähnen.

Lena verließ ohne ein weiteres Wort seine Wohnung. Was hätte sie auch sagen sollen?

Unten vor dem Haus sah Lena sich unschlüssig um. Hier in der modernen Hafencity gab es keinen Raum, um einfach mit sich allein zu sein. Die wenigen frisch gepflanzten Bäume sahen aus wie Skulpturen oder steckten gleich in riesigen Pflanzgefäßen. Hier waren viel zu viele Menschen, meistens Touristen, die sich in Reisegruppen oder als Paare durch die oft windigen Schneisen schoben, die die Planer zwischen die kubischen Häuserblocks geschnitten hatten. Nach Hause wollte sie aber auch nicht. Da würde ihr die Decke auf den Kopf fallen.

Dann kam ihr die Idee, zu ihren Eltern nach Sasel hinauszufahren. Dort könnte sie einen Spaziergang im Park machen oder einfach im Garten sein. Die Vorstellung, mit ihren Eltern am Tisch zu sitzen und Abendbrot zu essen und dabei dem Lärmen der Stare zuzuhören oder ein Eichhörnchen zu sehen, bekam etwas sehr Verlockendes. Sie machte sich auf den Weg zur U-Bahn. Anrufen musste sie vorher nicht. Hertha und Hinrich waren bestimmt zu Hause.

Während der Fahrt fing sie an, sich leichter zu fühlen. Die Trennung von Jonas war unausweichlich gewesen. Du meine Güte, wie konnte er nur auf die Idee kommen, sie würden bald heiraten? Eine Hochzeit in der Lüneburger Heide?

Sie hätte diesen Schritt schon früher tun sollen. Vielleicht wäre es das Beste gewesen, sie hätte sich erst gar nicht mit ihm eingelassen.

Nein, dachte Lena. Es war schön, mit ihm zusammen zu sein, und sie würde Jonas immer dankbar sein für die gemeinsame Zeit. Aber genauso richtig war es, das zu beenden. Sie stieß einen tiefen Seufzer der Erleichterung aus und sah aus dem Fenster.

***

»Lena! Ist etwas passiert?«, rief ihre Mutter, als sie die Tür öffnete.

»Ich wollte mit euch Abendbrot essen«, sagte Lena leichthin, als gäbe es wirklich keinen anderen Grund. »Ihr sitzt doch bestimmt im Garten.«

»Ja, wir wollten gerade anfangen. Ich hol noch schnell einen Teller für dich. Geh schon mal zu Papa.«

Lena ging um das Haus herum. Es war ein typisches Rotklinker-Siedlungshaus aus den Sechzigerjahren. Darum gab es noch einen Kleinviehstall im Garten, der aber schon lange zu einem Gartenhaus umfunktioniert worden war, und zur Straße hatten ihre Eltern vor 20 Jahren einen Anbau errichtet. Das Haus war klein und nicht besonders gut gedämmt, aber es war ihr Zuhause, und mit dem Grundstück in Hamburgs Grüngürtel war es inzwischen einiges wert. Lena ging die Auffahrt zur Garage hoch und nahm den Durchgang, der von hier aus in den Garten führte. Ihr Vater stand vor einem der Beete, die Hände hinter dem Rücken verschränkt, und betrachtete irgendetwas. Dann bückte er sich schwerfällig, um ein Unkraut auszuziehen. Er musste sich auf den Oberschenkeln abstützen, um sich wieder aufzurichten. Der Anblick schmerzte Lena.

»Papa«, sagte sie.

»Lenchen, wie schön! Weiß deine Mutter schon, dass du da bist?«

Sie nickte. Lenchen, so hatte ihr Vater sie schon lange nicht mehr genannt. »Sie holt einen Teller für mich.« Sie ging auf ihren Vater zu und nahm ihn fest in die Arme.

Sie setzten sich zu dritt um den Gartentisch auf der Terrasse, von wo aus man den ganzen Garten überblicken konnte. Ganz am Ende, schon jenseits des Zaunes, standen ein paar hohe Kiefern am Weg. Sie rauschten sanft im Wind. Lena schloss für einen Moment die Augen, um dieses Geräusch ihrer Kindheit auf sich wirken zu lassen.

»Ach, ist das schön hier!«, sagte sie. »Ich brauchte einfach mal ein bisschen frische Luft. Wollen wir nachher noch einen Spaziergang machen?«

»Gern. Eine Abendrunde«, sagte ihre Mutter. »Aber jetzt greif erst mal zu.«

Lena schmierte sich ordentlich Butter auf das Vollkornbrot, dann kam Käse und zum Schluss eine in dünne Scheiben geschnittene Gewürzgurke von der Sorte, die ihre Mutter selbst einlegte. Inzwischen kaufte sie die rohen Gurken ein, früher hatte sie sie selbst im Garten gezogen. Heute pflanzten sie nur noch Erdbeeren und Johannisbeeren, Kräuter und ein paar Karotten und Kartoffeln an. Der ehemalige Gemüsegarten, der die Familie zu Lenas Kinderzeiten versorgt hatte, war einem üppigen, gut gepflegten Blumenparadies gewichen. Die alte Kinderschaukel und der Sandkasten, die nach ihr und Monika auch Pia und Leon ausgiebig bespielt hatten, waren längst abgebaut.

»Soll ich uns einen Wein aufmachen? Zur Feier des Tages?«, fragte Hinrich mit einem verschmitzten Lächeln und legte Lena die Hand auf den Arm. Ohne ihre Antwort abzuwarten, stand er auf, um in den Keller zu gehen.

Lena biss von ihrem Brot ab und lehnte sich zurück. »Ach, Mama, es ist so schön hier bei euch.«

»Du kannst immer kommen, das weißt du doch. Genau wie deine Schwester.«

Nicht jetzt, dachte Lena. Über Monis Eheprobleme können wir später reden. Jetzt will ich einfach den Frieden hier genießen.

Ihre Mutter vertiefte das Thema zum Glück nicht weiter. Das war immer Tradition in ihrer Familie gewesen: Beim Essen wurde nicht über Probleme geredet und nicht gestritten. Dafür war hinterher Zeit.

Ihr Vater kam mit einer Flasche Riesling und drei Gläsern zurück. Es waren die guten Römer mit dem dicken Schliff, die man heute gar nicht mehr hatte.

»Na denn, prost. Schön, dass du da bist, nicht wahr, Hertha?«

Lena sah auf die Uhr, es war kurz nach sieben. Bei Madame Rosa würden jetzt die Gäste eintrudeln. Ob Georg schon da war? Ob er nach ihr fragen würde? Auf einmal sehnte sie sich körperlich nach ihm. Es fühlte sich an, als würde jemand ganz sanft an ihr ziehen. Sie begann, nervös auf ihrem Stuhl hin und her zu rutschen. Wenn sie jetzt losfahren würde, wäre sie um acht dort, gerade rechtzeitig zum Essen. Ob er auf sie wartete, gerade in dieser Minute? Freute er sich auf sie und sah immer wieder zur Tür, ob sie kommen würde? Zwischen ihnen war noch so vieles ungesagt.

Wie es wohl wäre, wenn sie den Raum betreten würde? Er würde sie ansehen, sie würden aufeinander zugehen und sich in die Arme nehmen …

Ach was! Und wenn sie sich irrte? Sie machte eine unwillige Handbewegung, und ihr Vater sah sie fragend an.

»Blöde Mücke«, sagte Lena schnell. Dann konzentrierte sie sich darauf, in diesem paradiesischen Garten zu sitzen und mit ihren Eltern zu plaudern. An diesem Abend wollte sie ihr Gefühlschaos mal hinter sich lassen.

Nach dem Essen räumten sie den Tisch ab, dann machten sie sich auf den Spazierweg. Eigentlich kam immer nur Hertha mit, aber heute schloss sich auch ihr Vater an. »Sonst hab ich ja gar nichts von dir«, sagte er zu Lena. »Du fährst doch bestimmt nachher wieder?«

Sie gingen durch die Pforte ganz hinten im Garten und traten auf den Weg, der hinter dem Haus entlangführte. Der Duft der hohen Kiefern hüllte sie ein. Die Nadeln lagen weich auf dem Weg, der zu dem kleinen See führte. Ihr üblicher Spazierweg. Sie gingen langsamer als sonst, weil Hinrich Mühe hatte, mit ihnen Schritt zu halten. Lena blieb stehen und hakte sich bei ihm unter.

»Ich werde langsam alt«, sagte er und drückte liebevoll ihren Arm.

Als sie am See angekommen waren, steuerte er eine der Bänke an. Helga packte die Tüte mit den Brotkrumen aus und streute sie für die Enten auf den Weg davor. Schnatternd flogen sie ein.

»Hast du gehört, dass Monika einfach nach Mallorca geflogen ist?«, fragte ihre Mutter vorsichtig. »Wir machen uns Sorgen.«

Lena nickte.

»So was tut man nicht. Man bleibt zusammen, auch wenn es mal schwierig wird. Ich verstehe Monika nicht, einfach abzuhauen.«

»Aber Mama, es war Hans, der sie betrogen hat.«

»Trotzdem. Da muss man doch drüber reden.«

»Das tun sie vermutlich gerade. Hast du es über den Dorffunk noch nicht gehört? Hans hat die Praxis geschlossen und ist zu Moni geflogen. Die beiden machen jetzt«, sie lächelte bei dem Gedanken, »einen Tangokurs.«

»Sie machen … was?« Ihre Mutter sah sie fassungslos an. »Aber das heißt dann doch …«

»… dass noch nicht aller Tage Abend ist. Das heißt es, Mama, ja. Aber fang jetzt noch nicht an, ihren nächsten Hochzeitstag für sie zu planen.«

»Ach, Kind, ich sag ja gar nichts.«

Das wäre das erste Mal, dachte Lena, beugte sich dann aber vor und nahm ihre Mutter in den Arm.

»Was ist denn mit dir und diesem Jonas? Wollte er nicht mitkommen?«, fragte ihr Vater nun betont beiläufig.

Es hatte keinen Zweck, um den heißen Brei herumzureden. »Ich habe mich vorhin von ihm getrennt. Wir passen einfach nicht zusammen.« Sie sah ihre Mutter an.

Aber die wiederholte, wenn auch mit schicksalhaftem Blick: »Kind, ich sag ja gar nichts!«

Ihr Vater nickte. »Ich hab mir schon gedacht, dass etwas ist. Weil du gekommen bist.«

»Es stimmt aber nicht, dass ich nur komme, wenn es mir nicht gut geht«, protestierte Lena.

Ihr Vater hob beschwichtigend die Hände. »So habe ich das auch nicht gemeint. Ich habe mir nur gleich gedacht, dass er nicht der Richtige für dich ist. Du hast dich noch nie für Autos interessiert«, fügte er mit einem Lächeln hinzu.

»Also ich fand ihn sehr nett«, brach ihre Mutter nun doch den guten Vorsatz. »Aber über vergossene Milch soll man nicht jammern. Trotzdem, es wäre zu schön, wenn du endlich einen Mann finden würdest.«

»Jonas ist auch nett, Mama. Aber er passt nicht zu mir. Und ich bin die letzten Jahre auch ohne Mann glücklich gewesen.«

Ihre Mutter schüttelte bekümmert die letzten Brotkrumen aus der Tüte. »Wollen wir zurück?«, fragte sie. »Es wird langsam kühl.«

Lena machte noch einen Gang durch den Garten ihrer

Eltern, roch an den Rosen und pflückte eine Handvoll Rote Johannisbeeren. Als sie sie in den Mund steckte, verzog sie allerdings das Gesicht, weil sie noch nicht reif waren.

»Willst du Marmelade mitnehmen? Oder frische Erdbeeren?« Ihre Mutter war zu ihr getreten.

»Beim nächsten Mal, Mama. Ich mach mich jetzt auf den Weg.« Sie umarmte ihre Mutter. »Danke für den schönen Abend. Der hat gutgetan.«

»Ach, Kind.«

»Mama …«

»Ich sag ja nichts.« Und dann lachten sie beide und umarmten sich.

***

Auf dem Weg von der U-Bahn nach Hause schaute Lena auf die Uhr. Kurz nach zehn. Frau Hansen verabschiedete jetzt gerade ihre Gäste, Georg würde auf dem Heimweg sein. Sie sah sich um, es wäre ja möglich, dass sie ihm begegnete. Die Vorstellung versetzte ihr einen Stich.

Zu Hause nahm sie seinen Pullover, der immer noch in ihrer Küche über dem Stuhl hing, und vergrub ihr Gesicht darin. Ihr fiel auf, dass sie nicht eine einzige Sache in Jonas' Wohnung hatte. Und er keine bei ihr.

KAPITEL 22

Lena schloss gerade die Tür zum Büro auf, als ihr Handy piepste. Es war eine SMS von Jonas.

Es tut mir leid, dass ich dich rausgeschmissen habe.

Sie schrieb zurück:

Es tut mir leid, dass ich dir wehgetan habe.

Oh ja, das hast du. Sehr sogar. Aber ich glaube, das gehört dazu.

Zu was?

Zum Leben.

Bevor Lena darauf antworten konnte, kam schon die nächste Nachricht von ihm:

Meinst du, wir gehen irgendwann einmal einen Kaffee trinken, in ein paar Wochen? Ich fände es schade, wenn wir uns aus den Augen verlieren würden. Ich würde es vorziehen, uns nicht erst bei der Taufe von Niklas' Baby gegenüberzustehen und dann nicht zu wissen, was wir zueinander sagen sollen.

Lena spürte, wie ihr Herz sich bei diesen Worten zusammenzog. Jonas war vielleicht nicht der Richtige für sie, aber er war dennoch ohne Zweifel ein toller Mann.

Ja, lass uns das machen. Ich hoffe, du kannst meine Entscheidung irgendwann verstehen. Wir zwei wären auf die Dauer nicht glücklich geworden. Ich wünsche dir von Herzen, dass du die Frau deines Lebens triffst. Du hättest es verdient. Lena

***

Die folgende Woche zeigte Lena, dass es nicht so einfach war, in den alten Trott zu verfallen, wie sie gedacht hatte. Georg ließ sich nicht so leicht aus ihrem Leben und ihrem Kopf vertreiben. So ging das nicht weiter: Sie dachte fast ununterbrochen an ihn. Sie konnte ja kaum noch auf die Straße gehen, ohne sich ständig umzusehen und darauf zu hoffen, ihm zu begegnen. Und sie trieb sich so lange im Innenhof bei den Mülltonnen herum, die zwischen dem Vorder- und dem Rückgebäude standen, dass ihr einige Nachbarn schon merkwürdige Blicke zuwarfen, wenn sie ihr dort begegneten. Aber: kein Georg.

Immer wieder sah sie diesen fragenden Blick vor sich, als er mit Madame Rosa gegangen war. Sie hatte sein ernstes Gesicht vor Augen, das sich durch ein Lächeln komplett verwandeln konnte, sie meinte seinen muskulösen Oberkörper zu spüren, sie dachte an die Vertrautheit, die zwischen ihnen in ihrer Küche geherrscht hatte. So als wären sie schon jahrelange Freunde. Von der Leidenschaft, mit der sie sich geliebt hatten, ganz zu schweigen. Dies alles war zu schön gewesen, als dass sie es einfach hätte aufgeben können. Sie hatte Jonas den Laufpass gegeben, da musste sie auch den nächsten Schritt tun. Sie wollte sich nicht irgendwann, in ein paar Monaten oder Jahren, vorwerfen müssen, feige gewesen zu sein. Ja, sie war bereit, für Georgs Liebe zu kämpfen. Auch auf die Gefahr hin, dass er sie abweisen würde.

Jeden Abend hoffte sie vergeblich, ihn Klavier spielen zu hören. Es blieb still, zu still in ihrer Wohnung. War er wieder verreist? Auf irgendeiner Tournee? Immer wieder sah sie auf seinen Pullover über ihrem Küchenstuhl. Es war ein guter Pullover – wenn sie ihm komplett egal war, warum holte er ihn dann nicht ab?

Mit solchen Gedanken schlug sie sich von morgens bis abends herum. Sogar ihre Arbeit litt darunter. Es war zwar niemand da, um sie darauf aufmerksam zu machen, aber sie merkte selbst, dass sie den ganzen Tag nur herumsaß und Löcher in die Luft starrte.

»Du bist weich gekocht«, sagte Violette, die sie in ihrer Verwirrung angerufen hatte. »Unternimm endlich was, sonst drehst du noch durch.«

***

»Es reicht jetzt«, sagte Lena laut, als sie an diesem Tag nach Hause kam und sich dabei erwischte, wie sie schon wieder auf Georgs Pullover starrte. »Georg Buchmann, wenn du dich nicht traust, den ersten Schritt zu tun, dann mache ich es! Ich will jetzt endlich wissen, was Sache ist. Ich muss dich sehen und mit dir reden. Und wenn du mich dann wieder abweist, dann weiß ich wenigstens, woran ich bin.«

Es war Mittwoch, der Tag von Helga Hansens Salon. Also zog sie sich einen knielangen, geblümten Rock und dazu eine cremefarbene Schluppenbluse an, bürstete ihr Haar, bis es glänzte, und trug dunklen Lippenstift auf. Dann fühlte sie sich gewappnet.

Doch als sie um Punkt sieben Uhr den Klingelknopf drückte, bebte sie vor Anspannung. Gleich würde sie Georg wiedersehen! Allein bei dem Gedanken fühlte sie eine Gänsehaut im Nacken und auf den Unterarmen.

»Frau Ercken! Lena!«, rief die alte Dame, als sie ihr die Tür öffnete. »Das ist aber eine nette Überraschung. Kommen Sie doch rein.« Sie sah an Lena vorbei ins Treppenhaus. »Sie sind allein gekommen? Wo haben Sie denn den netten jungen Mann gelassen?«

»Wir …«, begann sie. »Tja.«

Frau Hansen lächelte, und wieder fragte sich Lena, ob sie mehr wusste, als sie zugab. »Ist bestimmt besser so. Kommen Sie!«

Lena schüttelte den Kopf und folgte ihr ins Wohnzimmer, wo bereits einige Leute um den Tisch saßen. Sie kannte niemanden von ihnen.

»Hallo, ich bin Lena«, stellte sie sich vor. Sie hörte aber nur mit halbem Ohr zu, als die anderen ihre Namen nannten. Ihre Blicke glitten durch den Raum. Wo war Georg?

Von dem Essen und den Gesprächen bekam sie kaum etwas mit. Jedes Mal, wenn es an der Tür klingelte, schlug ihr Herz schneller. Das muss Georg sein! dachte sie dann – und konnte ihre Enttäuschung kaum verbergen, wenn jemand anderes den Raum betrat. Ein Mann in ihrem Alter, der sich als Julius vorstellte, ließ sich auf den freien Platz neben sie fallen und versuchte, sie in ein Gespräch über das Für und Wider von Kunst im öffentlichen Raum zu verwickeln. Ein spannendes Thema, unbenommen, aber der holprige Dialog zwischen ihnen machte Lena klar, dass es manchmal eben doch nicht reichte, sich für dieselben Dinge zu interessieren.

Dann, ganz plötzlich und unerwartet, erklang aus dem Nebenraum Klaviermusik. Lena zuckte zusammen. Also war er doch da! Sie sprang auf und ging, ohne den verblüfften Julius eines weiteren Blickes zu würdigen, nach nebenan.

Doch am Klavier saß eine Frau. Lena sackte in sich zusammen und ließ die Schultern hängen.

»Georg kommt heute nicht.«

Lena wandte sich erstaunt um und sah sich ihrer Gastgeberin gegenüber.

»Er spielt in irgendeiner Bar am Hafen. Die zahlen gut, da wollte er nicht Nein sagen. Ich hätte Ihnen das gleich vorhin sagen können, aber ich wollte auch nicht riskieren, dass Sie dann wieder gehen. Ich habe Sie gern um mich, und ich finde, Sie sind eine Bereicherung für meine Kreise. Auch wenn Sie heute etwas abwesend wirkten.« Sie zwinkerte ihr zu.

Lena sah Frau Hansen mit großen Augen an. »Ich ... Sie wissen Bescheid?«

Sie nickte. »Das sieht doch ein Blinder, dass da etwas zwischen Ihnen beiden ist.«

Lena tat es plötzlich gut, ihre Gefühle nicht länger zu verstecken. »Als ich die Musik gehört habe, habe ich gehofft, er wäre es.«

»Er war letzte Woche hier. Und er war genauso enttäuscht, weil Sie nicht gekommen sind, wie Sie jetzt. Dabei hatten Sie doch gesagt, Sie würden es einrichten. Erinnern Sie sich? Bei Ihnen in der Ausstellung?«

»Ich ... konnte nicht.«

»Und irgendetwas sagt mir, dass das mit dem jungen Charmeur zu tun hat?«

»Manchmal frage ich mich, ob Sie Gedanken lesen können, Frau Hansen.«

»Ach, meine Liebe«, Helga Hansen machte eine abwehrende Handbewegung, »zum Glück nicht. Stellen Sie sich vor, wie langweilig das Leben dann wäre! Ich habe einfach das Talent, interessante Menschen zu finden, und manchmal – aber wirklich nur manchmal – habe ich so eine Ahnung, wie sie zueinander stehen könnten.« Sie lächelte. »Georg ist ein interessanter Mann, nicht wahr?«

»Erzählen Sie mir von ihm, bitte. Woher kennen Sie ihn?«

Helga Hansen deutete auf eine gerahmte Kritik, deren Foto sie auf einer Bühne zeigte. »Er hat bei einem Stück, in dem ich gespielt habe, die Musik gemacht. Live auf der Bühne. Damals war das noch revolutionär. Heute macht das ja jeder. Wir mochten uns und sind über die Jahre in Kontakt geblieben.«

»Was heißt denn damals?«, fragte Lena nach. »Wann war das?«

»Lassen Sie mich überlegen. Fast 20 Jahre muss das jetzt her sein. Georg war damals noch verheiratet.«

Helga Hansen berichtete, dass es Georgs bester Freund, der Sänger der Band, gewesen war, der ihm auf dem Höhepunkt ihrer gemeinsamen Karriere die Liebe seines Lebens ausgespannt hatte. Die Frau, für die er all seine Lieder geschrieben hatte. Zwei Jahre später hatte er Andrea geheiratet, aber die Ehe hatte keine drei Jahre gehalten. »Andrea wollte den berühmten Popsänger, und als er das nicht mehr war … Andere Männer hätten so etwas vielleicht weggesteckt und ihr Glück mit einer anderen Frau gefunden. Bei Georg hat das nicht funktioniert. Er hat sich zweimal verbrannt, nun scheut er jedes Feuer. Wahrscheinlich ist er als Künstler näher dran an seinen Gefühlen.«

»Er hat mir erzählt, dass er zwei Töchter hat.«

Frau Hansen nickte. »Das sind nicht seine leiblichen Töchter. Andrea hat sie mit in die Ehe gebracht. Soweit ich weiß, hat er keinen Kontakt zu ihnen. Obwohl er bestimmt ein guter Vater wäre. Haben Sie Kinder?« Sie sah Lena eindringlich an.

Die schüttelte den Kopf. »Ich lebe allein.«

»So was – zwei einsame Wölfe!«, rief Helga Hansen aus. »Da würden Sie beide ja ein nettes Gespann abgeben. Wissen

Sie denn nicht, dass man auch eine Verpflichtung zum Glück hat?«

»Ich bin glücklich!«, protestierte Lena. »Mein Leben ist völlig in Ordnung.« Na ja, dachte sie. Im Moment vielleicht nicht gerade.

»So? Wie Sie meinen. Und warum fragen Sie dann nach Georg, und er gibt den begossenen Pudel, wenn Sie nicht da sind?«

Lena wurde rot.

»Nun erzählen Sie schon«, bohrte Frau Hansen nach. Sie wollte das Thema offensichtlich nicht auf sich beruhen lassen. Und Lena ja eigentlich auch nicht. Deshalb war sie ja heute Abend hier.

Sie räusperte sich. »Wir haben uns neulich zufällig getroffen. In diesem Feinkostladen, von dem Sie erzählt haben.«

»Ich weiß, das hat Maylis mir erzählt.«

»Die Verkäuferin?«, fragte Lena überrascht. War hier denn kein Geheimnis sicher?

»Ich sagte doch, ich habe ein Talent dafür, interessante Menschen zu finden … Aber Maylis hat mir nicht verraten, was dort zwischen Ihnen vorgefallen ist, nur dass Sie beide da waren.«

»Ach, erst haben wir uns gestritten, ein Missverständnis, und ich bin gegangen. Aber dann stand Georg plötzlich vor meiner Tür, und wir haben zusammen gekocht, und … wir haben die Nacht miteinander verbracht.«

»Und am nächsten Morgen hat er sich verabschiedet und gesagt, dass das mit Ihnen keine Zukunft hat.«

»Woher wissen Sie das?«, entfuhr es Lena.

Sie lächelte unergründlich. »Er hat mir die Geschichte auch erzählt, allerdings ohne zu erwähnen, dass es sich dabei um Sie handelte. Wir sind schon lange befreundet, und mir alten Frau vertrauen die Leute alles Mögliche an, was sie sonst niemandem erzählen würden.«

»Weil man sich bei Ihnen sofort wohlfühlt«, sagte Lena.

»Weil sie davon ausgehen, dass ich nicht mehr lange genug lebe, um es weiterzuerzählen.« Frau Hansen schmunzelte über ihren eigenen Scherz. Dann wurde sie wieder ernst. »Mein Mann ist schon lange tot, aber ich vermisse ihn immer noch jeden Tag. Glauben Sie mir, Lena, es ist nicht schön, allein zu sein, ich hasse es. Und so gern ich diesen Salon führe, so ist er doch nur ein schwacher Ersatz für das, was wir beide hatten. Wir Menschen sind nun mal nicht fürs Alleinsein gemacht. Der Abschied von meinem Mann war eine Katastrophe, ich habe damals oft geglaubt, nicht durchhalten zu können. Aber die gemeinsamen Jahre waren das Schönste, was mir in meinem Leben passiert ist. Trotz des Schmerzes möchte ich das nicht missen. Was wären wir denn ohne unsere schönen Erinnerungen? Ganz egal, ob man ein Wolf ist …« Sie legte Lena kurz die Hand auf den Oberarm.

»… oder eine elegante rosafarbene Katze«, vollendete Lena den Satz der alten Dame.

Die beiden lächelten sich an. Sie standen immer noch im Durchgang zwischen den beiden Zimmern. Die anderen Gäste sahen schon neugierig herüber und fragten sich wohl, was sie da die ganze Zeit zu bereden hatten.

»Wissen Sie, was ich damit sagen will?« Frau Hansen sah sie aus ihren hellen Augen aufmerksam an.

»Ich denke schon.« Lena hätte der alten Dame noch stundenlang zuhören können, wie sie über die Liebe und Georg Buchmann redete. Es tat gut, an ihrer Lebenserfahrung teilzuhaben. Es machte Mut. »Aber warum hat er sich denn nicht bei mir gemeldet? Wenn es stimmt, was Sie sagen, dass er gehofft hatte, mich hier zu sehen.«

»Na ja, Sie sind nicht gekommen. Was sollte er denn da glauben? Und könnte es sein, dass Sie ihm gegenüber erwähnt haben, bereits in festen Händen zu sein?«

Er glaubte, dass sie kein Interesse hatte? In all ihren Grübeleien war sie nie zu diesem Schluss gekommen. Ein Lächeln legte sich über ihr Gesicht und brachte es zum Strahlen.

»Vielleicht bringen Sie zwei das in Ordnung, ohne dass sich eine alte Frau noch mehr in Dinge einmischen muss, die sie eigentlich gar nichts angehen?« Frau Hansen tätschelte ihr die Hand. »Und jetzt muss ich mich mal wieder um meine anderen Gäste kümmern. Wir sehen uns.«

»Sie wissen nicht zufällig …?«

»In welcher Bar er spielt? Meine Liebe, nein, ich kann immer noch nicht hellsehen.«

Lena verabschiedete sich von den anderen Gästen und eilte wenige Augenblicke später durchs Treppenhaus. Was hatte Frau Hansen gesagt? Georg hatte in der letzten Woche auf sie gewartet. An dem Abend war sie bei ihren Eltern gewesen. Und diese Woche hatten sie sich schon wieder verpasst. Meine Güte, sie waren ja wie die zwei Königskinder, die sich nicht kriegen konnten! Warum hatte er sie denn nicht einfach angerufen?

Warum hatte *sie ihn* nicht angerufen?

Sie verfluchte ihren Stolz.

Es wurde schon dunkel, aber auf den Straßen und in den Cafés waren immer noch viele Menschen, die den lauen Sommerabend genossen. Liebespaare kamen ihr Arm in Arm entgegen, Lena musste ihnen auf den schmalen Fußwegen ausweichen, die noch dazu mit den Stühlen und Tischen der Cafés und Restaurants zugestellt waren. Ich laufe hier durch die Gegend wie eine Frau in einem kitschigen Roman, schoss es ihr durch den Kopf. Nur dass die nie aus der Puste geraten! Sie blieb kurz stehen, um zu verschnaufen. Dabei sah sie einem Paar in ihrem Alter nach, das Hand in Hand ging. Der Mann sagte etwas zu seiner Frau, woraufhin sie den Kopf an seine

Schulter lehnte. Sehnsucht überkam Lena. Wie schön musste es sein, diese verzauberte Nacht bei einem gemeinsamen Spaziergang zu verbummeln, zu reden, zu lachen, ein Glas Wein zu trinken, in dem Wissen, dass man auch die Nacht zusammen verbringen würde, aneinandergeschmiegt, bei offenem Fenster … An einem solchen Abend sollte man nicht allein sein.

Sie beschleunigte ihre Schritte. Sie fühlte sich lebendig, sie hatte das Gefühl, dass in ihrem Leben gerade etwas Entscheidendes passierte. Die Ruhe der letzten Jahre, der ruhige Fluss, der ihr Leben gewesen war und in dem sie es sich bequem gemacht hatte, war vorbei. Sie war bereit, in die wilden Fluten zu springen …

Das Schicksal meinte es heute nicht gut mit ihr. Von einer nervösen Energie erfüllt, war sie nicht direkt nach Hause gefahren, sondern hatte auf gut Glück die Bars und Hotels am Hafen auf der Suche nach Georg abgeklappert. Schließlich musste sie einsehen, dass das ebenso aussichtslos wie albern war. Sie war halt doch keine Romanfigur, sie war einfach nur Lena.

Als die Kirchturmuhr Mitternacht schlug, betrat sie den Durchgang in den Hof. Sie hätte gleich herkommen sollen, schließlich musste er irgendwann nach Hause kommen. Hoffentlich hatte sie ihn nicht verpasst; schon wieder.

Es war ziemlich dunkel, nur das Licht in den Fenstern spendete ein wenig Helligkeit.

Jemand kam ihr entgegen. Lena bemerkte, dass derjenige zögerte, als er sie sah. Ihr Herz setzte für einen Schlag aus, als sie Georg erkannte.

»Ich wollte zu dir«, sagten beide gleichzeitig und starrten sich einen Moment überrascht an.

Lena spürte seine Gegenwart wie eine warme Decke, die

sich um sie legte. Seine Lederjacke knarzte leise, als er sich eine Haarsträhne aus der Stirn strich.

»Ich bin gerade erst nach Hause gekommen, aber ich habe es in der Wohnung einfach nicht ausgehalten«, sagte Georg. »Ich muss mit dir reden.«

»Ich auch mit dir!«, gab Lena zurück. »Ich war heute bei Frau Hansen, um dich wiederzusehen, nachdem du die ganze letzte Woche wie vom Erdboden verschluckt warst.«

»Und ich habe den ganzen Abend viel zu schnell gespielt, weil ich immer an dich denken musste. Du bist schlecht für meinen guten musikalischen Ruf.« Er lachte. »Also wollte ich jetzt bei dir klingeln, um … um meinen Pullover abzuholen.«

Ihr Herz wurde ihr schwer. Es ging ihm nur um den Pullover?

»Der hängt immer noch bei mir in der Küche«, beeilte sie sich zu sagen. Erst wollte sie es dabei belassen und drehte sich schon zu ihrer Haustür um. Aber dann fiel ihr wieder ein, dass Frau Hansen meinte, Georg könnte denken, dass sie vergeben wäre. Und hatte sie sich nicht vor Kurzem noch versprochen, um Georg zu kämpfen?

Sie hielt inne und war plötzlich dankbar für die Dunkelheit.

»Ich sehe deinen Pullover an und wünsche mir, du würdest drinstecken.«

Eine Sekunde herrschte Stille, dann ertönte ein angenehm dunkles Lachen.

»Ich hoffe, du meinst, was ich denke, das du meinst, ansonsten könntest du es mir vielleicht übel nehmen, wenn ich sage, dass ich deine Kleidung sehe und mir wünschte, dass du sie *nicht* tragen würdest.«

Sie grinste und trat wieder einen Schritt auf ihn zu. »Und jetzt?«

»Lass uns einen Spaziergang machen und reden. Die Nacht ist so wunderschön.« Er hielt ihr die Hand hin.

Wie angenehm es sich anfühlte, wenn Georgs warme Finger ihre umschlossen. Ihre Hände passten perfekt zusammen.

Nebeneinander traten sie auf die Straße hinaus und gingen einfach los.

Für Lena fühlte sich alles richtig an: Am liebsten wäre sie immer so weitergegangen. Ich bin angekommen, dachte sie glücklich.

»Ich bin so ein Idiot«, sagte Georg irgendwann. »Dafür, dass ich an dem Morgen gegangen bin. Ich wollte einfach vermeiden, mich in dich zu verlieben. Ich habe gedacht, wenn ich einfach gehe, ist es vorbei.« Er lachte. »Das ist dann wohl voll nach hinten losgegangen.«

»Wie meinst du das?«

Er drückte ihre Hand noch ein bisschen fester. »Je mehr ich versucht habe, dich aus meinem Kopf zu bekommen, umso fester hast du dich dort eingenistet. Es war wie verhext. Und dann bittet mich Helga Hansen, sie zu dieser Ausstellung zu fahren, und da bist du!«

Lena lächelte. »Dir ist doch klar, dass sie das arrangiert hat? Als ich vorhin bei ihr war, hat sie so Andeutungen gemacht. Es scheint, dass sie schon vor uns Bescheid gewusst hat, was los ist.«

»Zuzutrauen wäre es ihr allemal.«

Er blieb stehen, Lena auch. Sie wandten sich einander zu und sahen sich an.

»Also«, sagte Georg leise. »Du und dieser Jonas …«

»Das ist vorbei«, sagte sie schnell. »Endgültig. Und es war auch schon lange überfällig.«

Trotz der Dunkelheit konnte Lena das Leuchten in seinen dunklen Augen sehen. Ein Zittern durchfuhr sie. Sie wusste nicht, ob es daran lag, dass es kühl wurde, oder ob es ihre Anspannung war. Georg bemerkte es und zog seine Jacke aus. Er legte sie ihr über die Schultern. Lena schlüpfte in die Ärmel, und wieder roch sie seinen unvergleichlichen, inzwischen vertrauten Geruch. Sie seufzte tief. Georg nahm sie an den Jackenaufschlägen und zog sie an sich.

»Darf ich?«, fragte er.

»Darauf warte ich schon viel zu lange.«

Er zog sie noch dichter an sich und küsste sie. Dann umschlang er sie mit beiden Armen, und sie blieben einfach so stehen, beide überwältigt von ihren Gefühlen.

Ein Radfahrer klingelte sie an. »Mensch, geht doch nach Hause, wenn ihr es nicht aushaltet«, rief er ihnen zu.

Georg löste sich von ihr, aber nur so weit, dass er ihr in die Augen sehen konnte.

»Keine schlechte Idee«, sagte er verschmitzt und brachte sie zum Lachen.

Eng umschlungen gingen sie zurück.

»Ich will endlich sehen, wo du wohnst«, sagte Lena, als sie vor ihrem Haus angekommen waren. »Wegen des Klaviers«, fügte sie noch hinzu.

»Natürlich«, antwortete er ironisch.

Er zog sie an der Hand hinter sich her zum rechten Flügel des Hinterhauses und ging die Treppe hinauf.

Ein ganzer Schmetterlingsschwarm stob auf, als sie hinter ihm die Wohnung betrat.

»Ist das etwa …«, fragte sie, als sie den gelben Koffer von der Auktion im Flur stehen sah.

Georg wandte sich um, folgte ihrem Blick und nickte.

»Was war drin?«, fragte Lena.

»Ich weiß es nicht.« Er zuckte mit den Schultern. »Ich wusste die ganze Zeit, dass ich ihn nur mit dir zusammen aufmachen wollte.«

Allein dafür liebte Lena ihn.

»Da ist noch etwas«, raunte er mehr, als dass er es sagte.

Was kam denn noch?

»Das Klavierstück, das du immer gehört hast …«

Das Stück, bei dem ich mich schon halb in dich verliebt habe, dachte Lena.

»Es hat noch keinen Titel, vielleicht kannst du mir da helfen. Und ich würde es dir gern widmen.«

Sie sah ihn überrascht an. Aber sie hatte sofort eine Idee. *Der Duft von Sommerregen.* So würde sie das Stück nennen. Weil in diesem Duft so viel steckte: an Erinnerungen, an Neuanfang, an Gefühl …

»Lena, ich möchte, dass du weißt, dass ich manchmal ein schwieriger Mann bin. Ich hatte Angst davor, mich wieder zu verlieben. Und ich wollte es auch nicht. Ich dachte, Liebe passt nicht in mein Leben. Ich dachte, ich kann das gar nicht mehr. Ich dachte, sich zu verlieben ist ein bisschen wie Radfahren. Wenn es schlimm endet, weiß man im Kopf zwar noch, wie es geht, aber man traut sich nicht mehr richtig. Weil es beim letzten Mal so wehgetan hat.«

Lena fing an zu lachen. »Liebe ist wie Radfahren? So ein Quatsch.«

»Wie ist Liebe denn dann?«, fragte er und sah sie auf eine Weise an, dass ihr die Knie weich wurden.

Lena wurde wieder ernst. »Liebe ist wie … ich weiß auch nicht, wie … Klaviermusik am Abend? Sich gemeinsam für alte Koffer interessieren? Auf jeden Fall ist Liebe ein Gefühl, das einen hinterrücks überfällt und gegen das man rein gar nichts tun kann.«

Er kam auf sie zu, und sie schlang ihre Arme um seinen Hals.

»Und vor allem ist Liebe eins: eine Symphonie Abertausender kleiner Glücksmomente.«

Tania Schlie
Die Kirschen der Madame Richard
€ 9,99, Taschenbuch
ISBN 978-3-7457-0017-6

185 Einwohner zählt das Dorf Montbolo in den französischen Pyrenäen. Als die Hamburgerin Miriam auf der Durchreise ein verwunschenes altes Haus inmitten eines verwilderten Kirschhains entdeckt, steht der Entschluss für sie fest: Sie bricht alle Zelte ab und wird Montbolos Einwohnerin Nummer 186. Miriam nimmt sich vor, ihr Haus im Alleingang zu renovieren und von nun an von der Kirschernte zu leben. Doch sie hat nicht mit der skurrilen Dorfgemeinschaft und den Eigenarten uralter Kirschsorten gerechnet – und schon gar nicht mit dem unverschämt charmanten Nachbarn Philippe, der ihr Herz höherschlagen lässt.